Eva Dolan vit près de Cambridge et est considérée comme l'étoile montante du roman policier britannique. Son précédent roman, *Les Chemins de la haine*, a remporté, en 2018, le Grand Prix des lectrices de *ELLE* dans la catégorie « Policier ».

DU MÊME AUTEUR

Les Chemins de la haine
Liana Levi, 2018
et « Points Policier », n° P4918

Les Oubliés de Londres
Liana Levi, 2020

Eva Dolan

HAINE POUR HAINE

ROMAN

Traduit de l'anglais
par Lise Garond

Liana Levi

TEXTE INTÉGRAL

TITRE ORIGINAL
Tell No Tales
ÉDITEUR ORIGINAL

First published as Long Way Home by Harvill Secker.
Harvill Secker is a part of the Penguin Random House group of companies.

ISBN 978-2-7578-7368-7
(ISBN 979-10-349-0079-4, 1re publication)

Premier jour

1

À 5 heures du matin, on repérait facilement quelles maisons étaient habitées par des Anglais. Aucun signe de vie à l'intérieur. Aucune obligation de se lever avant au moins deux heures.

Par la fenêtre de la chambre encore plongée dans l'obscurité, Sofia regardait les lumières s'allumer une à une aux lucarnes des greniers reconvertis en chambres de bonne. Elle repensait à l'époque où elle dormait sur un matelas gonflable sous les combles d'une maison, trois autres filles entassées là avec elle, cinquante livres chacune par semaine. La nuit, elle apercevait les étoiles par les interstices des tuiles. Il n'y avait pas de Velux, juste une trappe qui s'ouvrait par en dessous pour les faire descendre lorsque la camionnette arrivait. On les emmenait alors dans les interminables champs noirs du Lincolnshire.

Tout ça semblait loin maintenant.

Elle alluma la lumière et s'habilla à la hâte. Un legging sous son jean, un maillot de corps, un tee-shirt à manches longues et un des gros sweat-shirts gris de Tomas par-dessus. Il avait fait moins cinq pendant la nuit, les entrepôts seraient gelés. Certes, c'était mieux que de ramasser des légumes dans les champs, les doigts tellement engourdis par le froid qu'on ne se rendait même plus compte quand on se coupait, jusqu'à ce qu'on sente tout à coup cette espèce de chaleur humide sur la peau.

Elle tressa sommairement ses longs cheveux bruns, les glissa dans le col de son sweat-shirt. Des vêtements sales de Tomas traînaient dans un coin de la chambre. Il y avait des traces de boue au bas du pantalon. Du sang sur le haut de la jambe.

L'image lui revint tout à coup. La main coupée du Kurde par terre, dans l'entrepôt, Tomas qui essayait de le redresser, de lui maintenir le poignet en l'air pour ralentir le saignement, le vieil homme qui hurlait.

Elle saisit le treillis, le pull et le tee-shirt maculés de sang. Elle était pourtant sûre que Tomas ne portait pas ces vêtements ce jour-là. Il ne fallait pas qu'ils restent dans la maison.

Le sang de quelqu'un d'autre. Ça attirait le mauvais œil.

Sofia les fourra en boule dans un sac en plastique un peu trop petit, tapant de son poing maigre pour les faire rentrer. Les taches partiraient si elle faisait tremper le tissu dans de la vodka. Mais Tomas ne les porterait plus.

Le téléphone de Jelena sonnait dans la chambre de l'autre côté du couloir. Encore une nouvelle mélodie cette semaine. Sofia en avait marre de devoir lui répéter qu'elle gaspillait son argent avec ce genre de choses.

Elle entendit Jelena bouger dans la chambre, le plancher craquer à côté de la coiffeuse.

– Ne lui réponds pas ! cria Sofia.

Jelena sortit sur le palier, le haut de son pyjama bouffant en dehors de son jean, de grosses chaussettes blanches aux pieds.

– *Ja sam neznalica njemu.*

– En anglais, dit Sofia d'un air las. Tu vas pas faire de progrès si tu fais pas des efforts pour parler.

Le téléphone continuait de sonner dans la main de Jelena, l'écran s'éclairant au rythme de la mélodie.

– Hier soir j'envoie le message, je dis c'est pas possible.

– Tu dois pas répondre. Pas de message, rien.

– J'explique à lui, dit Jelena.

– Tu l'encourages si tu fais ça, dit Sofia. Il faut rien lui donner.

Jelena passa ses doigts le long de sa queue de cheval, un geste qu'elle faisait depuis toute petite quand elle était nerveuse.

– Mais il continue si je dis rien.

– Je vais lui parler.

Sofia tendit la main mais Jelena se détourna, le téléphone serré contre son épaule.

– Non. Il va arrêter.

Et la sonnerie s'arrêta. Juste à ce moment-là, comme s'il les avait entendues.

– On va changer ton numéro, dit Sofia, tapotant le bras de Jelena en s'efforçant de sourire. Ce soir je m'en occupe, t'inquiète pas.

Elle descendit les escaliers conduisant à la petite cuisine blanche à l'arrière de la maison, alluma les lumières, la télévision, fit couler l'eau du robinet jusqu'à ce qu'elle soit bien froide, essayant de faire comme si tout était normal. Comme si la conversation de la veille au soir n'avait jamais eu lieu. Plusieurs heures après, alors qu'elles étaient allées se coucher, et que Sofia cherchait le sommeil en pensant à Tomas qui lui manquait, il lui avait semblé entendre la voix étouffée de Jelena dans l'autre chambre.

Elle alluma une cigarette au feu de la cuisinière et mit la bouilloire à chauffer.

Anthony était petit et timide mais il était tenace, et elle savait qu'à un moment donné, il faudrait qu'elle agisse. Son regard dévia vers le bloc de couteaux sur le plan de travail. Cinq manches en bois robustes, les lames épaisses.

Mais ça n'irait pas jusque-là, se rassura-t-elle.

La bouilloire siffla et Sofia appela Jelena en versant l'eau dans la cafetière à piston. Elle lui cria de se dépêcher ou elles seraient en retard, remit de l'eau à chauffer pour remplir les Thermos et sortit déposer le sac de vêtements souillés dans la poubelle.

Il y avait du givre dans l'air et une légère odeur de produits chimiques en provenance de la zone industrielle toute proche. Un nuage de buée fleurissait devant sa bouche à chaque expiration, le froid lui piquait le nez. L'herbe s'écrasait doucement sous ses pas. Il aurait fallu tondre, mais c'était Tomas qui s'en occupait d'habitude et ni l'une ni l'autre ne savaient comment se servir de cette machine capricieuse qu'il avait achetée au vide-greniers du terrain de foot. Il avait dit que c'était comme avec une femme, il fallait un peu de poigne. Sofia lui avait répondu que les femmes de son pays n'avaient besoin que d'un couteau pour faire le boulot. Il avait ri et l'avait embrassée, lui promettant qu'il lui montrerait comment s'en servir dès qu'il aurait un jour de congé.

Elle laissa tomber le sac dans la poubelle et referma lentement le couvercle, percevant un bruissement dans l'ombre, derrière l'abri de jardin. Un chat bondit et traversa le terrain, un éclair blanc aussitôt disparu.

Dans la cuisine, Jelena sortait les pique-niques du frigo. Des haricots et des pâtes à la sauce tomate préparés pendant le week-end et répartis en portions individuelles. Sofia avait appris à vivre avec très peu d'argent et même si elles gagnaient bien maintenant, l'habitude lui était restée. Plus elles économisaient, plus vite elles pourraient arrêter de travailler ainsi, toujours pour le compte des autres, avec tous ces intermédiaires qui écrémaient leurs payes au passage.

Jelena mit les gamelles dans son sac à dos, puis les Thermos, en ressortit un pour s'assurer qu'il était bien fermé.

Elle se mordait la lèvre d'un air un peu trop concentré.

– Tu lui as parlé, dit Sofia.

Jelena remonta lentement la fermeture Éclair du sac.

– J'ai dit à lui que je vais pas le voir.

– Et il a dit quoi ?

Les yeux de Jelena brillaient, immenses et bleus. Elle avala sa salive mais ne répondit pas.

Sofia savait bien ce qu'il avait dit. Toujours la même menace, qu'il n'avait pas les couilles de mettre à exécution. Sinon il l'aurait déjà fait. Ce genre de choses, on le fait sous le coup de la colère, et elle devait être retombée maintenant. Il finirait par se lasser, trouverait quelqu'un d'autre. Une autre fille, pauvre et étrangère, qui tomberait sous le charme de son accent british et de sa grosse voiture allemande.

– Il faut qu'on parte, dit Sofia. On va être en retard.

Elle attrapa Jelena par le bras et la traîna au-dehors, rejoignant tous ceux qui, chargés de leurs gamelles, se dirigeaient vers la rue principale.

Il était 5 h 30, le reste de la ville dormait encore mais Lincoln Road bouillonnait déjà d'activité. Les petites maisons mitoyennes, fenêtres éclairées, déversaient leurs occupants sur le trottoir. Des camions de livraison et des fourgons blancs défilaient en direction du centre de Peterborough, certains remplis d'ouvriers qui rentraient chez eux après avoir nettoyé des bureaux ou empaqueté des produits, douze heures durant, dans les entrepôts de la zone industrielle. Dès qu'ils étaient vides, les véhicules faisaient demi-tour pour embarquer les équipes de jour.

Une camionnette s'arrêta de l'autre côté de la rue, devant l'épicerie polonaise où Sofia et Jelena n'allaient plus faire leurs courses. On y vendait des cigarettes de contrefaçon et de la vodka clandestinement distillée dans la région par une famille bulgare, un liquide brut et râpeux tout juste bon à nettoyer l'évier. Devant le magasin, quelques tables où des hommes, venant de finir leur nuit de labeur, buvaient des bières, épuisés mais pas encore prêts à aller se coucher.

Elles se postèrent comme tous les jours à côté de l'arrêt de bus, premier arrêt sur le trajet de la camionnette de Boxwood Farm. Elles étaient seules à l'attendre d'habitude, mais ce matin il y avait aussi un homme, les épaules voûtées, l'air fatigué et vaguement familier. Une connaissance de Tomas sans doute. Il articula une espèce de bonjour auquel Sofia répondit distraitement, attentive à sa sœur qui glissait la main dans la poche de son jean pour attraper son téléphone. Encore cette saleté de sonnerie.

Jelena tourna les yeux vers l'écran et Sofia lui lança un regard noir.

– C'est qui ?

– Marta, répondit-elle en se tournant un peu pour cacher l'écran, se rapprochant légèrement du bord du trottoir.

L'homme ajouta quelques mots et Sofia répondit évasivement. Jelena se mordait les lèvres en écoutant la voix à l'autre bout du fil, décidément pas celle de Marta.

Des bruits de klaxons retentirent au loin, au milieu du brouhaha de la circulation. Un moteur rugit, puissant, guttural. Une Volvo blanche déboula dans Lincoln Road et remonta la rue à toute vitesse. Elle fit une brusque embardée, évitant de justesse un cycliste. Sofia se figea. Les lumières des phares inondèrent le trottoir, la silhouette de Jelena soudain à contre-jour, tournant le dos à la voiture, le téléphone toujours à l'oreille. Sofia ouvrit la bouche. Elle voulait crier mais rien ne sortait. Puis elle entendit comme une explosion et quelque chose la percuta de plein fouet. Sa tête heurta le sol et tout devint noir.

2

Il était 6 h 15 et Lincoln Road était fermée à la circulation sur environ cent mètres dans les deux sens. Des panneaux de déviation faisaient passer les véhicules par les petites rues adjacentes, bientôt encombrées par les camionnettes des livreurs.

La chaîne régionale de la BBC annonçait déjà un accident avec délit de fuite. Ils restaient vagues sur les détails mais l'inspecteur Dushan Zigic savait qu'il y avait un mort et deux blessés graves en route pour les urgences de l'hôpital Edith Cavell avec peu de chances de s'en sortir.

Le premier flash d'informations avait annoncé que les victimes étaient des travailleurs étrangers. Quinze minutes après on ne mentionnait déjà plus leur ethnicité. Il s'agissait seulement de piétons attendant à un arrêt de bus. L'attachée de presse avait dû sauter à la gorge des journalistes depuis son lit pour leur clouer le bec aussi vite, se dit Zigic.

Mais il était peu probable que ça s'arrête là. Avant de sortir du commissariat, le sergent de permanence à l'accueil lui avait montré une vidéo de l'accident sur YouTube. Quelqu'un avait tranquillement sorti son téléphone et filmé la scène tandis que les gens du café d'en face se précipitaient vers le trottoir pour apporter leur aide en criant dans des langues que Zigic ne comprenait pas.

Le sergent lui avait dit de voir le bon côté des choses : au moins, grâce à ça, ils avaient une image du conducteur, même si c'était flou. L'homme était de taille moyenne, vêtements foncés, son visage une simple tache pâle tandis qu'il s'élançait à vive allure dans la petite rue où Zigic venait de tourner, gagnant le dédale de raccourcis du quartier.

Devant lui un conducteur faisait demi-tour en voyant que l'accès à Lincoln Road était barré par un cordon de police. Zigic lui fit des appels de phares pour lui dire de passer puis se gara sur le trottoir devant un nouvel ensemble de maisons à deux étages.

En sortant de sa voiture il regarda s'il y avait des caméras de surveillance dans la petite rue. Il en repéra une, fixée sous la gouttière branlante du bâtiment qui faisait l'angle et braquée, bizarrement, vers l'une des fenêtres du haut.

Zigic se baissa pour passer sous le cordon de sécurité et entra sur la scène de crime.

Tout semblait anormalement pâle, irréel à la lumière du petit matin, et Zigic réalisa que c'était la première fois qu'il voyait Lincoln Road plongée dans une telle immobilité. Les voitures étaient déviées des deux côtés du périmètre de sécurité mais personne ne criait ou ne klaxonnait et ce silence ne faisait qu'ajouter à l'impression d'étrangeté.

La voiture, elle, était pourtant bien réelle. Un vieux modèle de Volvo, massif, la portière mal repeinte côté passager. La voiture avait foncé sur ses victimes et ne s'était immobilisée qu'une fois emboutie contre la façade de la maison derrière l'arrêt de bus.

L'intérieur du salon était visible de la rue, les murs en plâtre tout effrités, l'air envahi d'une poussière qui n'était pas entièrement retombée. Un fil électrique pendait du plafond, sans ampoule. Des meubles de salle de bains encore emballés attendaient dans un coin. Au moins, de ce côté-là, pas de victimes à déplorer, songea Zigic.

Mais c'était une maigre consolation face à la carcasse défoncée de l'Abribus. L'enveloppe en plexiglas était brisée et maculée de sang, les sièges en plastique rouge tordus sous les roues arrière de la Volvo. À côté gisait un sac à dos duquel s'étaient échappés deux boîtes en plastique et un Thermos.

Un agent de la police scientifique en combinaison bleue l'interpella.

– Ziggy, soit tu te pousses, soit tu me fais un beau sourire.

Il aperçut le photographe à quelques mètres de là et sortit de son champ de vision, restant au milieu de la chaussée à le regarder s'avancer vers la Volvo, balayer lentement l'ensemble du véhicule puis se rapprocher petit à petit de l'airbag du conducteur, toujours gonflé d'air et taché de gouttes de sang. Le photographe prit ensuite des clichés de ce qui restait du pare-brise et du capot, puis du léger renfoncement sur le toit, à l'endroit où un des corps s'était écrasé en laissant des traces de sang gluantes sur la carrosserie. Les essuie-glaces de la lunette arrière s'étaient mis en marche et avaient étalé le liquide sur toute la vitre.

Un petit attroupement se formait au nord du périmètre, gardé par deux agents en gilets fluorescents. Les gens étaient trop loin pour voir ce qui se passait, mais Zigic remarqua qu'au moins la moitié d'entre eux avaient sorti leur téléphone et filmaient.

– On a deux survivants, dit le sergent Ferreira qui venait à sa rencontre depuis l'autre côté de la rue.

Elle avait été la première sur les lieux, juste après l'aurore, et d'après les vêtements qu'elle portait, Zigic devinait que ça ne faisait pas longtemps qu'elle était rentrée chez elle quand l'accident était survenu. Un petit haut noir froissé sous une courte veste en cuir, le jean rentré dans les bottes, probablement les mêmes fringues que la veille au soir.

Elle habitait à deux pas de là sur Lincoln Road, trop près pour ne pas être forcée d'intervenir.

– Il y a des témoins ? demanda Zigic.

– Ouais, des dizaines, et ils disent tous la même chose. Le type est arrivé par le sud, il a accéléré, grillé le feu, puis il a dévié et foncé dans les gens. Le conducteur s'en est sorti, ajouta-t-elle en fronçant les sourcils. Il a pris la fuite par cette rue, à pied.

Deux autres véhicules gisaient au milieu de la chaussée, une Seat rouge et une camionnette de livraison, les pare-chocs avant encastrés l'un dans l'autre, les capots enfoncés. C'était une chance qu'il n'y ait pas eu un énorme carambolage.

– Impossible que ce soit un accident, dit Ferreira.

– Ne commençons pas à tirer des conclusions hâtives, Mel.

– Si Riggott nous a refilé le bébé, c'est qu'il pense que c'est délibéré. Avec en plus un mobile raciste.

– C'est surtout qu'il a beaucoup de pain sur la planche en ce moment.

– Et pas nous, peut-être ?

Le photographe leur fit signe qu'il avait terminé et s'éloigna pour ranger son matériel. En quelques secondes, trois autres silhouettes androgynes s'approchèrent de la voiture. Zigic les regardait travailler avec un vague sentiment de jalousie. C'était une procédure standard pour eux, la même pour toutes les scènes de crime : photographier, recueillir des échantillons, synthétiser les informations. La tâche chaotique qui consistait à extraire de tout ça des preuves de culpabilité, ce n'était pas leur problème.

– Les victimes avaient des papiers sur elles ? demanda-t-il.

– Pour deux d'entre elles, oui. La troisième avait déjà été évacuée quand je suis arrivée. Un agent a emporté les papiers au commissariat il y a quelques minutes. Attends, je t'envoie les photos tout de suite, dit-elle en tapotant l'écran de son téléphone. J'ai parlé au chauffeur de la camionnette qui devait les emmener au travail. Il est très choqué, ajouta-t-elle.

– Pas étonnant.

– Il était en retard et maintenant il se sent coupable : s'il avait été à l'heure, ils ne se seraient pas trouvés là au moment où la voiture est arrivée. Il est parti à l'hôpital avec une des deux femmes.

– Comment va-t-elle ?

– Les ambulanciers pensent qu'elle va s'en sortir, mais sa sœur était juste au bord du trottoir et elle a pris la voiture de plein fouet.

Un gros camion-grue s'arrêta devant le périmètre de sécurité et Ferreira cria aux agents de le laisser passer. Il fallait rétablir la circulation au plus vite. Il était presque 7 heures du matin à présent et le reste des habitants de Peterborough se préparait à partir au travail, découvrant juste les nouvelles aux infos. L'horrible accident n'allait pas manquer de susciter toutes sortes de conjectures et le commissaire Riggott leur avait clairement signifié qu'il ne fallait pas que l'enquête s'éternise. Personne n'a envie que ça vire au politique, avait-il dit.

Mais c'était difficile à éviter. Une fois que la presse et le public découvriraient que c'était la section des crimes de haine qui était chargée de l'enquête, tout le monde se focaliserait sur la dimension raciale de l'affaire. Pourquoi Riggott ne l'avait-il pas confiée aux enquêteurs de la brigade criminelle s'il voulait que ça reste confidentiel ? Il essayait probablement de couvrir ses arrières, songea Zigic. On n'arrivait pas jusque-là sans savoir faire porter à d'autres le poids de certaines responsabilités.

– Il faut qu'on parle aux familles des victimes pour voir si l'une d'elles ne s'était pas mis quelqu'un à dos dernièrement.

– Tu vois, toi aussi, tu penses que c'était délibéré.

– On doit explorer toutes les possibilités.

Ferreira tourna la tête vers la voiture, les poings sur les hanches. Un agent de la police scientifique était arc-bouté au-dessus du plancher, un autre examinait l'intérieur du coffre, mettant une bouteille d'eau vide et un plaid sous scellé plastique.

La directrice de l'unité scientifique, Kate Jenkins, s'approcha d'eux, rentrant ses boucles rousses sous la capuche de sa combinaison.

– Je connais des façons plus rigolotes de commencer la journée moi, pas vous ?

– Tu penses en avoir pour combien de temps ? demanda Zigic.

– Pas de temps à perdre en bavardages, hein ? Je vois.

– Désolé, Kate.

– Non mais je comprends, on ne va pas laisser un ou deux morts pourrir la journée des gens, dit-elle en indiquant d'un signe de tête la file de voitures qui s'allongeait au nord. Par précaution on va prélever quelques échantillons tout de suite et on fera le reste au garage auto.

– T'as pas déjà quelque chose pour nous ?

– Le sang sur l'airbag est encore frais et vu l'emplacement on est à peu près sûrs qu'il provient du conducteur, répondit Jenkins. Quelques cheveux, des empreintes. Le type n'a vraiment pas été prudent. Mais visiblement il avait mis sa ceinture. Au moins un truc qu'il a intégré.

– Est-ce que ça peut lui avoir laissé une marque ? demanda Zigic.

– L'airbag, c'est sûr. La ceinture, peut-être, dit Jenkins en faisant la moue. Ça dépend à combien il roulait.

– Les témoins qu'on a réussi à interroger ont dit qu'il était en pleine accélération, dit Ferreira.

– Alors probablement, oui.

Un klaxon retentit à l'autre bout de la rue. C'était un fourgon blanc qui s'avançait au bord du cordon de sécurité donnant sur Taverners Road. D'autres voitures l'imitèrent et tout à coup, le charme se rompit et les véhicules embouteillés ne formèrent plus qu'une même entité furibarde, jurant et gesticulant aux fenêtres.

– J'ai comme l'impression qu'on a intérêt à s'activer, fit Jenkins en jetant un regard mauvais au fourgon.

– Ça commence à être tendu, confirma Ferreira. On devrait peut-être appeler quelques agents en renfort au cas où ?

– Appelle et vois qui est dispo, dit Zigic en décrochant son téléphone. Qu'est-ce qu'il y a, Bobby ?

– La Volvo est enregistrée au nom d'un certain Paul Devlin, domicilié à Stanground, dit Wahlia au bout du fil.

– Il a un casier ?

– Quelques amendes pour excès de vitesse, rien de bien méchant.

– Jusqu'à présent.

3

Paul Devlin habitait dans un quartier calme et agréable, un petit lotissement de maisons jumelées avec de grandes alcôves vitrées, des jardinets bien entretenus à l'entrée et une petite allée où se garer sur le côté. Le voisinage se composait surtout de retraités et la plupart étaient chez eux à cette heure de la matinée. Les grands-parents de Zigic vivaient un peu plus loin dans le même lotissement, entourés de gens qui, comme eux, avaient autrefois investi dans le neuf et n'étaient plus repartis.

Ses grands-parents avaient été parmi les premiers étrangers à emménager là et à l'époque, dans les années 1960, ils n'avaient pas été bien accueillis. Leurs voisins se prenaient pour des cadres même s'ils n'étaient que techniciens à l'ancienne usine de moteurs Perkins ou simples employés de banques ou de bureaux. Ils regardaient d'un mauvais œil cet afflux soudain de Slaves et d'Italiens avec leurs familles nombreuses et bruyantes qui venaient remplir les classes d'enfants dont l'anglais n'était pas la langue maternelle. Ils craignaient que la présence de ces gens, simples manœuvres à la briqueterie, tire le quartier vers le bas.

Ils n'avaient pas non plus dû voir d'un bon œil les constructions qui s'étaient multipliées au-delà du lotissement, imaginait Zigic. Soixante-dix pour cent de logements sociaux et tous les problèmes qui allaient avec. C'était peut-être pour ça qu'il y avait tant de panneaux *À vendre* aux portails des maisons, malgré la récession immobilière.

Zigic tourna dans Alma Road et se gara derrière la voiture de police qui attendait déjà devant chez Paul

Devlin. Deux agents baraqués en sortirent, prêts à intervenir au besoin. Ils suivirent Zigic jusqu'à la maison, leurs rangers faisant un bruit sourd sur le trottoir, les cris stridents de leurs radios jurant avec le calme matinal et le chant des oiseaux. Les rideaux étaient tirés. Aucune lumière n'était allumée mais il y avait une voiture dans l'allée, une Corsa neuve à la carrosserie lustrée.

Zigic fit signe à un des agents d'aller à l'arrière de la maison, attendit qu'il s'éloigne et appuya sur la sonnette, un carillon à deux notes un peu tremblantes.

Les voisins étaient déjà rivés aux fenêtres. Dans la maison de droite, une vieille dame épiait entre d'épais rideaux blancs en dentelle synthétique. Une porte s'ouvrit derrière lui et quelqu'un appela Zigic d'une voix aiguë depuis l'autre côté de la rue.

– Il est chez lui, il ne travaille pas.

L'homme était enveloppé dans une robe de chambre laissant apparaître des jambes arquées entre lesquelles un petit chien noir aboyait frénétiquement.

– Merci, monsieur, dit Zigic. S'il vous plaît, rentrez chez vous maintenant.

Il sonna une nouvelle fois puis se baissa pour regarder par la fente de la boîte aux lettres. L'entrée avait une allure austère : parquet stratifié, murs blancs, revêtement en coco dans l'escalier. Une veste noire matelassée était accrochée au portemanteau, similaire à celle de l'homme qu'on voyait fuir la scène de crime dans la vidéo YouTube.

– Je vais chercher le bélier, chef ? demanda l'agent Blake.

Des pieds chaussés de pantoufles apparurent en haut des escaliers puis se mirent à descendre lentement les marches.

– Pas besoin.

Paul Devlin ouvrit la porte, vêtu d'un caleçon et d'un tee-shirt Coldplay, un œil à moitié fermé, des cheveux blonds en bataille. Sa carrure correspondait à celle de l'homme qu'ils recherchaient, environ un mètre quatre-vingts, costaud sans être gros. Il leur demanda ce qu'il se passait en bâillant.

Zigic lui montra son badge.

– J'aimerais que vous veniez avec nous, s'il vous plaît, monsieur Devlin.

– Hein ? (Devlin clignait des yeux, le menton froncé, l'air parfaitement perplexe.) Pourquoi ça ?

– Votre véhicule a été retrouvé sur les lieux d'un accident avec délit de fuite ce matin même.

Il recula d'un pas, les yeux écarquillés, et Zigic franchit le seuil de la maison.

– Une personne est décédée et deux autres sont dans un état critique.

Devlin remuait d'un pied sur l'autre, regardant fixement la porte ouverte et la silhouette imposante de Blake qui lui bloquait le passage. Zigic se tenait prêt à l'attraper s'il essayait de fuir.

– Mais ma voiture est juste là, dit Devlin.

– Votre autre voiture, dit sèchement Zigic qui sentait l'impatience le gagner. Il vaudrait mieux pour vous que vous nous suiviez tout de suite et dans le calme.

– Mon autre voiture ? La vieille Volvo ?

Zigic acquiesça.

– Mais je l'ai vendue il y a quinze jours !

– Elle est toujours à votre nom, observa Zigic.

– Je lui ai donné tous les papiers, il m'avait dit qu'il s'en occuperait.

Derrière Zigic l'agent soupira, comme s'il avait déjà entendu ce genre de bobards un milliard de fois.

Mais Devlin avait-il vraiment l'air d'un homme qui avait fui la scène d'un accident mortel deux heures plus tôt ? Le côté gauche de son visage était rougi, mais était-ce la trace de l'airbag ou celle de l'oreiller ? Zigic s'approcha de lui, aperçut des dépôts visqueux au coin de ses yeux injectés de sang, de la bave séchée sur son menton.

– Pouvez-vous relever votre tee-shirt, je vous prie ?

Devlin plaqua les mains sur son ventre.

– Quoi ? C'est une blague ?

– Faites ce qu'on vous dit.

Il s'exécuta à contrecœur. Comme un type habitué à se laisser donner des ordres, songea Zigic.

– Jusqu'en haut, s'il vous plaît.

Le torse de Devlin était d'un blanc laiteux, presque imberbe. Pas de marques concordantes avec une ceinture de sécurité, pas même un soupçon d'irritation. Zigic lui dit de rabattre son tee-shirt.

– À qui avez-vous vendu la voiture ?

– Un mec sur eBay. Il est venu avec un copain, il a payé en liquide et il est reparti avec la voiture.

– Il me faut le nom de l'acheteur.

– C'était un étranger.

– C'est pas ça que je vous demande.

Devlin se passa les doigts dans les cheveux, regardant fixement le sol, les yeux écarquillés, puis secoua la tête.

– Je me rappelle pas. Il a dit qu'il vivait dans le quartier, si ça peut vous aider.

– Vous devez avoir son numéro, dit Zigic. Comment avez-vous convenu du rendez-vous ?

– Attendez, je vais chercher mon téléphone.

Il remonta les escaliers et Zigic dit à Blake d'aller demander aux voisins s'ils avaient vu Devlin sortir tôt le matin ou s'ils se souvenaient de la visite de deux hommes qui seraient repartis de chez lui avec la voiture. Il aurait été étonnant que personne n'ait rien remarqué, la vigilance des voisins était digne de la Stasi dans le coin.

Quelques instants plus tard, Devlin redescendit les escaliers, téléphone à la main, faisant non de la tête.

– Désolé, je l'ai supprimé. J'avais pas de raison de le garder une fois qu'il avait payé, ajouta-t-il en haussant les épaules.

– Donc si je comprends bien, j'ai plus qu'à vous emmener au poste, dit Zigic en croisant les bras.

Devlin leva les mains en l'air.

– Écoutez, je peux vous montrer les références de la vente sur eBay. Il y aura son identifiant d'acheteur dessus. Vous pouvez retrouver son nom et son adresse avec ça, non ? Ils vous les donneront à eBay si vous leur demandez, ajouta-t-il en balayant du pouce l'écran de son téléphone. J'arrive pas à croire ce qui est en train de m'arriver, là.

Zigic tourna la tête et aperçut l'agent Blake avec une petite femme blonde qui parlait d'une voix animée en faisant de grands gestes, un bébé sur la hanche. Devlin n'était pas l'homme qu'ils recherchaient, Zigic en était sûr à quatre-vingt-dix pour cent. La vente sur eBay aurait pu être une ruse bien orchestrée, mais il n'y croyait pas.

– Voilà.

Devlin tendit son téléphone et Zigic examina les références de la vente. Il y avait une petite photo de la Volvo blanche garée dans l'allée de la maison et le prix auquel elle avait été achetée, quatre cents livres.

– Bogdan879. C'est son identifiant, dit Devlin.

Zigic hocha la tête.

– Ça va nous être très utile, merci monsieur Devlin. Si ça ne vous dérange pas, j'aimerais que vous nous accompagniez au poste pour faire une déposition.

– Maintenant ?

– Oui, tout de suite. Allez vous habiller.

L'agent Blake traversa la rue à la rencontre de Zigic.

– La dame d'en face se souvient que deux types très laids sont venus la semaine dernière, dit Blake. Ils sont arrivés dans un 4 × 4 rouge bordeaux aux vitres teintées. Ils étaient grands, d'après elle, un mètre quatre-vingt-cinq, les cheveux foncés, grosses carrures. Ils sont repartis au bout d'un quart d'heure environ, après avoir examiné la voiture de près.

– Et elle est sûre qu'ils sont repartis avec ?

– Oui, chef.

– OK, c'est déjà un début, dit Zigic.

Il sentait que la machine se mettait en marche.

– Conduis Devlin au commissariat et fais-le asseoir dans un coin en attendant.

– Oui, chef.

Zigic regagna sa voiture et appela Wahlia en démarrant. Il lui donna les détails de la transaction eBay et lui demanda d'essayer d'en tirer le maximum.

– Des nouvelles, de votre côté ? demanda-t-il.

– Mel vient d'appeler, ils sont en train d'évacuer la voiture et de rétablir la circulation, dit Wahlia.

– Ça nous fera toujours la mairie en moins sur le dos.

– Riggott nous a refilé deux agents en renfort aussi, dit Wahlia. Je leur ai donné les déclarations des témoins à éplucher en plus des vidéos des caméras de surveillance, je me suis dit que c'est ce que t'aurais fait.

– Super, merci Bobby.

– Et l'attachée de presse te cherche.

Les mains de Zigic se resserrèrent autour du volant.

– Fallait s'en douter.

4

Ferreira regarda le camion-grue démarrer, la Volvo solidement harnachée à l'arrière, en route pour le garage automobile où allaient se poursuivre les examens de la police scientifique. Une fois le cordon de sécurité levé, il ne fallut pas plus de quelques secondes pour que la circulation soit rétablie sur Lincoln Road. Comme si rien ne s'était passé.

Elle jeta un dernier coup d'œil au bout de trottoir où une équipe d'agents municipaux s'apprêtait à nettoyer ce qui restait des traces de l'accident. Puis elle tourna les talons et rentra chez elle, impatiente de se défaire enfin de la tenue avec laquelle elle avait écumé les boîtes la veille au soir.

Le pub de ses parents, The Angel, se situait dans une zone assez calme à l'extrémité du quartier de New England. Un grand bâtiment de briques repeint en blanc entouré de maisons mitoyennes où on louait des chambres. Il y avait aussi une onglerie polonaise, un salon de coiffure lituanien, une épicerie spécialisée dans les produits d'Europe de l'Est et les cigarettes de contrefaçon, des cafés et des magasins d'alcool avec des tables sur le trottoir. Le genre d'endroit en effervescence à 7 heures du matin quand les ouvriers de nuit revenaient du travail. Elle passa devant la boutique d'un tatoueur où un homme fumait un joint, debout sur le pas de la porte, puis devant un étal de meubles d'occasion, des chaises en pin, de vieux réfrigérateurs, un canapé à l'assise enfoncée.

Elle sortit son paquet de tabac pour se rouler une cigarette en marchant, essayant de chasser de son esprit le souvenir de l'homme aux cheveux noirs empalé sur une barre métallique à côté de l'arrêt de bus. Il était encore vivant, elle en était certaine, quand elle s'était mise à courir pour lui porter secours.

Les portes du pub étaient grandes ouvertes. Un tableau noir annonçait qu'on servait un English breakfast complet. Le pub attirait beaucoup d'autochtones à cette heure de la matinée : des ouvriers du bâtiment et des livreurs en route pour les centres commerciaux des environs qui voulaient pouvoir boire de la bière au petit déjeuner sans se sentir jugés.

Ferreira s'engouffra dans l'allée qui longeait le pub. Un camion de livraison était garé sur le parking, le moteur toujours allumé, sans traces du conducteur. Mais les portes de la cave étant ouvertes, il était probablement à l'intérieur en train d'écouter les blagues de son père. Lequel s'était très tôt fixé pour objectif de maîtriser le fameux sens de l'humour britannique – le meilleur moyen de s'intégrer selon lui –, si bien qu'à présent, en compagnie d'autres hommes, sa conversation ne consistait plus qu'en un enchaînement de bons mots.

Elle grimpa quatre à quatre les escaliers de secours sans se soucier des tremblements qui l'agitaient et entra dans la partie logement de la famille. Quatre chambres, un salon et deux salles de bains pour cinq personnes. Le pub ouvrait à 6 heures le matin, attendait le départ du dernier client pour fermer le soir, et la seule solution pour couvrir ces horaires était d'effectuer un roulement. Ses frères étaient là le soir, ses parents la journée, et s'ils la voyaient passer ils risquaient de l'obliger à descendre nettoyer les tables et charger le lave-vaisselle. *Seulement vingt minutes, Melinda. Tu crois que la ville entière va sombrer dans le chaos si t'es pas à ton petit bureau ?*

Elle se doucha en vitesse avec une eau qui, comme d'habitude, n'était que tiède, et ne trouva qu'un essuie-mains pour se sécher. Elle enfila un nouveau jean noir, un pull gris, ses bottes, se peignant vaguement les cheveux d'une main, attrapant son sac de l'autre.

La porte de sa chambre s'ouvrit au moment où elle allait sortir. Sa mère avait l'air éreintée malgré l'abondant maquillage et il semblait qu'il n'y avait que ses cheveux tirés en arrière pour l'empêcher de fermer les yeux. Toujours le même chignon impeccable, d'aussi loin que Ferreira se souvienne.

– Maman, j'ai pas le temps, là.

– Pas le temps pour quoi ? Je voulais juste savoir si tu serais là pour le petit déjeuner, c'est tout.

Ferreira attrapa ses clefs.

– Faut que j'y aille.

– Ils ont dit à la radio qu'il y avait eu un accident.

– On n'est pas sûrs que ce soit juste un accident pour l'instant.

Sa mère se signa.

– C'est qui ces gens pour faire une chose pareille ?

Ferreira déposa un baiser sur son front et franchit la porte.

– Fais attention, Melinda.

– Mais oui.

Elle rejoignit les embouteillages du centre-ville et pour la millième fois maudit la distance qui la séparait du commissariat de Thorpe Wood, puis elle injuria le conducteur de devant qui s'arrêtait à l'orange alors que le passage piétons était clairement vide, et rouspéta contre les travaux qui ralentissaient la circulation sur Crescent Bridge alors qu'il n'y avait pas un ouvrier en vue.

Wahlia appela juste au moment où elle entrait sur le parking et lui demanda si oui ou non elle comptait venir travailler aujourd'hui. Elle leva les yeux et l'aperçut à la fenêtre du bureau, lui fit signe de lui préparer un café et récolta un doigt d'honneur en retour.

Elle grimpa les marches de l'entrée et se baissa pour passer devant l'accueil où un journaliste de l'*Evening Telegraph* papotait avec le sergent de service, essayant de lui soutirer des informations qu'il n'aurait pas le droit de publier. Elle monta les escaliers et franchit l'étage de la brigade criminelle où l'accent irlandais du commissaire Riggott tranchait au milieu du brouhaha habituel. Il débitait quelque chose d'un ton acerbe face à l'attachée de presse qui le regardait, les bras croisés, l'air à la fois outrée et amusée par ce spectacle.

Wahlia accueillit Ferreira sur le seuil de la section des crimes de haine avec une tasse de café noir.

– Merci Bobby.

– N'en prends pas trop l'habitude non plus.

Il retourna à sa table où une petite mélodie s'échappait de son téléphone réglé sur haut-parleur. Une voix lui assurait à intervalles réguliers que tout était mis en œuvre pour écourter son attente.

– Où est Zigic ?

– Dans son bureau.

La porte était fermée mais elle le voyait bouger à travers les stores vénitiens. La pièce était trop petite pour qu'un homme de sa taille puisse y faire confortablement les cent pas. Deux autres officiers de la brigade criminelle étaient venus en renfort et travaillaient silencieusement aux tables habituellement inoccupées de la grande salle, concentrés sur l'écran de leur ordinateur.

Ferreira se posta devant le tableau blanc où figuraient les premières données de l'enquête. Les victimes étaient listées à droite : Jelena Krasic, décédée ; Sofia Krasic (la sœur sans doute), aux urgences ; un homme dont l'identité était encore inconnue, gravement blessé. Un vrai carnage.

Il n'y avait qu'un nom dans la colonne des suspects.

– On en est où avec ce Devlin ? demanda-t-elle.

– Il fait sa déposition en ce moment. Ce n'est sans doute pas l'homme qu'on recherche, dit Wahlia. Il a vendu la voiture sur eBay, j'essaie de retrouver la trace de l'acheteur mais pour ça, faudrait que quelqu'un se décide à prendre mon appel.

Il avait sous les yeux le profil eBay de l'acheteur et les avis des gens auxquels il avait acheté des voitures. Ferreira s'approcha et fit défiler la page. Ça faisait déjà plusieurs dizaines d'achats sur les quatre derniers mois.

– Un revendeur, dit-elle.

– On dirait bien.

– Il y a donc très peu de chances que ce soit lui qui conduisait.

Elle revint au sommet de la page.

– Je croyais qu'ils disaient où était basée la personne sur le site. Ça dit juste Royaume-Uni.

– D'après Devlin il est du coin, dit Wahlia.

– Il a donné une description ?

– Il a parlé de deux types, les cheveux foncés, baraqués.

– Conduisant un 4 × 4 rouge, c'est ça ? demanda-t-elle en s'éloignant.

– Ouais, dit Wahlia.

Elle frappa au bureau de Zigic et entra sans attendre. Il était debout, les bras croisés, une expression de rage muette sur le visage, les yeux rivés sur l'écran de son ordinateur.

– La BBC est en train de passer la vidéo, ça y est, dit-il. Regarde-moi ça.

Les images passaient en boucle, filmées par un téléphone depuis le milieu de la chaussée, la Volvo en point de mire. Le conducteur sortait de sa voiture et s'enfuyait à toute vitesse, bientôt coursé par des silhouettes qui disparaissaient au coin de la rue. Puis la vidéo reprit du début et le moment où la Volvo rentrait dans l'Abribus arriva si vite que Ferreira sursauta.

– Ils peuvent pas montrer ça.

– Et pourtant ils ne se gênent pas, dit Zigic en se laissant tomber lourdement sur son siège.

Une voix froide se fit entendre au-dessus des cris de la vidéo. *Bien que les informations restent peu précises pour le moment, il semblerait que les victimes soient toutes de nationalité étrangère. Il s'agirait de travailleurs immigrés habitant le quartier. Il y a quelques minutes de cela, la police du comté de Cambridge a confirmé qu'elle n'excluait pas la piste du mobile raciste.*

La voix poursuivit avec les chiffres de l'immigration à Peterborough, évoquant une frustration grandissante au sein de la population britannique locale, puis la pénurie de logements, l'engorgement des services publics et une multitude d'autres problèmes sans lien direct avec le drame.

Zigic ferma la page de la chaîne et y alla d'un chapelet d'insultes chez lui peu habituel.

Ferreira attendit qu'il se calme, puis lança :

– Si t'as terminé d'être en colère, je crois que je sais qui est Bogdan879.

5

– On l'a loupé, dit Ferreira en se retournant sur son siège. Je suis presque sûre que c'était là où il y avait toutes les pancartes. Faut qu'on revienne en arrière.

Zigic s'avança encore un peu jusqu'à un endroit où il pourrait tourner, passa devant des box de stockage et des magasins de bricolage et de matériaux de construction.

Quelques maisons d'allure négligée subsistaient dans la zone industrielle : petites cours mal entretenues, façades salies par les gaz d'échappement, arbres jamais taillés qui obstruaient les fenêtres et déformaient les trottoirs. Même à l'intérieur de la voiture une odeur chimique écœurante s'insinuait (une des usines du quartier sans doute) et on entendait le ronronnement incessant de la centrale électrique qui se détachait au loin contre le gris du ciel.

Zigic fit demi-tour devant un marchand de vitres et tourna dans First Drove, remontant lentement la chaussée étroite et irrégulière.

Des dizaines de petits commerces s'entassaient dans des bâtiments défraîchis, certains pas plus grands qu'un garage. Un magasin de vélos, une scierie entourée d'une haute clôture en barbelés, un vendeur de solvants et un fabricant de céramiques, tout un assortiment étrange de spécialités obscures.

L'endroit semblait pourtant en pleine activité. Beaucoup de véhicules utilitaires étaient garés là, portières ouvertes, des hommes s'affairant tout autour. Comment une ville aussi sinistrée que Peterborough pouvait-elle faire vivre toutes ces entreprises ? se demanda Zigic.

– C'est tout au bout, dit Ferreira. Après le cynodrome.

Zigic aperçut un peu plus loin l'arrondi du stade et le toit bleu au-dessus des tribunes, un bâtiment tout de briques et de verre opaque avec au centre, à découvert, le grand ovale de la pelouse et de la piste. Deux hommes en gilet fluorescent regardaient leurs chiens muselés se courser le long des étroits couloirs.

Ils s'arrêtèrent devant l'enseigne de Hossa Motors.

C'était le dernier bâtiment de la rue, un préfabriqué entouré d'un haut grillage dont les pics acérés avaient accroché par endroits des sacs et des emballages en plastique qui bruissaient au vent. Un grand terrain vague séparait l'enceinte de la rivière Nene, longée de gros pylônes électriques jusqu'à l'estuaire du Wash.

– Comment tu connais ce type ? demanda Zigic alors qu'ils franchissaient la grille d'entrée.

– Mon frère lui a acheté une voiture l'an dernier. Une vraie ruine d'ailleurs.

Huit voitures étaient garées là, serrées les unes contre les autres, aucune au-dessus de trois mille livres. Elles avaient l'air en assez bon état au premier abord, mais en se rapprochant Zigic remarqua qu'il y avait des retouches de peinture sur les ailes, des éraflures sur les pare-chocs et que les pneus étaient souvent dépareillés.

La porte du préfabriqué s'ouvrit d'un coup sec et une énorme silhouette en veste de cuir noir descendit les escaliers, faisant trembler la structure sur ses cales. L'homme avait la peau légèrement mate, les cheveux foncés coupés ras, le visage carré. Il arborait une expression exagérément affable, presque carnassière, dévoilant une dent cassée et une prothèse dorée qui donnaient à son large sourire quelque chose d'un peu sinistre.

– Bienvenue mes amis, dit-il en étendant les bras, regardant tour à tour Zigic et Ferreira pour finalement s'arrêter sur Zigic. Une petite voiture pour la petite dame ?

Zigic sortit son badge.

– Bogdan Hossa ?

Le sourire se figea puis s'évanouit. Il hocha la tête.

– Mon business il est tout en règle, monsieur. Il n'y a pas des problèmes.

– J'en suis convaincu. Nous venons vous voir au sujet d'une voiture que vous avez achetée il y a deux semaines. Une Volvo blanche, immatriculée…

– Vous l'avez achetée sur eBay, coupa Ferreira.

– Oui, dit Hossa. L'homme voulait en liquide, j'ai donné le liquide. C'est lui qui demande pour pas avoir des problèmes avec les taxes.

– Est-ce que vous avez déjà revendu la voiture ?

Hossa hocha lentement la tête.

– Oui, pourquoi ?

– On a besoin de savoir à qui vous l'avez revendue.

– Je veux pas les histoires ici, dit Hossa.

– On veut juste savoir qui a acheté la voiture, dit Zigic. Vous avez une liste de vos ventes, je suppose ?

– Je vais chercher pour vous.

Ils le suivirent dans le préfabriqué. Deux bureaux étaient installés à angle droit contre le mur, l'un noyé sous un tas de papiers et de magazines auto, l'autre, vers lequel Hossa se dirigeait, vide à l'exception d'un ordinateur portable qui devait coûter plus cher que n'importe lequel des véhicules garés dans la cour. Un rap énervé sortait des haut-parleurs, chargé en basses et en testostérone. Hossa l'éteignit avant de s'asseoir.

– Qui d'autre travaille ici ? demanda Ferreira en s'asseyant au coin du bureau.

– Ivan, mon cousin.

– Et il est où ?

– Il va prendre le petit déjeuner au camion là-bas, il a sa copine.

Hossa se mit à taper sur son clavier et Zigic vit Ferreira passer discrètement en revue les papiers sur l'autre bureau. Hossa la surveillait du coin de l'œil sans rien dire.

– Vous venez d'où, monsieur Hossa, à l'origine ?

– De Slovaquie, dit-il en fronçant les sourcils. Je faisais un business là-bas quand j'étais jeune, je vendais les voitures, je gagne bien. Après des hommes ils sont venus, ils ont dit : « C'est bien ton business, Bogdan, mais maintenant c'est à nous. » Ils ont pris le business et après ça, moi je viens en Angleterre. Ici jamais il se passe des choses comme ça.

Pas très souvent, en tout cas, pensa Zigic. Et pas avec un commerce comme celui-ci.

– J'ai vendu la voiture mardi dernier, dit Hossa en s'appuyant contre le dossier de son fauteuil, les mains croisées sur la poitrine. À John Smith il s'appelle.

– Quelle est l'adresse ? demanda Ferreira.

– Y a pas d'adresse.

– Mais vous avez bien une photocopie de son permis de conduire ?

Le visage de Hossa s'assombrit.

– C'est Ivan qui vend cette voiture. Il ne fait pas attention.

– Il a récupéré l'argent, au moins ? demanda Ferreira, une pointe d'irritation dans la voix.

– Ça oui.

– Alors il va falloir qu'on parle à Ivan, dit Zigic.

Hossa regarda sa montre, un gros bracelet en or rose bien voyant avec un énorme cadran incrusté de diamants.

– Il revient bientôt. Vous attendez, oui ?

– Oui, monsieur Hossa, on attend.

Ils s'assirent en silence, Hossa fixait pensivement ses chaussures en poussant de temps en temps un léger soupir. Ferreira entreprit de se rouler une cigarette et demanda à Hossa si ça le dérangeait qu'elle fume.

– Non, s'il vous plaît, fit-il en portant la main à sa poitrine. Asthme.

Elle sortit du préfabriqué et Zigic la vit jeter un œil au passage aux macarons sur les pare-brise et aux numéros gravés sur les vitres, à l'affût de quelque chose d'utile pour faire pression sur Hossa et son cousin au cas où ils décideraient tout à coup de cesser de coopérer. Mais Zigic doutait que ça en arrive là. Si l'histoire que leur avait racontée Hossa était authentique, il éviterait de contrarier la police et de mettre en péril l'affaire qu'il avait eu tant de mal à monter ici.

Il repensa au nom que l'acheteur avait donné. John Smith.

Il était possible que ce soit un vrai nom, mais son instinct lui disait le contraire. Et il était sûr que seul un Anglais utiliserait un tel pseudonyme. C'était trop culturellement marqué.

Un 4 × 4 bordeaux aux vitres teintées entra dans l'enceinte et s'arrêta à quelques pas du préfabriqué. Bogdan Hossa avait l'air svelte à côté de l'homme qui sortait de la voiture. Quelque cent trente kilos de gras en survêtement gris et veste en daim marron. Un sac de fast-food dans une main, un plateau de boissons chaudes dans l'autre, il referma la portière d'un coup de fesses.

Bogdan Hossa se leva en l'entendant arriver et lui dit quelque chose d'un ton brusque en slovaque.

Ivan regarda Zigic.

– Une Volvo blanche, oui ?

– C'est ça.

– J'ai vendu déjà.

Bogdan déchargea sur lui une autre volée de slovaque qui sembla cette fois toucher au but. Ivan se fraya un passage derrière son bureau et posa son petit déjeuner par terre.

– T'as pas demandé l'adresse au monsieur ? demanda Bogdan.

– Il a dit qu'il a pas de maison.

– Il était anglais ? demanda Zigic. (Ivan haussa les épaules d'un air blasé.) Il est très important qu'on retrouve cet homme.

– Anglais, oui, peut-être.

– Vous avez dû lui parler. Est-ce qu'il avait un accent anglais ?

Ivan sortit du sac une boîte en polystyrène qu'il ouvrit, dévoilant un gros burger et des frites.

– Il est un peu lent, chuchota Bogdan.

Zigic massa ses tempes du bout des doigts, regardant Ivan arracher une énorme bouchée de son burger. Des gouttes de ketchup éclaboussaient les papiers étalés sur la table.

– Comment était-il cet homme, Ivan ?

– Normal. Il a un chapeau, dit-il en mordant de nouveau dans son burger. Rouge, ajouta-t-il la bouche pleine de viande et de pain mou.

La porte du préfabriqué s'ouvrit et Ferreira fit signe à Zigic de la rejoindre.

Une pluie fine avait commencé à tomber, le vent s'était levé. Elle repoussa ses cheveux qui revinrent aussitôt lui fouetter le visage.

– L'hôpital vient d'appeler, dit-elle. Sofia Krasic a repris connaissance. Elle veut parler à quelqu'un.

– Elle est en état ?

– Elle dit qu'elle sait qui conduisait la voiture.

6

En ouvrant les yeux, Sofia discerna quelqu'un au bout de son lit. Un homme, petit, la peau foncée, une blouse blanche, tapant quelque chose sur son téléphone portable. Une cravate rouge vif, comme une blessure au couteau. Elle repensa au cadavre éventré qu'elle avait vu un jour dans la rue. Un chien roux et maigre relevait son museau de la blessure, la fourrure tachée de rouge, parsemée de petits flocons de sang séché.

C'était vieux déjà. Elle était à peu près de la taille du chien à l'époque.

Maintenant elle se trouvait dans un lit d'hôpital. Il y avait une odeur de désinfectant, de vomi. Mais pas de bruit. Elle était seule dans sa chambre. C'était étrange. Une chambre pour elle toute seule, avec cet homme qui devait être un docteur et qui la surveillait.

Puis elle retomba dans le brouillard, vaguement consciente d'une voix de femme au loin et d'un homme qui lui répondait, le timbre grave et rauque. Des mains se déplaçaient rapidement sur son corps. Elle voulait protester mais elle était trop faible.

La douleur n'était encore qu'une ombre aux abords de sa conscience, un nuage d'un gris désagréable, annonciateur d'orage. Sofia l'ignora, écoutant le rythme des appareils qui bipaient autour d'elle.

L'homme avait repris la parole. Sofia l'apercevait à travers ses paupières entrouvertes, debout près du lit, un bloc-notes entre les mains. Elle entendit des mots sortir de sa bouche, qu'elle ne pouvait contrôler. L'homme sourit, tapota son épaule. Le moment d'après, elle était toute seule dans la pièce, il avait dû partir sans qu'elle s'en rende compte.

Petit à petit, la douleur devenait plus perceptible, encore sourde dans ses jambes et ses bras engourdis, mais plus vive à chaque respiration.

Elle essayait de retrouver ce qui avait pu arriver, mais ses souvenirs étaient embrouillés, insaisissables. Le visage pâle de Jelena, ses yeux bleu vif, un cri.

Elle sursauta.

Jelena était sur le toit du hangar de la ferme, à trois mètres du sol, sans échelle. Leur mère criait, le vent se levait, le bruit du tonnerre ou des coups de feu au loin. Elle disait à Jelena de sauter, elle l'attraperait. Et c'est ce que Jelena avait fait, sans hésiter.

Sofia sentit des larmes dégringoler sur ses joues. Elle avait l'impression qu'elle allait s'étrangler. Mais quelle importance maintenant ?

Elle vit Jelena tourner le dos à la route, baisser les yeux, froncer les sourcils. La voiture qui fonçait sur elle. Elle se revoyait lui tendre bêtement la main, Jelena volant dans les airs, hurlant jusqu'à ce que sa tête percute le pare-brise.

Sofia essaya de rouler sur le côté pour chasser ses souvenirs mais la douleur dans ses côtes se réveilla si brutalement qu'elle perdit de nouveau connaissance l'espace d'une minute, une heure peut-être.

Dans son délire, les mêmes secondes repassaient en boucle, décousues, irréelles. La voiture était tantôt un tank, tantôt un taureau. Jelena était vêtue de sa robe de confirmation et de ses chaussures de travail, onze ans, morte, vingt-quatre ans, vivante.

Elle vit Tomas, habillé de noir, les mains gantées, le visage couvert. Mais elle savait que c'était lui sous le masque. Qui se cachait d'elle.

Elle ne voulait pas voir ce qui se passait ensuite. Elle savait qu'il y aurait du sang. Beaucoup de sang.

Elle chassa les images, revint à elle puis sursauta. Quelqu'un essuyait doucement sa joue avec un mouchoir en papier, penché sur elle, masquant la lumière des phares de la voiture.

Non. Ce n'était pas ce qui se passait ici, maintenant.

Un autre homme était en face d'elle à présent.

D'où le connaissait-elle ? De là-bas, à la maison ? Ses pommettes hautes et plates, ses yeux verts et tombants avaient quelque chose de si familier. Quand il se mit à parler, elle ne savait plus si c'était réel ou si c'était un souvenir qui resurgissait, les mots semblaient sortir indépendamment des mouvements de sa bouche.

Elle ferma les yeux et quand elle les rouvrit il était là, assis tout près d'elle. Elle essaya de concentrer son attention sur lui, mais les contours de sa silhouette étaient flous.

– Je suis l'inspecteur Zigic. Dushan. Vous m'entendez, Sofia ?

C'était comme si elle était sous l'eau, les bruits étaient étouffés, tout était trouble. Elle se débattit pour revenir à la surface.

– S'il vous plaît… Jelena ? murmura-t-elle.

– Je suis vraiment désolé, ils ont fait tout ce qu'ils pouvaient.

Elle retomba dans les vapes. Une terrible pression s'abattait sur sa poitrine. Le visage de l'homme s'éloignait tout à coup, elle l'entendit parler, un simple murmure, puis de longs gémissements aigus et seulement une petite partie de son cerveau savait qu'ils provenaient d'elle, de sa gorge et de ses poumons endoloris.

Elle vit le sang sur ses mains.

Il ne s'en sortirait pas comme ça.

Elle prononça son nom.

– Quoi ? Sofia, je ne vous entends pas.

L'homme s'approcha.

– Vous avez vu qui vous a percutée ?

– Anthony Gilbert.

– Qui est-ce ?

– Le petit ami de Jelena. Son ex. C'est lui.

7

– Il a un casier, dit Ferreira, répétant à Zigic qui conduisait ce que lui disait Wahlia au téléphone.

Il apercevait à cent mètres derrière eux la voiture de police venue en renfort du commissariat de Thorpe Wood, débouchant à toute allure du rond-point de Serpentine Green en coupant le passage à une camionnette de la poste, la sirène hurlant sur le toit.

– Meurtre ? demanda Zigic, les mains serrées sur le volant.

– Non, harcèlement. La première fois en 2004. Une ex-petite amie. Il a saccagé sa voiture, est rentré chez elle par effraction, son chat a été retrouvé mort. On lui a collé une ordonnance restrictive et ça s'est arrêté là.

– D'habitude ils ne s'arrêtent pas aussi facilement de sévir, dit Zigic.

– Non, mais apparemment il a jeté son dévolu sur quelqu'un d'autre. En 2006 il est mis en cause pour dommages volontaires, même chose, il lui a crevé les pneus, harcèlement, menaces. C'était une serveuse du pub où il avait ses habitudes, mais ils ne sortaient pas ensemble.

– Et il a arrêté de la harceler ?

– Au bout d'un moment. Rien pendant deux ans, puis une agression. Il a été mis en cause, mais les poursuites ont finalement été abandonnées. Une autre ex… Quoi, Bobby ? s'interrompit-elle un instant, les yeux écarquillés. Il s'en est aussi pris au petit ami, répéta-t-elle, il a essayé de le renverser sur le parking de son travail… C'est lui, c'est bien le connard qu'on recherche.

Zigic accéléra, longeant une enfilade de maisons d'allure vaguement scandinave à l'entrée de Hampton Ridge. Le lotissement se poursuivait par une centaine d'hectares de jolis petits enclos et de maisons ultra-ornementées dans un style qui se voulait néoclassique. Derrière se cachaient des constructions plus petites et moins soignées, serrées les unes contre les autres, puis des logements sociaux au milieu desquels on trouvait un centre de sevrage et un foyer de réinsertion. Des lacs artificiels apparaissaient çà et là, ternes sous le ciel sombre. Des bouts de prairie avaient été conservés pour donner au cadre une allure saine et rurale, loin de l'ancienne décharge sur laquelle le quartier avait été construit et dont les fondations, lentement mais sûrement, continuaient de s'affaisser.

– Le tas de merde, dit Ferreira en raccrochant. C'est cette rue-là, puis la prochaine à gauche.

– On ne sait pas si c'est lui, pour l'instant.

– Ce genre de mec se fout des dégâts collatéraux tant qu'il atteint sa proie. Tu le sais aussi bien que moi. La plupart des gens qui cherchent à se venger de quelqu'un attendent que la personne soit seule pour frapper, ajouta Ferreira en faisant mine de fendre l'air d'un couteau. Mais les types qui harcèlent, c'est autre chose. Il faut absolument qu'ils satisfassent leur obsession, quoi qu'il arrive.

Zigic acquiesça d'un murmure, attentif aux numéros de la rue. Elle était jolie avec ses maisons en brique aux toits en ardoise, des petits auvents au-dessus des portes, beaucoup de jardinières aux fenêtres, des haies bien taillées. Anthony Gilbert devait savoir donner le change quand il rencontrait quelqu'un et il n'avait d'ailleurs pas l'air d'avoir trop de mal à se trouver de nouvelles petites amies. C'était juste le fait de se comporter ensuite comme un être humain à peu près potable qui semblait lui poser problème.

Ferreira sauta de la voiture avant l'arrêt complet et se précipita vers la porte d'entrée, tambourinant du poing. Zigic envoya les renforts se poster à l'arrière de la maison. Ferreira cogna de nouveau.

Les rideaux de la fenêtre du salon étaient tirés, mais un interstice de quelques centimètres laissait entrevoir la lueur d'une lampe et les reflets de la télévision par terre, un tapis crème à poils longs et le bout d'un canapé.

– La clef est encore sur la porte, dit Ferreira. Il est chez lui.

L'agent Blake réapparut à l'avant de la maison en courant.

– Il est dans la cuisine, chef. On dirait qu'il a fait un malaise.

Zigic le suivit le long du mur de briques séparant le jardin de celui du voisin. De l'autre côté, des enfants riaient et poussaient des cris en faisant rebondir leur ballon, qui tapa contre le cadre d'une fenêtre et leur mère hurla.

– Là, dit Blake.

Par un carreau de la porte vitrée, Zigic aperçut Anthony Gilbert recroquevillé sur le carrelage blanc de la cuisine. Il était toujours en pyjama, une flaque de vomi à côté du visage.

– Appelle une ambulance, tout de suite.

– Oui chef.

– Et ramène le bélier.

Une minute plus tard, Blake réapparut et Zigic recula pour lui laisser la place. L'agent se mit en position face à la porte, mesura une fois, deux fois, puis lança le bélier contre le cadre en bois, juste au-dessus de la serrure. La porte s'ouvrit en grand, cognant le mur si fort qu'un carreau se brisa.

Zigic entra, broyant des éclats de verre sous ses pas. Il s'accroupit à côté de Gilbert, posa les doigts contre son cou. La peau était froide mais il y avait un pouls, faible et irrégulier. Il mit l'homme en position de sécurité et dit à Blake d'aller chercher de quoi le couvrir.

Un verre était posé sur le plan de travail en granit noir, une bouteille de vodka entamée de moitié et quatre plaquettes d'ibuprofène vides. Quarante-huit cachets. Il n'y était pas allé de main morte.

– Rongé par la culpabilité ? dit Ferreira, arrivant derrière lui.

– Peut-être, dit Zigic en ramassant par terre le téléphone de Gilbert. Mais il est en pyjama. Pourquoi se changer avant de se tuer ?

– On veut pouvoir être à l'aise dans ce genre de situation, non ? dit-elle en baissant les yeux, les pieds à quelques centimètres du visage de Gilbert. Tu crois qu'il nous entend ?

– C'est possible.

Zigic balaya du pouce l'écran du téléphone qui s'éclaira, montrant une photo d'Anthony en compagnie d'une jeune femme blonde aux yeux abondamment fardés, leurs visages l'un contre l'autre, souriants, la peau luisante, l'air éméché.

– C'est Jelena Krasic, dit Ferreira.

– T'en es sûre ?

– Oui. Elle était encore sur les lieux de l'accident quand je suis arrivée. Ils étaient en train de déplacer son corps.

Le regard de Ferreira redescendit vers Gilbert, face contre terre. Elle recula légèrement le pied, comme pour lui shooter dedans, mais finalement s'éloigna et alla examiner un cadre accroché au-dessus de la table de bar.

– Ça serait pratique s'il nous avait laissé une lettre d'aveux signée.

– Va jeter un œil dans la maison, Mel.

Zigic fit défiler l'historique des appels de Gilbert. Il avait téléphoné à Jelena Krasic plusieurs fois avant 6 heures ce matin. Il devait savoir qu'elle serait levée, occupée à se préparer pour partir au travail. Il avait appelé la veille au soir aussi, presque toutes les heures, des appels courts auxquels elle n'avait visiblement pas répondu. Zigic remonta en arrière : la même chose se répétait jour après jour, plus de vingt appels par jour, la plupart sans réponse, mais elle décrochait de temps à autre, les conversations ne durant pas plus de quelques minutes. Zigic imaginait Gilbert la supplier, lui promettre que ce serait différent cette fois-ci, que ce qui l'avait fait fuir ne se reproduirait plus.

Ou il la menaçait. Ça s'accordait mieux avec ce qu'ils savaient du personnage.

L'historique des appels montrait que c'était Jelena qui lui avait téléphoné ce matin-là, un peu après 5 heures, et que la conversation avait duré vingt-cinq secondes avant qu'elle raccroche.

Est-ce que c'était ça ? songea Zigic. Un dernier refus de Jelena, sans équivoque, poussant finalement Gilbert à passer à l'acte ?

Mais la voiture avait été achetée deux jours plus tôt. Le meurtre avait donc été prémédité, et Gilbert ne pourrait pas mettre ça sur le compte d'un coup de folie.

Blake revint dans la cuisine avec un plaid en fausse fourrure qu'il étendit sur Gilbert en prenant soin de le replier pour laisser son visage découvert. Gilbert était livide, les lèvres pâles, virant au bleu.

Une sirène se rapprochait. Deux minutes plus tard, une ambulance s'arrêta devant la maison, faisant sortir plusieurs voisins sur le pas de leur porte. Zigic envoya Blake et Jones les interroger pendant que les ambulanciers s'occupaient de Gilbert, rapides et précis dans leurs gestes.

Zigic s'écarta du passage et alla dans le salon où l'écran plat de la télévision, accroché au-dessus de la cheminée, était allumé sur les infos de la BBC. Il passa en revue les étagères. Quelques dizaines de livres et des piles de magazines pour homme, des DVD rangés par ordre alphabétique, rien d'inhabituel.

Il y avait aussi des photos, Gilbert et Jelena avec parfois Sofia Krasic et un autre homme blond, le bras autour des épaules de Sofia, mais la plupart étaient seulement de Jelena et Gilbert, dans toutes sortes de bars et de restaurants, Jelena pelotonnée dans le canapé en cuir du salon, un verre de vin à la main, ou assise sur le tapis au coin du feu, vêtue d'une simple chemise d'homme trop grande pour elle. C'était comme un autel qu'il lui aurait dédié.

L'un des ambulanciers alla chercher un brancard.

Peut-être que Gilbert ne pensait pas que les choses iraient si loin et qu'il n'avait mesuré ce qu'il avait fait qu'une fois l'adrénaline retombée. Ou peut-être que Jelena était différente des autres, tellement unique qu'il ne pouvait pas imaginer vivre sans elle, et dans ce cas l'issue ne pouvait être qu'un meurtre suivi d'un suicide.

– Je n'ai trouvé aucune trace de lettre, dit Ferreira en arrivant derrière lui. Espérons que ce connard s'en tire.

8

En arrivant à la section des crimes de haine, ils trouvèrent le commissaire Riggott en train d'examiner le tableau dédié au délit de fuite. Impeccablement vêtu, comme à son habitude, costume en lainage noir et chemise parfaitement blanche. Zigic se sentait toujours débraillé à côté de lui, mais Riggott n'était pas vraiment un flic, ça faisait longtemps qu'il ne s'aventurait plus sur le terrain. Il jouissait pourtant d'une réputation extraordinaire auprès des policiers les plus âgés du commissariat, qui se souvenaient de comment il savait enfoncer les portes et distribuer les coups. Des policiers qui, s'ils partageaient son tempérament brutal, ne possédaient pas les qualités de stratège qui avaient permis au commissaire de grimper les échelons tandis qu'eux allaient partir à la retraite sans avoir jamais vraiment progressé dans leur carrière.

Il tapa dans ses mains en voyant Zigic et Ferreira arriver.

– Ziggy, déjà des résultats. J'ai toujours dit que t'étais un bon.

– On n'a encore arrêté personne, remarqua Zigic en enlevant sa parka. Mais ça s'annonce bien.

– J'ai entendu dire que ton homme avait essayé de s'achever ?

– Les ambulanciers pensent qu'il va s'en tirer.

– Magnifique, dit Riggott en hochant la tête.

Au tableau figurait un portrait d'Anthony Gilbert, le plus récent dans les fichiers de la police. Un visage mince, sans rien de particulier, des cheveux bruns et des pattes soigneusement dessinées.

– Ce genre de choses, ça mérite un procès. Les gens veulent voir la justice s'abattre sur les coupables. Face à un double homicide, on est d'humeur biblique.

– On n'en est pas encore là.

– Il va finir par avouer. S'il se sent suffisamment coupable pour se tuer, ça ne devrait pas être trop difficile de le faire craquer, crois-moi.

– Vous voulez vraiment qu'on reste sur l'affaire ? demanda Zigic. Ça n'a pas l'air d'être un crime de haine, et on a d'autres enquêtes en cours.

– Tu devrais être content, ça te fait un succès quasi garanti au compteur.

Riggott se tourna vers les deux autres tableaux alignés contre le mur opposé. Il y avait trop d'espaces vides là-dedans pour espérer une résolution rapide.

– Et ça avance, ces enquêtes-là ?

– On y travaille.

Riggott se rapprocha des deux tableaux.

Deux meurtres, à trois semaines d'écart, des hommes d'origine étrangère. Si ça avait été des femmes, ou s'ils avaient été de nationalité britannique, les gens auraient déjà commencé à porter leurs soupçons macabres sur un tueur en série. Mais il s'agissait ici d'hommes tabassés à coups de pied aux heures de fermeture des bars, dans des petites rues mal famées où la violence était monnaie courante et où ceux qui en étaient victimes faisaient rarement appel à la police. Des histoires a priori banales, peu palpitantes, et pour l'instant ils avaient réussi à ce que les liens entre les deux crimes ne s'ébruitent pas.

Les deux meurtres avaient eu droit chacun à son tour à un article en première page et à quelques mentions aux infos locales avant d'être remplacés quelques jours plus tard par des horreurs plus croustillantes.

– On aurait besoin d'un peu plus de couverture médiatique, dit Zigic. Quelqu'un a forcément vu quelque chose. Vous savez comment c'est, la nuit là-bas, les rues sont bondées. Il faut juste qu'il y en ait qui se décident à parler.

Riggott ne répondit pas tout de suite, étudiant les photos des scènes de crime et les rapports de la police scientifique, fronçant les sourcils devant la courte liste de suspects et de pistes inexploitables faute de témoignages ou à cause d'alibis trop solides.

– C'est la chance qui te sourit avec ce délit de fuite, dit-il enfin. Un ex-petit ami jaloux, les gens ça leur suffit. Mais les médias nationaux commencent à se rameuter et il vaudrait mieux pas qu'ils se mettent aussi à fouiller dans tes deux autres meurtres.

– Peut-être que ce ne serait pas si mal qu'ils s'en mêlent, dit Zigic. Ça pourrait inciter un témoin à sortir du silence.

– Peut-être, concéda Riggott en se frottant le menton. Ou bien ça pourrait foutre toute ta carrière en l'air. T'as vu ce qui est arrivé au mec de Soham ? Un bon flic, un des meilleurs même, mais la presse le tenait par les couilles. Si tu les laisses entrer chez toi, après tu contrôles plus rien.

– C'est pas le même genre d'affaires.

– Non, là on est face au meurtre raciste de deux immigrés dans une ville où l'extrême droite monte en puissance et où il y a un ras-le-bol grandissant vis-à-vis de l'état des services publics, des logements et d'à peu près tout d'ailleurs. Tu sais où se trouve notre directeur régional, aujourd'hui ? ajouta-t-il à voix basse en se rapprochant de Zigic. Il est au club de golf de Milton en train de faire ami-ami avec une délégation de chez Tata Motors.

– Quel est le rapport ? demanda Zigic.

– T'es plus malin que ça, Ziggy. Tata envisage de reprendre la vieille usine Perkins, dans la zone industrielle. Ça représente mille cinq cents emplois. Alors à ton avis, comment tu crois que ce vieux grigou va réagir si ses nouveaux copains commencent à lui poser des questions sur la criminalité dans la ville ? S'ils commencent à s'inquiéter pour la sécurité de leurs employés ?

– J'ai encore jamais rencontré de patron qui se soucie de la sécurité de ses ouvriers.

– C'est un moyen de pression, dit Riggott. Tu fais part de tes inquiétudes et t'en profites pour faire baisser les prix. Réfléchis un peu, mon garçon.

Zigic croisa les bras, commençant à voir où son supérieur voulait en venir.

– Tu sais bien que ce département, c'était un coup de pub, dit Riggott en levant la main pour couper court aux protestations de Zigic. Ne le prends pas mal, c'est un travail important que tu fais, et tu le fais très bien. Mais tu sais comme moi que les enquêtes des crimes de haine pourraient très bien être gérées par la brigade criminelle. Donc c'est pas le moment de te faire remarquer.

– Ce qui veut dire exactement ?

– Ce qui veut dire qu'un certain monsieur avec de jolis boutons dorés sur ses épaulettes va très bientôt s'atteler au budget de l'année prochaine et qu'il risque de le prendre très mal s'il voit que tu attires l'attention sur la myriade de problèmes sociaux qui pourrissent sa petite ville.

Zigic se tourna vers les photos des deux hommes assassinés.

D'abord un jeune Somalien de dix-sept ou dix-huit ans, ils n'avaient pas pu établir son âge avec certitude. Les amis avec lesquels il partageait un appartement à Bretton ne le connaissaient que sous le nom de Didi. Ils n'avaient pas pu dire ni quand ni comment il était arrivé en Angleterre et ne savaient même pas s'il avait de la famille à laquelle annoncer la nouvelle. Ils avaient remis aux policiers une photo de Didi souriant derrière une cannette de Coca, les yeux presque fermés. Quand son corps avait été retrouvé, sa tête était méconnaissable. Elle avait été tellement rouée de coups de pied que tous les os de son visage étaient brisés et qu'on n'avait pu l'identifier définitivement que grâce au dossier médical que conservait de lui le centre de santé du quartier où il était inscrit.

Le second homme, Ali Manouf, avait subi le même sort, lui aussi le visage défoncé à coups de botte. Zigic n'avait jamais vu des blessures de cette ampleur, et il n'arrivait même pas à concevoir le degré de haine qu'il fallait avoir en soi pour commettre un acte pareil.

Il ne s'agissait pas simplement de tuer, il s'agissait d'anéantir.

Ils en savaient un peu plus sur Manouf. C'était un ingénieur iranien qui avait payé des passeurs espagnols pour le faire entrer en Angleterre avec de faux papiers. Une fois l'argent versé, on l'avait largué au bord de l'autoroute A1 au nord de Peterborough sans les papiers promis. Une patrouille de police faisant des contrôles de vitesse l'avait ramassé et remis au département de l'immigration et des frontières. Sa demande d'asile était en cours de traitement lorsqu'il avait été tué. Mais le responsable que Zigic avait eu au téléphone lui avait dit qu'il n'aurait probablement pas obtenu l'autorisation de rester sur le territoire.

Il logeait dans un foyer d'hébergement de Lincoln Road et travaillait au noir un peu plus loin dans un atelier clandestin où on cousait des robes du soir pour une grande marque de prêt-à-porter. Son patron leur avait raconté que Manouf s'était réjoui quand il lui avait proposé de faire quelques heures de plus ce soir-là. Il était parti à 2 heures du matin, avec en poche un petit supplément et peut-être le sentiment que la journée avait été un peu moins mauvaise que d'habitude. Puis il avait croisé la route de celui qui l'avait assassiné.

Les deux victimes avaient une réputation d'honnêtes hommes auprès des rares personnes qui les connaissaient : on les disait calmes, polis, essayant de ne pas se faire remarquer et d'éviter les ennuis. Aucun des deux n'avait la carrure pour se battre, ce qui expliquait sans doute pourquoi leur assassin les avait choisis pour cibles.

Cela faisait trois semaines que Didi avait été tué, Manouf quatre jours, et l'enquête n'avait pas progressé. Ce qui inquiétait le plus Zigic, c'était l'idée qu'il faudrait sans doute bientôt sortir le dernier tableau blanc du bureau pour une troisième victime. Un individu capable de ce degré de violence ne s'arrêterait que quand on lui mettrait la main dessus.

– Donc vous voulez qu'on étouffe l'affaire ? demanda Zigic.

Riggott posa une main sur son épaule.

– Je te conseille simplement de passer les jours qui viennent à mettre au point un dossier en béton contre Anthony Gilbert. Dès qu'il sera inculpé, la pression retombera, tu me suis ?

Il savait que Riggott avait raison, mais il n'aimait pas que ses actions lui soient dictées par les attentes des médias ou les calculs politiques du maire. Riggott ne s'était pas aventuré jusqu'ici sans raison, et ce n'était pas un conseil amical et spontané qu'il lui donnait, mais un ordre.

– Très bien.

– T'es gentil. La conférence de presse aura lieu à 17 heures, dit Riggott en s'éloignant vers la porte.

Il s'arrêta pour claquer des doigts à l'adresse de Ferreira.

– Mel, assure-toi qu'il porte un costume.

Elle le regarda sortir, les sourcils froncés.

– Ça veut dire quoi, je suis censée jouer les habilleuses maintenant ?

Zigic alla se servir une tasse de café. Visiblement, les nouvelles recrues n'avaient pas hésité à taper dans les réserves. Mais quelqu'un avait apporté des pâtisseries. Mieux vaut en profiter tant que c'est là, se dit-il en mordant dans un feuilleté à l'abricot.

– On a du nouveau de la part de l'équipe scientifique ?

– Le sang retrouvé sur l'airbag est du même groupe que celui d'Anthony Gilbert, dit Wahlia. Jenkins a dit qu'elle travaillait sur la trajectoire des impacts, quelque chose comme ça, honnêtement j'ai pas capté la moitié de ce qu'elle a dit.

– On n'a pas besoin de tout ça, lança Ferreira en se roulant une cigarette, assise sur son bureau. Il faut juste que cette enflure se réveille et parle.

– Et s'il nie tout ? demanda Zigic.

– Eh ben on continue à lui poser des questions, et plus fort, dit-elle en léchant le bord du papier.

– Et si jamais il ne se réveille pas ? insista Zigic en trempant son feuilleté dans son café. On n'aura rien à présenter au procureur. Retourne voir les gars de Hossa Motors, et demande à Ivan s'il reconnaît Gilbert sur la photo.

Ferreira attrapa aussitôt sa veste et sortit du bureau.

– T'as mis la main sur son compte bancaire, Bobby ?

– J'attends toujours qu'ils me rappellent.

– Et les vidéos des caméras de surveillance ?

– Mauvaise nouvelle de ce côté-là. On n'a rien sur les enregistrements jusqu'au moment où la voiture débouche sur Lincoln Road juste avant l'accident.

– Et après ?

– Grieves est dessus.

Zigic se rapprocha du bureau qu'occupait l'agent Grieves. Celle-ci balaya vite les miettes qu'elle avait fait tomber sur sa table. Elle avait rejoint les enquêteurs de la brigade criminelle dix-huit mois plus tôt mais ne semblait pas encore à son aise dans ce nouveau rôle. Elle parlait doucement, était terriblement timide dès qu'il fallait qu'elle prenne la parole, et Zigic se demandait comment elle avait survécu aux patrouilles sur le terrain. Mais elle était appliquée et avait l'œil pour les détails, ce qui n'était pas toujours le cas de ses collègues plus extravertis.

– Des gens l'ont poursuivi dans Green Lane, c'est bien ça ? lui demanda Zigic.

– Oui, chef. Quatre hommes l'ont pris en chasse.

Elle lui montra la vidéo de la collision et du conducteur sautant hors de sa voiture. Il s'entravait le pied dans la ceinture de sécurité, manquait de tomber mais se redressait et partait en courant, un petit groupe à ses trousses à vingt ou trente mètres derrière.

– On les perd de vue pendant une minute, dit Grieves, passant à une autre vidéo. Puis là, sur Dogsthorpe Road, il réapparaît sur une des caméras. Deux des hommes ont abandonné la poursuite.

Elle changea de nouveau de vidéo, passant à une rue avec des villas édouardiennes, des voitures et des poubelles sur le trottoir, les formes mal définies dans l'obscurité, les lampadaires très espacés n'émettant qu'une faible lumière.

– Puis il disparaît au bout d'All Saints Road.

– On n'a rien d'autre ?

Grieves secoua la tête, agitant ses cheveux rouges coupés au carré.

– On l'aperçoit pour la dernière fois à 6 h 08, chef.

– Ce qui lui laisse tout le temps de rentrer chez lui à Hampton et d'avaler l'armoire à pharmacie, dit Wahlia. Même si à pied, ça fait quand même une trotte.

– OK, Deb, vous n'avez qu'à continuer là-dessus pour l'instant. Regardez si on le voit réémerger quelque part, d'accord ? Avec un peu de chance, on pourrait avoir un plan de son visage.

– Oui, chef.

Wahlia se leva pour répondre au téléphone et Zigic se resservit une tasse qu'il emporta dans son bureau. Il ferma la porte et se laissa tomber sur son fauteuil, le cuir expulsant un peu d'air sous son poids.

Il resta un moment immobile, observant les photos d'Anna et des garçons dans leurs caches, souriant instinctivement en réponse à leurs sourires, puis se trouva idiot d'avoir eu ce réflexe. Anna emmenait Milan chez le dentiste aujourd'hui et il ne l'enviait pas. La dernière fois, malgré les trésors de douceur que tout le monde avait déployés pour l'amadouer, il avait refusé d'ouvrir la bouche, les regardant en fronçant furieusement les sourcils comme s'il sentait qu'on conspirait contre lui. Mais il était un peu plus grand maintenant. Peut-être qu'on pourrait le raisonner. Ou l'acheter.

Zigic se redressa, respira un grand coup et tira le clavier à lui. Il ouvrit plusieurs dossiers avant de trouver ce qu'il cherchait. Une courte vidéo de dix secondes, enregistrée quatre jours plus tôt par une caméra de surveillance placée en face d'une boucherie halal, à quelques pas de la ruelle où Ali Manouf avait été tué à coups de botte.

Le meurtrier entrait en scène par la droite, la caméra tassant et épaississant sa silhouette. Il portait une veste noire matelassée, un jean foncé et de grosses rangers.

Zigic savait qu'elles étaient maculées de sang, de débris d'os et de cervelle, même si ce n'était pas visible à l'image. Mais ça faisait assez de sang pour laisser une traînée d'empreintes au sol. Le visage de l'homme était masqué par une cagoule, ses yeux cachés derrière une fine couche de gaze. Il avait pris ses précautions. Il ne leur laissait pas même cet infime indice.

Il se tourna vers la caméra, se redressa de toute sa hauteur et leva sa main gantée en un salut nazi bien droit.

9

– Il va falloir qu'on mette au point une stratégie, dit Marshall, les bras croisés face à l'écran d'ordinateur où tournait en boucle une vidéo de l'accident. Au cas où ce serait un des nôtres.

– On n'a rien à voir avec eux, répliqua sèchement Richard Shotton. Même dans les quatre murs de ce bureau, entre nous. On a pris nos distances et on les garde. Je ne tolérerai pas que quiconque insinue qu'on ait le moindre lien avec ces grosses brutes de tatoués mal dégrossis.

Marshall baissa les yeux vers le sol en béton ciré.

– Non monsieur, bien sûr.

Shotton s'éloigna d'un pas rapide et s'immobilisa devant la longue baie vitrée du bureau qui donnait sur la façade de la maison de l'autre côté de l'allée. Sa femme descendait les marches de l'entrée, son manteau sur le bras. Elle enfila ses lunettes de soleil d'une main, déverrouilla sa voiture de l'autre et fit un signe au chauffeur de son mari qui lui adressa un salut militaire en retour. C'était une petite plaisanterie entre eux. Il avait visiblement un faible pour elle, mais Shotton ne pouvait pas lui en vouloir. À quarante-cinq ans, sa femme était toujours aussi éblouissante.

Elle démarra, projetant des gravillons contre les flancs de sa Range Rover. Ça ne ferait jamais que quelques accrocs de plus à la carrosserie. Ces dernières semaines, la pauvre bête avait subi de sérieux dégâts, frappée, rouée de coups de pied par des manifestants. La lunette arrière avait été fracassée par une pancarte arborant un slogan antifasciste mal orthographié. Son service de sécurité aurait pu s'occuper d'eux mais ça aurait fait tache dans les médias après sa prestation triomphale auprès de la prestigieuse association des étudiants de Cambridge.

Et en ce moment, l'image médiatique comptait plus que tout.

Quatre mois plus tôt il avait été élu au nord du comté de Cambridge lors d'une élection anticipée, précipitée par la gestion douteuse de son prédécesseur conservateur. Mais il savait qu'il ne fallait pas se reposer sur ses lauriers. Il n'avait obtenu qu'une maigre majorité, avec un faible taux de participation, et n'importe quel étudiant de première année en sciences politiques sait que l'électorat profite souvent de ce genre de scrutin pour exprimer son mécontentement vis-à-vis du gouvernement en place.

Les élections générales du mois de mai ne seraient peut-être pas aussi faciles à gagner.

Il fallait qu'il consolide sa position, qu'il gagne à sa cause les électeurs et, avant ce matin, il n'avait jamais douté d'y parvenir.

Le parti possédait déjà quatre sièges au conseil municipal de Peterborough, trois autres dans le Fenland, et les sondages qu'il avait commandés montraient que la ligne politique du parti bénéficiait d'un soutien solide dans la région : s'il avait été élu, ce n'était pas par un simple accès de grogne locale en direction de Westminster.

Mais il n'avait pas eu besoin des sondages pour s'en rendre compte.

Il avait arpenté les rues, pris la température dans les fêtes de villages et les journées portes ouvertes, était parti à la rencontre des gens ordinaires. Il savait qu'ils seraient prêts à lui donner leurs voix quand viendraient les élections. Il leur offrait enfin ce dont ils avaient rêvé pendant des années sans oser le dire tout haut. Et aujourd'hui, ils étaient prêts à l'admettre ouvertement dans les sondages d'opinion.

À l'échelle nationale, ils avaient identifié vingt-quatre circonscriptions qui présentaient les mêmes caractéristiques : majorités politiques affaiblies, mécontentement populaire grandissant, présence de l'English Patriot Party dans les conseils municipaux.

Ils ne les remporteraient pas toutes, bien sûr, mais s'ils gagnaient déjà dans six ou sept d'entre elles, ils commenceraient à avoir plus de poids au sein de l'échiquier politique national. Les élites de Westminster et la clique des médias gauchistes seraient forcées de les prendre au sérieux.

Mais d'abord, il allait falloir maîtriser cette situation.

Il revint s'asseoir à son bureau, un grand plateau de verre sur pieds métalliques. Marshall attendait face à lui, pianotant agilement sur l'écran de son iPad.

– Alors voilà ce qu'on va faire, dit Shotton en écartant les mains. On reste sur cette ligne : « Cet accident est effroyable et nous tenons à exprimer notre plus vif soutien aux familles et aux proches des victimes. »

– La rumeur circule déjà sur le Net que le responsable serait un membre de l'English Nationalist League.

– On ne va pas s'abaisser à répondre à ça.

– Je crois qu'on aurait intérêt à s'y préparer, dit Marshall. Cette journaliste du *Times* est tout à fait capable de poser la question et il vaudrait mieux qu'on ait une réponse à lui donner.

– Ne vous inquiétez pas pour elle.

Shotton s'enfonça dans son fauteuil et se tourna de nouveau vers les baies vitrées. Le soleil faisait briller la carrosserie de la Range Rover que le chauffeur était en train d'astiquer. Il appuya sur une touche de son téléphone.

– Dites à Christian de venir, je vous prie.

– Je ne vois pas trop en quoi il pourrait nous être utile, dit Marshall.

Son iPad émit une petite note.

– Et… et ça y est, ça commence. Le *Huffington Post* vient de publier un article sur la présence de responsables de l'English Nationalist League à Peterborough, fit-il en continuant à parcourir la page. Et ils ont mis une photo de vous avec Ken Poulter.

Shotton émit un léger grognement. Ça faisait plus d'un an qu'il n'avait pas adressé la parole à Poulter en public, trop conscient des effets négatifs sur son image. Mais il y avait toujours des fouille-merde de journalistes prêts à sacrifier leur temps pour salir sa réputation.

– Il y a quelque chose dont je devrais m'inquiéter là-dedans ?

– À part la photo où vous donnez l'accolade à un type qui a des barbelés tatoués sur le cou, vous voulez dire ?

Marshall restait les yeux rivés sur sa tablette, comme à son habitude. Il aurait fallu lui raccorder directement le truc au cerveau pour bien faire, songea Shotton.

– Ils insinuent qu'il y aurait un lien de cause à effet entre l'accident et le climat de tensions raciales dans la ville. On est en train de vous pointer du doigt en tant qu'agitateur.

Shotton s'appuya contre le dossier de son fauteuil, leva la tête vers le plafond voûté. Un agitateur. Depuis quand est-ce une mauvaise chose de mobiliser l'opinion publique sur les sujets qui fâchent ? songea-t-il.

Il fallait bien que quelqu'un s'attelle aux questions que les autres étaient trop peureux pour poser.

Churchill, Thatcher, Tony Benn. Tous des « agitateurs », et on ne le leur avait pas reproché.

– Ils se contentent de ressasser constamment les mêmes histoires, dit-il.

Marshall soupira.

– Il faut qu'on trouve un moyen de détourner l'attention pour limiter les dégâts.

– Non, on ne fait rien. Pas avant d'avoir une meilleure idée de ce qui se passe, répondit Shotton en croisant les bras. Un bon général doit parfois savoir attendre sans bouger.

L'imposante silhouette blonde de Christian apparut dans l'encadrement de la porte vitrée qui donnait sur un bureau ouvert. Un seul des quatre postes était occupé par Elizabeth, la secrétaire, chargée d'organiser les rendez-vous de Shotton. Le reste des troupes ne les rejoindrait qu'à la fin du mois, lorsque le gros du travail débuterait.

Ce serait alors le chaos, une ambiance survoltée, les téléphones qui sonnent et les imprimantes qui tournent sans discontinuer, les communiqués de presse et les professions de foi, les banderoles, les autocollants et les odeurs de transpiration quand on a passé la nuit à travailler. Tout le monde se serrant les coudes sans rien relâcher jusqu'au 7 mai.

À cette pensée, Shotton se leva, sentant la même énergie envahir son corps qu'autrefois, à l'armée, au moment de partir en mission.

– Entrez, Christian.

– Vous vouliez me voir, monsieur ?

Christian se tenait bien droit, les mains derrière le dos, les pieds écartés, le ventre rentré. Chaque centimètre carré de sa personne respirait encore le flic, même si ça faisait déjà deux ans qu'il ne faisait plus partie de la police. Une blessure de rugby l'avait obligé à abandonner les interventions de terrain et il avait fini par atterrir dans une agence de sécurité pour laquelle il était bien trop bon. Déférent quand il fallait l'être, mais prêt à réagir au quart de seconde. Qualités que Shotton appréciait. C'était rassurant de savoir que l'homme saurait instinctivement quoi faire en cas de pépin. C'est bien ce qu'on attend d'un garde du corps.

Quand le contrat de Christian arriverait à son terme, il le prendrait à temps plein. Pour s'assurer la loyauté des gens, mieux valait miser sur le long terme.

– Cet accident mortel avec délit de fuite, vous en avez entendu parler par vos anciens collègues ?

– Quel accident ?

– Vous ne regardez pas les infos ? demanda Marshall.

– Mes enfants regardent des dessins animés le matin.

Il avait l'air un tout petit peu gêné de l'admettre.

– Ce matin, dit Shotton, une voiture est rentrée dans un groupe d'immigrés sur Lincoln Road. C'est pas le commissariat de Thorpe Wood qui est dessus ?

– Si, sûrement monsieur.

– OK, alors passez quelques coups de fil, d'accord ? Tâtez un peu le terrain pour voir où ils en sont.

– Bien sûr, monsieur, dit Christian en hochant la tête.

– Mais subtilement, s'il vous plaît, dit Marshall. J'ai pas envie de me retrouver avec leur attachée de presse sur le dos.

Christian ignora la remarque, gardant les yeux fixés sur Shotton. Il en fallait plus pour le dérouter.

– Autre chose, monsieur ?

– C'est tout pour le moment, merci Christian.

Celui-ci hocha la tête et regagna le bureau ouvert où résonnait la voix distinguée d'Elizabeth. Un coup de fil personnel, à ce qu'il en entendait, mais Shotton ne lui en tiendrait pas rigueur.

– Vous croyez vraiment que c'est une bonne idée ? demanda Marshall. Le directeur régional de la police vous en apprendrait plus et avec moins de risques de fuites.

– Weir est un salopard d'arriviste. Moins il est au courant de ce qui se passe, mieux on se porte. S'il s'aperçoit qu'on est préoccupés, il va commencer à fouiller pour trouver un moyen de faire pression sur moi. Christian veut juste garder son boulot. Il arrivera aux mêmes résultats que Weir, à moindre coût.

Shotton revint s'asseoir à sa table, but quelques gorgées du thé glacé qu'Elizabeth lui avait apporté un peu plus tôt et commença à penser à son interview de l'après-midi. Une jeune femme du *Times* que le journal avait piquée au *New Statesman*. Elle tenait aussi un blog politique assez influent et possédait un excellent carnet d'adresses et un instinct de tueuse, bien plus que son jeune âge ne le laissait supposer. Le monde avait changé, Shotton savait qu'il lui faudrait s'y habituer. En politique, le pouvoir était toujours entre les mains d'hommes comme lui, mais pour ce qui était des médias, le vieux club des garçons était caduc.

Cela dit, elle avait sans doute des échéances serrées et se contenterait probablement des questions et réponses habituelles. Pourquoi était-il venu s'installer à Peterborough ? Parce qu'il gardait de bons souvenirs du temps qu'il avait passé non loin de là à Uppingham, et de son long séjour à la base militaire de Cottesmore dans les années 1990. Ça serait l'occasion pour elle de faire un petit résumé de ses années de service dans la Royal Air Force et d'utiliser la photo où on le voyait grimper dans un Tornado GR4, un cigare entre les dents. Tous les journalistes l'utilisaient. Puis on en viendrait à sa rencontre avec son épouse lors d'un gala de charité, aux actions qu'elle menait en faveur des droits de l'homme. Les femmes voulaient toujours parler de Gabriela et il était ravi de leur faire ce plaisir. Pour les électeurs, Shotton le savait bien, la valeur d'un homme politique se mesure en grande partie à l'image que renvoie sa moitié.

Marshall grommela quelque chose.

Shotton ne faisait pas attention à lui. Il regardait la photo de Gabriela sur son bureau. Elle détestait vivre aussi loin de Londres, et il la comprenait. Peterborough était quand même un trou à rat. Mais bientôt ils pourraient reprendre possession de leur petit appartement de Kensington, autant de jours par semaine que possible sans attirer les soupçons.

Marshall laissa échapper un juron.

– Notre page Twitter s'affole, dit-il.

– Formidable.

– Non, pas formidable du tout. On est bombardés de tweets par ces grosses brutes auxquelles vous ne voulez pas être associé. Et ils sont en train de nous vomir dessus toutes leurs saletés. Des saletés en notre soutien.

– Alors il va falloir faire le ménage, dit Shotton.

Marshall se rapprocha de la fenêtre.

– Et ça commence chez nous, dit-il en indiquant d'un geste la Range Rover.

– Il est hors de question que je me rabatte sur une Prius, si c'est ce que vous voulez dire.

– Vous savez très bien ce que je veux dire, dit Marshall.

Et en effet, Shotton voyait très bien où il voulait en venir, ça faisait des mois que Marshall lui rebattait les oreilles avec Selby.

– Il faut qu'on s'en débarrasse. Tout de suite. Avant que quelqu'un ne remonte jusqu'à l'English Nationalist League.

– Selby n'ira nulle part.

– Mais c'est un criminel, il a fait de la prison…

– Il n'y était pour rien dans cette bagarre, répondit Shotton d'un ton cassant.

– Vous croyez que la presse va se donner la peine de comprendre le contexte ?

Marshall rehaussa ses lunettes du majeur. Geste impulsif dont la signification n'échappa à aucun des deux hommes.

– Vous employez un assassin. C'est le prochain titre à la une des journaux.

Dehors, sans savoir qu'on parlait de lui, Selby continuait à nettoyer la Range Rover, à genoux sur les graviers, savonnant les enjoliveurs avec une éponge rose. Quand on le voyait, comme ça, il était impossible de deviner ce qu'il avait fait, ce dont il était capable. Il avait l'air d'un quadragénaire tout ce qu'il y a de plus banal. Des cheveux qui commençaient à tomber, une bedaine naissante. L'allure d'un flic, encore plus que Christian.

– Écoutez, j'aime bien ce type, sincèrement, reprit Marshall d'un ton calme et raisonnable. Mais il est en lien depuis très longtemps avec des gens pas franchement recommandables. Je veux dire, il n'y a pas un seul groupe d'extrême droite dont il n'ait été membre à un moment donné.

Selby se releva avec la vivacité d'un jeune homme, fit le tour de la voiture et s'accroupit derrière le capot.

– Ce sont des erreurs de jeunesse, dit Shotton.

– Si ça ne risquait de faire de tort qu'à lui, ça me serait égal.

L'esprit logique, la froideur du type, songea Shotton. Du genre à vendre sa grand-mère à des trafiquants d'esclaves blancs si ça pouvait lui faire gagner quelques points.

– Mais c'est votre chauffeur, reprit Marshall, et à ce titre il vous représente. En continuant à l'employer, vous apportez tacitement votre soutien à tous les groupes dont il a fait partie.

– Et en vous employant je soutiens tous ces sales trotskystes, alors, dit Shotton. Peut-être que je devrais me séparer de vous, aussi ?

Marshall serra les dents, baissa les yeux vers son iPad.

Shotton se rapprocha de lui.

– Je ne virerai pas Selby. Il fait partie de mon personnel, dit-il en venant se planter devant Marshall. Et ce que je fais de lui, ça ne regarde que moi, c'est clair ? (Marshall se força à relever les yeux de son joujou infernal.) Des petits fanas des chiffres comme vous, y en a plein les think tanks, Nicholas. Vous feriez bien de vous le rappeler.

Marshall hocha la tête et fit quelques pas en arrière, comme un courtisan prenant congé de son prince. Shotton lui fit signe de sortir en agitant la main, puis se laissa tomber dans un des fauteuils en cuir noir face à la baie vitrée.

Selby repartait remplir son seau dans le garage. Il représentait un risque, c'était certain.

Mais il préférait crever que de laisser Marshall le mener par le bout du nez.

Marshall n'avait pas de vraies convictions, c'était ça le problème. Il avait senti le vent tourner et avait suivi. Ç'aurait été dix ans plus tôt, il aurait rejoint les conservateurs. Il y a vingt ans, il aurait chanté *The Red Flag,* l'hymne des travaillistes, et aurait été le petit toutou de

Tony Blair. C'était un de ces carriéristes velléitaires qui se contentaient de récolter les fruits de la réussite des autres.

Le mouvement en avait vu défiler des centaines au fil des années, de ces prétentieux qui attendaient leur heure. Et même si peu d'entre eux arrivaient à leurs fins, ils étaient aussi toxiques que tous ces anciens hooligans qui se prenaient pour des soldats, et les uns comme les autres avaient besoin qu'on les mate.

Shotton sortit son téléphone portable et composa un numéro. Son interlocuteur décrocha au bout de quatre sonneries et éteignit sa radio. Shotton ne lui laissa pas le temps de parler.

– Je crois que vous avez quelque chose à me dire, n'est-ce pas monsieur Poulter ?

10

Bogdan Hossa était en train de montrer à un jeune client la solidité des suspensions d'une Seat bleu vif en s'asseyant sur le capot quand Ferreira entra sur le parking du revendeur. Mais elle voyait qu'il ne s'appuyait pas de tout son poids et que ses cuisses amortissaient le mouvement, même si la voiture grinçait. Le jeune homme ne semblait pas conquis et faisait déjà mine de repartir, secouant la tête. Hossa finit par s'avouer vaincu et le salua de la main en l'avertissant tout de même que la voiture serait au prix fort le lendemain.

– Vous êtes revenue, madame.

– Il faut que je montre quelque chose à Ivan, dit Ferreira. (Elle regarda autour d'elle, se souvenant de ce qu'elle s'apprêtait à lui demander avant que l'appel de l'hôpital ne les oblige à partir précipitamment.) Pourquoi est-ce que vous n'avez pas de caméras de surveillance ici, monsieur Hossa ?

– On a la caméra, dit-il, l'air blessé. Obligé pour assurance des voitures.

Elle jeta de nouveau un coup d'œil à la ronde, ne repéra rien.

– Elle est où ?

Il sourit et pointa du doigt le toit du préfabriqué où un vieux morceau de plastique bleu gisait au milieu d'autres saletés.

– Là, voyez ? dit-il en s'avançant vers la chose en question, suivi de Ferreira qui distinguait enfin le petit objectif noir qui semblait leur faire un clin d'œil de sous sa cachette. Malin, oui ou non ?

– Très malin, concéda-t-elle. Combien de semaines d'enregistrement vous avez ?

– Je… Juste une semaine, répondit-il en hésitant, puis il la regarda dans les yeux d'un air faussement assuré.

– Je ne m'intéresse pas à vos affaires, monsieur Hossa, dit-elle d'un ton plus amène. La façon dont vous dirigez votre business, ça vous regarde. Mais cet homme est un assassin. Je suis sûre que vous comprenez à quel point c'est important qu'on le retrouve.

– Je veux aider police.

– C'est mieux pour les affaires, monsieur Hossa, dit-elle en souriant pour lui montrer qu'elle savait être aimable. C'est utile d'avoir des amis dans la police. Même en Angleterre, vous ne pensez pas ?

Ils entrèrent dans le préfabriqué. Ivan s'était assoupi, les pieds sur son bureau, une serviette en papier encore glissée dans l'encolure de son pull, une boîte à pizza à portée de la main. Ferreira sentit son estomac gargouiller en respirant l'odeur de pâte grillée et de sauce tomate. Elle dut se retenir de soulever le couvercle pour voir s'il en restait.

Bogdan engueula Ivan qui finit par se réveiller en grognant.

– Feignasse.

Ferreira sortit de sa poche la photo d'Anthony Gilbert et la lui montra.

– La Volvo blanche, vous vous rappelez ? demanda-t-elle. Est-ce que c'est lui, l'homme à qui vous l'avez vendue ?

Ivan se pencha en avant, faisant grincer son bureau, et étudia la photo quelques secondes.

– Il a chapeau, dit Ivan en se couvrant le front des mains. Je voyais pas la tête à lui.

Ferreira remit la photo dans sa poche et se tourna vers Bogdan Hossa. L'inquiétude se lisait sur ses traits.

– Vous laissez ici l'ordinateur, s'il vous plaît ?

– Je vais être obligée de l'emporter, dit Ferreira. Je vais vous donner un reçu et je vous promets de vous le rendre le plus vite possible.

Il était encore hésitant.

– Je peux aussi me procurer un mandat, s'il le faut.

Il se hérissa à cette idée.

– Je peux pas travailler sans l'ordinateur. S'il vous plaît, j'ai famille, quatre enfants, femme, maman, sœur, Ivan. Le business il peut pas s'arrêter.

Sa voix exprimait de la crainte, et Ferreira le croyait sincère. Il avait dû en baver, au pays, pour se méfier de la police. Il n'était pas rare que les flics soient corrompus au Portugal, mais c'était souvent pire en Europe de l'Est où ils ne valaient parfois pas mieux que des gangsters, soutenus par un système judiciaire pourri jusqu'à la moelle.

Peut-être que c'était comme ça que la conversation avait débuté le jour où Hossa avait perdu son affaire.

– Écoutez, je vous le rapporte avant la fin de la journée. Vous avez ma parole, monsieur Hossa, dit-elle en levant la main.

Il baissa la tête, révélant un trou de la taille d'une noix au milieu de sa chevelure, trace d'une ancienne blessure.

Ferreira remplit le reçu et glissa l'ordinateur dans son sac, laissant Bogdan Hossa face à son bureau vide, les yeux écarquillés, comme si on venait de l'amputer d'un organe vital.

Elle remonta lentement First Drove en s'efforçant d'éviter les nids-de-poule, et s'arrêta devant le premier vendeur ambulant. Elle commanda un Coca et un sandwich au bacon qu'elle mangea assise sur le capot de sa voiture.

Alors qu'elle s'apprêtait à jeter sa cannette dans la poubelle, elle reçut un appel.

– Sergent Ferreira ? dit une voix d'homme. C'est le Dr Harrow. Je suis au regret de vous annoncer que le monsieur de l'accident de voiture n'a pas survécu. Ses blessures étaient plus graves qu'on ne le pensait.

Avec une barre métallique plantée dans la poitrine, évidemment que c'était grave, se dit Ferreira.

– OK, merci de m'avoir tenue au courant.

– Nous avons des affaires qui lui appartenaient, si vous voulez envoyer quelqu'un les récupérer.

– Je m'en occupe, merci.

Elle prit la rocade en direction de l'hôpital de Bretton. Des bouts du nouveau lotissement en construction apparaissaient entre les hauts panneaux qui couraient de chaque côté de la route. D'ici quelques semaines, les arbres seraient couverts de feuilles et les rangées de maisonnettes entièrement cachées. Le jeune Somalien qui avait été tué vivait dans un de ces appartements, un deux-pièces qu'il partageait avec quatre autres hommes. Il ne possédait pas grand-chose de plus que les vêtements dans lesquels on l'avait retrouvé. Il n'avait toujours pas de vrai nom, juste Didi.

Les théories les plus farfelues avaient circulé au commissariat. À la cantine, certains agents avaient parlé d'une exécution rituelle en lien avec des sorciers africains, d'autres évoquaient plutôt un acte de vengeance contre les crimes de guerre qu'aurait commis la victime en tant qu'enfant soldat. Zigic n'avait pas tardé à leur clouer le bec, trop conscient des risques d'hystérie si les rumeurs venaient à se répandre en dehors du commissariat.

C'est dans la nature humaine de chercher derrière des événements ordinaires des causes extraordinaires, songea-t-elle. Et peut-être qu'ils auraient eux-mêmes exploré ce genre de pistes en l'absence des enregistrements des caméras de surveillance.

Elle appuya sur l'accélérateur en repensant à la silhouette vêtue de noir tendant le bras vers la caméra. Les doigts de Didi qui continuaient de se contracter, son cerveau déjà mort. Ferreira s'était forcée à regarder toute l'attaque, tressaillant à chaque coup de botte, sentant la bile remonter dans sa gorge tandis que la tête de Didi était silencieusement écrasée, réduite en bouillie. Mais c'était le salut nazi qui était resté le plus distinctement gravé dans sa mémoire, immédiatement reconnaissable pour tous ceux qui avaient vu les images.

Ce n'était qu'un petit groupe. En dehors de la section des crimes de haine, seuls Riggott et l'agent de surveillance de la mairie qui était tombé sur l'enregistrement étaient au courant de son existence. Une confidentialité que Ferreira n'était pas sûre d'approuver.

Un peu comme si, en gardant secret le mobile du crime, ils se rendaient complices de la violence perpétrée.

Elle savait bien qu'il y avait des choses qu'il valait mieux cacher au public, ne serait-ce que pour éviter les tordus écumant les nouvelles à la recherche de crimes dont ils pourraient faussement s'accuser. Mais combien de temps allaient-ils continuer à prétendre qu'il ne s'agissait que de meurtres banals et sans liens entre eux ?

C'était Riggott qui voulait que le silence règne sur cette affaire, répondant aux pressions de sa hiérarchie en faisant à son tour pression sur Zigic. Lequel avait expliqué à Wahlia et elle, de son air doux et raisonnable, qu'il n'y avait pas d'autre choix que d'obéir au directeur régional.

Mais, à un moment donné, il faudrait bien appeler la chose par son nom. Il faudrait bien reconnaître qu'on avait affaire à des meurtres en série.

Ferreira arriva sur le parking de l'hôpital, se gara près de l'entrée et descendit directement à la morgue. Il faisait nettement plus frais dans la cage d'escalier une fois que les parois vitrées laissaient place aux murs en béton du sous-sol. L'air semblait plus lourd ici, il avait dû repasser en boucle dans les circuits, brassant les derniers souffles des morts et des mourants. Elle essayait d'alléger son pas mais ne pouvait empêcher ses talons de claquer, le bruit résonnant entre les parois nues. Pas d'affiches ici, pas de tableaux aux murs, juste une ligne noire à mi-hauteur qui menait inexorablement vers une porte en acier à deux battants percés de hublots vitrés.

Une voix désincarnée flottait à l'intérieur de la morgue, aussi monocorde que le murmure des chambres froides. Elle se laissa guider par elle jusqu'à un petit bureau rempli de dossiers entassés sur des étagères métalliques. Un homme était assis là, vêtu d'une blouse bleue et d'une grosse veste en laine, tenant son crâne chauve d'une main, téléphonant de l'autre.

– Ouais, c'est ce que je leur ai dit, mais ils font rien. Il a plus d'ancienneté que moi, ils ont confiance en lui… J'ai rendez-vous avec le délégué syndical demain… Je sais pas, c'est ma parole contre la sienne. Il fait ça depuis des années à mon avis.

Ferreira toussa légèrement. L'homme regarda par-dessus son épaule et prit congé de son interlocuteur.

– C'est interdit au public ici, mademoiselle.

Elle lui montra son badge de police.

– Vous êtes nouveau, non ? lui demanda-t-elle.

– C'est ma deuxième semaine.

– Le Dr Harrow m'a appelée. Je viens récupérer des effets personnels.

– Je vois, c'est à quel nom ?

– L'homme n'a pas encore été identifié, dit Ferreira. C'est en rapport avec le délit de fuite de ce matin. Il avait une barre métallique plantée dans la poitrine, si ça peut vous aider.

– J'arrive pas à croire que quelqu'un ait fait ça délibérément, dit-il en ouvrant la porte d'un cagibi. Sur Internet ils disent que c'était un crime raciste. C'est vrai ?

– Non. Un ex-petit ami.

Il ouvrit une armoire métallique qui contenait des dizaines de sacs en plastique blanc tamponnés du logo de l'hôpital. Le nom des défunts, la date et l'heure des décès étaient inscrits sur des étiquettes. Des odeurs viciées d'humeurs et de sang séché s'en dégageaient.

– Je ne sais pas si c'est mieux ou si c'est pire, dit-il en vérifiant les noms.

Ferreira non plus ne savait pas, et elle laissa la remarque en suspens, songeant à toutes les femmes qu'Anthony Gilbert avait attaquées au fil des années, en totale impunité ou presque. Il était inévitable qu'il finisse par en tuer une, et pourtant il ne semblait pas que quiconque ait pris la menace au sérieux. Maintenant deux personnes étaient mortes, et si Gilbert s'en sortait, son overdose pourrait fournir à son avocat une ligne de défense. Ça lui vaudrait peut-être un petit séjour en unité psychiatrique au lieu du quartier de haute sécurité dans lequel il méritait de moisir.

– Ça y est, je vous l'ai trouvé.

Il ressortit la tête de l'armoire et tendit un sac à Ferreira. Il était presque vide. Les vêtements de la victime avaient dû être coupés à même le corps par le personnel médical puis jetés dans les poubelles de l'hôpital. L'image du dessous crasseux de sa chaussette gauche lui revint en mémoire. Les ambulanciers étaient alors en train de charger la civière et sa chaussure devait s'être perdue quelque part sur les lieux de l'accident.

Ferreira le remercia puis ressortit par le couloir glacé et l'escalier qui menait au rez-de-chaussée. On entendait des pleurs à l'étage. Elle passa devant l'accueil de l'hôpital où un petit garçon piquait une crise spectaculaire, rugissant et tapant des pieds. Sa mère le regardait d'un air las, attendant qu'il finisse par se fatiguer.

Une fois dans la voiture, elle ouvrit le sac et examina les quelques affaires qu'il contenait. Un porte-clefs usé en similicuir et son trousseau, un téléphone portable à l'écran cassé, une poignée de petite monnaie. Pas de portefeuille. Peut-être qu'il n'en avait pas, mais ça semblait bizarre. Ferreira maugréa à voix basse. Il fallait vraiment être un salaud pour piquer le portefeuille de quelqu'un qui était en train de mourir sur le trottoir.

Elle referma le sac et repartit vers la morgue. Elle retomba sur le chauve, toujours au téléphone. Sa conversation avait repris comme s'il n'avait jamais été dérangé, et un léger agacement se lut sur son visage quand il aperçut Ferreira.

– Il faut que je voie le corps, dit-elle.

Il se leva et ils remontèrent le couloir en carrelage blanc au bout duquel les chambres froides ronronnaient paresseusement dans le silence. Ferreira décela un trou de mite au dos de sa grosse veste en laine.

Il essaya d'ouvrir un tiroir, mais il restait bloqué. Il sourit.

– Celui-là fait des siennes.

Il tira sur la poignée à deux mains. Il y eut comme le bruit d'une scie à métaux puis un à-coup et le tiroir finit par s'ouvrir en entier.

La partie droite du visage de l'homme était sévèrement écorchée. Du gravier s'était inséré dans les trous qui criblaient sa peau blafarde. Au coin de sa bouche restait du sang séché que personne n'avait songé à nettoyer. Elle baissa les yeux vers son torse. Des poils noirs et drus couvraient sa mince cage thoracique, ouverte par les chirurgiens puis refermée lorsqu'ils avaient compris qu'il n'y avait plus rien à faire. Il était difficile à présent de distinguer les blessures dues à l'accident des marques laissées par l'intervention, mais les chairs broyées au-dessus de son cœur ne laissaient pas de doute, et Ferreira était surprise qu'il ne soit pas mort avant l'arrivée de l'ambulance.

Elle prit quelques photos de son visage avec son téléphone portable et remercia l'agent de la morgue. En s'éloignant elle entendit le terrible crissement métallique du tiroir qui se refermait.

11

Zigic était à la fenêtre du bureau, observant ce qui se passait sur le parking. Trois étages plus bas, un agent d'entretien balayait les vilains escaliers marron de l'entrée principale. L'attachée de presse tenait à ce que tout soit impeccable pour l'arrivée imminente des journalistes.

Il regarda la cafetière crachoter les dernières gouttes restantes et se servit. Mieux valait ne pas penser à la quantité de caféine absorbée depuis le début de la journée. Mais il n'y avait rien d'autre à faire maintenant que d'attendre le réveil d'Anthony Gilbert. En espérant qu'il soit d'une humeur propice aux aveux.

La section des crimes de haine baignait dans un calme de milieu d'après-midi qui pouvait passer, sans trop s'attarder, pour un silence industrieux. Grieves épluchait les relevés bancaires d'Anthony Gilbert, cherchant à faire correspondre les quatre cents livres versées à Hossa Motors pour l'achat de la Volvo à ses retraits d'argent. Mais c'était une si petite somme qu'en s'y prenant à l'avance, il pouvait l'avoir amassée en mettant simplement de côté des billets de dix et de vingt. Il était sûr ainsi de ne pas laisser de traces.

Parr passait en revue les messages laissés au standard concernant leur enquête, un mélange de marques de sympathie mal placée, d'hypothèses de comptoir et de jubilation raciste. Il semblait complètement abattu, affaissé sur sa chaise, les yeux dans le vague, et Zigic devinait que ça avait moins à voir avec l'enquête qu'avec l'arrivée du nouveau-né à la maison.

Il ne pensait pas qu'il pourrait encore traverser ça lui-même. Être tiré du sommeil toutes les deux heures par les cris du bébé, ou, pire encore, se réveiller en sursaut à l'idée que quelque chose soit arrivé, lorsqu'il n'y avait pas de bruit.

Mais Anna avait pris sa décision. Ce serait pour le courant de l'année, lorsque Stefan aurait commencé l'école. Le moment parfait pour tomber enceinte.

À l'autre bout de la pièce, Wahlia laissa échapper un long soupir. L'ordinateur portable d'Anthony Gilbert était ouvert devant lui. Un technicien le leur avait remis vingt minutes plus tôt, entièrement déverrouillé.

– Je crois qu'on a un problème.

– Qu'est-ce que t'as trouvé ? demanda Zigic qui sentit tout à coup une pointe dans l'estomac.

Wahlia se leva pour le laisser voir de près la page Facebook de Gilbert ouverte à la partie messages privés. Il s'agissait d'une conversation avec Jelena qui datait de deux jours, et ça ne faisait en rien penser à un maniaque harcelant sa victime.

Jelena avait signé son dernier message de deux croix en guise de baisers et d'un « je t'aime ».

– On est sûrs qu'il s'agit bien du compte de Jelena ?

Wahlia attrapa un paquet de chewing-gums.

– Les échanges de messages remontent à environ six mois. J'ai vérifié le compte de Jelena et il a été créé en 2009, il n'y a pas grand-chose sur son mur mais ça semble authentique. Il y a beaucoup de photos d'elle et de Sofia. Sur certaines on voit un type qui pourrait être le petit ami de Sofia, Tomas.

– Blond ? Coiffure genre jeunesses hitlériennes ?

– C'est ça, dit Wahlia en enfournant un chewing-gum dans sa bouche. Gilbert envoyait à Jelena des liens vers des hôtels, il lui achetait des vêtements.

– Le type qui veut tout contrôler.

– J'imagine qu'il y a des filles qui voient ça comme de la galanterie, dit Wahlia. Jelena avait l'air plutôt flattée.

Zigic remonta le fil des messages. Il était question de rendez-vous récents et Jelena se répandait en effusions, disant comme elle avait apprécié les moments passés ensemble, comme elle avait de la chance d'aller dans de tels endroits. Les réflexions de Gilbert étaient toutes centrées sur Jelena mais semblaient déconnectées de ce qu'elle disait.

– *J'adore quand j'arrive quelque part avec toi à mon bras*, lut Zigic. Qu'est-ce que ça veut dire ?

– Qu'il kiffe quand il voit que les autres mecs sont jaloux ? Elle était dix fois mieux que lui physiquement.

– Elle avait quelques années de moins aussi.

Wahlia attrapa un autre siège pour s'asseoir à côté de Zigic.

– Elle, c'est disons un 8, pour parler comme un connard, dit Wahlia. Et lui, c'est à tout casser un 5, dans ses meilleurs jours. Un 2 si on prend en compte sa personnalité.

– Mais Jelena était pauvre, dit Zigic. Peut-être que pour elle il représentait une sorte d'échappatoire.

Wahlia hocha la tête, enleva ses lunettes et essuya les verres avec le bas de sa chemise.

– C'est peut-être pour ça que Sofia ne l'aimait pas, dit-il. Il était en train de lui voler sa petite sœur.

Zigic remonta encore dans les messages. Il y avait de longs échanges érotiques de fin de soirée avec des détails qui le firent rougir, pas tant par leur contenu que parce qu'ils n'étaient pas destinés à être lus par d'autres. Mais les meurtres exposaient fatalement la vie des gens dans leurs moindres recoins. Plus il lisait les messages, plus il était persuadé que la relation entre Anthony et Jelena n'était pas telle que Sofia l'avait dépeinte.

Son nom surgissait de temps à autre, lorsqu'il s'agissait d'annuler un rendez-vous. Au début, Gilbert essayait d'encourager Jelena à ne pas faire cas de l'opinion de sa sœur.

Mais les messages les plus récents montraient que les choses n'avaient pas tellement progressé sur ce plan-là. Malgré toutes ses cajoleries, tous les efforts qu'il avait déployés pour apaiser ses inquiétudes, il fallait toujours que Jelena ait peur de contrarier Sofia.

Sofia n'aimerait pas ça. Il vaut mieux que Sofia ne soit pas au courant. Elle va se calmer. Sois patient, chéri. Je vais lui expliquer.

– Et tout ça concorde avec les messages sur le téléphone portable de Jelena ? demanda Zigic.

– On attend toujours.

– Appelle les techniciens et dis-leur de lâcher ce qu'ils sont en train de faire pour l'instant, peu importe ce que c'est, dit Zigic. C'est quand même pas dur de mettre une carte SIM dans un autre téléphone, bon sang !

– OK, je m'en occupe.

Zigic repensa à Sofia Krasic à l'hôpital, qui avait demandé à parler à un policier malgré la douleur et l'abrutissement causé par les médicaments. Chaque mot qui sortait de sa bouche semblait être une torture mais elle était déterminée à lui dire qu'Anthony Gilbert était le coupable.

Comment pouvait-elle en être aussi sûre ?

Pour le moment, rien de solide ne permettait de le relier au véhicule de l'accident, mis à part la correspondance peu significative avec son groupe sanguin, et personne du voisinage ne l'avait vu quitter sa maison ou revenir ce matin-là. C'était pourtant le genre d'endroit où on finit par reconnaître le bruit que fait la voiture de tel voisin ou la porte d'entrée de tel autre.

Ils n'avaient pour l'instant que les dires de Sofia et l'overdose de Gilbert sur lesquels fonder leurs soupçons et c'était sur cette base que Zigic était censé aller déclarer devant les journalistes que l'affaire était pour ainsi dire résolue.

Ferreira entra dans le bureau, un sac en plastique blanc à la main. Elle le posa sans ménagement sur sa table et enleva sa veste.

– Vous avez l'air sérieux tous les deux.

– Sofia Krasic nous a raconté des bobards sur Gilbert, dit Wahlia. Jelena le voyait toujours.

– Pourquoi elle mentirait ? demanda Ferreira. (Elle sortit un ordinateur argenté de son sac.) C'est les vidéos de surveillance de chez Hossa Motors.

Elle appela Grieves et lui dit d'apporter l'ordinateur aux techniciens pour qu'ils fassent tout de suite une copie du disque dur.

– Et dis-leur de se dépêcher parce que si c'est moi qui monte, ça va chauffer.

Grieves s'empressa de sortir, l'ordinateur serré contre sa poitrine.

Ferreira s'assit et leur adressa à tous les deux un regard interrogateur.

– Alors, qu'est-ce qu'on en conclut ? demanda-t-elle.

– Que Sofia va devoir s'expliquer, dit Zigic.

– Il a essayé de se tuer. Il est coupable, dit Ferreira. (Elle sortit une petite boîte métallique de son sac à main et se mit à étaler du tabac sur un papier au réglisse.) La télévision était allumée quand on est arrivés, peut-être qu'il a vu les images de l'accident et qu'il s'est senti submergé de remords tout à coup.

– Ça ne nous explique toujours pas pourquoi Sofia aurait menti sur Gilbert en disant qu'il harcelait Jelena.

– Mais comment elle saurait qu'il a un casier ? questionna Wahlia.

– Elle ne pouvait pas le savoir, dit Zigic. À moins qu'il ait été assez bête pour en parler. Ce qui est peu probable.

Ferreira coinça la cigarette entre ses lèvres sans l'allumer, s'approcha du tableau blanc et attrapa un marqueur noir.

– Pour rester dans la série des nouvelles pourries, dit-elle en ajoutant *décédé* à côté d'*individu non identifié* dans la colonne des victimes de l'accident. Il n'avait pas de pièce d'identité sur lui. J'ai ses affaires, mais on dirait que quelqu'un lui a piqué son portefeuille sur place, ou alors il l'a oublié en partant de chez lui.

– T'as pu prendre une photo ? demanda Zigic en se rapprochant d'elle.

– Sur mon téléphone.

– Sofia pourra peut-être nous dire qui c'est.

– Ouais, et elle mentira probablement là-dessus aussi, dit Ferreira.

Elle alla ouvrir une des fenêtres de l'autre côté de la pièce, se percha sur le rebord et alluma sa cigarette.

– T'es pas censé porter un costume ? lança-t-elle à Zigic.

Il lui décocha un regard faussement courroucé et elle sourit de toutes ses dents.

– Il vaut mieux noir ? demanda-t-il, vidant sur le bureau de Ferreira le sac d'effets personnels qu'elle avait rapporté. Ou bien gris foncé ? C'est toi la fashionista ici.

– Bleu marine. Ça fait professionnel, sans avoir l'air d'en faire trop. Chemise blanche, cravate noire.

– Cravate noire, t'es sûre ? demanda Zigic en prenant le trousseau de clefs.

– Évidemment, dit Ferreira.

Zigic reposa le trousseau. Ça ne lui apprendrait rien. Il appuya sur le bouton d'allumage du téléphone, mais l'écran restait noir. Encore du travail pour les techniciens.

Il regarda sa montre.

– Faut pas que je traîne.

En sortant du parking, il croisa une camionnette de la chaîne régionale Anglia News qui arrivait en sens inverse. Ils avaient une heure d'avance, sûrement pour se réserver les meilleures places en prévision de la cohue. L'attachée de presse lui avait promis qu'il n'aurait à faire qu'une brève déclaration, mais il savait très bien comment ça allait se passer. Il se retrouverait pris au piège, aveuglé par les flashs, les objectifs braqués sur lui, comme dans ces vieilles techniques d'interrogatoire qu'on n'avait plus le droit d'utiliser.

Deux personnes étaient mortes. Une brève déclaration ne suffirait pas à étancher la soif des journalistes.

Il sortit de la rocade et ralentit brusquement à l'entrée du village en arrivant à hauteur d'une remorque pour chevaux qui semblait plus résistante qu'un fourgon blindé. Le conducteur tourna dans l'allée d'un immense manoir des années 1970, le genre de demeure qui sentait le marchand de sommeil ou le trafiquant de drogue rangé des voitures. La route sinueuse qui redescendait la colline était bordée de petites maisons en pierre, le trottoir encombré de véhicules, les parents venant récupérer leur progéniture à la garderie de l'école primaire dans un désordre de sacs, de manteaux et de réalisations artistiques qui laissaient sur le trottoir des traînées de nouilles et de paillettes.

Une femme blonde et dodue flanquée de ses jumelles salua Zigic et il leva la main en retour tout en essayant de se souvenir de son nom. Anna avait insisté pour les inviter à dîner avec son mari quelques mois plus tôt. La soirée avait été d'un ennui mortel, il avait trop bu et s'était presque endormi à la table, forcé d'écouter le mari lui raconter par le menu son travail à la City. Les deux femmes, de leur côté, parlaient toutes les deux en même temps d'écoles privées bien au-dessus de leurs moyens, de stations de ski où elles n'iraient jamais et de la difficulté qu'il y avait de nos jours à trouver une femme de ménage en qui on pouvait vraiment avoir confiance, même si aucune des deux n'en avait. La seule petite consolation, pour Zigic, c'était qu'il n'avait pas eu à parler de son travail, le mari était trop narcissique pour lui poser la moindre question.

Il s'arrêta à la supérette du village et attrapa un exemplaire de l'*Evening Telegraph* fraîchement livré. La patronne était occupée à remplir le frigo et Zigic laissa la monnaie sur le comptoir en se dépêchant de sortir avant qu'elle ait le temps de le voir.

En première page figurait une photo de la scène de l'accident, mais elle était prise de tellement loin qu'il était impossible de déchiffrer clairement l'image, et l'article ne donnait que très peu de détails. Ils avaient dû se contenter du communiqué qui était sorti à midi, sans pouvoir attendre la conférence de presse du soir. Mais le ton était neutre, plus prudent que d'habitude, et il n'était pas fait mention du mobile raciste.

Arrivé devant la maison, il fit marche arrière dans l'allée menant au jardin pour pouvoir repartir plus vite et entra dans la cuisine par la porte de derrière.

Milan était assis à la longue table en pin, penché sur un cahier de coloriage, les crayons de couleur soigneusement alignés devant lui, calés par une gomme d'un côté et un taille-crayon de l'autre. Il s'appliquait à colorier les feuilles d'un chêne, alternant entre les trois crayons verts qu'il avait dans la main.

Zigic lui fit un bisou sur le front.

– Montre-moi tes dents.

Le petit garçon leva la tête vers son père et lui fit un grand sourire.

– La dentiste était gentille ?

– Elle m'a donné une sucette.

– Ah bon ? Elle m'en a pas donné à moi la dernière fois que j'y suis allé.

Milan resta un instant songeur.

– T'as pas été sage ?

– J'avais pas passé le fil dentaire, dit Zigic en attrapant une bouteille d'eau dans le frigo. C'est peut-être pour ça.

– Je te donne la mienne si tu veux, dit Milan en descendant de sa chaise. Je l'ai cachée pour pas que Stefan me la prenne.

Il sortit de la cuisine en courant. L'aspirateur tournait à l'étage dans la chambre des garçons, couvrant partiellement les sauts de Stefan sur son lit. La voix d'Anna s'éleva brusquement et les sauts s'arrêtèrent, puis l'aspirateur se remit en marche.

Zigic monta dans leur chambre et ouvrit l'armoire où étaient rangés ses costumes, relégués en bout de tringle sous des housses transparentes. Ils étaient en civil, aux crimes de haine, décision qu'il avait prise dès le début, conscient du type de public auquel ils auraient surtout affaire, de la méfiance de celui-ci envers tout ce qui pouvait ressembler à une figure d'autorité. Enfin ça, c'était pour l'explication officielle. En réalité il détestait porter l'uniforme.

Il choisit un costume gris à trois boutons, une chemise blanche et une cravate bleu marine, puis changea pour une cravate noire.

Anna entra dans la chambre alors qu'il enfilait le pantalon. Elle examina le reste de la tenue posée sur le lit.

– Une cravate bleue irait mieux, dit-elle en prenant celle qu'il venait de remettre dans l'armoire. Ça doit être important pour que tu mettes un costume.

– Conférence de presse à 17 heures. Il y a eu un accident avec délit de fuite ce matin sur Lincoln Road. Grave, deux morts.

– J'ai vu les infos. Pourquoi c'est toi qui t'en occupes ?

– Vu l'endroit où ça s'est passé, tout le monde a pensé qu'il devait y avoir un mobile raciste.

Il mit une paire de richelieus noirs et s'accroupit pour nouer les lacets.

– C'est peut-être le cas d'ailleurs, mais on n'en est pas encore sûrs.

Anna lui tendit la chemise, il l'enfila et elle ferma la boutonnière.

– Et moi qui pensais que tu t'étais éclipsé en douce pour venir me voir, dit-elle, un petit sourire au coin des lèvres, s'approchant pour l'embrasser. On pourrait enfermer les garçons dans le placard sous l'escalier, on serait pas dérangés…

– Tentant, mais j'ai vraiment pas le temps.

– C'est comme ça que ça commence, tu sais, la vieillesse.

Elle fit son nœud de cravate et rabattit le col de sa chemise, recula légèrement et admira le travail, l'œil brillant.

– J'avais oublié comme t'es beau en costume. Ça en jette.

– Sérieusement, il faut vraiment que j'y aille, dit-il en riant.

– Alors toi, t'allumes les filles et tu les laisses en plan comme ça ?

Il attrapa sa veste sur le lit, lui donna un rapide baiser et sortit vite de la chambre avant qu'elle ait le temps d'en dire plus. Milan l'attendait dans la cuisine, les mains derrière le dos. Il regarda autour de lui d'un air de conspirateur, vérifiant que Stefan ne les voyait pas, puis lui tendit une sucette orange, toute collée à son emballage.

– Merci.

– Je l'ai juste un tout petit peu commencée, dit Milan.

Zigic glissa la sucette dans la poche intérieure de sa veste et lança un au revoir à la cantonade.

12

Quinze minutes plus tard, il entrait sur le parking du commissariat. Il eut du mal à trouver une place et finit par se ranger derrière la Golf rouge de Ferreira. D'autres journalistes télé venaient d'arriver et sortaient leurs équipements avant de les emporter à l'étage. Zigic reconnut deux journalistes de la presse locale qui fumaient et rigolaient en se remémorant leurs meilleurs scoops. Il passa à côté d'eux sans les saluer. La nervosité commençait à lui contracter l'estomac.

Il tomba sur Wahlia à l'étage, prêt à régler son compte au distributeur automatique.

– Si tu savais ce qu'il a dit sur ta mère tout à l'heure, lui cria Ferreira depuis la porte du bureau.

Zigic passa devant eux sans s'arrêter et alla voir où en étaient Grieves et Parr. Rien de nouveau pendant son absence. Le tableau blanc témoignait du peu de progrès réalisé au cours des dix dernières heures. Il aurait aimé avoir quelque chose d'un peu plus consistant à produire en conférence de presse.

Il fit quelques pas dans son bureau, ressortit et se servit une tasse de café avant d'aller se poster devant la fenêtre pour observer les allées et venues sur le parking. Sofia Krasic avait menti, et il se demandait à présent si ça ne leur avait pas coûté les heures les plus précieuses de l'enquête.

Si ce n'était pas Gilbert qui conduisait la voiture, si tout ça n'avait rien à voir avec la relation de Gilbert et Jelena, alors la personne responsable avait peut-être pris la fuite depuis longtemps déjà.

C'était le moment d'y aller maintenant. Zigic descendit les escaliers, poussa plusieurs portes et pénétra dans une salle pleine de caméras et de spots, envahie d'un brouhaha de conversations à demi chuchotées. Des rangées de chaises faisaient face à une longue table derrière laquelle figurait le logo de la police. Peu de places restaient vides et c'était la première fois qu'il allait devoir s'exprimer devant autant de personnes. Il reconnaissait quelques visages aux premiers rangs mais ensuite tout devenait flou, effet de sa nervosité. Il aperçut le commissaire Riggott qui discutait avec un vieux briscard en compagnie de l'attachée de presse qui se sépara d'eux pour venir à sa rencontre. Riggott lui emboîta bientôt le pas après avoir donné une petite tape sur l'épaule du journaliste.

Elle mit une feuille dans les mains de Zigic et se retira tandis que Riggott l'entraînait vers la table.

Les bavardages se poursuivirent un instant puis Riggott se racla bruyamment la gorge. Il approcha le micro de sa bouche et se mit à parler avec un accent irlandais un peu moins rocailleux que d'habitude, sans doute pour donner plus de solennité à l'instant.

– Mesdames et messieurs, merci de votre présence cet après-midi. Je voudrais vous présenter l'inspecteur Dushan Zigic qui dirige cette enquête. Il va faire une courte déclaration, puis nous répondrons à vos questions. Dushan ?

– Merci. L'accident avec délit de fuite survenu ce matin dans Lincoln Road est à présent traité comme un homicide volontaire…

Les flashs des appareils crépitaient et il s'entendait lire le communiqué tout haut, sa voix plus sonore qu'il ne l'aurait souhaité, donnant quelques détails sur le véhicule impliqué et le nombre de morts et de blessés, mais c'était surtout du délayage. En lisant son texte il se rendait compte de la quantité de questions qu'il laissait en suspens et dont il ne manquerait pas d'être bombardé dès qu'il aurait fini.

– Nous avons des raisons de croire que quelqu'un dispose d'informations qui pourraient nous aider à retrouver la personne responsable de cet acte odieux, dit Zigic en relevant les yeux de sa feuille. Et j'encourage quiconque ayant des informations sur le crime à nous contacter. Merci.

Les mains se levèrent et les questions commencèrent à fuser.

– Pourquoi est-ce la section des crimes de haine qui mène l'enquête ?

Riggott s'empressa de répondre.

– Nous ne pensons pas, à l'heure qu'il est, que le mobile du crime soit d'ordre raciste. L'équipe de l'inspecteur Zigic s'occupe de l'enquête parce qu'elle connaît bien le quartier et les difficultés particulières qu'on peut rencontrer quand on enquête sur ce type de zones.

– Pensez-vous que la nationalité des victimes ait pu inciter le conducteur à les percuter ?

Riggott répondit de nouveau, d'une voix plus ferme.

– Rien ne laisse penser à l'heure actuelle qu'il s'agisse d'une attaque raciste.

– Pouvez-vous confirmer que le petit ami de Jelena Krasic a été hospitalisé pour une overdose ?

Comment pouvaient-ils savoir ça ?

Zigic attendit une seconde, mais voyant que Riggott ne disait rien, il reprit la parole.

– Un homme qui semblerait avoir eu une relation avec mademoiselle Krasic est actuellement en soins intensifs à la suite d'une possible overdose, en effet.

– Est-ce que c'est un suspect ?

– À ce stade de l'enquête nous n'excluons aucune piste, répondit Zigic.

Un jeune homme à la barbe de chanteur folk leva la main.

Zigic le pointa du doigt.

– Oui ?

– Alistair Whitman, de l'*Independent*. Est-ce que vous envisagez des liens entre l'accident avec délit de fuite de ce matin et les récents meurtres, perpétrés dans le même quartier, d'Ali Manouf et du jeune homme somalien connu sous le nom de Didi ?

Un murmure se répandit à travers la pièce. Visiblement, les autres journalistes n'avaient pas fait aussi bien leur travail que le jeune homme au sourire satisfait qui toisait maintenant Zigic depuis sa place au deuxième rang.

– Rien ne laisse supposer qu'il y ait un lien quelconque entre les crimes que vous évoquez.

– Avez-vous fait des progrès sur ces deux autres enquêtes, inspecteur Zigic ?

– Nous sommes ici aujourd'hui pour parler du délit de fuite. Si vous avez des questions qui ont trait à d'autres enquêtes en cours, je vous suggérerais de les adresser directement à notre attachée de presse, mademoiselle Gilraye, à un moment plus opportun.

Riggott intervint pour procéder aux politesses d'usage, incapable de réprimer la pointe de colère qui perçait dans sa voix.

– Merci d'être venus, mesdames et messieurs. Vous serez tenus informés des progrès de l'enquête par les canaux habituels.

Deuxième jour

13

En arrivant à la section des crimes de haine, Zigic trouva Nicola Gilraye assise sur une table, les pieds posés sur une chaise face aux tableaux blancs consacrés aux meurtres d'Ali Manouf et de Didi. Les pistes listées n'avaient pour l'instant mené qu'à des impasses. Les témoignages recueillis n'apprenaient rien de nouveau et les individus identifiés comme possibles suspects avaient été mis hors de cause par des alibis ou des preuves ADN irréfutables.

Un exemplaire de l'*Independent* était posé à côté d'elle. Zigic savait qu'elle lisait les journaux en ligne, ce n'était donc qu'un accessoire destiné à produire son petit effet.

Elle ne lésinait jamais sur la mise en scène, c'était sans doute lié à son métier d'attachée de presse, qui exigeait de toujours soigner la forme quel que soit le contenu. Ses tailleurs étaient toujours impeccablement coupés et son maquillage tellement irréprochable qu'il fallait vraiment s'approcher pour deviner les quelques cicatrices d'acné qui subsistaient sur son menton. De loin, à la télévision, elle était parfaite, menue, blonde, juste un tantinet artificielle.

– Je suppose que tu as vu l'*Independent* de ce matin.

– Dommage qu'ils ne soient pas aussi malléables que les médias locaux.

– C'est moins facile de tenir les médias nationaux par les couilles, malheureusement, répondit-elle avec un léger sourire. Mais je crois que le meilleur moyen de rectifier le tir, pour le moment, ce serait un petit entretien, un truc un peu sympa et touchant avec un membre de la famille dans le *Telegraph* de ce soir.

– Je sais pas.

– Ziggy, allez, c'est pas comme si je venais ici t'expliquer comment t'y prendre avec les Kosovars pour leur faire oublier ton nom de criminel de guerre, dit-elle en descendant de la table, faisant claquer les talons de ses escarpins. On a besoin de temps dans ce genre d'enquête, pas vrai ? Il ne faut pas que les gens commencent à voir là-dessous quelque chose de politique. Et crois-moi, quand tu auras trouvé le coupable, je ferai en sorte que la presse t'inonde de louanges et d'amour. Tellement que ça en deviendra presque gênant. Mais là tout de suite, t'as un autre problème, et la meilleure solution c'est de me laisser mettre une jolie Slovène à la une du journal de ce soir.

– Sofia Krasic ?

Gilraye hocha la tête.

– Elle est toujours à l'hôpital, tu sais ? dit Zigic.

– C'est pas forcément un problème, si ? Elle s'en est sortie avec des blessures superficielles d'après ce que j'ai entendu dire.

– Si elle veut bien te parler… alors d'accord.

– J'ai pensé que Paul Naysmith serait le mieux placé pour l'interviewer. Et lui je le tiens par la peau des couilles, justement. Ce sera une demi-page de souffrances entièrement apolitiques. Elle parle anglais, non ?

– Ça fait des années qu'elle vit ici.

– C'est pas pour autant qu'ils parlent tous bien.

Zigic s'efforça de ne pas montrer son agacement. Il savait qu'elle avait raison : ses propres grands-parents étaient là depuis le début des années 1950, mais quand on leur parlait on avait l'impression qu'ils venaient d'arriver. Quelques mois plus tôt, un employé de la banque postale avait pris à partie sa grand-mère, outré qu'elle ait droit à une pension. Il pensait qu'elle était là depuis peu et avait dit que c'était à cause de gens comme elle que sa femme à lui ne pouvait pas se faire rembourser son opération de la hanche. Sa grand-mère lui avait alors donné un meilleur aperçu de son anglais, déversant sur lui tous les gros mots qu'elle avait appris en travaillant à la cantine de la briqueterie locale.

– Je dois aller lui parler ce matin, dit-il. Je te tiens au courant quand j'ai terminé.

– Sois gentil et trouve-moi une jolie photo de la sœur, dit Gilraye qui commençait déjà à composer un numéro sur son téléphone. Si on la voit sourire, c'est bien, et avec vue sur ses jambes c'est encore mieux. *Dovidenja.*

Zigic regarda la porte de la cage d'escalier se refermer doucement derrière elle, prenant conscience de la légère douleur qui s'était installée entre ses omoplates. Il accrocha sa parka au portemanteau et ouvrit les fenêtres qui donnaient à l'est du bâtiment pour faire rentrer un peu d'air frais.

La nuit précédente, peinant à s'endormir, il avait repensé au délit de fuite, finissant par se demander si l'accident avait vraiment eu une cible précise. Le conducteur de la voiture cherchait peut-être à s'attaquer à des immigrés, n'importe lesquels, et le petit groupe avait été assez malchanceux pour se trouver à l'endroit de Lincoln Road où il savait qu'il pourrait facilement prendre de la vitesse et faire un maximum de dégâts.

Un acte spectaculaire, pour attirer l'attention des médias et relancer l'éternel débat sur l'immigration dans la ville. Si c'était ça que le conducteur cherchait, c'était une réussite. L'accident avait fait l'ouverture du journal du soir sur la chaîne locale puis avait été brièvement mentionné sur BBC News un peu avant minuit, et ce matin il figurait en page 11 de l'*Independent*.

Quant aux vidéos des caméras de surveillance qui montraient les autres meurtres sur lesquels ils enquêtaient, il n'y avait aucun doute : l'homme masqué et vêtu de noir qui levait le bras face à l'objectif s'adressait à un public, la police en l'occurrence. Mais ils n'avaient pas encore réagi. En tout cas pas publiquement. Cinq jours s'étaient écoulés depuis le meurtre de Manouf, quatre semaines depuis celui de Didi, et l'homme restait un parfait inconnu, son message gardé sous silence.

Est-ce que ce serait suffisant pour provoquer chez lui un changement de tactique ?

Zigic mit en route la cafetière et mangea un Mars dégoté au fond d'un tiroir. Il remplit sa tasse et revint s'asseoir dans la petite pièce qui lui servait de bureau. La porte était restée fermée toute la nuit, le radiateur sous la fenêtre allumé à fond. L'air était étouffant et puait le renfermé comme si la chaleur avait décollé des murs tous les dépôts de sueur et de fumée de cigarette laissés par les précédents occupants.

Il travaillait rarement dans cette pièce, mais ce matin il avait envie d'être au calme dans son espace. Les autres allaient bientôt arriver, Ferreira et Wahlia avec la gueule de bois, Grieves et Parr encore tout frétillants d'avoir été choisis pour participer à une enquête de premier ordre. Et quand ils seraient tous installés à leur poste, il faudrait qu'il sorte leur expliquer comment ils allaient s'y prendre pour retrouver un homme qu'ils avaient déjà passé près d'un mois à essayer d'identifier sans succès.

Il ouvrit le dossier sur le meurtre de Didi et commença à se replonger dans les détails de l'enquête, honteux de voir tout ce qu'il avait déjà oublié en l'espace de quatre semaines, avec, entre-temps, toutes les apparitions obligées au tribunal et les autres affaires à traiter, certes moins violentes et plus faciles à résoudre. Puis, il y avait cinq jours, Ali Manouf avait été tué.

Ça semblait faire plus longtemps que cela. Les premières quarante-huit heures, dans son souvenir, restaient interminables. Il avait fallu retrouver des témoins du meurtre, des clients du café au coin de la ruelle où Manouf avait été assassiné. C'était peu après une heure du matin dans la nuit de samedi à dimanche, et les rues étaient bondées de gens qui se promenaient entre les bars, un verre à la main, et qui auraient pu apercevoir l'assassin. Mais personne n'avait rien vu. Il y avait trop de monde dehors pour qu'un homme en particulier se distingue des autres.

Il avait dû repartir calmement après avoir enlevé sa cagoule, se fondant dans la foule.

Ils avaient interrogé les personnes avec lesquelles Manouf travaillait et les hommes avec lesquels il partageait temporairement le logement de Taverners Road en attendant la réponse des services de l'Immigration pour savoir s'il serait expulsé. Zigic espérait trouver trace d'une dispute, quelque chose qui pourrait facilement expliquer pourquoi Manouf avait été tué et montrerait un lien entre sa mort et celle de Didi. Mais Ali Manouf était un homme placide, qui savait trop bien que dans sa situation, il valait mieux rester poli et réservé.

Puis l'enregistrement de la caméra de surveillance leur était parvenu et il était désormais impossible de prétendre qu'il s'agissait d'un incident isolé.

L'enquête sur le premier meurtre, celui de Didi, était différente. Toutes sortes de théories et de conjectures entouraient le crime, auxquelles venaient s'ajouter les sept grammes de marijuana retrouvés dans une poche de sa doudoune orange. S'il dealait à New England, il s'agissait peut-être d'un conflit de territoire. Ils avaient interrogé une douzaine des dealers qui opéraient dans le quartier, mais ils avaient tous dit ne pas le connaître et même s'il était difficile de les croire, rien ne permettait de prouver le contraire. L'autopsie avait ensuite révélé la présence, dans le sang et les cheveux de Didi, d'un taux élevé de THC, ce qui semblait indiquer une consommation importante de cannabis, comme l'avaient confirmé ses amis. Consommation financée par des vols à l'étalage, avait enfin admis l'un d'eux.

Leurs soupçons commençaient à se porter sur les amis de Didi lorsque la vidéo du meurtre avait fait surface.

Ferreira était arrivée au bureau avec l'enregistrement, le teint pâle, l'air hagard. Elle était ressortie en disant qu'elle était incapable de revoir ces images, le laissant regarder la vidéo seul avec Wahlia. Il avait été étonné, ce n'était pas dans ses habitudes de se montrer aussi impressionnable. Puis Didi s'était écroulé sur le trottoir, le premier coup de botte s'était abattu sur sa tempe.

Ils savaient à quoi s'attendre quand un enregistrement du même type était apparu après le meurtre d'Ali Manouf. Cette fois-ci au moins, la vidéo offrait une piste. Tête baissée vers le corps de Manouf, l'homme avait soulevé sa cagoule de quelques centimètres et lui avait craché dessus.

L'équipe scientifique avait comparé l'ADN à la banque de données de la police mais sans résultats. Ce qui éliminait la plupart des néonazis qui sévissaient dans le coin et qui auraient sans cela figuré au sommet de la liste des suspects. Les plus actifs avaient tous un casier et Zigic aurait été surpris qu'ils soient assez stupides pour cracher sur un cadavre en étant déjà fichés.

Si le meurtrier faisait partie d'un groupe, on pourrait retrouver sa trace. Il faudrait du temps et de l'ingéniosité, mais ils finiraient par lui mettre la main dessus. Seul, il était bien plus dangereux.

Ferreira passa deux jours entiers à éplucher les forums d'extrême droite avec une concentration qui frisait l'obsession. Elle avait l'air déçue du peu de réactions que les meurtres semblaient susciter. Les membres paraissaient plus prudents dans leur façon de s'exprimer et dans les thèmes qu'ils abordaient, et les modérateurs intervenaient plus souvent.

Ils étaient en quête de respectabilité, en avait-elle conclu.

Zigic repensa aux paroles de Richard Shotton dans l'*Independent* du jour. Soigneusement mesurées, sans racisme explicite, mais c'était là néanmoins, entre les lignes. Pleines de sous-entendus qui séduiraient les électeurs désabusés de la classe ouvrière blanche, lesquels avaient voté en faveur de l'EPP en nombre suffisant pour que le parti remporte les élections anticipées de novembre dernier.

Quelques coups à la porte de son bureau et Ferreira entra aussitôt.

– Tu veux un café ?

Il souleva sa tasse. Le sien était froid maintenant.

– En fait, oui, je veux bien.

Wahlia arriva quelques minutes plus tard avec le même jean noir et la même chemise à carreaux que la veille. Ses cheveux d'habitude impeccables étaient ébouriffés d'un côté, tout aplatis de l'autre, et ses nouvelles mèches blondes avaient l'air grasses.

– Elle avait pas de brosse, celle-là ? demanda Ferreira. Ou est-ce que c'est voulu ?

– J'expérimente un nouveau style.

– Tout ce que *GQ* dit à ses lecteurs de faire tu le fais, c'est ça ?

Il s'affala sur son siège.

– Je déteste ce petit ton taquin que t'as le matin, fit Wahlia.

Ils continuèrent à se chamailler, Ferreira se roulant une cigarette. Zigic remplit de café la plus grande tasse qu'il y avait et la tendit à Wahlia avec un comprimé de vitamines dont il gardait toujours une boîte dans son tiroir pour les urgences. Wahlia balaya la proposition de la main en affirmant que ça irait et alluma son ordinateur.

– T'as vu ? dit Ferreira, brandissant le journal que Gilraye avait laissé sur son bureau. Richard Shotton. Maintenant, dès qu'ils ont besoin d'un commentaire, ils vont direct interroger la jolie petite sœur de Nick Griffin.

Elle laissa tomber le journal replié sur son bureau, se rapprocha de la fenêtre ouverte et alluma sa cigarette en tirant furieusement dessus.

– J'adorerais que ce soit un de ses supporters qui ait fait le coup, dit-elle.

– Je crois que Shotton est un tout petit peu plus prudent que ça, souligna Zigic.

– C'est un tas de merde.

– Un tas de merde qui siège au Parlement.

Parr entra d'un pas traînant, la cravate de travers, une tache de vomi de bébé sur le col de sa chemise avec des petites mouchetures blanches laissées par la serviette en papier avec laquelle il avait essayé de nettoyer. Il marmonna un bonjour collectif et alla s'asseoir à la table qu'il s'était attribuée près de la fenêtre.

Grieves déboula dix minutes plus tard. Elle était la dernière arrivée mais semblait de loin la plus alerte, les yeux vifs, souriante, respirant l'efficacité dans son tailleur-jupe bleu marine. Zigic leur avait dit à tous les deux qu'ils pouvaient parfaitement s'habiller en civil, mais ils fonctionnaient encore selon les règles de Riggott et il faudrait du temps avant qu'ils se sentent complètement à l'aise aux crimes de haine.

– Bon, très bien. Je suppose que vous avez tous entendu ce qui s'est passé à la conférence de presse d'hier.

Hochements de têtes à la ronde.

Il alla se mettre devant les deux tableaux dédiés aux meurtres d'Ali Manouf et de Didi. Il sentait le regard fixe de leurs photos lui transpercer l'arrière du crâne.

– Pour ceux qui viennent de rejoindre l'équipe, à l'heure qu'il est, rien ne suggère que le délit de fuite ait un lien avec la mort de ces deux hommes, ajouta-t-il. Ce n'étaient pas des paroles en l'air pour me débarrasser des journalistes, c'est la vérité. Mais il y a sûrement un lien entre les deux meurtres, et pour le moment on s'appuie sur l'hypothèse que c'est le même homme qui est derrière les deux.

Grieves leva la main.

– Vous n'avez pas besoin de faire ça, Deb. Allez-y, parlez.

– Pourquoi est-ce qu'on pense qu'il s'agit du même homme dans les deux cas ?

– À cause des caméras de surveillance. On ne voit pas son visage mais la carrure est la même et ses… actions après les crimes sont identiques.

– Quelles actions ?

– Il fait un salut nazi, dit Ferreira qui scrutait attentivement le visage de Grieves.

Zigic se demandait à quoi elle s'attendait : une expression de choc, de dégoût, quelque chose qui trahirait de l'approbation ? Ferreira semblait croire que la majorité des Anglais étaient pleins de préjugés, résultat de son enfance sans doute, des insultes racistes qu'elle avait dû endurer. Il savait aussi qu'elle en avait bavé à ses débuts dans la police, un corps de métier où il valait mieux être bien blanc, en plus d'être un homme. Une jeune diplômée originaire de Lisbonne, avec un tempérament aussi explosif que le sien, on n'avait pas dû lui faire beaucoup de cadeaux.

Y avait-il un reste d'antagonisme entre les deux femmes depuis cette période ? Il allait falloir qu'il s'en occupe avant que ça devienne un vrai problème.

– Les victimes ont été choisies au hasard alors ? demanda Grieves en se détournant discrètement de Ferreira. Elles se sont trouvées au mauvais endroit, au mauvais moment ?

– Il semblerait, oui, dit Zigic. Les deux hommes ne se connaissaient pas. On n'a pas réussi à établir le moindre lien entre eux. Donc pour l'instant, en effet, on part du principe qu'ils ont été attaqués uniquement à cause de leur ethnicité.

– Est-ce qu'il s'agissait de demandeurs d'asile ? intervint Parr.

– Manouf oui, mais pas Didi.

Ferreira jeta son mégot de cigarette par la fenêtre.

– Tu crois que ça aurait voulu dire quelque chose s'ils l'avaient été tous les deux ?

– Non, sergent.

– Ils ont été attaqués uniquement parce qu'ils étaient seuls et vulnérables, dit-elle d'une voix tout à coup plus virulente. Ces hommes n'ont pas de famille ici, pas d'amis proches et pas de réseaux sur lesquels s'appuyer. Regardez-les, dit-elle en faisant un geste vers le tableau. Ils sont tous les deux petits, minces, pas le genre de type à pouvoir rendre des coups. Notre assassin s'attaque à des proies faciles.

Parr se redressa sur sa chaise.

– Parce qu'il est faible ?

– Parce que c'est un pauvre lâche et une ordure qui cherche à infliger un maximum de dégâts avec un minimum de risques pour sa petite personne.

– C'est un individu hautement dangereux, dit Zigic en toquant sur le tableau.

Une capture d'écran d'une vidéo de surveillance était collée en haut de la colonne des suspects, inutile pour identifier l'individu en question, mais ça faisait au moins une chose sur laquelle concentrer son attention.

– Il y a une vidéo des meurtres si vous voulez vous en convaincre, mais ce n'est pas particulièrement agréable à voir. (Grieves et Parr échangèrent un regard rapide.) Pour le moment, on reste focalisés sur le délit de fuite, mais je voudrais qu'on réexamine entièrement les dossiers qu'on a sur les meurtres de Didi et Manouf, ajouta Zigic en essayant d'injecter un peu d'enthousiasme dans sa voix. Vous deux, dit-il à l'adresse de Grieves et Parr, il faut que vous vous mettiez en tête les enquêtes sur les deux meurtres. Vous ne faites rien d'autre ce matin, absorbez juste les infos au maximum. Il va falloir qu'on dissèque tout ça, depuis le début. Il y a forcément quelqu'un qui sait qui est ce salaud.

14

Le personnel de l'hôpital était en train de débarrasser les plateaux du petit déjeuner lorsque Zigic arriva dans l'aile 6. Il remarqua les nombreuses assiettes qui repartaient intactes, les couvercles en plastique encore pleins de condensation, les couverts toujours dans leur emballage.

Dans un des box, un patient demandait d'un ton pressant qu'on lui apporte un bassin. L'infirmière lui répondit de faire dans son lit, on nettoierait plus tard.

Zigic toqua à la porte de la chambre de Sofia Krasic.

Pas de réponse.

Il entra et trouva le lit vide. Le drap bleu et la chemise d'hôpital étaient par terre. Il les ramassa et les posa sur la chaise.

Une aide-soignante passa la tête dans l'encadrement de la porte.

– Elle est partie monsieur.

– Où ça ? Ils ne peuvent pas l'avoir déjà autorisée à sortir ?

– À mon avis, elle a pas attendu, elle est partie, répondit-elle d'un haussement d'épaules.

Comment avait-elle pu sortir sans que personne la voie et l'en empêche ? Une femme couverte de blessures et de bleus, avec plusieurs côtes cassées et un traumatisme crânien ? Seule survivante d'un accident que les médecins n'avaient pas pu manquer de trouver suspect, même s'ils étaient débordés.

Zigic ressortit et traversa les couloirs sombres, tapissés d'affiches informatives sur le cancer et les maladies tropicales et de tableaux criards de chatons et de fleurs qui avaient quelque chose d'encore plus déprimant que l'idée de crever à petit feu.

Il démarra la voiture, furieux contre lui-même. Il aurait dû poster un agent devant la chambre de Sofia. Il rejoignit la route, encore encombrée par les bouchons, et avec les travaux éternellement en cours sur la rocade de Bretton, il lui fallut quinze bonnes minutes pour arriver devant chez Sofia. Deux hommes qui fumaient en surveillant le chargement d'une benne de l'autre côté de la rue le regardèrent sortir de voiture.

Il frappa à la porte.

Il y avait de la musique à l'intérieur et le carreau en verre dépoli laissait filtrer la lumière de l'entrée. Une silhouette floue s'approcha de la porte.

Sofia Krasic semblait encore plus frêle dans son pyjama que lorsqu'il l'avait vue à l'hôpital, et sa ressemblance avec Jelena était encore plus frappante. Leurs visages étaient presque identiques, seuls le teint et la couleur des yeux différaient.

– Qu'est-ce que vous faites ici ? demanda Zigic en faisant reculer Sofia à l'intérieur de la maison. Et comment avez-vous fait pour rentrer chez vous ?

Elle fit quelques mouvements vagues en direction de la porte.

– Le travail, j'appelle, ma chef elle vient, elle m'apporte des vêtements, elle me ramène ici.

– Il faut que vous retourniez à l'hôpital, dit-il. Vous ne pouvez pas partir comme ça, vous avez encore besoin qu'on vous soigne.

– J'ai besoin que personne me soigne.

Elle lui tourna le dos et regagna le salon. Un autre jour, la pièce aurait pu sembler chaleureuse avec son tapis en fausse fourrure, sa cheminée électrique et ses fauteuils beiges garnis de petits coussins, mais le poids du chagrin était palpable dans l'air, tout semblait gris et terne.

Sofia retourna s'asseoir sur le canapé. Elle y avait entassé des coussins pour se maintenir dans la position la moins douloureuse possible. Zigic aperçut une bouteille de vodka coincée dedans et attrapa les cachets posés sur la table basse avant que Sofia n'ait le temps de s'interposer.

– Codéine ? Vous ne pouvez pas mélanger ça avec de l'alcool.

– Ça va, je l'ai déjà fait.

Zigic ouvrit la boîte et vit que six cachets manquaient déjà. L'image d'Anthony Gilbert inconscient sur le sol de sa cuisine lui revint à l'esprit tout à coup.

– Vous avez déjà pris tout ça ?

Sofia le regarda d'un air triste, le sourire en coin.

– Vous croyez que je vais essayer de me tuer ou quoi ?

– Vous en avez pris combien ?

– Juste un. C'est fort.

– Vous allez quand même devoir retourner à l'hôpital.

– Je dois rien faire du tout, répliqua-t-elle sèchement. Cet endroit… Ils laissent les vieux mourir dans leur merde. Ils feraient pas ça avec un chien. Les Anglais ils sont fous, c'est plus important les animaux pour eux que les gens.

Zigic s'assit dans un des fauteuils, les coudes sur les genoux.

– Écoutez, Sofia, vous avez plusieurs côtes cassées…

– Elles sont même pas cassées, j'ai des bleus, c'est tout, dit-elle en sortant une bouillotte de derrière son dos pour la poser sur le côté gauche de sa poitrine. J'ai déjà eu des bleus comme ça, je repose deux ou trois jours après ça va.

– Vous pourriez avoir une hémorragie interne.

– Vous êtes docteur ? Non vous êtes pas docteur, vous êtes la police. Alors vous me dites pas qu'est-ce que je dois faire.

Le téléphone se mit à sonner dans l'entrée. Sofia se redressa pour aller répondre.

– Restez là, j'y vais, dit Zigic.

Une femme commença à parler aussitôt au bout du fil mais son accent était trop fort pour qu'il saisisse ce qu'elle disait. Il revint dans le salon avec le combiné.

Elle écouta quelques secondes, son visage s'assombrit, puis elle appuya le combiné sur son épaule en tendant la bouillotte à Zigic.

– Vous pouvez aller remplir, s'il vous plaît ? Avec la bouilloire. Merci.

Elle était encore chaude, mais il s'exécuta et quitta le salon. Il descendit les escaliers qui menaient à la cuisine puis tendit l'oreille et écouta Sofia parler, appeler la dame au téléphone Mama, parvenant à mettre un peu de gaieté dans sa voix.

Elle parlait vite, trop vite pour qu'il saisisse tout ce qu'elle disait, mais il l'entendit dire que Jelena allait bien, elle travaillait, oui, elle aussi à la ferme maintenant. Sa voix s'enroua et elle finit par tousser, s'excusant, prétextant un rhume, rien de grave. Puis son ton changea brusquement et elle dit que non, elle n'enverrait pas d'argent. Elle n'en enverrait plus. La conversation était terminée quelques secondes plus tard.

– Vous avez entendu ? lança Sofia.

Zigic remonta les escaliers.

– Si vous ne lui dites pas, c'est nous qui le lui dirons.

– Vous ?

Elle lui arracha la bouillotte des mains. Elle avait les larmes aux yeux mais luttait pour ne pas craquer.

– Ce n'est pas à vous de faire ça. Cette femme, vous la connaissez pas.

– C'est votre mère. C'est la mère de Jelena. Ce n'est pas n'importe quelle femme.

– Votre mère c'est… la mère poule, c'est ça ? La cuisine, le ménage, elle fait tout pour avoir une belle maison pour sa famille, oui ? (Zigic ne pouvait pas nier.) Cette femme… poursuivit Sofia en jetant un regard froid vers le combiné, cette femme, ma mère comme vous dites, elle a essayé de vendre Jelena pour cinq cents dollars à des soldats à Belgrade. Jelena avait onze ans.

Ses paroles restèrent en suspens quelques instants. Zigic essayait de trouver une réponse appropriée, mais il n'y en avait pas.

– Les papiers de Jelena disent qu'elle est née à Ljubljana, en Slovénie.

– Ce sont de très bons papiers.

– Et vous ?

– Mes papiers aussi sont très bons.

Sofia dévissa le bouchon de la bouteille pour prendre une autre longue gorgée. Zigic prit sur lui pour ne pas faire de commentaires. Ne ferait-il pas exactement la même chose dans sa situation ?

– Si vous ne retournez pas à l'hôpital, il faudrait que quelqu'un vienne ici vous tenir compagnie. Qu'en est-il de votre petit ami ?

– Tomas est à Poznan.

– Il n'y a personne d'autre ?

Elle le regarda et il sentit aussitôt qu'il avait dit une bêtise.

– Je suis pas si pathétique. Ma chef, elle va apporter à manger tout à l'heure, elle surveille si je suis toujours vivante. (Sofia avait froncé les sourcils à ces mots.) Vous avez trouvé celui qui nous a foncé dessus ?

– Vous nous avez dit que c'était Anthony Gilbert. L'ex de Jelena.

Elle fronça les sourcils encore davantage, clignant des yeux comme si elle essayait d'y voir plus clair.

– Pourquoi je dirais ça ?

– Vous aviez l'air entièrement sûre, Sofia. Vous avez dit qu'il la harcelait. (Zigic l'observait attentivement, à l'affût d'un signe que quelque chose lui revenait en mémoire.) Nous sommes venus vous parler. Vous ne vous souvenez pas ?

– Je savais pas ce que je disais, fit-elle en esquissant un vague geste de sa main intacte. Les médicaments…

Zigic la revit dans son lit d'hôpital, luttant pour se faire comprendre, et même dans l'obscurité de la chambre il voyait les efforts que ça lui coûtait, les mots qui sortaient de ses mâchoires serrées, un voile de sueur sur son front.

Ça devait être les premières paroles qu'elle avait prononcées lorsqu'elle avait repris connaissance après avoir demandé à l'infirmière de les appeler.

– Nous sommes allés chez Anthony hier, après vous avoir parlé, et quand on est arrivés on l'a trouvé inconscient. Il avait pris une dose massive d'antalgiques.

La main de Sofia se resserra nerveusement autour du goulot de la bouteille de vodka.

– Il est mort ?

– Il est à l'hôpital. Ils l'ont mis sous coma artificiel en attendant de voir si les médicaments ont laissé des séquelles.

Elle baissa la tête mais il aperçut quand même le soulagement sur son visage et même le soupçon de plaisir que la nouvelle semblait lui procurer.

– Pourquoi nous avoir dit qu'il harcelait Jelena ?

– Je sais pas. Je me souviens pas.

– Ils étaient encore ensemble alors ?

Sofia ne répondit pas, resserrant ses doigts autour de la bouteille.

– C'est très important, Sofia, insista-t-il sans parvenir à capter son regard. Anthony a essayé de se tuer et on a besoin de savoir pourquoi, si c'est parce qu'il se sentait coupable ou seulement parce qu'il était effondré par la mort de Jelena.

Toujours pas de réponse. Zigic commençait à se demander si elle était vraiment au fait de la relation qui existait entre Gilbert et sa sœur. En partageant le même lieu de vie et de travail que Sofia, il devait être difficile pour Jelena d'avoir des conversations intimes avec son petit ami au téléphone sans que Sofia soit au courant. Est-ce que c'était pour ça qu'ils utilisaient Facebook ? Pour dialoguer sans que Sofia puisse les épier ?

Peut-être qu'elle croyait vraiment que Gilbert harcelait sa sœur. N'était-ce pas l'impression que pouvaient donner tous ces coups de fil à l'arraché, d'à peine quelques secondes, juste assez longs pour pouvoir dire « je t'aime ».

Puis Zigic repensa à tous ces messages qu'ils s'échangeaient et qui mentionnaient Sofia, la dépeignant comme une mère autoritaire qu'il fallait petit à petit apaiser, amadouer.

Était-ce pour ça que Sofia avait accusé Gilbert ? Une haine profondément enfouie, nourrie par la peur inconsciente qu'il fasse souffrir Jelena, était peut-être ressortie tout à coup, prenant le pas sur la douleur, les médicaments brouillant ses pensées et libérant sa parole.

– Pourquoi est-ce que vous n'aimez pas Anthony ?

Elle lui lança un regard noir, de petits plis apparaissant au coin de ses yeux vert profond.

– Je connais les hommes comme lui. Grosse voiture, grande gueule. J'ai dit à Jelena, tu veux qu'un homme il t'achète ? Il se sert de toi jusqu'à ce qu'il en a marre, et il te jette dans le caniveau ? Ce qu'il aime, c'est avoir une jolie fille, jeune, qui voit pas qui il est.

– Et qui est-il ?

– Il était pas assez bien pour elle, dit Sofia avec la certitude d'une mère plus que d'une sœur. Vous avez vu ce qu'il a fait ?

– Nous ne savons pas encore qui conduisait la voiture, lui rappela Zigic.

– Il s'est tué, bien sûr que c'est lui ! Pourquoi sinon il ferait ça ?

– Il est toujours en vie, Sofia.

– Non ! Il va mourir. C'est un lâche, répondit-elle en haussant le ton, criant presque, comme si la puissance de son désespoir pouvait forcer le cœur de Gilbert à s'arrêter. Il va pas s'en sortir. Il mérite pas.

Elle se leva et traversa la pièce jusqu'au rebord de la cheminée où étaient posées des bougies à moitié fondues et des icônes dorées.

– Vous saviez qu'ils étaient toujours en contact ? questionna Zigic.

– Elle m'avait dit que non, dit Sofia en caressant du doigt un petit triptyque. Elle faisait des secrets, toujours elle me cachait quelque chose.

– Est-ce qu'elle savait à quel point vous le détestiez ?

– Je voulais que le meilleur pour elle.

Elle répondait sans vraiment répondre, perdue dans ses pensées, se retenant à la cheminée pour compenser l'instabilité de ses jambes.

– Alors vous avez encouragé Jelena à rompre avec lui ?

– Elle serait plus heureuse sans lui. Moi je le sais. Elle aurait dû me faire confiance.

Zigic se rapprocha d'elle. Une demi-douzaine de saints orthodoxes les observaient d'un air impassible, les yeux fixes.

– Elle n'avait pas rompu avec lui. Ils étaient amoureux, Sofia. Que vous le vouliez ou non. Anthony n'avait absolument aucune raison de vouloir lui faire du mal.

– Et vous, vous avez jamais fait mal à quelqu'un que vous aimez ? demanda Sofia en levant brusquement la main du rebord de la cheminée, renversant le triptyque.

Le bruit réveilla en lui un souvenir, celui d'une gifle cinglante sur sa joue, des yeux rougis, du parfum au jasmin, des phrases qui sortaient de sa bouche et qu'il aurait voulu aussitôt retirer.

– Les gens qu'on aime c'est eux qui font le plus de mal, ajouta-t-elle.

Zigic expliqua de nouveau la situation, patiemment, doucement, évoqua les conversations qu'avaient Jelena et Gilbert, les projets qu'ils faisaient ensemble, jusqu'au soir précédant la mort de Jelena. Aucun signe de frictions entre eux, aucun mobile de meurtre.

– Je comprends pourquoi vous avez accusé Gilbert, dit-il en relevant l'icône. Vous n'aviez pas les idées en place. Vous étiez en colère. Mais il est peu probable qu'il soit responsable de ce qui est arrivé.

– Vous savez pas quel genre d'homme il est, dit Sofia.

Il le savait. Et mieux qu'elle. Mais il était hors de question de lui révéler la longue expérience de Gilbert en matière de harcèlement et de violences à l'encontre des femmes.

Si Jelena avait écouté sa sœur et quitté Gilbert, la version de Sofia aurait été plus crédible. Gilbert passait à l'acte après avoir été rejeté, son ego surdimensionné piqué au vif, lui qui ne pouvait accepter que les femmes qu'il désirait ne le désirent pas en retour. Lorsque ce scénario se produisait, il s'en prenait à elles et à ceux qu'il percevait comme des obstacles sur sa route.

Et si Sofia avait représenté un obstacle, justement ?

Jelena n'avait pas encore rompu avec lui mais elle prenait ses distances, ne le voyait plus aussi souvent, s'éloignant de lui pour faire plaisir à sa sœur. C'était une forme de rejet moins brutale, mais pour quelqu'un comme Gilbert, c'était peut-être suffisant.

Était-ce Sofia la véritable cible de l'accident ?

Zigic essayait de visualiser la scène, de se souvenir du rapport préliminaire que la police scientifique leur avait envoyé. L'endroit où chacun se trouvait, la trajectoire de la voiture coupant la circulation, puis accélérant.

Tôt le matin. Il fait froid. Les gens portent des vestes à capuche, des chapeaux. Impossibles de les différencier les uns des autres. Et les deux sœurs qui se ressemblaient déjà tellement.

Il repensa à Gilbert étendu dans sa cuisine, la vodka et les cachets, en trop grande quantité pour qu'il s'agisse d'une vulgaire mise en scène. Il voulait vraiment mettre fin à ses jours et y était presque parvenu. Ferreira l'avait dit, à moitié sur le ton de la blague : peut-être était-ce le chagrin qui l'y avait poussé plutôt qu'un sentiment de culpabilité. Gilbert sort de sa voiture, encore sonné par l'airbag et la puissance du choc, il voit Sofia allongée sur le trottoir, encore en vie.

Jelena sur la route, couverte de sang, morte.

15

Chaque fois que Ferreira venait dans le centre-ville de Peterborough, il lui semblait qu'il y avait encore plus de magasins vides. En sortant du parking près du marché couvert, elle remarqua une nouvelle vitrine badigeonnée de peinture blanche et se rendit compte qu'elle n'avait aucun souvenir de ce qu'il avait pu y avoir là-dedans.

Les immeubles étaient laids, de grands monolithes gris de trois ou quatre étages aux vitres fumées, les fissures dans le béton comblées par des joints. Ceux qui décidaient d'ouvrir une boutique ici devaient disposer d'un budget limité et ils pouvaient difficilement s'attendre à tenir beaucoup plus de deux ou trois ans.

Il y avait de petits magasins qui vendaient des vêtements bon marché, des « tout à une livre » avec la même camelote en plastique à l'entrée et quatre enseignes différentes où revendre son or. Le genre de business qui opérait clandestinement depuis les logements sociaux de la banlieue de Bretton deux ans auparavant mais qui depuis avaient gagné leurs lettres de noblesse pour ainsi dire, crise oblige. Les receleurs possédaient maintenant leurs propres comptables véreux et leurs cartes de visite.

Elle tourna au coin de Wheel Yard où quelques buveurs matinaux s'abritaient sous les cerisiers du Japon encore en boutons, puis s'engagea dans une ruelle pavée donnant sur l'enceinte de la cathédrale, les hauts murs de pierre couverts de mousse et d'un lichen jaune d'aspect toxique.

Une guide à la voix sonore et à l'accent londonien faisait traverser les pelouses de la cathédrale à des touristes, tous vêtus des mêmes anoraks, qui regardaient la façade surchargée en restant agrippés à leurs appareils photo ou leurs téléphones portables. Un couple à la traîne se détacha du troupeau et s'introduisit discrètement dans un petit café près de chez Pickman Nye, tenté par l'offre au tableau : deux tasses de thé et leurs scones pour dix livres.

Ils ne jetèrent pas un regard à l'homme dépenaillé qui leur tendait un prospectus à côté de l'entrée, plein d'espoir. Ferreira attrapa le papier au passage et ne réalisa de quoi il s'agissait qu'une fois en haut des quelques marches qui menaient chez Pickman Nye.

L'annonce était imprimée sur du papier de mauvaise qualité, le mot « disparu » écrit en anglais, puis plus petit en six autres langues. Dessous figurait la photo d'un homme aux cheveux gris, la peau granuleuse et le nez cassé. En bas, un nom et un numéro de téléphone.

Il est si facile de tomber dans l'oubli, se dit Ferreira en fourrant le papier plié dans la poche arrière de son jean.

Il n'y avait personne à l'accueil et elle appuya sur la sonnette du comptoir, entendit son écho dans la pièce d'à côté. Ils avaient redécoré les bureaux depuis sa dernière visite. Nouvelle moquette marron et nouvelle couche de peinture blanche qui ne faisaient que renforcer l'austérité du vieil immeuble en pierre. Ils avaient aussi ajouté quelques chaises mais seulement deux d'entre elles étaient occupées : un homme en survêtement et son petit garçon qui avait dans la main un sac de bonbons tout froissé et qui battait l'air du pied pour s'occuper.

Ferreira se souvenait d'avoir éprouvé la même chose. Elle avait à peu près le même âge que le petit garçon la première fois qu'elle était entrée chez Pickman Nye. L'agence de recrutement, aujourd'hui très respectable et à laquelle même la mairie faisait appel, était à l'époque encore compressée dans trois petites pièces au-dessus d'un salon de bronzage de Cowgate et fournissait les exploitations agricoles et les usines de la région en main-d'œuvre bon marché, grattant au passage ce qu'elle pouvait sur le dos des employés.

Son père l'y avait traînée tous les matins pendant une semaine. C'était le milieu des vacances d'été et les bureaux regorgeaient de nouveaux arrivants qui s'étaient vu remettre avant de partir le numéro de l'agence avec l'assurance de trouver à Peterborough tout le travail dont on pouvait rêver.

On avait dit la même chose à son père, mais le job promis n'avait duré qu'un mois. Il s'était brusquement interrompu après une bagarre avec le chef d'équipe polonais qui lui avait coûté deux molaires et une grande partie de sa fierté. Ses parents attendaient le soir pour en parler et se disputer. Ils sortaient de la caravane pour crier, sans oser s'aventurer trop loin des enfants « endormis » à l'intérieur, tous les quatre tête-bêche dans deux petits lits. L'argent commençait à manquer, ils n'allaient pas pouvoir continuer à dormir au sec et se nourrir bien longtemps avec le seul salaire de leur mère.

Tous les matins ils allaient donc prendre le bus à Spalding, piochant dans leurs maigres réserves, et tous les matins la garce au visage pointu de l'accueil disait à son père qu'elle n'avait rien pour lui. Mais il était têtu et il avait attendu, observé. Les autres hommes entraient, posaient la même question que lui et se voyaient offrir une réponse différente. La femme les emmenait vers une autre pièce et ils ressortaient en souriant avec l'adresse de leur nouveau travail.

Il fallut quatre jours à la jeune Ferreira pour comprendre ce qui se passait. En s'éclipsant pour aller aux toilettes, elle aperçut la femme prendre un sac que lui tendait un des hommes et le faire aussitôt disparaître dans le tiroir d'un casier, la forme des cartouches de cigarettes visible sous le plastique. Quand elle avait expliqué à son père ce qu'elle avait vu, il lui avait ébouriffé les cheveux et lui avait dit qu'elle ferait une belle espionne quand elle serait grande.

Le lendemain, il avait investi l'argent qu'il leur restait dans une cartouche de Silk Cut et la femme lui avait miraculeusement trouvé un contrat de six mois dans un abattoir.

C'était maintenant une philanthrope, madame Pickman. Elle apportait son soutien à la création artistique locale, achetait des couveuses pour les soins intensifs de l'hôpital, et lavait ainsi son argent de ses origines crasseuses.

Le petit garçon dit quelque chose à son père qui le fit taire en le serrant brièvement dans ses bras. Puis il piqua dans le sac à dos de son fils un bonbon au chocolat et lui décocha un clin d'œil. Le garçon aurait dû être à l'école, mais Ferreira savait que beaucoup de nouveaux arrivants avaient du mal à trouver des places pour leurs enfants. Les établissements scolaires étaient débordés et n'avaient pas réussi à s'adapter assez vite à la démographie changeante de la ville.

Elle appuya de nouveau sur la sonnette et alors que le tintement s'estompait, un homme finit par sortir d'une pièce derrière le bureau d'accueil, les cheveux sombres, les dents blanches, un hâle artificiel qui s'accordait mal avec sa chemise violette. Il portait une pile de dossiers qu'il posa sur le bureau et Ferreira jeta aussitôt un œil au nom épinglé à sa chemise *(Euan)* avant de sortir son badge de police.

– On pensait recevoir votre visite hier.

– Vous avez quelque chose à nous dire ?

– Non, c'est juste que… c'étaient des gens de chez nous, dit Euan en rattrapant la pile de dossiers qui était sur le point de s'effondrer. Madame Pickman est bouleversée. Elle m'a demandé d'envoyer des fleurs. Des lys blancs, un très joli bouquet.

Plusieurs milliers d'employés maquereautés avec une marge de deux livres de l'heure par tête. Elle pouvait se permettre de commander une bonne grosse composition florale et de la faire mettre au pied de l'autel qui était en train de se constituer devant l'arrêt de bus. Avec sa carte de condoléances marquée du sceau de l'agence, ça lui faisait même de la pub gratuite, ça montrait comme elle se souciait de ses employés.

Ferreira sortit son portable de la poche arrière de son jean.

– J'aurais besoin de vous montrer quelque chose, dit-elle en balayant l'écran du doigt. Je vous préviens, c'est pas beau à voir.

Euan s'appuya sur le comptoir et tendit le cou.

– Nous avons du mal à identifier l'une des victimes, dit Ferreira.

Elle retrouva la photo qu'elle avait prise la veille à la morgue. L'allure du cadavre était pire que dans son souvenir. La lumière blanche et crue du flash et la haute résolution de l'image faisaient ressortir les pores, les poils et tous les chocs subis par l'épiderme de l'homme.

– Est-ce que vous le reconnaissez ?

– Oh putain ! s'exclama-t-il en prenant le téléphone. (Il étudia la photo quelques secondes, l'air d'abord stupéfait, puis dégoûté et finalement curieux.) Non, je ne crois pas que ce soit un de nos employés.

– Mais Sofia et Jelena Krasic étaient inscrites ici ?

– Oui.

– Cet homme attendait avec elles au point de ramassage, dit Ferreira. Il devait se rendre à Boxwood Farm lui aussi. Vous pourriez vérifier dans vos fichiers, s'il vous plaît ?

– Je vais vérifier, dit-il en lui rendant son téléphone, mais je suis pour ainsi dire certain qu'il ne travaillait pas là-bas.

– Vous avez des milliers d'employés. Ne me dites pas que vous avez tous les visages en tête.

– Non, évidemment. Mais je connais tous ceux qui travaillent à Boxwood, répondit-il en pianotant sur le clavier de son ordinateur. Ils sont très précis sur le genre d'employés qu'ils attendent, c'est moi qui m'occupe d'eux personnellement. Et il n'y travaillait pas, c'est sûr. Par contre… là, voilà.

Il fit pivoter l'écran pour que Ferreira puisse voir. Une longue liste de noms figurait sur la gauche, la plupart en noir mais deux d'entre eux étaient surlignés, Sofia et Jelena Krasic, avec l'heure à droite ainsi qu'un code à huit chiffres « à usage administratif ».

– C'est le décompte des employés présents ce matin à Boxwood Farm, dit Euan. Vous voyez, dès qu'ils pointent, les données nous sont automatiquement transmises pour qu'on garde le compte exact des heures à payer. Tout le monde était présent ce matin et à l'heure, sauf… enfin vous savez.

– Peut-être qu'il attendait au même endroit pour un autre boulot ?

– Ou il attendait le bus.

Le téléphone se mit à sonner sur son bureau et il s'excusa avant de répondre, s'adressant à son interlocuteur dans un polonais hésitant. Ou en tout cas dans ce qui ressemblait à du polonais aux oreilles de Ferreira, qui crut même reconnaître certains mots. De l'autre côté de la pièce, le petit garçon se pelotonnait contre son père. Il posa la tête sur ses genoux et se défit de ses chaussures avant de ramener les pieds sur la chaise.

– Désolé, dit Euan après avoir raccroché.

– Est-ce que quelqu'un d'autre chez vous aurait pu s'occuper de cet homme ?

– Angie peut-être. Elle est en haut, à la comptabilité. Vous voulez que j'aille la chercher ?

– Oui, merci.

Il ressortit par la lourde porte en bois réservée au personnel. Ferreira composa le numéro de Zigic et attendit cinq sonneries avant qu'il décroche.

– T'es toujours avec Sofia Krasic ? demanda-t-elle.

– Je viens juste de partir, répondit-il. (Ferreira l'entendit déverrouiller sa voiture.) Elle pense maintenant que c'était à elle que Gilbert en voulait.

– Risqué comme manœuvre, dit Ferreira. Écoute, j'arrive à rien ici. Ils disent qu'ils ne reconnaissent pas le type. Tu peux poser la question à Sofia ? Il l'a poussée hors de la trajectoire de la voiture d'après les témoins, c'est donc qu'il devait la connaître.

– OK, dit Zigic, faisant de nouveau biper la fermeture automatique.

Euan réapparut suivi d'une jolie femme, des cheveux noirs chimiquement lissés, des prothèses d'ongles couleur sang séché. Elle se fendit du même témoignage de compassion qu'Euan puis sembla sur le point de vomir lorsque Ferreira lui montra la photo du cadavre. Elle la regarda quelques secondes, demanda pourquoi on leur posait du ruban adhésif sur les paupières et déclara finalement qu'elle ne le reconnaissait pas non plus.

Ferreira les remercia et tourna les talons avec la sensation d'avoir manqué quelque chose. Avant que la porte se referme derrière elle, elle entendit qu'on appelait enfin l'homme et son garçon.

Elle repassa par l'enceinte de la cathédrale au son des cloches et arriva à sa voiture au moment où Zigic la rappelait.

– Elle ne le connaissait pas non plus, dit-il. C'était la première fois qu'elle le voyait au point de ramassage.

– Peut-être qu'il attendait le bus, alors.

– Sans portefeuille sur lui, sans rien ?

– Je vais regarder ça de plus près, dit Ferreira.

Elle arriva avant lui au commissariat et monta directement au labo de la police scientifique. Kate Jenkins s'entretenait avec un inspecteur de la brigade criminelle autour d'une longue table métallique. Sous les cuisantes lumières blanches des spots était étendu un bleu de travail maculé de sang, le tissu déchiré par des tirs de carabine.

Ferreira n'avait pas entendu parler d'une fusillade, mais ce qui se passait à la brigade criminelle parvenait rarement jusqu'à eux, même s'ils avaient le même chef. La section des crimes de haine était un petit département isolé et c'était en partie pour ça qu'elle aimait y travailler. Il n'y avait pas de rivalités, pas de cliques, et Zigic cultivait une forme de hiérarchie très souple. C'était même ce qu'on pouvait faire de plus démocratique dans un commissariat de police.

L'inspecteur se plaignait de Riggott face à Jenkins, le visage encore rouge après le remontage de bretelles qu'il venait de subir. Kate compatissait par petites inflexions de voix, tous les deux se rapprochant déjà du bout de la table et de la fin de leur entretien.

– Mel, j'allais justement descendre vous voir avec Zigic, dit Jenkins.

L'inspecteur comprit le signal et s'éclipsa en traînant les pieds, les mains enfoncées dans les poches de son pantalon, une de ses chaussures couinant sur le lino jusqu'à ce qu'il passe la porte de la cage d'escalier.

– Oh là là, celui-là, dit Jenkins en levant les yeux au ciel. Il se ramène ici en pleurnichant pour rien et il faudrait que je l'écoute déblatérer. Il m'a même pas demandé comment j'allais.

– Et comment ça va, Kate ? demanda Ferreira en souriant.

– J'ai pas à me plaindre.

– Qu'est-ce que t'as pour nous ?

– Rien de nouveau, je voulais juste qu'il parte, dit-elle en jetant un œil à son assistante qui prélevait des traces d'ADN sur des cannettes de Coca vides à l'aide d'un coton-tige. J'ai envoyé mon rapport préliminaire à Bobby il y a environ une demi-heure, si c'est ce que tu cherches.

– En fait je cherche des effets personnels. On a une victime non identifiée et tout ce qu'ils ont pu me donner à l'hôpital, c'est une clef de maison et un téléphone portable cassé. Il nous manque son portefeuille.

– Je vais peut-être pouvoir t'aider là-dessus, dit Jenkins en s'approchant d'une étagère remplie de grosses boîtes transparentes. C'était coincé sous la voiture, poursuivit-elle en ouvrant une des boîtes. J'ai pas encore eu le temps de bien regarder. Attrape une paire de gants.

Ferreira sortit deux gants d'un paquet et les enfila avec peine en agitant les doigts tandis que Jenkins les passait d'un geste.

Jenkins ouvrit la boîte et en retira un sac à dos rouge et noir avec une bretelle cassée, le devant du sac tout déchiré. Mais la fermeture Éclair fonctionnait toujours et Jenkins vida le contenu sur le bureau : un jean et deux tee-shirts, déjà portés d'après l'odeur qu'ils dégageaient mais pas vraiment sales non plus, des chaussettes roulées en boule et des sous-vêtements.

– Ça ne ressemble pas au sac de quelqu'un qui part au boulot, dit Ferreira.

– On dirait même qu'il n'avait pas vraiment besoin de travailler, dit Jenkins en sortant une liasse de billets froissés, attachés par un élastique. Il y a bien deux mille livres là-dedans, ajouta-t-elle en feuilletant les billets.

– Mais pas de portefeuille ? Pas de papiers ?

– Un ticket de bus pour Lodz, dit Jenkins en le lui tendant.

– Donc il s'apprêtait à partir pour la Pologne, dit Ferreira. Mais alors pourquoi attendre un bus qui va vers le centre-ville ? Ça aurait été plus court pour lui d'aller à la gare routière à pied.

Jenkins tâta l'intérieur du sac, ouvrit un deuxième compartiment plus petit et trouva une trousse de toilette, mais il n'y avait rien d'autre dedans que les effets habituels.

– C'est tout, dit Jenkins en considérant le sac, les sourcils froncés. Comment se fait-il qu'il n'ait pas de portefeuille ?

– Quelqu'un a dû le lui voler juste après l'accident, suggéra Ferreira en repensant aux gens qui avaient pris en chasse le conducteur de la voiture dans Green Lane et à ceux qui étaient restés pour s'occuper des blessés en attendant les secours. N'importe qui pouvait l'avoir subtilisé dans la confusion générale. Les chacals.

– Je vais regarder si ses prélèvements ADN donnent quelque chose. S'il est connu de la maison.

– Merci, Kate.

En redescendant aux crimes de haine, elle tomba sur Grieves et Parr, debout face au tableau d'enquête sur le meurtre d'Ali Manouf. Ils parlaient à voix basse, l'air absorbé, Parr tenant un dossier ouvert sur une des photos de la scène de crime, rouge écarlate.

Ce n'est pas là qu'ils trouveront des réponses, pensa Ferreira. Mais Zigic était sous pression et même si ça ne faisait pas progresser l'enquête ça montrait en tout cas qu'ils faisaient des efforts.

Elle retrouva les images de l'accident filmées par les caméras de surveillance et sélectionna celle qui faisait face à l'arrêt de bus de Lincoln Road. Le petit groupe attendait au point de ramassage, Sofia Krasic à quelques pas de l'homme encore non identifié. Elle lui tournait le dos, examinant les horaires affichés sous la vitre en plexiglas de l'Abribus.

Ferreira revint en arrière, vit arriver l'homme depuis le nord. Elle changea plusieurs fois de caméra, le vit passer à côté d'autres groupes qui attendaient eux aussi qu'on vienne les chercher. Il marchait en ligne droite, les épaules courbées et la tête basse, sans jamais bifurquer de sa trajectoire, obligeant les gens qui arrivaient en sens inverse à se pousser.

Zigic s'approcha, regarda ce que faisait Ferreira sans rien dire. Elle changea de nouveau de caméra, mais elle avait perdu la trace de l'homme. Elle retourna en arrière, essaya une autre caméra. Sans succès.

– Allez, on va à Oxford Road, dit Zigic en lui tapotant l'épaule. Allons faire un peu de porte-à-porte.

16

On trouvait un certain nombre de commerces à l'extrémité d'Oxford Road : une grande boutique de paris hippiques qui ne désemplissait jamais, un vendeur de tapis chez qui régnait le plus grand fouillis, un obscur café Internet. Zigic et Ferreira commencèrent à frapper aux portes des habitations, des maisons jumelées des années 1930, toutes identiques, et Zigic remarqua que beaucoup d'entre elles abritaient de petites entreprises, les plaques vissées aux façades : jardinage à domicile, gâteaux de mariage personnalisés, médecine chinoise.

Ils se partagèrent la rue en deux, lui à gauche, Ferreira à droite. Après la même entrée en matière prudente, tous deux montraient rapidement leur badge puis s'excusaient auprès de leurs interlocuteurs pour ce qu'ils étaient sur le point de leur faire voir. Les réactions à la photo du cadavre allaient de la stupeur à l'excitation obscène, mais la plupart des gens secouaient la tête tristement. Quelques-uns avaient entendu parler de l'accident, survenu à moins de deux cents mètres, et plusieurs s'étonnaient que ce genre de choses puisse arriver ici. C'était un bon quartier.

Un Anglais de souche ne l'aurait probablement pas qualifié ainsi, pensa Zigic. Mais, aux alentours de Lincoln Road, il y avait peu d'Anglais pour se plaindre du mélange ethnique dans les rues. Le quartier était globalement paisible cependant, et c'était en partie le problème. S'il avait été rongé par la criminalité, les rues auraient été truffées de caméras de surveillance, et ils auraient pu facilement suivre la trace de leur homme mystère jusqu'à chez lui.

Il passa devant un garage automobile à l'abandon et frappa à la porte du bungalow adjacent. La peinture des fenêtres s'écaillait et l'intérieur était caché par d'épais rideaux jaunes. Mais il entendait des voix d'enfants et un dessin animé allumé assez fort pour qu'il reconnaisse les personnages.

Une femme d'origine indienne entrouvrit la porte, l'air inquiet, bloquant le passage à un petit garçon curieux.

– J'ai déjà plein de torchons, dit-elle avec un accent typique de Peterborough. J'ai pas besoin de nouvelles fenêtres, ou de faire tailler des arbres, ou de quoi que ce soit d'autre.

Zigic lui montra son badge et elle fronça les sourcils.

– Vous êtes le policier des infos.

– Oui, madame, dit Zigic en souriant au petit garçon qui se cramponnait à la jambe de sa mère en suçant son pouce. J'ai quelques questions à vous poser mais ça ne s'adresse pas à toutes les oreilles.

Elle poussa le petit garçon du pied et se mit dans l'encadrement de la porte.

– J'ai rien vu, dit-elle. Pas à cette heure de la matinée.

– Nous essayons d'identifier l'homme qui a été tué par la voiture. On pense qu'il vivait dans cette rue, mais il n'avait pas de papiers d'identité sur lui.

– Il y a beaucoup de va-et-vient ici. Depuis le début de l'année ça fait déjà trois locataires différents dans cette maison, dit-elle en indiquant d'un signe de tête l'autre côté de la rue.

– Préparez-vous à voir quelque chose de difficile, dit Zigic. Nous n'avons qu'une photo de lui, post-mortem.

Elle la lui prit des mains et grimaça.

– Pauvre homme.

– Vous le reconnaissez ?

– Je ne le connais pas, mais je l'ai déjà vu dans la rue. Il habite un peu plus haut par là, ajouta-t-elle en lui rendant la photo. Désolée de ne pas pouvoir vous aider plus.

– C'est déjà beaucoup, merci.

Elle referma la porte et il reprit son chemin. Il ne restait qu'une vingtaine de maisons à faire avant de déboucher sur Alexandra Road, et si l'homme utilisait Oxford Road comme raccourci pour se rendre à Lincoln Road, il faudrait faire une bonne centaine de maisons supplémentaires avant de tomber sur celle où il habitait. Ils allaient avoir besoin de renforts.

Il voulait trouver avant la fin de la journée là où l'homme vivait. Il fallait absolument que l'enquête progresse.

Ferreira avait un peu d'avance sur lui maintenant. Elle parlait à une femme en peignoir de soie court avec ce genre de talons aiguilles rouges que Zigic associait toujours aux stripteaseuses. Ou peut-être était-ce le fait qu'elle soit habillée comme ça en plein milieu de la journée.

Il y avait pas mal de bordels dans les quartiers résidentiels à l'extérieur du centre-ville. Des maisons en tout point semblables aux autres au premier abord, bien entretenues, sans rien qui dépasse. La seule chose qui détonnait étant les rideaux, fermés toute la journée, et les hommes qui entraient et sortaient à intervalles réguliers.

La dame s'aventura à l'extérieur d'un pas instable, montra du doigt l'arrière de la maison voisine et Ferreira se mit sur la pointe des pieds pour jeter un œil de l'autre côté de la palissade.

Depuis la rue Zigic avait une vue dégagée de l'endroit. Presque collé à l'habitation principale, il y avait un bâtiment en briques sans étage, de la taille de deux garages. Il semblait récent, sans doute construit sans autorisation comme beaucoup des dépendances qui fleurissaient dans le quartier. Ou si le permis de construire avait été octroyé, c'était probablement parce qu'on avait déclaré la construction en tant que bureau ou atelier, ce qui expliquait pourquoi on avait besoin d'y installer l'eau courante et l'électricité. Mais il s'agissait bien d'un logement, pas de doute là-dessus.

La femme au peignoir rentra chez elle et Ferreira rejoignit Zigic sur le trottoir en arborant un léger sourire.

– Il s'appelait Pyotr, dit-elle. En tout cas, c'est ce qu'il lui avait raconté.

– C'était une relation de nature professionnelle, je suppose ?

– Environ deux fois par semaine ces six derniers mois, dit Ferreira alors qu'ils s'engageaient dans l'allée de gravier. Il était polonais, comme elle. De Lodz. Elle a dit qu'il devait rentrer chez lui quelques jours pour voir sa famille. Ça explique pourquoi il avait autant de liquide sur lui.

– Mais il était censé revenir ?

– C'est ce qu'il lui a dit.

Ils longèrent la palissade contre laquelle étaient alignées des poubelles, celle du verre recyclé contenant beaucoup de bouteilles vides. Derrière la maison il y avait un petit carré d'herbes hautes et une terrasse en carrelage gris avec des meubles en plastique. Deux vélos étaient appuyés à la palissade, ce qui indiquait qu'il y avait quelqu'un. Tandis qu'ils arrivaient à hauteur du bâtiment en briques, la porte arrière de la maison s'ouvrit.

Un jeune homme longiligne en survêtement noir sortit précipitamment d'un air furieux, les muscles contractés, comme s'il était prêt à se battre.

– *Kim jesteś ?*

– *Policja*, dit Zigic en montrant son badge. Vous parlez anglais ?

– Oui, monsieur.

– Comment vous appelez-vous ?

– Adrian, dit l'homme, regardant tour à tour Zigic et Ferreira. Adrian Mazur.

– Vous connaissez l'homme qui habite ici ?

– Pyotr, oui. Il est reparti chez lui.

Zigic sortit la photo.

– Est-ce que c'est lui ?

Mazur bougea à peine.

– Oui, c'est Pyotr. Comment il est mort ?

– Il a été percuté par une voiture hier. Sur Lincoln Road. Vous connaissez son nom de famille ?

– Non, on n'est pas amis. Juste voisins.

– Il faut que je parle à votre propriétaire, dit Zigic en rangeant la photo. On essaie de retrouver la famille de Pyotr pour les mettre au courant de la nouvelle.

– J'ai, là. (Il attrapa son téléphone et récita le numéro.) Lui c'est un bon voisin. Pas de problème.

Zigic le remercia pour son aide et l'homme rentra chez lui. Quelques secondes plus tard sa tête apparut à la fenêtre de la cuisine, surveillant ce qu'ils faisaient. Ferreira ouvrit la petite porte du bâtiment annexe avec la clef retrouvée dans les affaires de Pyotr.

Zigic entra le premier, appuya sur l'interrupteur et reçut une légère décharge électrique.

Il jura et se frotta le bout du doigt.

Il n'y avait qu'une pièce, d'environ quatre mètres sur cinq, éclairée par une seule ampoule couverte d'un abat-jour en papier. Les murs étaient blanc cassé, le sol recouvert d'une moquette bleu vif et bon marché, tellement fine qu'on sentait le béton dessous. À une extrémité, une sorte de coin cuisine : deux placards, un petit évier rond et une plaque chauffante. De l'autre côté, une cabine de douche et des toilettes qui pouvaient être cachées par un rideau resté ouvert. Un lit simple occupait le mur du fond. Par terre, une pile de journaux et un tapis usé pour poser les pieds en se levant. À l'autre bout du lit, une vieille télé portative et quelques livres de poche sur une caisse renversée.

Il faisait deux degrés de moins à l'intérieur de la pièce qu'à l'extérieur et l'odeur d'humidité était tellement forte que Zigic était surpris qu'il n'y ait pas de moisissure sur les murs.

– C'est comme une cellule, dit Ferreira en attrapant un des livres. (Le dos était déchiré, la couverture pliée. Elle le laissa tomber sur le lit.) Qu'est-ce qu'on cherche ?

– Quelque chose sur lequel il y aurait un nom.

Ferreira souleva le matelas et les draps pendant que Zigic ouvrait les placards de la cuisine. Il était étonné par la quantité de produits ménagers qui s'y trouvaient. Les boîtes de conserve et les bocaux de nourriture étaient bas de gamme, mais Pyotr avait acheté le dernier cri des liquides nettoyants et de la Javel extra-forte.

La pièce ne sentait pourtant pas spécialement le propre. Pas même un soupçon de produit dans l'air. L'évier de la cuisine était crasseux, les toilettes aussi, la cuvette pleine de traces d'urine et de tartre. La douche était un peu mieux, mais pas non plus étincelante de propreté.

– Y a rien, dit Ferreira. Ça ne laisse plus que le propriétaire.

Ils refermèrent derrière eux et regagnèrent le parking au bout de la rue, tandis que Zigic composait le numéro que Mazur leur avait donné. Une femme répondit.

– Agence Best Lets bonjour ?

Il lui donna l'adresse sans rentrer dans les détails mais lui signifia que c'était urgent. Elle promit de rappeler d'ici quelques minutes.

– T'as remarqué ? dit Ferreira.

– Quoi ?

Elle montra du doigt un carré noir tagué à la va-vite sur le mur d'un magasin de motos.

– Non, je vois pas, dit Zigic.

– Il y a deux semaines il y avait un tag de l'English Patriot Party à la place. Et je suis à peu près sûre que la mairie n'envoie pas des types taguer par-dessus, alors qui en est l'auteur ?

– Les gens du magasin sans doute.

– Mais c'est pas le seul, dit-elle en enfonçant les mains dans les poches de sa courte veste en cuir. Il y en a d'autres qui ont été noircis de la même façon, un près de la place du Triangle et un autre devant le boucher halal au coin de la rue.

– Je ne savais pas que tu t'y intéressais tant.

– C'est juste que je remarque ces trucs, dit-elle en haussant les épaules.

Zigic déverrouilla la voiture et Ferreira se précipita sur le chauffage qu'elle mit au maximum en direction des pieds tandis que Zigic démarrait.

– À mon avis, c'est eux qui ont noirci les tags.

– Qui ça, eux ?

– Les types de l'EPP.

– Pourquoi ils feraient ça ?

– Question d'image peut-être. Ça fait mauvais genre d'avoir son nom tagué sur les murs, dit-elle d'un ton sarcastique. Surtout quand c'est à deux pas de l'endroit où il vient d'y avoir un meurtre raciste.

– C'est de ce boucher halal que tu parles ?

Ferreira acquiesça.

– Le tag était déjà noirci avant le meurtre de Manouf, mais quand même, on peut se demander s'il n'y a pas un lien.

– Je déteste l'EPP tout autant que toi, Mel, mais c'est un parti politique, pas une milice, dit-il en dépassant un cycliste qui roulait de travers, un lecteur DVD sur le porte-bagages. Ils ne voudraient pas se salir avec l'élection qui arrive.

– Les dirigeants, peut-être pas, mais à ton avis c'est quoi le gros des troupes de l'EPP ? Des criminels et des tordus. Quand on mettra la main sur ce salaud, à coup sûr ce sera un membre d'un de ces groupuscules néonazis acoquinés à l'EPP.

– C'est à cause de Ken Poulter que tu dis ça ?

– Son alibi ne tenait pas la route, tu le sais aussi bien que moi.

– Les analyses ADN l'ont mis hors de cause, lui rappela Zigic.

Mais il se souvenait bien du sourire qui était apparu sur le visage de Poulter quand ils lui avaient montré la photo de la tête méconnaissable de Didi. Son air admiratif devant l'ampleur des dégâts, jubilant devant Ferreira, essayant de provoquer chez elle une réaction qu'elle n'avait réussi à étouffer que de justesse. Elle avait quitté la salle d'interrogatoire convaincue de la culpabilité de

Poulter. Zigic l'avait quant à lui mis hors de cause avant même de recevoir les résultats des tests ADN.

Poulter était un lâche, un hooligan qui avait échoué dans la mouvance néonazie quand la fédération de foot et la police avaient commencé à sévir contre lui et ses congénères. Des types qui avaient besoin de leur dose de violence hebdomadaire et de ce sentiment d'appartenance qu'ils ne ressentaient jamais aussi fort que quand ils étaient tous ensemble, côte à côte, buvant et gueulant comme des chiens.

Le portable de Zigic sonna alors qu'ils arrivaient au rond-point du centre commercial de Queensgate, et il demanda à Ferreira de décrocher. Un vieux bus rouge à deux étages débordait sur la voie d'à côté, provoquant moult gestes et coups de klaxon alentour.

– Vous pouvez nous envoyer tout ce que vous avez sur lui ? demanda Ferreira. (Il y eut une courte pause.) On essaie de rentrer en contact avec la famille de monsieur Dymek, reprit-elle, mais si vous préférez qu'on passe directement vous voir avec un mandat, c'est possible aussi. On pourrait peut-être amener avec nous quelqu'un de la mairie, pour voir combien des taudis que vous louez répondent aux normes… Ah non ? C'est bien ce que je pensais.

Elle se tourna vers Zigic avec un large sourire, donna à son interlocutrice une adresse mail et la remercia pour son aide, ô combien précieuse.

– Les miracles de la diplomatie du flingue sur la tempe, dit Zigic.

– La seule qui marche à tous les coups.

17

Voilà l'Angleterre pour laquelle on se bat, songea Shotton en traversant le salon de l'hôtel George. Murs en pierres apparentes, fenêtres à meneaux, feu crépitant dans la cheminée. Des couples de la classe moyenne, la cinquantaine, conversant à voix feutrée sur des fauteuils en cuir, des gens bien, respectables. De bons postes, un travail assidu, des enfants déjà partis pour l'université. Ils n'avaient plus à se soucier de rien que de venir passer l'après-midi ici à boire du thé et feuilleter les journaux mis gracieusement à leur disposition, satisfaits à l'idée qu'ils laisseraient derrière eux un monde qui, ma foi, ne serait pas pire que celui qu'on leur avait légué.

Ces gens-là faisaient partie de la même famille que lui, et ils commençaient enfin à le reconnaître.

Malheureusement, cette parcelle spécifique de l'Angleterre moyenne se situait en dehors de sa circonscription, mais la candidate qu'ils présentaient aux élections les serviraient tout aussi bien, il en était sûr. Une femme formidable, une allure à la Marine Le Pen, ancienne élève de l'école pour filles locale, mariée à un propriétaire terrien dont les ancêtres vivaient là depuis Guillaume le Conquérant, une fille parfaite pour le Parlement, sans cadavre dans le placard.

Un vieux monsieur en pantalon rouge vif fit un écart pour venir le saluer, un gin-tonic à la main.

– Vous avez été remarquable à la télé face à Jon Snow.

– Ah, c'est qu'il n'est plus tout à fait la force de la nature qu'il était autrefois, dit Shotton en souriant.

L'homme continuait à lui serrer la main.

– Il s'est trop habitué à ces enfarinés de libéraux londoniens. Il ne sait plus comment s'y prendre avec une vraie bête de la politique.

– Je ne sais pas si je peux prétendre en être, dit Shotton qui essayait de se défaire de sa poigne.

– Vous n'êtes pas au Parlement, aujourd'hui ? demanda l'autre en adoptant un ton mondain.

– Traiter de près les questions qui touchent à ma circonscription, dit Shotton, c'est une priorité.

Le vieux monsieur leva légèrement son verre et lui fit un clin d'œil.

– Absolument. C'est bien grâce à nous que vous êtes au pouvoir, après tout.

Shotton hocha la tête aussi chaleureusement que possible et se dirigea vers le bar au fond de la salle, là où l'homme qui l'avait effectivement porté au pouvoir l'attendait. Lequel avait mis un costume mais avait toujours l'air débraillé, des cheveux un peu trop longs, la barbiche graisseuse.

Walter ne pouvait plus prendre le pouvoir que par procuration. Il avait trempé dans trop d'affaires véreuses pour se permettre de se présenter en personne à des élections.

Shotton commanda un scotch et le rejoignit à une table dans un coin. Ils échangèrent les amabilités d'usage avant d'attaquer le vif du sujet.

– J'entends des choses inquiétantes, Dick. S'il s'avère que ces meurtres sont l'œuvre d'un de tes gros bras parti en vrille, tu peux tirer un trait sur tout notre arrangement.

– Je n'ai rien à voir avec ces gens, dit Shotton.

Walter se rapprocha de la table, baissa la voix mais redoubla de menaces :

– Je me rappelle très clairement que j'étais assis là, il y a exactement douze mois de ça, quand tu m'expliquais que t'étais le seul homme à pouvoir faire régner l'ordre assez longtemps pour se faire élire.

– Ce que j'ai fait.

– Mais les élections anticipées, c'était un galop d'essai pour la suite, dit Walter. Tu le sais aussi bien que moi. Tu as été élu grâce au vote contestataire, et si tu veux garder ta place, t'as intérêt à faire le ménage chez toi.

Shotton ouvrit la bouche pour protester mais se retint en voyant la serveuse arriver avec son verre sur un plateau.

– C'est le petit ami de la victime qui a fait le coup, dit-il une fois que la jeune femme s'était éloignée. On n'a aucun souci à se faire, quand la police l'aura interrogé tout ça sera vite classé.

– Mais bordel, c'est pas de ce pauvre accident que je te parle, dit Walter. Tu crois que c'est ça qui m'inquiète ?

– Je crois que tu t'inquiètes pour trop de choses.

Walter sortit un journal plié en quatre de derrière son dos et l'ouvrit à une page qu'il colla sous le nez de Shotton.

– C'est ça qui va foutre en l'air ta campagne, Dick.

Page 11, les photos de deux hommes apparaissaient en gros plan. Un jeune Noir et un Arabe avec une barbe grise et clairsemée, des cernes sous les yeux.

– Troisième paragraphe, ajouta Walter.

Shotton lut le passage indiqué. *Selon une source confidentielle au sein de l'English Nationalist League, une dizaine des membres de l'organisation auraient déjà été interrogés par la police et relâchés au cours des deux dernières semaines, mais aucune arrestation n'a été effectuée pour le moment.*

– Aucune arrestation, répéta Shotton, jetant le journal sur la table basse. Ils se contentent d'interroger les mêmes brebis galeuses que d'habitude pour montrer qu'ils font quelque chose.

– Et qu'est-ce qui se passera s'ils mettent la main sur la bonne ?

– Combien de fois il faut que je te le répète, Walter ? lâcha Shotton qui sentait son poing se refermer et dut faire un effort pour le garder posé sur son accoudoir. Les groupes dont tu parles se tiendront à carreau. C'est une certitude. Tu peux penser d'eux ce que tu veux, ils veulent la même chose que nous et ils savent que je suis leur seule vraie chance de l'obtenir.

– Des types tout à fait raisonnables, quoi, dit Walter sans cacher son dégoût. Tu crois qu'ils pensent aux répercussions politiques quand ils sont pleins de bière à la fermeture des bars et qu'un petit Noir leur lance un regard de travers ?

Shotton esquissa un sourire.

– Si t'étais un peu mieux informé, tu saurais que ce « petit Noir » a été tué dans le quartier des Polaks. Et je peux te dire qu'il n'y a pas beaucoup de skins qui traînent là-bas à la fermeture des bars.

– Et pourtant c'est bien la section des crimes de haine qui est sur l'enquête, dit Walter. Pourquoi, à ton avis ?

– Je sais de source sûre que c'est à eux qu'on confie la plupart des crimes à… caractère ethnique, on va dire. (Il but une gorgée. Trop de glaçons.) Ce salaud d'Alistair Whitman. Tu as lu l'article qu'il m'a consacré le mois dernier ?

– Je lis tout ce qui concerne les causes dans lesquelles j'investis, Dick.

Shotton reprit une longue gorgée, ravalant en même temps son agacement et son envie de dire à Walter qu'il pouvait se le mettre au cul, son argent.

Des bruits couraient déjà, de simples insinuations, mais il savait qu'il y avait des dizaines de déserteurs potentiels au sein du parti conservateur, attendant de voir les résultats des élections pour décider s'ils rejoignaient le camp de l'EPP. Des hommes pour qui les investissements de Walter n'étaient que de l'argent de poche.

Mais il faudrait tout de même remporter les élections, et même s'il ne voulait pas l'admettre, Shotton commençait à craindre que les récents meurtres se révèlent l'œuvre d'une faction dissidente avec laquelle il aurait oublié de négocier un cessez-le-feu. Ou pire, celle d'un cinglé dont aucun groupe n'avait eu vent, qui se montait la tête tout seul dans la cave de sa maison et s'entraînait à faire des saluts nazis dans la glace de sa salle de bains.

Et la conversation qu'il avait eue avec Ken Poulter la veille n'avait rien fait pour le rassurer.

Il avait admis avoir subi un interrogatoire de la police, mais l'avait assuré qu'il avait été relâché le lendemain matin sans leur avoir rien dit. C'était normal que la police s'intéresse à lui, puisqu'il était à la tête de l'ENL, mais Shotton n'aimait pas le ton trop sûr de lui qu'il avait adopté en lui faisant le compte rendu de l'interrogatoire. Comme s'il se vantait de leur avoir raconté des salades et qu'ils n'y aient vu que du feu. Et s'il cachait véritablement quelque chose ?

S'il avait des informations sur le coupable ?

– Il faut que tu t'occupes de ça, dit Walter en se penchant au-dessus de la table. Il faut absolument éviter que ce truc nous pète à la gueule.

Il se leva sans attendre la réponse. La discussion était close. Ils se serrèrent la main et Walter s'éloigna, laissant à Shotton le soin de payer l'addition.

Shotton resta assis un moment à écouter les conversations feutrées autour de lui, remarqua une femme qui le regardait comme si elle le reconnaissait mais n'arrivait pas à mettre un nom sur son visage.

Il sortit un billet de vingt livres, le posa sur le plateau en verre de la table puis rangea son portefeuille en songeant à tout l'argent qu'il avait déjà distribué pour qu'on se tienne à carreau autour de lui. C'était un pari risqué, il le savait, mais jusqu'à présent les risques lui avaient paru limités. L'ENL et ses imitateurs n'avaient jamais semblé représenter une menace sérieuse. L'argent était surtout destiné à ce qu'ils fassent profil bas lors des six prochains mois, réduisant au minimum les manifestations dans la rue, les graffitis et les contacts avec la presse. « Pas de meurtres pendant quelque temps » ne faisait pas partie de ses demandes. Il avait cru que ça allait sans dire. D'autant qu'ils n'avaient rien fait de plus que de gueuler et grogner depuis des années.

Shotton sortit dans la cour de l'hôtel et passa l'arche en pierre donnant sur le parking où s'étaient exilés deux fumeurs.

Il frappa à la vitre de la Range Rover côté conducteur, faisant sursauter Selby et Christian qui regardaient quelque chose sur un téléphone en riant aux éclats. Il fit signe à Selby de sortir. Ce n'était pas une conversation qu'il pouvait se permettre d'avoir devant un ex-flic qui avait toujours des amis dans la police.

Selby sortit et claqua la porte.

– Il y a un problème, monsieur ?

– Vous avez un briquet ?

Selby chercha dans ses poches et en sortit un gros Zippo doré et son paquet de cigarettes. Ils s'éloignèrent vers un coin à l'abri contre un des murs du parking.

Shotton tira sur sa cigarette, regardant Selby remuer d'un pied sur l'autre, gelé dans son costume noir mal coupé et trop fin pour la saison.

– Marshall veut que je me sépare de vous, dit-il.

Selby s'immobilisa, la cigarette devant la bouche, réfléchit un instant et hocha la tête.

– Il ne m'apprécie pas, il ne s'en est jamais caché d'ailleurs.

– Ce n'est pas vous qui lui posez problème, dit Shotton. Ce sont vos amis qui le préoccupent.

– Quels amis ?

– Vos amis de l'ENL.

Selby resta silencieux. Il était du genre à ne parler que quand il avait quelque chose à dire. Un vrai stoïque, comme Shotton les appréciait.

– Est-ce que vous avez entendu dire que certains ont été interrogés par la police ?

– À propos des meurtres, vous voulez dire ? Plusieurs, oui.

– Et qu'en est-il maintenant ?

Selby haussa les épaules, glissa une main dans la poche de son pantalon.

– Aux dernières nouvelles, ils ont tous été relâchés. Les flics n'ont rien sur eux. Ils ont essayé de leur faire du chantage, de les monter les uns contre les autres. Comme d'habitude.

– Vous savez s'ils ont quelque chose à voir avec ce qui s'est passé ?

Selby se raidit, les doigts de pied recroquevillés dans ses chaussures cirées.

– Pas à ma connaissance en tout cas. Mais c'est pas vraiment le genre de trucs dont on se vante en buvant des coups au pub.

– Entre amis, peut-être que si, dit Shotton. Est-ce que vous avez eu l'occasion d'en parler avec eux ?

– J'entends dire certaines choses, répondit Selby en jetant un œil vers la Range Rover. (La lumière du soleil obscurcissait l'intérieur mais Shotton remarqua que

Christian avait baissé sa vitre.) Certains ne sont pas très contents de la tournure que ça prend depuis que Poulter a repris les commandes à sa sortie de prison.

– Pourquoi, il s'est ramolli ?

Selby secoua la tête.

– Il serait devenu pire qu'avant, d'après ce qu'on m'a dit. Il paraîtrait qu'il s'est fait tabasser par des musulmans quand il était au trou et qu'il veut passer à l'action directe maintenant. Il en a sa claque de jouer les gentils.

Ce n'était pas ce que Poulter lui avait dit au moment de prendre son argent. Shotton revoyait ses yeux avides devant la liasse de billets de vingt tout frais. L'honnêteté avait tendance à passer à la trappe dans ce type de situations.

Mais il n'était pas impossible que Selby mente. Il avait de bonnes raisons d'en vouloir à Poulter. Lui qui, à peine sorti de la prison de Littlehey, avait évincé le frère de Selby par un vote organisé à la va-vite avant de reprendre sa place à la tête de l'ENL.

Poulter était sans conteste une sombre brute. Aucune capacité à se projeter dans l'avenir, à élaborer une stratégie. Il ne savait probablement pas où il en serait d'ici quelques années ni ce qu'il ambitionnait pour l'ENL. Mis à part les habituelles séances de beuveries à se monter le bourrichon contre les immigrés.

– Et qu'est-ce que Poulter a en tête, en matière d'action directe ? demanda Shotton.

– Alors ça, dit Selby en haussant les épaules, j'en sais rien, ça ne sort pas de son cercle d'intimes.

– Mais les autres doivent se demander pourquoi les choses se sont calmées alors que Poulter disait vouloir passer à la vitesse supérieure, non ?

– Il y a des trucs qui se disent, dit Selby. Selon certains jeunes, Poulter serait derrière les meurtres, mais ils racontent un peu n'importe quoi.

– Ce n'est pas non plus une hypothèse en l'air vu son récent séjour aux frais de Sa Majesté.

– Il ferait pas ça tout seul, dit Selby en jetant sa cigarette dans une flaque d'eau. Pas à son âge, et pas après avoir passé quinze ans derrière les barreaux. D'après ce qu'on m'a dit, c'est le premier à avoir été interrogé par la police. Il est bête, mais pas à ce point-là.

– Et à votre avis, à qui il aurait pu faire appel ?

– C'est pas le genre de choses qu'il me dirait. (Selby détourna la tête, suivant des yeux un couple d'origine indienne qui sortait de l'hôtel et se dirigeait vers leur voiture, une légère moue de dégoût au coin de la bouche.) Il faudrait qu'il me fasse confiance pour ça.

Shotton jeta sa cigarette dans la même flaque.

– Demandez autour de vous, discrètement, essayez de voir qui se fait remarquer. Ou qui se fait trop discret.

Selby le regardait en face, l'air déterminé.

– Et si j'obtiens un nom ?

– Je suppose que vous ne détesteriez pas voir Poulter débarrasser le plancher, dit Shotton en souriant. Ce genre de personne qui n'a plus sa place dans le mouvement. Il vaudrait mieux qu'il passe le flambeau à quelqu'un de plus compétent, vous ne croyez pas ?

18

De retour à son bureau, Zigic trouva l'e-mail de l'agence immobilière Best Lets. Il ouvrit la pièce jointe, un contrat de location montrant que Pyotr Dymek habitait le studio d'Oxford Road depuis près de dix-huit mois, avec encore six mois de prévus au bail. Il payait toujours dans les délais et son dossier comprenait les références des deux autres logements qu'il avait loués avant (cela faisait près de quatre ans qu'il vivait à Peterborough), ainsi que les coordonnées de l'agence d'intérim dans laquelle il était inscrit.

Zigic appela l'agence en question et son interlocuteur lui répondit poliment en lui promettant de lui faire suivre aussitôt le dossier de Dymek.

– Vous saviez qu'il rentrait chez lui en Pologne ? demanda Zigic.

– Oui, il nous en avait informés la semaine dernière, dit l'homme qui s'exprimait avec un très léger accent. Je crois avoir compris qu'il s'agissait d'un problème familial. On attendait son retour dans quelques jours. On a du travail pour lui.

– Vous avez les coordonnées de sa famille ?

– Si c'est le cas, ce sera marqué dans son dossier.

Zigic raccrocha et sortit de son bureau.

Grieves et Parr étaient partis déjeuner, laissant leurs tables jonchées de paperasse. Parr avait aussi oublié son téléphone portable qui se mit à clignoter, annonçant l'arrivée d'un message : *Maison,* disait l'en-tête.

Le tableau blanc dédié à l'accident s'était un peu rempli pendant la matinée. Une image extraite des vidéos de surveillance de chez Hossa Motors avait été ajoutée dans la colonne des suspects. On y distinguait la Volvo blanche et à côté d'elle la silhouette d'un homme de taille moyenne qui aurait pu être Anthony Gilbert. Il portait un bonnet enfoncé jusqu'aux sourcils et une écharpe enroulée autour du cou qui lui cachait une bonne partie du bas du visage.

– Ça pourrait être n'importe qui, dit Ferreira qui s'était rapprochée.

– On a trouvé d'où venait l'argent ? demanda Zigic à l'adresse de Wahlia.

Celui-ci mangeait un bagel à sa table et hocha la tête, la bouche pleine.

– Quatre retraits différents, cent balles à chaque fois, la semaine avant l'achat. Plusieurs distributeurs.

– Il est débile s'il croit que ça suffit à couvrir ses arrières, dit Ferreira.

– Et le sang sur l'airbag est du même groupe, reprit Wahlia.

– Bon, en attendant les résultats des tests ADN, je ne vois pas ce qu'on peut faire d'autre que d'aller lui parler. Et le téléphone de Jelena, qu'est-ce que ça donne ? ajouta Zigic en fronçant les sourcils.

– Pareil que sur Facebook, dit Wahlia. Elle lui envoyait beaucoup de messages, des petits trucs anodins mais fréquents. Ils devaient se retrouver samedi matin chez Carluccio. C'est elle qui avait organisé le rendez-vous, pas lui. Son message dit qu'elle voulait lui parler de « ce qui s'était passé ».

Zigic se demandait comment elle comptait échapper à la surveillance de Sofia qui semblait ne pas la quitter des yeux. Mais c'était ridicule pour l'adulte qu'était Jelena d'être à ce point sous l'emprise de sa sœur. Pourquoi lui cachait-elle qu'elle voyait encore Gilbert ? Était-ce tout simplement plus facile pour elle de faire croire à Sofia qu'elle avait gagné la partie ?

– J'ai remarqué un truc bizarre, dit Wahlia en tirant quelques feuilles de papier de dessous son clavier. C'est à propos de Tomas, le petit ami de Sofia. Ils font quelques allusions à lui mais ça n'a pas vraiment de sens.

– Il est où, d'ailleurs ? demanda Ferreira.

– Poznan, dit Zigic. On a un numéro où le joindre, Bobby ?

– C'est dans les contacts de Jelena, je te le donne tout de suite. (Wahlia parcourut rapidement les feuilles abondamment surlignées au marqueur rose.) Il y a deux semaines, reprit-il, elle dit qu'elle a essayé de parler à Sofia de Tomas.

– À quel sujet ? demanda Zigic.

– Elle ne précise pas. Gilbert lui répond qu'il faut qu'elle laisse Sofia respirer un peu, reprit Wahlia, sourcils froncés. Ils n'en parlent pas plus sur le coup, mais deux jours plus tard Jelena lui dit que Sofia a un comportement bizarre, elle est très silencieuse. Jelena pense que Tomas lui manque.

– Tu crois qu'il l'a quittée ? demanda Ferreira. Ça expliquerait pourquoi il ne semble pas se soucier de ce qui s'est passé. Je veux dire, Poznan n'est pas si loin quand il s'agit de la mort de quelqu'un. Tu prends le premier avion, non ?

– C'est vrai qu'elle est restée très vague à son sujet, dit Zigic en repensant à son attitude défensive quand il lui avait demandé si elle avait quelqu'un pour veiller sur elle. Tu me donnes le numéro de Tomas ?

Il composa le numéro que Wahlia lui dictait. Au tableau, le relevé de la trajectoire de la voiture indiquait par des petits points rouges la position des victimes juste avant la collision, et par des points noirs celle des cadavres.

L'appel aboutit directement à la boîte vocale. Une voix d'homme bourrue, parlant polonais. Il attendit le bip et laissa un message.

– Je suis l'inspecteur Zigic. Je dois malheureusement vous annoncer que votre petite amie Sofia a été victime d'un accident. Elle va bien mais nous aurions besoin de vous parler.

Il donna son numéro et raccrocha, restant un instant debout à considérer les petits points qui correspondaient à Jelena Krasic au tableau. Les emplacements étaient si resserrés que point rouge et point noir se chevauchaient comme dans un diagramme de Venn. Elle était sur le trottoir et la seconde d'après elle était projetée dans les airs et retombait sur le toit de la Volvo. Elle n'aurait pas eu le temps de réagir, même si elle n'avait pas été distraite par son téléphone.

Quant à Pyotr Dymek, il devait avoir des réflexes exceptionnellement rapides, songea Zigic. Le fait d'avoir poussé Sofia, quelqu'un qu'il ne connaissait pas, hors de la trajectoire de la voiture plutôt que de se sauver lui-même, c'était tout à son honneur. Ça ne rendrait pas l'appel à sa famille plus facile, mais il espérait qu'ils trouveraient un peu de réconfort dans le fait de savoir qu'il était mort en héros.

Son ordinateur émit un léger bip dans son bureau, signalant l'arrivée d'un nouvel e-mail.

L'agence d'intérim venait d'envoyer le dossier de Dymek, avec tout l'historique de ses emplois, son numéro fiscal et les références de son compte en banque, une photocopie de son passeport. Mais Zigic avait surtout besoin dans l'immédiat des coordonnées de sa famille.

Andrea Dymek. Épouse.

Il resta un instant bloqué sur le mot. S'il ne le faisait pas tout de suite, ça n'en deviendrait que plus difficile.

Il regarda la photo d'Anna sur son bureau, imaginant une femme comme elle, vaquant à ses occupations quotidiennes sans la moindre idée de ce qui était arrivé à son mari.

Ou bien savait-elle déjà, au plus profond d'elle-même, que quelque chose ne tournait pas rond ? Dymek était censé prendre un bus la veille, il aurait déjà dû arriver.

Zigic imaginait cette femme, attendant à la gare routière de Lodz, bien apprêtée, désireuse de plaire à son mari après tous ces mois d'absence. Peut-être qu'elle avait emmené ses enfants avec elle, leur avait promis des bonbons s'ils étaient sages avec papa ? Et qu'elle l'avait cherché des yeux dans la nuée de mines fatiguées, souriant d'impatience jusqu'à ce que le bus se vide complètement et qu'il n'y ait rien d'autre à faire que de l'appeler sur son téléphone pour savoir où il était.

Il composa le numéro lentement et s'éclaircit la gorge, détournant les yeux de la photo d'Anna.

Une femme répondit au bout de trois sonneries. Des enfants se chamaillaient à côté d'elle, la télévision était allumée.

– Allô ? Qui est-ce ? demanda-t-elle d'un ton sec en polonais.

– Andrea Dymek ?

– Oui.

– Je suis désolé, mais j'ai une mauvaise nouvelle à vous annoncer.

– Pyotr ?

– Oui. Vous parlez anglais ?

– Non.

Zigic poursuivit en polonais, cherchant un peu ses mots, lui expliquant qu'il y avait eu un accident. Il avait appris la langue au contact d'hommes comme le mari de cette femme, lors d'une crise de rébellion adolescente. Il était alors parti passer l'été dans la campagne du Fenland, à l'est de Peterborough, pour travailler dans les champs. Le vocabulaire qu'il y avait appris était mal adapté à ce genre de situation. Trop familier, trop rudimentaire. Il aurait voulu avoir des paroles apaisantes, mais il ne trouvait pas les mots, ne parvenait qu'à s'excuser tandis qu'elle pleurait à l'autre bout du fil.

– Il a sauvé une femme. Il était un héros, dit Zigic.

– C'est lui qu'il aurait dû sauver, gémit Andrea Dymek. Qui était cette femme ? Ils baisaient ensemble ou quoi ?

Zigic connaissait ce mot.

– Non, madame. Non, il la connaissait pas.

– Alors pourquoi il a fait ça ?

– C'est un homme bien, dit Zigic.

Elle partit d'un sanglot aigu et il reçut comme un coup de poing dans l'estomac.

– C'était pas un homme bien. Ça l'a jamais été, trancha-t-elle.

Elle raccrocha et il resta immobile, le téléphone dans la main.

19

Sofia était assise au bord du lit de Jelena, la couette repliée et froissée, exactement comme sa sœur l'avait laissée. Sofia prit un coussin et le serra fort contre sa poitrine, s'imprégnant de l'odeur des cheveux de Jelena, de la légère trace de parfum. Son visage était humide de larmes.

Ça faisait des heures qu'elle était là, depuis que Zigic était parti. Elle s'était alors traînée tant bien que mal en haut des marches et s'était étendue sur le côté droit du lit où Jelena dormait toujours. Elle ne parvenait pas à trouver le sommeil malgré la fatigue. Ses membres étaient lourds comme du plomb, sa cage thoracique tout endolorie. Elle aurait aimé pouvoir se reposer, pouvoir oublier l'espace d'un instant, mais rien n'y faisait.

Même les pilules ne la soulageaient pas.

Son esprit ne cessait de ressasser les secondes fatidiques, de se reprocher de ne pas avoir su protéger sa sœur. Qu'allait-elle devenir maintenant que Jelena n'était plus là ? Gilbert était mourant, et tant mieux, mais qu'arriverait-il si jamais il s'en sortait ?

Trop de choses étaient restées inachevées entre eux.

Jelena lui avait menti, elle était restée en contact avec Gilbert, avait même fait des projets avec lui tout en prétendant que c'était fini.

C'était en tout cas ce que pensait ce Zigic, et elle réalisait qu'il avait raison. Toutes ces conversations qu'elle avait cru entendre dans la chambre de Jelena, tard dans la soirée, chuchotées derrière sa porte close, et qu'elle niait avoir eues le lendemain matin. Elle aurait dû se rendre compte de ce qui se tramait.

Elle posa son menton sur le coussin et regarda la robe qui pendait derrière la porte de la chambre. Courte, violette, avec un motif panthère.

Jelena l'avait achetée la semaine précédente, poussant des petits cris aigus lorsqu'elle l'avait vue au rayon des soldes de chez Warehouse. Sofia trouvait que ça faisait plutôt vulgaire mais n'en avait rien dit et l'avait accompagnée aux cabines d'essayage. Jelena était sortie de derrière le rideau avec un sourire radieux, se tenant sur la pointe des pieds avec ses longues chaussettes rayées, disant à Sofia qu'il faudrait qu'elle lui prête ses belles chaussures noires pour aller avec.

L'étiquette du magasin était encore sur la robe et Sofia sentit ses yeux se remplir de larmes. Jelena ne la porterait jamais. L'étiquette resterait dessus, et la sortie qu'elles avaient prévue toutes les deux pour tirer un trait sur Tomas et Gilbert n'aurait jamais lieu. Il n'y aurait plus jamais de soirées ensemble.

Elle s'approcha de la coiffeuse où Jelena avait posé le vernis violet qu'elle avait choisi pour aller avec la robe, un de plus dans sa collection.

Jelena avait glissé dans le cadre du miroir des tickets de cinéma et des petites cartes signées par Gilbert jointes aux bouquets qu'il lui faisait envoyer au début de leur relation. Il y avait aussi des photos de lui et Jelena dans des bars, et une autre que Gilbert avait achetée à un photographe ambulant : lui et Jelena, Sofia et Tomas. Sofia l'arracha du miroir et la déchira en morceaux. Puis la suivante, et celle d'après, elle les déchira toutes, les jeta dans la corbeille.

Et regretta aussitôt son geste.

Elle se laissa tomber sur les genoux et ramassa un morceau. La moitié du visage de Jelena, souriante, qui la regardait d'un œil bleu et brillant. Elle fondit de nouveau en larmes, et chaque sanglot tiraillait un peu plus la chair qui avait tout juste commencé à cicatriser autour de ses côtes.

Encore un cachet. Pour calmer un peu la douleur.

Alors qu'elle descendait les escaliers, on frappa à la porte. Sofia se figea. Ils partiraient. Son sort n'était pas aussi important que leur émission de télé.

La boîte aux lettres s'ouvrit et sa voisine, madame O'Brien, regarda par la fente.

– Sofia, ma grande, je t'ai apporté de la soupe.

– J'ai pas… dit Sofia sans pouvoir finir sa phrase.

– Tu n'es pas obligée d'en manger tout de suite, on peut la mettre au frigo et tu pourras la faire réchauffer un peu plus tard quand tu auras un petit creux. (La vieille dame avait une voix douce et mélodieuse, une voix à laquelle Sofia n'avait jamais eu droit chez elle.) Tu veux bien me laisser entrer, Sofia ?

Sofia ouvrit la porte et madame O'Brien fila d'un pas rapide vers la cuisine dans son long cardigan vert.

– Je vais juste poser ça, d'accord ?

Sofia la suivit et se mit à débarrasser la table en pin des restes du petit déjeuner de la veille. La vieille dame lui saisit les mains.

– Non non, mon chat. Tu t'assois là et c'est moi qui m'occupe de ranger. C'est pas bon pour toi de mettre le nez dans tout ce désordre.

Les restes du dernier petit déjeuner de Jelena disparurent aussitôt, le toast dans lequel elle avait mordu jeté à la poubelle, l'assiette dans l'évier. Sofia eut un élancement dans la poitrine. Si elle avait obligé sa sœur à finir sa tartine, si elles avaient quitté la maison cinq minutes plus tard, Jelena serait peut-être encore en vie.

Madame O'Brien lui parlait mais Sofia ne l'écoutait pas, elle n'entendait que les intonations de sa voix qui montait et descendait, la voyait poser les assiettes sur l'égouttoir.

C'était une gentille femme, une de ces petites dames grassouillettes dont l'existence tout entière est vouée à aider les autres. Juste avant Noël, Jelena avait attrapé la grippe et elle était trop malade pour aller au travail. Elle délirait dans son sommeil, brûlante de fièvre, et la vieille dame était restée avec elle toute la journée pendant que Sofia était à la ferme. C'était une femme comme leur mère aurait dû l'être.

– C'est de la part des gens de ton travail ? demanda madame O'Brien en remarquant un cageot de légumes. C'est idiot de te donner ça. Va donc t'installer dans le living, je t'apporte une tasse de thé.

Sofia alla s'asseoir dans le canapé du salon, prit un cachet et l'avala à sec, puis s'enfonça dans son nid de coussins. Elle ferma les yeux et lorsqu'elle les rouvrit, madame O'Brien était dans le fauteuil et la regardait.

– Tu l'as dit à Tomas ? demanda-t-elle. Il aimait beaucoup Jelena, je crois ?

– Il faut que je lui dise, oui, dit-elle en hochant la tête.

Madame O'Brien alla chercher le téléphone dans le couloir et Sofia composa le numéro en essayant de trouver la meilleure formulation.

Elle sentait les larmes lui emplir les yeux. Elle tomba sur le répondeur et eut une nouvelle pointe de douleur en entendant la voix de Tomas.

– Son téléphone est éteint, dit-elle.

– Quel étourdi, il a dû oublier de le charger, dit madame O'Brien. Tu sais comment ils sont quand on n'est pas là pour leur dire ce qu'il faut faire.

Sofia raccrocha sans laisser de message.

– J'essaierai plus tard.

Des portières de voiture claquèrent dans la rue. Sofia aperçut par les interstices des stores vénitiens un homme et une femme s'approcher de la maison. Quelques secondes plus tard la sonnette retentit et madame O'Brien se leva en faisant craquer ses articulations.

– S'il vous plaît, dites-leur de partir, dit Sofia. Je sais pas qui c'est mais je veux pas les voir.

La vieille dame reboutonna son cardigan et alla ouvrir. Sofia regardait le mur fixement, essayant d'ignorer les voix qui montaient du couloir. Puis la porte d'entrée se referma et elles se rapprochèrent.

Une femme entra dans le salon, un grand sourire aux lèvres, les dents très blanches. Elle était petite et blonde, un vilain grain de peau sous une abondance de maquillage.

– Bonjour Sofia, dit-elle en lui tendant la main. Je m'appelle Nicola, je travaille avec l'inspecteur Zigic. Dushan. Vous vous souvenez de lui ?

– Vous êtes là pour quoi ?

Nicola rapprocha un des fauteuils, celui de Jelena, et s'assit face au canapé.

– Dushan m'a un peu parlé de vous et de Jelena. Je suis vraiment désolée.

Sofia la toisait, les yeux rougis.

– Qu'est-ce que vous voulez ?

– Un monsieur de l'*Evening Telegraph* voudrait s'entretenir un peu avec vous, parler de Jelena. De votre vie à Peterborough à toutes les deux. Enfin, je suis sûre que vous comprenez.

Bien sûr qu'elle comprenait. La police voulait des témoins. La presse voulait un article vendeur.

– Je vais lui parler.

L'homme entra dans la pièce, suivi de madame O'Brien. Il lui sourit et elle eut le sentiment qu'il y avait quelque chose de plus sincère dans son expression, qu'il avait l'air gentil.

– Bonjour Sofia, je m'appelle Paul.

Elle lui serra la main.

– Je prépare du thé pour tout le monde ? demanda madame O'Brien.

– C'est très aimable de votre part, merci, dit Nicola qui pressa la vieille dame hors de la pièce en la complimentant sur son cardigan et en cherchant à savoir de quelle partie de l'Irlande elle était exactement.

L'homme s'assit. Il demanda à Sofia si elle voulait bien qu'il enregistre la conversation, et celle-ci acquiesçant, il posa son téléphone sur le rebord du canapé.

– Depuis combien de temps vous et Jelena habitez à Peterborough ?

– Presque six ans.

– Elle était très jolie, dit-il.

– Elle était très belle.

– Vous vous ressemblez beaucoup.

– Non, dit Sofia. Jelena était la plus belle, toujours.

Le journaliste commença à lui poser les questions qu'il avait préparées. Celles que la police et le journal voulaient voir publiées. Il l'interrogea sur leur enfance dans leur pays d'origine et sur ce qui les avait amenées à Peterborough toutes les deux, leur travail à la ferme, si elles l'appréciaient. Ce que Jelena aimait faire de son temps libre, si elle avait des projets pour l'avenir. Jelena ramenée à la vie pour qu'on puisse la voir mourir une deuxième fois en première page du journal.

Puis l'entretien prit fin, le journaliste rangea ses affaires et ils repartirent après avoir présenté mille condoléances, la femme insistant pour que Sofia se repose à présent.

La porte claqua et Sofia se recroquevilla dans le canapé. Les larmes coulaient abondamment sur ses joues. Elle se demandait comment son corps pouvait en produire autant.

Le téléphone sonna mais elle ne bougea pas.

Elle se fichait de vivre ou de mourir à présent. Si c'était pour être dans cet état, pour ne jamais pouvoir penser à autre chose…

Le téléphone continuait de sonner.

– Ça doit être ton Tomas ! cria madame O'Brien depuis la cuisine.

Sofia attrapa le téléphone. Mais elle savait que ce n'était pas lui.

– Allô ?

– Sofia, c'est l'inspecteur Zigic.

– Qu'est-ce que vous voulez ?

– Je voulais juste voir comment vous alliez. Vous avez pris d'autres cachets ?

Elle regarda la boîte, à moitié vide maintenant.

– Non.

– Est-ce que Tomas a appelé ?
– Il est sur le chemin du retour.
– Bien, dit Zigic. Vous avez besoin de lui à vos côtés.

Sofia ferma les yeux, elle n'avait pas envie de la sollicitude de Zigic. Il n'y avait qu'une chose qu'elle voulait obtenir de lui. Elle se raidit, finit par poser la question qui l'avait taraudée tout l'après-midi.

– Anthony est mort ?

Zigic poussa un léger soupir.

– Non, il est encore dans le coma mais les médecins pensent qu'il va se rétablir rapidement. On devrait pouvoir l'interroger dans les deux prochains jours.

Elle laissa tomber le combiné sur ses genoux puis raccrocha sans répondre.

– C'était lui ? demanda madame O'Brien.
– Non, c'était personne d'important.

Sofia appuya la tête contre les coussins. Sa tête trop lourde, trop pleine de chagrin, de souvenirs et de mensonges. Elle songea à Anthony Gilbert, inconscient dans son lit d'hôpital, et à Dushan Zigic, dans son bureau, qui attendait qu'il se réveille.

Gilbert mentirait lui aussi. Ou il dirait la vérité. Mais rien ne ferait revenir Jelena à la vie.

Mieux valait qu'il meure sans avoir rien dit.

20

– Y a un mec qui te mate, dit Wahlia, sourire en coin derrière la bouteille de Beck's qu'il s'apprêtait à vider. Un mec petit, chemise à carreaux.

Ferreira tourna la tête vers le bar. Il semblait n'y avoir que des types petits en chemise à carreaux et aucun ne lui plaisait. Pas pour le moment en tout cas, mais il était encore tôt. Elle en compta une douzaine d'autres entre le trottoir du Draper's Arms et la table de billard du fond, plus un dernier à la borne de jeux derrière les banquettes en bois sur lesquelles Wahlia et elle s'étaient précipités en arrivant. Alors qu'elle pensait avoir fait le tour, un autre poussa la porte du pub.

– Quand est-ce que ça a commencé, ce truc ? dit-elle en se penchant en avant, pinçant la poche de la chemise à carreaux rouge et grise de Wahlia. Quand est-ce que c'est devenu l'uniforme de sortie des mecs, la chemise à carreaux ?

– Hé oh, je te signale que j'en portais déjà bien avant qu'elles soient à la mode.

Ferreira le regarda avec un petit sourire moqueur.

– T'es un putain de hipster.

– Je suis pas du tout un hipster.

– Mais si, carrément. Les lunettes de geek à monture épaisse, le revers en bas du jean, la grosse montre ironique au poignet. T'es trop un hipster, Bobby, dit-elle en sirotant son verre de rhum. Combien de paires d'Adidas vintage tu possèdes ?

– C'est pas pareil. C'est un investissement.

– Basé sur quoi ? La survenue soudaine d'une pénurie mondiale de baskets vintage ?

– Ça pourrait très bien arriver, dit Wahlia en remuant sa bouteille de bière vide. On a le temps pour un dernier ?

Ferreira regarda l'heure. Le concert qu'ils allaient voir ne commençait pas avant 22 heures. C'était à cinq minutes à pied dans le centre-ville.

– Allez, rapide alors.

– Un double ?

– Ça existe sous d'autres formes ?

Wahlia se glissa hors de la banquette et elle le regarda fendre la foule jusqu'au long bar en acajou. Les gens se poussaient pour le laisser passer. Il n'était pas grand mais il était musclé, large d'épaules, les biceps épais. Toutes ces heures passées à la muscu, ça lui donnait l'air de quelqu'un qu'il valait mieux ne pas trop emmerder.

S'ils savaient le nounours qu'il était, ils auraient sans doute eu une autre attitude. Ils étaient sortis ensemble des centaines de fois et elle l'avait rarement vu perdre son calme, même lorsqu'on le provoquait, ce qui arrivait tout de même assez souvent. Une conséquence de sa peau foncée et de cette habitude qu'il avait de s'approcher d'un peu trop près de femmes qui n'étaient pourtant à l'évidence pas seules.

Il était trop bien pour le poste qu'on lui avait confié au bureau. Il avait cinq ans de plus qu'elle, il avait fait plus d'études, il aurait déjà dû en être au grade de sergent.

Des rires fusèrent depuis les banquettes derrière elle et quelqu'un donna un coup de poing dans la structure en bois. Il y avait du bruit maintenant, quatre heures de boisson déjà depuis la sortie des bureaux et les langues commençaient à se délier. Les gens faisaient comme si lundi ne devait jamais revenir et qu'un horizon interminable de réjouissances s'ouvrait à eux.

Ferreira vida son verre, croqua dans un glaçon. Elle imaginait Anthony Gilbert dans son lit d'hôpital, sans doute réveillé à présent, le cerveau encore ramolli par l'overdose de médicaments mais petit à petit envahi par le poids de la culpabilité. Il avait une longue nuit devant lui pour trouver comment se disculper lors de son interrogatoire, lorsqu'on pourrait enfin le faire venir au commissariat, et quelque chose disait à Ferreira qu'il essaierait de faire porter le chapeau à Sofia Krasic.

Wahlia était de retour, un verre dans chaque main et entre les dents un sachet de cacahuètes qu'il cracha sur la table.

– Je me suis trompé, dit-il. C'est à moi que le petit mec faisait de l'œil.

– J'espère que tu l'as pas envoyé balader trop méchamment, le pauvre.

– Je lui ai dit que je devais tenir compagnie à ma vieille copine en plein déboires sentimentaux.

Ferreira lui lança le paquet de cacahuètes à la figure.

– C'est moi ta vieille copine ?

– Je voulais pas lui briser le cœur, répondit-il en tendant à Ferreira le paquet ouvert. Au fait je voulais te demander, t'es allée voir pour l'appart de Thorpe Road ?

– Oui, et il est parfait, dit Ferreira en prenant une poignée de cacahuètes, premiers grammes de nourriture qu'elle ingurgitait depuis des heures. Enfin, il serait parfait si j'avais les moyens de me le payer.

– Pourquoi t'es allée visiter un truc qui n'est pas dans tes moyens ?

– J'ai cru que j'allais pouvoir leur faire baisser le loyer.

– De combien ?

– Deux cents livres de moins par mois. L'agent immobilier m'a regardée comme si je venais de pisser par terre. T'aurais dû voir ça. Deux chambres, living avec balcon, une douche assez grande pour trois personnes. (Wahlia lui décocha un clin d'œil lubrique.) Il y a même un club de gym dans l'immeuble.

– Tu pourrais prendre un coloc, quatre-vingts livres la semaine, tu couvres facilement ton loyer.

– J'ai pas envie d'habiter avec quelqu'un d'autre, répondit-elle en faisant tourner son verre sur la table. Si je pars de chez mes parents, c'est justement pour avoir un espace à moi toute seule pour la première fois de ma vie.

Wahlia but une longue gorgée et s'essuya la bouche du revers de la main.

– Tu leur en as parlé ou pas ?

– À ton avis ?

– Ils seront sûrement ravis de te voir enfin débarrasser le plancher et de plus t'entendre rentrer à pas d'heure. Mes parents ont redécoré ma chambre même pas une semaine après mon départ.

– C'est pas la même chose, dit Ferreira en regardant le fond de son verre. On n'est pas… Je peux pas… On est venus ici tous ensemble, d'accord ? Pour avoir une vie meilleure. Mais ici c'est pas chez eux et ça le sera jamais. Ça se fait pas d'abandonner sa famille dans un pays étranger.

Un sillon apparut entre les épais sourcils noirs de Wahlia.

– Ça n'a absolument aucun sens ce que tu dis.

– C'est parce que tu comprends pas.

– Mel, arrête, je comprends très bien ce que tu veux dire. Mais tu te trompes. C'est pas parce que tu veux avoir ton propre espace que tu les trahis. Et c'est pas non plus comme si tu déménageais à l'autre bout du pays. Tu seras à même pas dix minutes de chez eux.

Elle leva son verre mais ne but pas, posa le menton dessus.

– T'as remarqué, presque tous les crimes sur lesquels on a enquêté, presque tous les immigrés qu'on retrouve morts, ils vivent avec leur famille. Il faut se serrer les coudes.

– Et vivre ensemble jusqu'à la mort ? Tu parles d'une vie meilleure ! À ce moment-là, autant rester au Portugal et louer des transats à des touristes.

– Je suis de Lisbonne, Bobby. Les transats, ça représente pas une énorme demande là-bas.

– Tu vois ce que je veux dire.

– Ouais, fit-elle en buvant une gorgée de rhum.

Le liquide était épicé, ce n'était pas ce qu'elle voulait et sans doute pas ce que Bobby avait commandé. Il la connaissait mieux que ça.

Il donna une tape sur la table.

– Je vais pisser.

Les buveurs d'à côté vidèrent leurs shots de tequila et saluèrent leur exploit tous en chœur, une voix comme toujours plus forte que les autres. Ferreira avala une autre gorgée. Elle savait que Bobby avait raison. Mais elle redoutait le moment où il faudrait leur annoncer la nouvelle. Il y aurait des pleurs, des cris, des accusations culpabilisantes, et cela pendant des jours. Ça avait été comme ça quand son frère avait quitté le nid pour emménager avec sa copine l'année précédente.

Elle prit sa boîte à tabac dans la poche de sa veste et se roula une cigarette. Un homme en costume la regardait, écoutant d'une oreille distraite son ami parler boulot d'une voix monotone. Sa tête lui disait quelque chose, et en humidifiant son papier elle réalisa qu'ils avaient couché ensemble quelques mois auparavant. Pas une mauvaise expérience, mais pas assez bonne pour avoir envie de la renouveler.

Il était sur le point de se lever quand Wahlia réapparut, s'essuyant les mains sur les poches arrière de son jean.

– Finis-moi ça si tu veux qu'on y aille, lui dit-il.

Ferreira vida son verre de rhum et le suivit, se frayant un chemin au milieu de tous ces corps qui dégageaient un mélange de sueur de fin de journée et de déodorant sorti à la dernière minute d'un tiroir de bureau.

Au-dehors le vent se levait, faisant virevolter des détritus, et elle s'abrita un instant sur le pas de la porte pour allumer sa cigarette. Puis ils se mirent en route en direction de la cathédrale, passant devant des cafés, des fast-foods déjà fermés et une longue enfilade d'agences immobilières. Un couple essayait de déchiffrer les annonces dans une des vitrines et Ferreira se demanda s'ils n'étaient pas saouls pour rester là dans le noir, puis l'homme s'éloigna de sa copine et se soulagea dans la ruelle qui longeait la boutique.

– Très classe, dit Wahlia.

– C'est vrai ce qu'on dit, les meilleurs sont déjà pris.

Un taxi s'arrêta au milieu de la rue et laissa sortir un petit groupe de jeunes femmes en robes courtes, titubant sur leurs talons aiguilles et s'agrippant les unes aux autres le temps de trouver de quoi régler la course, trop alcoolisées ou trop excitées pour remarquer l'air désapprobateur du chauffeur.

– Qu'est-ce que tu penses de Grieves ? demanda Wahlia.

– Tu peux faire mieux.

– Non, dit-il en souriant, merci mais je veux dire, qu'est-ce que tu penses d'elle comme flic ?

Ferreira tira profondément sur sa cigarette et plissa les yeux devant le petit nuage de fumée qui s'échappait de sa bouche.

– On a débuté comme agents en même temps, dit Ferreira.

– Et ?

– Et elle aurait dû le rester.

– C'est juste que t'aimes pas qu'il y ait une autre femme au bureau.

Wahlia avait pris un ton taquin, mais la manière dont il avait posé la question semblait un peu forcée, et Ferreira se demanda si ce n'était pas Zigic qui lui avait demandé d'aborder discrètement le sujet. Il avait dû remarquer l'atmosphère tendue entre elles. C'était ce genre d'homme sensible aux non-dits, et il savait qu'elle se confierait plus facilement à Bobby.

Ce en quoi il n'avait pas tort.

– Tu te souviens de ce jeune qu'on a retrouvé mort dans sa cellule il y a cinq ans environ ? Il avait tout juste seize ans, un lycéen de King's School.

– Trafic de drogue ?

– Il avait à peine quatre grammes sur lui quand il a été arrêté, dit Ferreira. C'était pas non plus Scarface.

– Il a fait une espèce de crise d'épilepsie, non ?

Un scooter passa à côté d'eux, les frôlant presque, le conducteur zigzaguant dangereusement sur la chaussée étroite, le casque pendu au guidon.

– Ouais, une crise d'épilepsie, dit Ferreira. Et techniquement c'est ça qui l'a tué. Mais un des agents lui a aussi fait une prise d'étranglement et lui a cogné la tête contre le mur. Et c'est après que sa crise s'est déclenchée.

Wahlia s'immobilisa sur le trottoir.

– C'est Grieves qui a fait ça ? Tu te fous de moi, elle doit même pas faire soixante kilos.

– Bien sûr que non, c'est pas elle. Mais elle était là quand ça s'est passé, et elle a menti pour couvrir son pote.

Wahlia jeta son mégot de cigarette et l'écrasa du pied.

– Mais comment t'es au courant de ça ? demanda-t-il.

– C'est elle qui m'en a parlé, répondit Ferreira en se remettant en marche, le regard tourné vers la cathédrale.

Les flèches dentelées fendaient le ciel sombre et les éclairages donnaient à la pierre la teinte de l'or rose.

– Elle m'a demandé ce que je ferais à sa place, reprit-elle. Je lui ai dit qu'il fallait qu'elle le dénonce. Ce type était une brute, un vrai connard. C'était pas juste un dérapage, c'était sa manière de fonctionner. Et elle, elle l'a couvert.

Ils tournèrent dans Long Causeway, se rapprochant de la zone des bars et des boîtes. Il commençait à y avoir un peu plus de monde dans les rues, des groupes de garçons vêtus de leurs plus belles chemises, des filles par deux ou trois qui marchaient d'un bon pas, bras dessus bras dessous, une dizaine d'autres qui célébraient un enterrement de vie de jeune fille, gloussant, s'égosillant, faisant trembler leurs ailes d'ange et le halo lumineux qui clignotait au-dessus de leurs têtes.

– Zigic est au courant de cette histoire ? demanda Wahlia.

– Ça m'étonnerait.

– Tu ne vas pas lui en parler ?

– À quoi ça servirait ? Le truc a été étouffé, c'est ma parole contre la sienne.

– Ta parole a du poids, dit Wahlia tandis qu'ils traversaient la rue. Zigic ne voudrait pas de quelqu'un comme ça dans son équipe.

Elle haussa les épaules.

– Dès qu'on a terminé l'enquête, Grieves et Parr retournent à la brigade criminelle. C'est l'affaire de quelques jours.

Ils passèrent devant l'entrée d'un bar où quelques personnes fumaient en grelottant. Parmi elles, deux types musclés, le crâne rasé, parlaient fort en bombant le torse. Des bidasses, se dit Ferreira, probablement venus en bus de la base de Stamford passer la nuit en ville à l'affût d'une petite baston ou d'un coup facile à tirer.

– C'est pas le genre de dossier qui se boucle en quelques jours, tu le sais très bien, dit Wahlia. Le délit de fuite peut-être, mais l'autre truc… Je sais même pas dans quelle direction ça va nous mener.

Le téléphone de Ferreira vibra, elle baissa la fermeture éclair de sa veste et fit la grimace en voyant que c'était Zigic.

– Quelque chose me dit que c'est pas une bonne nouvelle.

21

Sofia Krasic avait le teint pâle à la lumière des spots de la salle d'interrogatoire n° 2, sauf à l'endroit où sa joue droite avait heurté le trottoir. Elle semblait apeurée, les bras serrés autour de la poitrine, le menton baissé. Zigic entendait presque sa respiration dans le silence, légère et rapide.

Son visage était crispé, peut-être à cause de la douleur. Le médecin l'avait examinée et l'avait trouvée apte à être interrogée, mais Zigic n'en était pas si sûr. Il aurait fallu l'empêcher de quitter l'hôpital et de mélanger les antalgiques et la vodka. D'après le rapport de l'agent Walsh, elle avait pris un coup dans les côtes, déjà bien endolories. Et le choc avait probablement été plus violent que ce que Walsh avait bien voulu admettre.

Si elle se décidait à parler, ils n'étaient même pas sûrs que le contenu de l'interrogatoire serait utilisable au tribunal. Et comme elle avait refusé la présence d'un avocat, ils risquaient davantage qu'on les accuse d'avoir orienté ses réponses ou d'avoir fait pression sur elle pour la faire parler. Il allait falloir être prudents.

Elle n'avait pratiquement pas ouvert la bouche pour le moment, sauf pour savoir si elle pouvait fumer, et quand on lui avait dit non, elle avait demandé quelque chose à boire.

Zigic laissa l'enregistrement tourner pendant que Ferreira partait chercher une bouteille d'eau pour Sofia. Il avala quelques gorgées de café pour mieux noyer le vin bu au dîner.

La porte s'ouvrit et Ferreira réapparut avec une bouteille d'eau minérale et une barre chocolatée.

– 22 h 38. Le sergent Ferreira rentre dans la salle d'interrogatoire.

Sofia ne toucha pas à la barre chocolatée, mit quelques secondes à ouvrir la bouteille et but de longues gorgées avant de la reposer à moitié vide sur la table.

– Pourquoi êtes-vous allée voir Anthony Gilbert ? demanda Zigic.

– Pour lui parler.

Zigic posa les mains à plat sur la table.

– Je vais vous expliquer quelque chose, Sofia. L'agent Walsh a rédigé un rapport détaillé sur ce qui s'est passé, et il dit très clairement que vous étiez penchée sur Gilbert, les mains sur sa gorge.

– J'essayais juste de le réveiller, dit fermement Sofia.

– En l'étranglant ?

– Je l'étranglais pas. Je secouais, dit-elle en se saisissant de ses propres épaules, à la limite du cou. Comme ça, vous voyez ? On peut pas tuer comme ça.

– Mais vous l'avez giflé ?

Elle regarda Zigic d'un air éteint.

– On peut pas tuer comme ça non plus.

– Pourquoi être allée le voir ?

– Je vous ai dit, déjà. Je voulais lui parler, dit-elle en secouant la tête. Je me disais que si je regarde dans ses yeux, je vais voir si oui ou non il l'a tuée, ajouta-t-elle.

– Et qu'est-ce qu'il a dit ? demanda Zigic.

– Rien. Il s’est pas réveillé.

– Et si jamais il vous avait dit que c’était lui qui l’avait tuée ?

Sofia détourna la tête.

– Vous pouvez pas m’arrêter pour une chose que j’ai pas fait.

Mais elle n’était pas passée loin.

Dans son rapport, Walsh avait dit qu’il s’était éloigné pour aller aux toilettes et que depuis le couloir il l’avait entendue crier puis gifler Gilbert comme si elle cherchait à lui faire reprendre connaissance. Elle avait les mains sur lui lorsque Walsh était arrivé en courant, et il n’avait réussi à lui faire lâcher prise qu’en la tirant en arrière. Elle avait continué à crier mais en s’en prenant à Walsh cette fois, et en lui donnant des coups de pied jusqu’à ce qu’il finisse par la plaquer au sol.

– Vous avez agressé un officier de police, Sofia. C’est très grave.

– C’est votre officier de police qui m’a agressée.

– L’agent Walsh a utilisé la procédure d’immobilisation réglementaire.

– Il m’a frappée.

– Si vous voulez porter plainte, allez-y.

Elle releva le menton et Zigic vit qu’elle avait une vieille cicatrice sous la mâchoire, longue et mince. Une coupure peu profonde, infligée dans le but d’effrayer plus que de blesser. Il imagina un instant la lame glisser sur son cou mais chassa aussitôt la pensée de son esprit. Les souffrances qu’elle avait endurées dans le passé ne rentraient pas en ligne de compte ici.

– Vous êtes tous corrompus ! s’écria Sofia. Vous mentez pour vous protéger entre vous.

À côté de lui, Ferreira remua un peu sur son siège.

La journée avait été longue et frustrante. Ferreira était sans doute aussi irritée que lui d'avoir été arrachée à sa soirée. Une heure plus tôt, étendu sur le canapé, Anna somnolant contre sa poitrine, il sirotait les dernières gouttes de la bouteille de syrah ouverte au dîner, face à un film dont il avait déjà deviné la fin. Il avait assez bu et était assez ensommeillé pour oublier enfin les soucis du boulot.

Mais maintenant il était bien réveillé et en voyant Sofia de l'autre côté de la table, pleine de mépris et d'indignation à leur égard, il avait envie de la punir de l'avoir privé de ces quelques heures de tranquillité qu'il avait tout juste commencé à savourer.

Il posa les coudes sur la table et se pencha en avant.

– Pourquoi nous avoir menti au sujet de Tomas ?

Elle battit des paupières.

– C'est quoi le rapport ?

– Vous m'avez dit qu'il était en train de rentrer, reprit Zigic. Et ce n'était pas vrai. Alors pourquoi avoir raconté ça ?

– Ça vous regarde pas, dit Sofia en faisant glisser son pouce le long de sa bouteille d'eau, toute son attention concentrée sur le geste.

– Pourquoi est-ce qu'il vous a quittée ?

Elle releva la tête et les regarda l'un après l'autre de ses yeux verts et mornes.

– Pourquoi vous dites qu'il m'a quittée ?

– Ce n'est pas le cas ?

– Si ! lâcha-t-elle, les mâchoires serrées, le regard furieux. Vous êtes content ? Je suis toute seule. Il y a personne qui en a quelque chose à foutre de moi maintenant. J'ai personne qui va m'aider, alors vous avez qu'à m'arrêter et me mettre en prison, personne va vous empêcher.

La porte de la salle d'interrogatoire s'ouvrit et un agent glissa la tête par l'ouverture, les yeux rougis, le nez encombré par un rhume. Zigic demanda à Ferreira d'aller voir puis se tourna de nouveau vers Sofia qui baissait la tête, ouvrant et fermant nerveusement la main gauche.

– Vous n'auriez jamais pu vous en tirer de toute façon, dit Zigic. Vous avez pris un taxi pour l'hôpital bon sang ! Vous êtes allée à l'accueil demander où était la chambre de Gilbert. Et même si personne ne vous avait vue, c'est vous qu'on serait allés trouver en premier si Gilbert était mort.

Sofia posa un poing contre sa bouche.

– Pourquoi vous êtes allée là-bas ?

– Je vous ai déjà dit, je voulais juste lui parler. Vous le connaissez pas comme moi je le connais. Je sais s'il dit la vérité ou pas, il peut pas me mentir.

Zigic aperçut des larmes dans ses yeux brillants et regretta tout à coup d'avoir été si dur avec elle. Peu importe ce qu'elle avait fait ou ce qu'elle aurait pu faire si on ne l'avait pas arrêtée à temps, son traumatisme et son chagrin étaient encore vifs.

– Vous ne devez plus l'approcher, Sofia. Vous comprenez ? (Elle esquissa un hochement de tête presque imperceptible.) Si c'est lui le coupable, on ne le laissera pas s'en tirer comme ça, dit Zigic.

Elle essuya une larme sur sa joue.

– Qu'est-ce qui va arriver maintenant ?

La porte s'ouvrit et Ferreira entra, laissant l'agent dans le couloir. Elle s'approcha de Zigic, se pencha vers lui pour lui chuchoter quelque chose à l'oreille.

Il était debout avant qu'elle ait fini.

– Interrogatoire terminé à 22 h 55.

Il se tourna vers l'agent qui s'essuyait le nez sur le revers de son pull.

– Emmenez madame Krasic en cellule, s'il vous plaît.

Sofia se leva.

– Non, vous pouvez pas faire ça !

Mais il était déjà parti.

22

Alors qu'ils se rapprochaient de la scène de crime, à côté de Westgate, les gens affluaient dans la rue, certains tout juste sortis des bars, bouteille de bière ou cannette dans une main, téléphone dans l'autre, prêts à filmer ce qu'il y aurait à voir. Zigic priait pour que les agents aient bien fait leur travail et qu'ils aient barré l'accès à Cromwell Road.

Mais ils n'avaient manifestement pas eu le temps. Il n'apercevait que deux agents en veste fluorescente et une seule voiture de police. C'était vendredi soir et tous les effectifs étaient déjà mobilisés par des bagarres à la sortie des pubs et des affaires de violence domestique aux quatre coins de la ville.

D'un côté de la rue, une rangée de petites maisons mitoyennes semblaient fragiles comparées à l'énorme barre de bureaux qui les jouxtait. De l'autre côté, un parking à ciel ouvert clôturé par des grillages à moitié défoncés faisait un bon poste d'observation pour les voyeurs s'ils n'avaient pas peur d'abîmer leurs chaussures. En se garant sur le trottoir, Zigic constata qu'une dizaine d'entre eux s'y étaient déjà regroupés.

Mais ils n'avaient pas pu se rapprocher davantage.

Un groupe d'habitants du quartier, des hommes d'origine pakistanaise, avaient formé un cordon de sécurité empêchant les gens de rentrer dans Cromwell Road.

Certains tenaient des battes de base-ball, d'autres avaient les mains vides mais l'air non moins redoutable. Des éclats de verre jonchaient le trottoir à leurs pieds.

– Mais où sont les autres, bordel ? s'écria Ferreira en sortant de la voiture. Il devait y avoir un fourgon en renfort.

– On se calme, Mel, d'accord ?

– C'est une blague, dit-elle en claquant la porte, se précipitant pour arrêter une voiture qui arrivait musique à fond, vibrant au rythme des basses.

La tension était palpable. Les hommes qui barraient la rue étaient de plus en plus nerveux tandis que les curieux se pressaient en nombre grandissant face à eux, sortant des pubs et des files d'attente des boîtes, alertés par des SMS, tout excités à l'idée de pouvoir dire qu'ils étaient là, photos à l'appui sur leur page Facebook. Une assemblée de Blancs venant goûter au spectacle offert par leurs voisins exotiques. Zigic savait que la situation pouvait très vite dégénérer. Il demanda à Ferreira d'appeler le commissariat pour savoir où étaient les renforts.

– Tout le monde circule, allez ! somma-t-il face à la foule.

Quelqu'un se mit à crier.

Un gros mec au crâne rasé se fraya un chemin jusqu'au cordon, une bière et un sac de fast-food dans les mains.

– Poussez-vous de là, bande d'Oussama !

Les hommes ne cillèrent pas, battes fermement en main, prêts à en découdre.

L'un d'entre eux prit la parole, pas le plus costaud mais sans doute le leader, pour dire au type de rentrer chez lui.

– T'es qui toi sale bâtard pour me dire où je dois aller ? répondit le crâne rasé, s'avançant vers lui en écartant les bras. Dégage.

– Vous ne pouvez pas passer par là, dit Zigic en s'interposant.

L'homme au crâne rasé sentait le whisky et la cigarette. Une voix de femme, aiguë et insistante, s'échappait de son écouteur Bluetooth.

– C'est une scène de crime, monsieur. Il faut que vous preniez un autre chemin s'il vous plaît.

– Et c'est des flics, ça ? dit-il, ne reculant que de quelques centimètres. Scène de crime mon cul, oui !

Zigic le saisit par le col de sa chemise et le repoussa.

– Vous partez tout de suite ou je vous embarque.

– Et qui c'est qui paie votre salaire, hein ? dit l'homme avec un sourire satisfait.

Il lança sa bouteille de bière au-dessus de la rangée qui lui faisait face, le liquide giclant au-dessus des têtes avant que la bouteille se brise en plein milieu de la chaussée sous les acclamations de la foule. Puis il se retourna et s'éloigna en ricanant vers le centre-ville.

– Si ça avait été moi, j'aurais été moins polie, dit Ferreira en remettant son téléphone dans sa poche. Le fourgon est en route, ils devraient être là dans moins de cinq minutes. Je leur ai dit de rameuter l'équipe scientifique aussi.

Zigic hocha la tête, suivant des yeux la silhouette qui s'éloignait le long de l'avenue.

Ferreira lui donna un coup de coude. Le cordon se sépara pour laisser passer un vieil homme, la barbe éparse et teinte au henné, un petit chapeau en astrakan noir sur la tête, sa djellaba blanche ondulant dans le vent. Il était plutôt frêle, s'appuyant lourdement sur sa canne, mais Zigic savait qu'il faisait régner l'ordre d'une main de fer dans la demi-douzaine de rues qui entouraient sa mosquée, réglant les conflits de voisinage et les problèmes matrimoniaux. Il évitait ainsi qu'entrent dans les fichiers de la police une bonne centaine de petits crimes et délits par an.

– Inspecteur, dit l'homme en tendant la main à Zigic. Telles sont les choses qui nous font lever du lit.

– Monsieur Shahzad, je suppose que c'est vous qu'il faut remercier pour le cordon de sécurité.

Shahzad posa une main sur sa poitrine et s'inclina légèrement en avant.

– Quand j'ai entendu ce qui s'était passé, je me suis dit que nous devions sécuriser cette zone. Vos hommes sont arrivés avec une grande ponctualité mais ils sont seulement deux et les rues sont très fréquentées à cette heure-ci.

– Merci beaucoup, dit Zigic. Pourriez-vous nous montrer où est le corps je vous prie ?

Ils passèrent devant plusieurs maisons aux fenêtres éclairées, leurs occupants visibles derrière les rideaux. Certains étaient sortis sur le pas de la porte, un homme en pyjama rayé, une femme serrant son enfant contre elle. Sur le parking, face à eux, une petite foule d'observateurs s'était amassée, indistincte dans l'obscurité.

Shahzad les conduisit jusqu'à l'endroit où se tenaient deux agents en uniforme, le visage pâle, l'air secoué, l'un des deux tirant furieusement sur une cigarette qu'il cacha derrière son dos en les voyant approcher.

Un corps était étendu par terre, recouvert d'un drap blanc, une partie sur le trottoir, l'autre à même la chaussée. Du sang imbibait le tissu, formant une grande tache foncée qui donnait une vague idée de ce qui se trouvait en dessous.

– On a recouvert le jeune homme, dit Shahzad, pour sa dignité, ajouta-t-il en faisant un geste de la main vers les spectateurs alentour.

Ce n'était pas idéal pour leur enquête, mais ils n'avaient pas le temps de s'inquiéter de ça pour le moment.

Ferreira s'accroupit et releva avec précaution un coin du drap. Le tissu avait du mal à se décoller du crâne du cadavre. Shahzad détourna les yeux, murmurant quelque chose qui ressemblait à une prière.

Ce qui restait de la tête était impossible à identifier. Un mélange immonde de sang, d'os et de cervelle. Le visage était enfoncé, le crâne fracassé, difforme. Des dents blanches apparaissaient sous la joue déchirée, un petit point doré sur un bout de chair, le reste d'une oreille.

Ferreira remit le drap en place et expira lentement en se relevant. Elle passa une main dans ses cheveux, les yeux rivés sur la tache qui continuait de s'étaler.

Ils pensaient tous les deux à la même chose. La férocité de l'attaque, l'ethnicité de la victime. Zigic tourna la tête à la recherche de caméras de surveillance. Le tueur voudrait certainement leur adresser un nouveau salut. La plus proche était à cinquante mètres et elle était braquée sur l'entrée d'une maison reconvertie en bureaux.

Une sirène se rapprochait, couvrant le murmure des voix et la musique qui filtrait depuis le pub de l'autre côté du parking. Il allait falloir déployer les agents, et Zigic savait qu'il n'y en aurait pas suffisamment pour sécuriser le périmètre et entamer le porte-à-porte. Il fallait s'y mettre au plus vite, tant que les souvenirs des gens étaient encore frais. Et avant qu'ils aient le temps de se demander s'il fallait ou non dire ce qu'ils avaient vu.

Des lumières bleues apparurent au bout de la rue, un convoi de trois véhicules, sirènes hurlantes.

– Vous allez l'emmener, maintenant que vos hommes sont là ? demanda Shahzad.

– Il faut qu'on attende le passage de la police scientifique, expliqua Ferreira. Ils vont prendre des photos et faire un examen préliminaire du corps in situ.

– Non, vous comprenez mal, je veux dire l'homme qui a fait cette chose horrible, vous allez l'emmener avec vous ?

Zigic se tourna vers lui.

– Comment ça ? Vous savez où il est ?

– On l'a gardé en vous attendant.

– Comment vous avez fait pour l'attraper ? demanda Ferreira.

– Les gens dans la maison, là, ils ont entendu des cris, dit Shahzad en inclinant la tête vers la porte d'entrée. (Zigic repéra une trace de sang sur la peinture blanche.) Ils sont sortis voir ce qui se passait. Ils l'ont attaché en vous attendant.

Zigic regarda Ferreira. Un éclair de triomphe brillait dans ses yeux, et il ressentait le même plaisir lugubre qu'elle. Ils lui avaient mis la main dessus. Pas eux directement, mais qu'importe ? Il était fait.

– Ils ont été courageux de l'arrêter.

– Il faut bien qu'on assure la sécurité dans nos rues, dit Shahzad avec un soupçon de reproche.

Il cogna à la porte avec le pommeau de sa canne et quelqu'un ouvrit, un mince jeune homme avec une barbe touffue qui lui descendait jusqu'à la poitrine. Il leur jeta un coup d'œil puis recula pour laisser passer Shahzad.

Zigic et Ferreira le suivirent dans le salon, une petite pièce bien rangée avec une moquette à motifs assortie au papier peint, un canapé et des fauteuils rouge bordeaux trop volumineux, un écran plat au-dessus de la cheminée au gaz, la même configuration que dans un millier d'autres maisons mitoyennes à travers la ville.

Sauf pour ce qui était de l'homme assis par terre, les poignets attachés. Il était vêtu de noir des pieds à la tête, un treillis et une chemise avec des motifs militaires, des gants en cuir et des bottes bien cirées, tachées de sang et de morceaux de chair dont il y avait aussi des traces sur la moquette et le tapis. Quelqu'un lui avait retiré sa cagoule et l'avait jetée par terre, laissant ses cheveux blonds et sales hérissés sur sa tête carrée. Il avait un bleu sous un œil, mais ça datait visiblement de plusieurs jours et Zigic était admiratif de la retenue dont on avait fait preuve en l'arrêtant.

Trois hommes l'encadraient, deux armés de grands couteaux de cuisine, le troisième d'une barre en fer. Un petit garçon qui ne devait pas avoir plus de quatre ans était recroquevillé sur le canapé, suçant son pouce en les regardant, l'air à la fois las et curieux comme seuls peuvent l'être les enfants de cet âge.

– C'est quoi votre nom ? demanda Zigic.

L'homme lui renvoya son regard, les yeux bleus et immobiles, sans aucune expression. C'était peut-être le choc d'avoir été arrêté, mais Zigic en doutait. Il y avait quelque chose de dur dans ce visage marqué, quelque chose de rigide dans ces lèvres fines, comme un air de défi, même dans cette situation.

Il ressemblait à un soldat qui vient d'être fait prisonnier.

– Levez-vous.

L'homme ne bougea pas.

Ferreira fit un pas vers lui mais Zigic la retint par le coude. Vu la violence dont il était capable, il valait mieux éviter de trop s'approcher de lui.

Shahzad chuchota quelques mots à l'adresse des gardes qui l'attrapèrent aussitôt et le mirent debout. Il releva le menton et les toisa, la tête haute, le sourire carnassier, exposant deux rangées de dents jaunies par la cigarette.

Zigic ouvrit la porte d'entrée et appela les agents restés sur le trottoir. Ils menottèrent l'homme par-dessus la ficelle qui avait servi à l'attacher, l'agrippèrent fermement et le conduisirent jusqu'à la voiture, flanqués des occupants de la maison qui se tenaient prêts à intervenir au cas où il essaierait de s'enfuir.

Mais il se laissa guider passivement, sans même jeter un regard au cadavre sur le trottoir.

Alors qu'ils s'apprêtaient à le faire monter dans la voiture de police, des voix s'élevèrent au bout de la rue, scandant quelque chose.

– *E-E-ENL !*

Ferreira eut un petit sourire de satisfaction.

– Je le savais !

Une dizaine d'hommes criaient d'une même voix éraillée, le poing levé.

– *E-E-ENL !*

Ferreira apostropha les autres agents venus en renfort et les répartit pour former un autre cordon de sécurité à dix mètres du corps.

Alors qu'ils prenaient position, quelques personnes restées sur le parking reprirent le slogan et le reste suivit en chœur, peut-être sans même savoir de quoi il s'agissait, et soudain les policiers furent encerclés, bombardés de cris.

– *E-E-ENL !*

Zigic tapa sur le toit de la voiture de police.

– Bougez-le d'ici, vite !

Ferreira était de nouveau au téléphone.

– Je veux pas savoir si t'es occupé, tu nous envoies du monde ici tout de suite… écoute-moi ça, t'entends ? dit-elle en tenant son téléphone en l'air. C'est le bruit que ça fait deux minutes avant une émeute, donc tu te magnes.

Les hommes de Shahzad s'écartèrent pour laisser repartir la voiture de police.

Les gens continuaient de s'agglutiner derrière le cordon. Les rires et les cris d'excitation perçaient à travers les syllabes scandées avec une ferveur grandissante, de plus en plus fort, menaçant de devenir un chant de guerre. Le barrage n'allait pas tenir longtemps.

– Il faut qu'on fasse quelque chose, dit Ferreira en se rapprochant de lui. Si ça pète… putain quand ça pétera on devra expliquer pourquoi on a laissé un groupe de civils armés assurer la sécurité sur notre scène de crime.

– Je sais, Mel.

Il compta les agents à leur disposition. Onze, pas suffisamment pour tenir la foule à distance, dont une trentaine d'énervés pleins d'alcool.

– Sans compter la détention du suspect.

Zigic se passa les mains dans les cheveux.

– Pour l'instant on se concentre sur ce qui se trouve en face de nous. Des idées ?

– Pourquoi ne pas essayer de les raisonner ? suggéra Ferreira.

– C'est pas vraiment le moment de plaisanter.

– Non, mais si ça dégénère, on pourra au moins dire qu'on aura tenté de calmer le jeu. Je ne m'attends pas à ce qu'ils nous écoutent.

Elle n'avait pas tort. Il détestait ce genre de logique, mais à froid et à la lumière du jour, dans le bureau de Riggott le lendemain matin, il faudrait expliquer pourquoi la situation avait dérapé.

Il alla chercher un mégaphone dans le fourgon. Ça empestait le café, le diesel et la sueur à la testostérone, assez fort pour provoquer en lui une montée d'adrénaline et accélérer son rythme cardiaque. Il se rappelait de tous ces vendredis et samedis soir quand il était encore agent en uniforme et qu'il fallait débarquer dans des endroits où on ne savait jamais ce qui vous attendait, si on allait recevoir des coups de couteau ou des bouteilles cassées en essayant d'empêcher les buveurs de s'entre-tuer à la fermeture des bars.

Et voilà qu'il se retrouvait exactement dans la même situation.

Il empoigna le mégaphone et traversa le deuxième cordon formé tant bien que mal par les agents, très espacés les uns des autres, Ferreira sur ses talons. Les hommes de Shahzad se raidissaient face à la foule amassée au bout de la rue, qui poussait et jouait des coudes, criant toujours plus fort.

– *E-E-ENL !*

Des visages déformés par la colère et par l'alcool, des poings levés, agrippant des bouteilles de bière. Une vingtaine d'hommes débordaient sur la route adjacente, obligeant les voitures à les contourner.

– *E-E-ENL !*

Les hommes de Shahzad tenaient fermement leurs battes et leurs barres de fer, serrés les uns contre les autres, le torse bombé.

– Mesdames et messieurs, fit Zigic au mégaphone, dispersez-vous s'il vous plaît. Ceci est une scène de crime. Si vous ne partez pas nous serons obligés de procéder à des arrestations.

Une bouteille vint se briser à quelques centimètres à sa gauche, sous les rires et les huées. Il dut prendre sur lui pour ne pas reculer.

– Dispersez-vous tout de suite !

Quelque chose le cogna à la tête et il tituba. Sa vision devint trouble et la foule, d'un seul élan, força le cordon. Il lâcha le mégaphone.

Il entendit Ferreira crier en le tirant par le bras. Les hurlements, les insultes fusaient. Ses jambes refusaient de lui obéir et il faillit trébucher, Ferreira le retenant de justesse. Elle le guida pour qu'il vienne s'appuyer contre un mur. Il tendit le bras mais elle était déjà repartie.

Un cri aigu retentit, presque animal, puis le chœur des voix repartit de plus belle, amplifié par le mégaphone.

– *E-E-ENL !*

D'autres mains se posèrent sur lui, le tirèrent le long du trottoir. Les bouteilles de bière continuaient de pleuvoir, l'une atterrissant si près de lui qu'il reçut des éclats dans les chevilles. Il avait beau cligner des yeux, se passer la main sur le visage, il voyait toujours aussi trouble.

Le chant dissonant des sirènes se rapprochait. Quelqu'un s'adressa à lui.

Il fit un pas en arrière, sentit le vide dans son dos et s'effondra. Il y avait des étoiles plein le ciel. Il ferma les yeux et quand il les rouvrit Ferreira se tenait au-dessus de lui, une matraque télescopique à la main, l'air survolté.

– Approchez le fourgon ! Par ici ! hurla-t-elle.

Il tourna la tête et vit que la rue était maintenant bloquée par deux voitures de police garées pare-chocs contre pare-chocs. Un homme en chemise à carreaux essaya de se faufiler mais les agents lui barrèrent la route et il reçut un coup de matraque sur le poignet.

En tournant la tête de l'autre côté, Zigic réalisa qu'il se trouvait à moins d'un mètre du drap qui recouvrait le cadavre. Une main dépassait, comme si l'homme en dessous était sur le point de repousser le linge et de se lever. Shahzad se tenait à côté, le visage figé, parlant au téléphone d'une voix pressante.

Les cris cessèrent enfin, la bagarre faiblissait.

Zigic essaya de se lever, mais la tête lui tournait. Ferreira le repoussa doucement contre le mur.

– Attends encore une minute, dit-elle. On maîtrise la situation, t'inquiète pas.

Un homme grimpa sur le capot de la voiture de police et leva le bras pour faire un salut nazi avant que des agents l'attrapent et le plaquent au sol.

– Vous avez vachement l'air de la maîtriser, dit Zigic.

– On les a presque tous chopés à part un ou deux.

Sur le parking, les gens continuaient à filmer mais ils étaient redevenus silencieux, de simples observateurs. Une douzaine d'hommes étaient assis sur le trottoir, les mains attachées derrière le dos, du sang sur le visage, les vêtements déchirés, enfin matés dans leurs élans bravaches. Les agents les firent monter un par un à l'arrière du fourgon.

– Ça va mieux maintenant ? demanda Ferreira. Tu vois combien de doigts ?

Zigic regarda sa main.

– Assez pour appeler ça de l'insubordination.

– Ouais c'est bon, ça va mieux alors, dit-elle en commençant à se rouler une cigarette. Je sais pas ce que t'en penses, mais ça m'avait l'air plutôt bien organisé leur truc.

– C'est vendredi soir, dit Zigic en tâtant la coupure qu'il avait sur le front. L'un d'eux passait par là sans doute et il a appelé les autres.

– Pas en aussi grand nombre, dit-elle sa cigarette déjà à la bouche, essayant de faire marcher son briquet. On est plutôt loin des bars ici. Y a quoi, Maloney's au bout de la rue là-bas, mais c'est pas vraiment le genre à accueillir les types de l'ENL à bras ouverts. Un ou deux restos qu'ils risquent pas non plus de fréquenter, on y sert pas de fish & chips.

– On les tient, Mel. Pourquoi ils se trouvaient là, on s'en fiche.

Le briquet de Ferreira se décida enfin à fonctionner et elle tira longuement sur sa cigarette.

– Pas si le type est un des leurs.

23

Zigic se rinça la figure dans les toilettes pour hommes du commissariat. Il n'y avait que de l'eau froide au robinet mais ça lui remit un peu les idées en place. Il attrapa quelques serviettes en papier et frotta les traces de sang séché sur sa joue et dans son cou. Il y en avait aussi dans l'encolure de son pull mais il était noir, ça n'avait donc pas tellement d'importance.

Il souleva avec précaution les cheveux qui recouvraient la coupure sur son crâne et constata que le sang avait enfin cessé de couler. Le médecin avait proposé de faire des points de suture mais il aurait fallu le raser à cet endroit et il n'avait pas envie de se balader pendant plusieurs semaines avec un trou bizarre dans les cheveux.

Il jeta les serviettes dans la poubelle et regagna son bureau.

Wahlia s'était remis à pied d'œuvre avant que Zigic et Ferreira quittent la scène de crime, appelant l'équipe de la police scientifique et l'opérateur en charge des caméras de surveillance dans le quartier. Il rassemblait maintenant les premiers témoignages recueillis par les agents sur les lieux et pour une fois tout le monde avait coopéré.

Grieves et Parr arrivèrent une demi-heure plus tard, l'air encore endormis mais ils retrouvèrent vite leur énergie. Parr se chargea d'interroger les derniers témoins, deux hommes qui ne parlaient pas anglais et pour lesquels il avait fallu appeler un interprète. À son bureau, ragaillardie par une bonne tasse de thé et des gâteaux, Grieves étudiait la liste des suspects et des gens de leur entourage déjà interrogés dans le cadre de l'enquête, espérant pouvoir mettre un nom sur l'homme assis en salle d'interrogatoire qui attendait d'un air impassible l'arrivée de l'avocat assez malchanceux pour être commis d'office un vendredi soir.

Il n'avait pas de papiers d'identité sur lui, rien dans les poches, pas même un téléphone. Il s'était laissé faire pour les prélèvements ADN et le relevé d'empreintes digitales, mais n'avait pas encore prononcé un mot et avait silencieusement refusé de signer les formulaires qu'on avait posés devant lui.

S'il croyait que ce genre d'opposition passive allait l'aider, il se trompait.

Vu le nombre de témoignages recueillis et les preuves collectées par la police scientifique, le procureur aurait suffisamment d'éléments pour l'inculper même s'il ne décrochait pas un mot jusqu'à son procès.

Zigic se rapprocha du tableau dédié au meurtre d'Ali Manouf. Le visage cagoulé du tueur ne faisait désormais plus mystère. Un troisième tableau blanc avait été sorti pour la dernière victime qui n'avait pas encore de nom, comme le tueur, mais en haut de la colonne des suspects figurait la photo prise à son arrivée en garde à vue.

Il devait avoir la quarantaine, un visage carré aux arêtes saillantes, des sourcils touffus qui obscurcissaient ses petits yeux bleus et des cheveux blond foncé, qui commençaient à virer au gris et à se raréfier au niveau des tempes. Un Übermensch plus tout à fait dans la fleur de l'âge.

Certaines personnes n'arrivent pas à regarder l'objectif en face quand on les photographie. La honte, la peur ou le remords leur font baisser les yeux ou fixer un point sur le côté pour essayer de dissimuler ce qui se passe dans leur tête. Mais l'homme regardait droit dans l'objectif, avec ce même air de défi qu'il arborait lorsque Zigic et

Ferreira l'avaient trouvé, mains attachées derrière le dos, dans la petite maison de Cromwell Road.

C'était le regard d'un fanatique. Zigic espérait qu'il se considérait comme un homme en croisade, investi d'une mission héroïque, car dans ce cas il finirait par parler. À quoi bon ce massacre s'il ne servait pas à promouvoir son idéologie putride ?

Ferreira entra dans le bureau en ouvrant sa cannette de Coca et se laissa tomber lourdement sur son siège.

– T'as pu tirer quelque chose de notre bande d'émeutiers ? lui demanda Zigic.

– Pas mal de frime de fachos, certains qui demandaient si j'étais en règle pour travailler ici et trois qui veulent porter plainte pour brutalité policière.

– Contre toi spécifiquement ?

– Je connais mon boulot mieux que ça. Je les ai taclés par-derrière, on peut pas être identifié comme ça, répondit-elle avec un léger sourire, changeant aussitôt d'expression. Ta tête, ça va mieux ?

– C'est juste une égratignure.

– J'ai ramassé un Zippo, dit-elle. Ils sont en train de relever les empreintes. Je suis presque sûre que c'est avec ça que t'as été frappé, si tu veux essayer d'en tirer quelque chose.

– C'est une perte de temps.

– Mais c'est toujours bien de savoir qui l'a fait, non ? Ça fait un nom de plus à ajouter à ta liste noire.

C'était dit sur le ton de la blague, mais Zigic aurait parié qu'elle en avait une. Des dizaines de noms, des centaines même, rangés quelque part dans son téléphone.

– On sait si la manifestation était planifiée ? demanda-t-il.

– Ils disent que non, mais une douzaine de types de l'ENL réunis dans le quartier par pur hasard ? dit-elle d'un ton sarcastique. Le nombre des membres sur Peterborough n'atteint pas la centaine, et un quart d'entre eux se seraient justement trouvés là, sans raison particulière ?

– Ses empreintes ne sont pas dans nos fichiers, dit Wahlia. Si c'est un mec de l'ENL, il a fait profil bas jusqu'à présent.

– Ouais, lui au moins il perd pas son temps en petites conneries, il tape direct dans le meurtre en série, dit Ferreira en reprenant une gorgée de Coca. Mais il est un peu vieux pour être aussi clean, non ? Avec le tempérament qu'il a.

– Les gens peuvent passer à l'acte tout à coup sans crier gare, dit Zigic en pensant à tous ces assassins qui atterrissent sur le banc des accusés sans aucune tache dans leur passé, ceux dont les amis, la famille et les collègues de travail n'arrivent pas à croire qu'ils puissent être coupables, convaincus que les brebis galeuses se repèrent de loin et que la police a dû faire une erreur.

Le téléphone du bureau de Wahlia sonna. Il décrocha, écouta quelques secondes puis remercia son interlocuteur.

– L'avocate est là.

– On a les photos ? demanda Zigic.

– Je viens de les imprimer.

Il alla récupérer une dizaine de pages encore chaudes. Les images haute résolution sur papier brillant montraient le cadavre en gros plan. Ça n'avait déjà pas été agréable à voir sur la scène de crime, dans l'obscurité, mais les flashs faisaient ressortir tous les détails, révélant la férocité absolue de l'attaque. Les traces de semelles sur la peau hâlée de l'homme, une paupière déchirée, une éclaboussure de cervelle, la vision abominable de sa colonne vertébrale qui faisait saillie d'un côté de la nuque.

– C’est pas avec ça que tu lui soutireras des aveux, dit Ferreira en tendant à Zigic une pochette en carton où ranger les photos.

– Je ne m’attends pas à ce qu’il avoue, répondit Zigic qui alla récupérer quelques photos supplémentaires sur son bureau.

Ils descendirent vers les salles d’interrogatoire. Le couloir était glacé, imprégné d’un mélange de transpiration et de parfum à la vanille. Un agent robuste était posté devant la salle n° 2 et à l’intérieur un autre plus costaud encore montait la garde, les mains derrière le dos, droit comme un piquet.

L’avocate commise d’office attendait dans un coin, pianotant sur son téléphone en gardant un œil sur son client assis à la table en combinaison de plastique blanc. Ses vêtements et ses bottes noires étaient en cours d’examen par l’équipe scientifique.

Il n’eut pas un regard pour Zigic et Ferreira lorsqu’ils entrèrent. Il regardait droit devant lui, clignant occasionnellement des paupières, les mains à plat sur la table, le visage impassible.

– Vous êtes prête ? demanda Zigic à l’avocate. Ou est-ce que vous voulez un peu plus de temps avec votre client ?

L’avocate rangea son téléphone et lissa sa jupe en se rapprochant de son client, l’air nerveuse.

– Non, je ne pense pas que ce soit nécessaire.

Ils prirent place autour de la table et Ferreira fit démarrer l’enregistrement, mentionna l’heure et les personnes présentes, puis rappela à l’homme ses droits. Il était assis en face de Zigic et semblait regarder à travers lui, comme s’il n’existait pas. Lorsque Ferreira lui demanda de donner son nom, il garda le silence.

– Ce n'est pas en refusant de nous dire qui vous êtes que vos ennuis vont disparaître, dit Zigic.

Pas de réaction. Pas même un léger mouvement dans le regard ou dans les mains. Ses doigts étaient petits et épais avec de larges ongles bien coupés. Pas des mains d'ouvrier, se dit Zigic. Il n'avait pas de traces de coupures ou de cicatrices, la peau était lisse.

– Il vous a donné son nom ? demanda Zigic à l'avocate.

Celle-ci secoua la tête.

– Il ne m'a pas parlé. Je pense que vous devriez envisager de faire venir un médecin. Il est peut-être en état de choc.

– Le médecin l'a vu, il n'est pas en état de choc, répondit Zigic. Vous êtes en état de choc ? demanda-t-il à l'adresse de l'homme.

On entendait le léger bruit que faisait sa combinaison en plastique au rythme de sa respiration mais il ne répondait rien, complètement imperméable à ce qui se passait.

– Laissez-moi vous expliquer quelque chose, reprit Zigic. Le silence, ça ne constitue pas une stratégie de défense. Nous avons des témoins qui vous ont vu tuer cet homme, il y a du sang sur vos vêtements et les résultats des analyses vont bientôt tomber et confirmer qu'il s'agit bien de celui de la victime. Ce sont des faits, indiscutables. Et que vous restiez silencieux n'y changera rien. Peut-être que vous croyez qu'on ne peut pas inculper quelqu'un dont on ne connaît pas le nom ? ajouta Zigic en tournant les paumes vers le plafond. Mais vous vous trompez. On peut le faire et on va le faire, et sans aucune explication ou coopération de votre part, ce qui va se passer c'est que vous écoperez de la plus longue peine possible. Vous ne faites qu'aggraver votre situation.

Pas une ébauche de réaction dans ses yeux bleus glacés.

Zigic se demandait ce qui pouvait se tramer dans sa tête. Pensait-il vraiment qu'il allait rester assis là, vingt-quatre ou quarante-huit heures sans dire un mot, sans bouger, avant d'être relâché ? Était-il aussi naïf que ça ?

– Peut-être qu'il est sourd, dit Ferreira.

Son avocate remua légèrement sur sa chaise et le regarda brièvement.

– Ou peut-être qu'il ne parle pas anglais.

Zigic fronça les sourcils, essaya de croiser le regard de l'homme.

– *Jaka jest twoja nazwa ?*

Rien. Après le polonais, il essaya de lui demander son nom en serbo-croate, letton, puis lituanien, conscient que sa prononciation était mauvaise et son vocabulaire plus que limité, mais le plus important était de provoquer une réaction, le signe même minime qu'une communication pouvait être établie. Ferreira lui posa la même question simple en portugais, puis en français et en allemand. Il ne cilla pas.

Il semblait impossible qu'il ne comprenne aucune de ces langues. Ils avaient très souvent affaire à des migrants et la plupart avaient au moins quelques notions d'anglais. Dans le cas contraire ils essayaient de se faire comprendre en baragouinant quelque chose ou en faisant des gestes.

Quelle que soit sa nationalité, il avait décidé de ne pas coopérer.

Zigic ouvrit la fine pochette en carton, sortit les photographies de la scène de crime et les étala l'une à côté de l'autre devant l'homme. Il baissa la tête. Ses yeux étaient légèrement écarquillés et un sourire presque imperceptible se dessina au coin de sa bouche.

Zigic sortit les photographies plus anciennes des têtes défigurées de Didi et d'Ali Manouf et les plaça par-dessus. Les attaques avaient rendu les victimes impossibles à distinguer les unes des autres.

Le sourire de l'homme avait maintenant disparu, mais il regardait toujours les photos.

– Vous ne pensiez pas qu'on ferait le rapprochement ? questionna Zigic. Ce soir, vous n'avez pas eu de chance, mais vous avez été stupide avec Ali Manouf – c'était son nom –, en lui crachant dessus. Presque comme si vous vouliez qu'on vous arrête.

L'homme croisa les mains.

Zigic sortit la dernière photo de la pochette. Une image qui provenait de la caméra de surveillance de Castle Road : une silhouette noire faisant un salut nazi.

– Vous vouliez qu'on vous voie, dit-il en se penchant au-dessus de la table. (Le regard de l'homme rencontra enfin le sien.) Vous avez visiblement quelque chose à nous dire. Alors allez-y, c'est le moment ou jamais.

Le silence de nouveau, cinq secondes, puis dix, sans rien d'autre que le tic-tac de la pendule et le léger craquement des bottes en cuir du gardien qui piétinait devant la porte. L'homme pressa ses lèvres l'une contre l'autre et cligna lentement des yeux. Zigic sentait que ses pensées étaient en train de se précipiter dans sa tête, que quelque chose montait en lui, même si son visage n'en laissait rien paraître. Aveux ou pas peu importe, l'important était qu'il parle.

Une minute s'écoula, puis deux. Zigic sentait la fatigue de cette longue soirée peser sur ses épaules, un début de gueule de bois qui s'ajoutait à l'épuisement et à la frustration, et qui commençait à lui donner mal au crâne. Il posa le menton sur ses poings fermés, observant le suspect faire ses calculs dans sa tête. Gagnait-il davantage à parler ou à rester muet ?

Tout à coup quelque chose vira dans ses yeux et comme un interrupteur qu'on éteint, son regard redevint vide. Il avait pris sa décision.

– Alors ? demanda Zigic.

Rien.

– Peut-être que vous avez juste besoin d'un peu plus de temps pour y réfléchir. Amenez-le en cellule, dit-il en faisant un geste au gardien.

Celui-ci appela son collègue dans le couloir et ils escortèrent l'homme hors de la salle d'interrogatoire en le tenant chacun fermement par le bras. L'avocate les suivit et Zigic se leva pour se dégourdir les jambes autour de la table pendant que Ferreira rangeait les photos dans leur pochette.

– Ça ne va pas durer éternellement, dit-elle. On ne commet pas des actes pareils sans chercher à attirer l'attention.

– Je m'attendais à ce qu'il décharge sa haine.

– Il est sous le choc d'avoir été arrêté, c'est tout. Demain matin, quand il aura un peu digéré, il se mettra à parler.

Zigic croisa les mains derrière la nuque.

– On n'a pas vraiment besoin qu'il parle, cela dit.

– Mais t'aimerais bien, dit Ferreira.

– Pas toi ?

– Je veux juste qu'il soit inculpé. Qu'il parle ou pas, quelle différence ça fait ? On sait déjà ce qui l'a poussé à tuer.

La porte de la salle d'interrogatoire s'ouvrit et Parr entra, l'excitation illuminant son visage.

– On a quelque chose, chef.

Zigic s'immobilisa.

– Quoi ?

– Deux des témoins, les hommes de la maison qui l'ont arrêté, dit Parr d'une voix presque tremblante. Ils ont vu quelqu'un d'autre avec lui. Il s'est enfui quand ils sont arrivés.

Troisième jour

24

– Il faut que tu trouves un moyen de le faire parler, dit Riggott.

Il était arrivé dix minutes avant le briefing du matin, indiquant d'un geste le bureau de Zigic, et il était maintenant assis dans le fauteuil de ce dernier, bras croisés, les cernes creusés par la lumière des spots au plafond.

– Qu'est-ce que vous voulez que je fasse ? demanda Zigic. Lui donner des coups d'annuaire dans les côtes ?

– Tu peux torturer cette ordure autant que tu veux, ça m'est égal. Il faut qu'il balance le nom de celui qui l'a aidé.

– Il ne veut même pas nous donner son propre nom, il ne risque pas de parler.

– Persuade-le.

– Pour ça, il faudrait qu'on ait quelque chose à lui proposer en échange, dit Zigic. Mais je crois qu'on n'a rien qui l'intéresse. Essayez, vous verrez, c'est un roc. Il n'a pas peur et il ne cherche même pas à défendre sa cause.

– Cause mon cul, dit Riggott.

– Trois étrangers assassinés, lui rappela Zigic. Il a des motivations politiques.

Riggott pivota dans le fauteuil en cuir, parcourant des yeux le bureau de Zigic, les tableaux en liège vides, les morceaux de mur beige piqués d'anciens trous de punaises, les traces graisseuses de Patafix incrustée dans la peinture. Les seules décorations dont Zigic avait orné la pièce étaient les quelques dessins de Milan et Stefan accrochés par des magnets à un casier métallique et deux cadres photo sur sa table.

– C'est pas très chaleureux ici.

– C'est pas fait pour, dit Zigic.

Il regarda par la vitre donnant sur la pièce principale, aperçut Ferreira arriver avec un plateau de gobelets de café et plusieurs sacs en papier brun de chez McDonald's. Les autres se pressèrent autour d'elle, l'air épuisés par le manque de sommeil. Zigic les avait renvoyés chez eux à 2 heures du matin et leur avait demandé d'être de retour à 7 h 30. Il avait réussi à dormir deux petites heures sur le canapé, puis s'était réveillé, le doigt de Stefan appuyé sur sa joue. Il se sentait encore plus fatigué qu'il n'était lorsqu'il s'était endormi, encore tout habillé, trop crevé pour enlever ses chaussures. Il s'était péniblement extrait du canapé, avait avalé deux expressos coup sur coup et pris une douche froide pour se donner un coup de fouet.

Il avait d'abord cru que le programme de la journée serait moins chargé. Ils avaient mis la main sur le meurtrier, l'affaire était pratiquement bouclée, il ne restait plus qu'à synthétiser l'abondance de preuves contre lui et compléter le dossier à remettre au procureur. Mais la présence d'un deuxième individu changeait tout.

– En tout cas on a suffisamment d'éléments contre le suspect qu'on a arrêté, dit Zigic, il va pouvoir être inculpé dès aujourd'hui.

– Oui, et ça va déjà te permettre de souffler un peu, dit Riggott. Mais tu as deux témoins qui savent qu'il y avait quelqu'un d'autre sur les lieux et ils ne vont pas le garder pour eux. Pas dans ce genre de communauté.

Comme si Zigic n'en était pas déjà conscient.

– On va lui mettre la main dessus, dit-il d'un ton plus confiant qu'il ne l'était intérieurement.

Riggott se leva et fit le tour de la table.

– T'aurais pas mis la main sur l'autre sans l'aide des voisins.

– On a eu de la chance, je suis le premier à le reconnaître…

– Cette fois-ci mais pas la prochaine, le coupa Riggott, le regard appuyé. (Ses yeux gris injectés de sang et ses traits tirés montraient que lui aussi avait eu un vendredi soir bien arrosé.) Il vaut mieux que tu te prépares à essuyer les foudres de la hiérarchie avec cette histoire d'émeute. J'ai pas besoin de te dire qui le directeur va nous envoyer pour contenir tout ça.

– On a fini par la maîtriser, dit Zigic, et dans des conditions plus que difficiles. Putain, on a attendu presque une demi-heure que les renforts arrivent ! En plein centre-ville. On ne nous a envoyé aucune aide. C'est un miracle que personne n'ait été gravement blessé.

Riggott se rapprocha de lui.

– Ce que tu me dis là ne sort pas d'ici, tu m'entends mon garçon ?

– On n'était pas les seuls sur place. L'ENL va s'en servir pour se faire mousser, l'occasion est trop belle.

– Laisse Nicola s'occuper de ça, dit Riggott d'une voix un peu plus douce, posant une main sur son épaule, paternel, apaisant. J'ai passé le mot, ton enquête est prioritaire. Tout ce dont tu as besoin à partir de maintenant, tu l'as.

Riggott se dirigea à grands pas vers le couloir, ne s'arrêtant qu'un quart de seconde pour lancer aux troupes un bref mot d'encouragement. Il allait rentrer chez lui savourer le reste de son week-end. Les journaux du samedi, un petit brunch, une partie de golf peut-être, quelques pintes de bière au pub à l'heure du déjeuner.

Zigic alla examiner les tableaux blancs. Le dernier contenait plus d'informations que les deux autres réunis. Il sentit monter en lui un regain d'énergie. La tâche s'annonçait ardue, mais l'enquête progressait.

Le reste de l'équipe semblait être dans le même état d'esprit. Derrière la fatigue et les vêtements froissés, il y avait de l'optimisme. Grieves et Parr se racontaient des blagues en partageant un muffin au chocolat, Wahlia et Ferreira se tenaient côte à côte près de la fenêtre. À y regarder de près, leur conversation semblait plus sérieuse qu'elle en avait l'air au premier abord. Wahlia tapotait les doigts de Ferreira avec le dos d'une cuillère à café, ses épais sourcils froncés.

Il se passait quelque chose entre eux, mais ce n'était pas le moment de s'en préoccuper.

– OK, tout le monde, on se met au boulot !

Chacun retourna à son poste reprendre le travail interrompu quelques heures plus tôt. Grieves avait apporté deux photos ce matin, remarqua Zigic, une de son petit ami et une de son chien, qu'elle posa à côté de son ordinateur. Si Riggott voulait la transférer ici de façon permanente, Zigic ne s'y opposerait pas. On lui avait promis des remplaçants pour les deux agents qui étaient partis depuis déjà près de trois ans, mais les postes étaient restés vacants faute de budget.

Quelque chose de bon finirait peut-être par découler de toute cette affaire.

– Donc, au vu de ce qu'on a appris hier soir, la priorité pour aujourd'hui c'est d'identifier le deuxième homme présent sur les lieux du crime. Soit il a directement pris part à l'attaque, soit il ne faisait qu'observer, mais d'après les témoignages il est impliqué.

– Et pour les autres meurtres ? demanda Grieves. On pense qu'il était aussi présent sur les lieux ?

Elle n'avait pas levé la main cette fois-ci. Elle commençait à trouver ses marques.

– C'est ce que je voudrais que vous regardiez, Deb. Il n'y a aucune trace de lui sur les vidéos des attaques filmées par les caméras de surveillance, mais le quartier de New England n'est pas entièrement couvert par les caméras, loin s'en faut, et puisqu'on était convaincus qu'il n'y avait qu'un seul homme, on a très bien pu le louper sur les images. Visionnez-les à nouveau pour voir s'il n'y aurait pas deux hommes à proximité des scènes de crime.

– Oui chef, fit-elle en hochant la tête.

– Et commencez par les enregistrements d'hier soir.

– Mais il n'y a pas de caméras de surveillance sur Cromwell Road, dit-elle.

– Essaye avec les vidéos postées en ligne, dit Ferreira sans lever la tête, fouillant dans sa boîte à tabac. Il y en a déjà plein. Il est peut-être resté dans les parages pour voir ce qui arrivait à son copain et pour profiter un peu de la rage ambiante.

– Il y a des bureaux un peu plus haut dans la rue, dit Zigic en se tournant vers Grieves. Ils ont une caméra de surveillance braquée sur leur entrée, il faut que vous alliez les voir. Mel, j'aimerais que ce soit toi qui t'occupes des vidéos amateurs.

Elle colla le bord de sa cigarette.

– Ça marche.

– Comme tu l'as dit, il est probablement resté dans les parages, et tu connais le milieu mieux que Deb. Essaie de voir ce qui cloche, s'il y a quelqu'un qui a l'air sobre dans le lot, tout ce qui peut te sembler bizarre. Et quand tu auras fini avec les vidéos, regarde sur les forums de discussion si certains sont plus bavards que d'autres à propos de l'émeute d'hier soir. (Ferreira tira son clavier à elle et se redressa sur sa chaise.) En particulier parmi ceux qui étaient sur les lieux.

– Je m'en occupe.

Zigic pointa le doigt vers Parr.

– Vous vous occupez des dépositions des témoins, d'accord ? Tout depuis les meurtres de Didi et d'Ali Manouf et réinterrogez ceux qui les connaissaient. Prenez la photo de l'homme qu'on a arrêté et voyez si des gens le reconnaissent ou s'ils ont aperçu deux hommes dans les parages. (Parr hocha la tête.) Le tueur est probablement venu en reconnaissance avant les attaques, et peut-être pas tout seul.

– Oui, chef.

Zigic se tourna vers la carte du centre-ville où les emplacements des meurtres étaient marqués par des points rouges, tout près les uns des autres, dans un rayon d'à peine cinq cents mètres.

– Il est possible qu'il habite dans le quartier, donc interrogez les employés des magasins, les pubs, les cafés. On a tous les agents qu'on veut à disposition, mettez-les à profit.

– OK chef.

– Plus vite tout ça sera fait, plus on aura de chance de profiter de ce qui nous reste du week-end. (Il y eut quelques soupirs de dérision.) Je me doutais que vous ne seriez pas convaincus.

Son téléphone vibra. Il termina de donner les dernières consignes et regarda l'écran. C'était Nicola Gilraye.

– Ziggy, t'es devant ton écran ?

– Pourquoi ?

– On parle encore de toi à la BBC.

Il entra dans son bureau et alla sur le site de la chaîne pendant que Gilraye continuait de lui parler.

– Ton émeute est en deuxième position du flash info. Il faut qu'on diffuse un communiqué tout de suite.

– C'est ton boulot, Nicola. Qu'est-ce que tu veux que je fasse ?

– Donne-moi une info, quelque chose dont je puisse me servir.

Il regarda défiler les nouvelles, un massacre dans un village de Syrie qui avait fait plusieurs dizaines de morts avec des images tremblantes de traces de sang sur la route, des immeubles criblés de balles au second plan. Puis une autre vidéo tournée sur un téléphone portable, le journalisme amateur en pleine action, Cromwell Road dans la tourmente.

– T'as vu ?

– Je suis en train de regarder, dit Zigic.

Un homme au crâne lisse en bomber de cuir s'apprêtait à enfoncer le cordon de sécurité, tête la première, avant qu'une matraque ne s'abatte sur lui et l'assomme. L'objectif pivotait ensuite vers la gauche, montrant un deuxième homme qui montait sur le capot d'une voiture de police, et sur le côté, le cadavre recouvert de son linge blanc.

– On savait que ça allait sortir. T'es pas préparée pour ce genre d'éventualités ?

Gilraye ignora sa question.

– Ton suspect est inculpé ?

– Il refuse de parler pour l'instant.

– « Un individu en garde à vue, dont on ignore encore l'identité », il va me falloir un peu plus que ça. Toutes les chaînes me bombardent d'appels.

Il y eut un bref retour sur le plateau, puis les images reprirent, une rue que Zigic reconnaissait, London Road, près du Peacock Pub. Richard Shotton en manteau gris, posant devant un panneau d'affichage avec sa tête en gros plan et le logo de l'English Patriot Party sur toute la largeur du panneau.

Zigic ferma la fenêtre de la chaîne.

– Fais ce que tu peux, Nicola. Dès que j'ai quelque chose de nouveau, je t'appelle.

– T'as intérêt, dit-elle. Et, ordre de la hiérarchie, il y a une veillée cet après-midi à 3 heures sur le parvis de la cathédrale, il faut que tu y sois.

– On est en plein milieu d'une enquête.

– Ça vient du grand chef. Tu veux l'appeler pour lui dire que ton planning est trop chargé ?

Wahlia toqua à la porte ouverte de son bureau.

– On a l'identité de la victime, dit-il.

Zigic mit fin à l'appel et suivit Wahlia dans la pièce principale. Un dossier électronique était ouvert sur l'écran de son ordinateur.

Asif Khalid. Vingt ans, un air juvénile, des traits fins et des cheveux noirs avec une coupe à la mode, un petit diamant à l'oreille droite, un polo rose, le col remonté. Il faisait un peu moins d'un mètre soixante-dix d'après les lignes de mesure qui apparaissaient sur le mur de derrière, et il arborait un air plutôt désinvolte pour la situation dans laquelle il se trouvait.

– Il a été arrêté pour quoi ?

– Excès de vitesse, dit Wahlia. De beaucoup.

– Il a provoqué des dégâts ?

– Non, apparemment il aimait surtout faire des courses de vitesse avec la police.

Ce n'était qu'un gamin. Stupide, trop sûr de lui, mais qui ne l'est pas à cet âge-là ? songea Zigic. Il rêvait peut-être de mourir en héros derrière son volant, après avoir dépassé les deux cent vingt kilomètres heure à bord de sa super voiture rutilante, la musique à fond, le moteur hurlant, puis une soudaine embardée, la voiture s'écrasait, prenait feu et il mourait sur le coup dans un spectaculaire brasier de gloire.

Mais il n'avait eu droit qu'à une fin sordide, dans un caniveau, sous les bottes de deux fachos.

– Il était du quartier ? demanda Zigic.

– Ouais, il habitait dans Gladstone Street, dit Wahlia en faisant défiler le reste des pages. Il rentrait sans doute chez lui quand ils lui ont sauté dessus.

– Bon, je ferais mieux d'aller annoncer la nouvelle.

Ferreira releva les yeux de son ordinateur.

– Tu veux que je t'accompagne ?

– Non, continue ce que t'es en train de faire, dit-il en attrapant sa parka sur le portemanteau. Et tiens-moi au courant s'il y a du nouveau.

25

Le centre-ville était calme malgré la fréquentation du centre commercial et du marché le samedi. Le soleil de printemps tapait de plein fouet les affreux immeubles des années 1970, sans l'ombre d'un nuage. Zigic avait vaguement prévu de passer la journée à bricoler dans le jardin, enlever les mauvaises herbes des massifs, tondre la pelouse, remuer le compost. Anna avait acheté une balançoire pour les garçons, il pensait l'accrocher au vieux châtaignier au fond du jardin. Mais tout ça devrait attendre.

Il tourna dans Cromwell Road, longeant le parking à ciel ouvert rempli de curieux la veille au soir et maintenant presque désert.

Un petit véhicule de nettoyage conduit par un homme aux épaisses dreadlocks blondes et lunettes d'aviateur passait le long de la rue. Il amassait sous ses brosses les cannettes de bière, les tessons de bouteilles et les lambeaux de vêtements arrachés pendant l'émeute et les quelques petites affaires tombées des poches de jeans. Tout ce que l'équipe scientifique avait jugé inutile et laissé derrière elle. Un morceau du ruban plastique qui avait délimité la scène de crime vint se prendre dans les brosses de la voiturette en ondulant comme un drapeau au vent.

Zigic remonta la rue jusqu'à la mosquée de Faizan-e-Madina. Les rayons du soleil faisaient briller les fenêtres en ogive. Un petit groupe d'hommes discutaient devant le portail d'entrée et il remarqua Shahzad parmi eux, écoutant patiemment la conversation appuyé sur sa canne.

Il tourna dans Gladstone Street. C'était une rue étroite à une seule voie, les maisons mitoyennes dans des états de délabrement plus ou moins avancé derrière les petites murettes, un patchwork de briques beiges, de crépi et de peinture grise. Il était interdit de stationner des deux côtés, mais plusieurs voitures étaient néanmoins garées sur le trottoir, les feux de détresse allumés. Quelques hommes rentraient chez eux après la prière du matin, des femmes accompagnées d'enfants, chargées de sacs de courses.

La rue n'avait pas tellement changé depuis l'époque où ses grands-parents habitaient là, à la fin des années 1950. C'était le quartier où s'installaient ceux qui venaient d'arriver et au fil du temps, les Slaves et les Italiens avaient été remplacés par des Indiens et des Pakistanais, encore majoritaires aujourd'hui. Dans les rues adjacentes, les plus récentes vagues d'immigrés en provenance d'Europe de l'Est avaient ouvert des cafés et des salons de beauté mais n'avaient pas encore atteint

Gladstone Street. Zigic ralentit pour voir les numéros des maisons, passant devant des magasins de livres et de vêtements islamiques, des bouchers et épiciers halal dont les étals de fruits et légumes étaient abrités sous des auvents rayés. Une boulangerie, portes ouvertes, inondait l'air d'un parfum chaud et sucré.

Exactement le genre d'endroit auquel pourrait vouloir s'en prendre un allumé d'extrême droite, pensa Zigic en laissant traverser une femme en niqab. C'était à ça que pensaient les enragés de l'ENL quand ils déblatéraient sur la dissolution de la culture et le rétablissement des valeurs anglaises.

On avait tendance à les tourner en ridicule, à les considérer comme des abrutis, plus occupés à se battre entre eux qu'à organiser des attaques concertées contre les minorités qu'ils détestaient tant. Mais il suffisait d'un membre plus dévoué à la cause que les autres.

Ou de deux.

Il se gara devant la maison d'Asif Khalid. Elle était semblable aux autres, la peinture blanche salie par les gaz d'échappement, une fenêtre en bas, une à l'étage, une porte en PVC avec un hublot en verre dépoli, une courette bétonnée où étaient alignés les bacs à poubelles et une jardinière avec quelques bulbes sur le point de fleurir. La petite lampe de style victorien était restée allumée à côté de la porte, sans doute pour qu'Asif ne soit pas dans le noir quand il rentrerait, se dit Zigic.

Une jeune femme en jean et tunique en lin ouvrit, les cheveux tirés en arrière, la figure ronde, un plumeau à la main.

– Mademoiselle Khalid ?

– Madame Khalid, dit-elle en le regardant d'un air suspicieux, prête à refermer la porte aussi sec. Qu'est-ce que vous voulez ?

– Inspecteur Zigic, dit-il en lui montrant son badge. Je suis désolé mais pourrais-je entrer s'il vous plaît ?

– C'est à propos d'Asif ?

– Oui.

– Me dites pas qu'il a encore été arrêté. Je lui ai dit qu'il pouvait pas continuer à conduire sans permis, lança-t-elle en secouant la tête. Mais est-ce qu'il m'écoute ? Tu parles. Et maintenant voilà, il va encore perdre son boulot.

– Madame Khalid, il n'a pas été arrêté, dit Zigic d'une voix douce. S'il vous plaît, est-ce qu'on pourrait parler de ça à l'intérieur ?

Il la suivit jusque dans le salon, elle lança le plumeau sur un fauteuil et s'assit sur le canapé en cuir beige, fixant Zigic de ses grands yeux marron déjà remplis de larmes.

– Qu'est-ce qui se passe ?

– Je suis désolé, je ne sais pas comment vous annoncer ça…

– Non.

– Asif a été attaqué la nuit dernière…

Elle enfouit son visage dans ses mains.

– Est-ce qu'il est… Il est pas mort ? S'il vous plaît. Il peut pas être mort.

– Je suis désolé. Il a été tué.

– Pourquoi ? C'était un cambriolage ?

– Non, dit Zigic qui se sentait de plus en plus mal à l'aise, planté là dans le minuscule salon de cette femme, incapable de l'aider.

Rien de ce qu'il pourrait dire ou faire n'apaiserait la douleur visible sur son visage.

– Nous avons arrêté l'homme qui l'a attaqué, il est en prison.

Elle pleurait silencieusement, les épaules secouées par les sanglots, les bras croisés sur le ventre. Il demanda si elle voulait qu'il appelle quelqu'un, le service spécialisé dans l'assistance aux familles, mais elle fit non de la tête. Que pourraient-ils faire, de toute façon ? Lui préparer du thé, lui expliquer le long et horrible processus auquel elle allait devoir faire face, le procès, l'intrusion des médias ?

Il s'éloigna vers la cuisine tout en carreaux noirs et surfaces chromées, la machine à laver ronronnant derrière une porte de placard. Il la laissa quelques minutes seule, regardant par la fenêtre le petit jardin à l'arrière de la maison. Un chat tigré prenait le soleil, allongé sur les planches en bois de la terrasse.

Les meurtres de Didi et d'Ali Manouf étaient passés pour ainsi dire inaperçus, sans communauté pour parler en leur nom, sans personne pour exprimer sa colère face à la brutalité, la violence gratuite avec laquelle ils avaient été tués. Mais Asif Khalid avait une jeune épouse et sans doute des parents et des frères et sœurs à Peterborough, et ils exigeraient que tout soit fait pour que les coupables soient arrêtés et punis. Et pas seulement la tête de mule qui se trouvait déjà en cellule, sans doute en train de prendre son petit déjeuner et de rassembler ses forces en vue d'une nouvelle séance de questions dans le vide en salle d'interrogatoire.

Ils voudraient se venger, et on ne pouvait pas leur en vouloir, se dit Zigic.

À l'heure qu'il était, la nouvelle d'un deuxième agresseur sur les lieux du crime devait déjà circuler dans le voisinage. La présence des membres de l'ENL aussi, et il y aurait probablement des tentatives de représailles. Ce que l'ENL pourrait d'ailleurs tirer à son avantage en jouant les victimes, une stratégie bien huilée qui permettait toujours de s'attirer de nouveaux sympathisants.

Il remplit un verre d'eau et retourna au salon. Madame Khalid attrapa le verre d'une main tremblante mais ne but pas.

– Je peux le voir ? demanda-t-elle.
– Asif a été battu assez violemment.
– Ça m'est égal, je veux le voir.
Zigic s'accroupit devant elle.
– Madame Khalid, ça n'est vraiment pas souhaitable. Asif a souffert de graves blessures, nombreuses et profondes, au niveau de la tête, du visage. Malheureusement il est méconnaissable.
Elle se redressa.
– Alors c'est peut-être pas lui.
– Les empreintes correspondent. Je suis désolé, c'est bien votre mari.
Elle laissa échapper son verre qui tomba sur la moquette, éclaboussant ses pieds nus et le jean de Zigic.
– Je ne comprends pas pourquoi, pourquoi lui ? Asif était quelqu'un de bien, il ne buvait pas, il ne se bagarrait pas. Qui aurait pu lui vouloir du mal ?
Zigic ramassa le verre et s'assit dans le fauteuil face à elle.
– L'homme qui l'a attaqué ne le connaissait pas. En tout cas, c'est ce que nous pensons pour le moment. Il est très probable qu'il s'en soit pris à lui uniquement à cause de sa couleur de peau.
Elle jura entre ses dents.
– Mais vous l'avez arrêté ?
– Oui.
– Et vous avez la preuve que c'est bien lui ?
– On a des témoignages solides, madame Khalid. Il n'a aucune chance de s'en sortir.
Elle se tut et après quelques minutes de silence, seulement rompu par le bruit de la chatière dans la cuisine et les rires des enfants dans la rue, Zigic se rendit compte qu'il n'avait rien de plus à lui dire.

Il lui remit sa carte et lui dit qu'elle pouvait l'appeler si elle avait la moindre question. Elle hocha la tête et referma derrière lui. La lampe qui éclairait la porte d'entrée s'éteignit.

26

Ils étaient tous les trois face à l'écran plat de la télé, Shotton, Selby et Marshall, lequel regardait maintenant son iPad. Comme si Google pouvait lui donner le nom de l'homme recherché, pourvu que la question soit bien formulée.

Mais ce qui compte, ce n'est pas la manière dont on formule les choses, songea Shotton. C'est la personne à qui on pose la question.

Il composa le numéro de Ken Poulter et attendit qu'il décroche.

– Il me faut un taxi chez moi tout de suite, dit Shotton avant de raccrocher sans attendre de réponse.

Sky News repassait en boucle les mêmes images toutes les deux minutes, l'ENL prenant d'assaut le cordon de sécurité que formaient des civils lourdement armés, un policier tombant à terre, quelqu'un l'aidant à se mettre à l'abri.

Puis ça devenait vraiment moche.

Shotton avait pourtant payé cher pour empêcher ce genre de spectacles. Des brutes pleines d'alcool, fonçant dans le tas et faisant des saluts nazis devant les passants qui filmaient la scène sur leurs téléphones. Un carnage médiatique. Il sentait son électorat baisser à mesure que défilaient les secondes, imaginait tous ces gens qu'il avait courtisés, leur dégoût à la vue des policiers assaillis par une bande de dégénérés qui ne véhiculaient qu'une portion extrême de ses idées.

– Vous étiez là ? demanda Shotton.

Selby inspira bruyamment.

– Non, je n'y étais pas, dit-il.

– Vous étiez censé leur parler hier au soir, vous ne les avez pas suivis ?

– Je ne serais pas là si c'était le cas, dit Selby en montant d'un ton. J'étais au Red Lion quand les SMS ont commencé à arriver, et ils sont tous partis.

Le son de la télé était coupé mais Shotton savait ce que disait la voix du présentateur, il l'avait déjà entendu une demi-douzaine de fois et pouvait le répéter mot pour mot. *La police de Peterborough en appelle au calme aujourd'hui après la survenue d'une émeute sur les lieux de ce qui semblerait être le troisième d'une série de meurtres à caractère raciste. Le meurtre est survenu moins d'une semaine après celui d'Ali Manouf, un demandeur d'asile iranien de quarante-six ans. Mais un porte-parole de la police du comté de Cambridge affirme que la situation est maintenant sous contrôle, contrairement à ce qui a pu être dit. Un communiqué devrait incessamment confirmer l'arrestation d'un homme sur la scène du crime.*

En arrière-plan apparaissait le corps couvert d'un drap blanc, un vieil homme à côté. Dans un instant le présentateur passerait la parole à un reporter interviewant l'imam du quartier devant la mosquée, lequel lancerait le même appel au calme que la police, mais Shotton avait déjà regardé les images deux fois avec attention, et il avait remarqué la colère dans les yeux de l'imam.

Il ne voulait pas le calme, il voulait la vengeance, et ce serait pour ce soir.

Ça permettrait peut-être de limiter les dégâts, se dit Shotton, d'équilibrer un peu les choses.

– Qu'est-ce que vous avez réussi à tirer d'eux avant qu'ils quittent le pub ? demanda-t-il.

– À mon avis c'est pas eux qui ont fait le coup, dit Selby en détachant les yeux de l'écran télé.

– Mais enfin regardez-moi ce bordel ! Un type se fait tuer, vos petits copains de l'ENL sont sur les lieux avant la police, et vous, vous me dites qu'ils n'ont rien à voir avec ce qui s'est passé ?

– Ils sont beaucoup trop bavards en ce moment, c'est seulement quand ils n'ont rien à cacher qu'ils parlent autant.

– Et qu'est-ce qu'ils racontent, alors ?

– Ils admirent celui qui a fait le coup, ils disent que c'est un héros, qu'il mérite une médaille, ce genre de trucs. Ils font comme si c'était juste un début, mais c'est des paroles en l'air. Vous pouvez me croire, je les connais, je sais comment ils fonctionnent. Quand il y a vraiment quelque chose qui se trame, ils la bouclent. Ils deviennent paranos.

– Et Poulter ?

– Il est bizarre, il a commencé à me demander pourquoi ça m'intéressait tellement, dit Selby en haussant les épaules. Et dès qu'il a dit ça, les autres ont fait comme si j'existais plus et se sont mis à parler de foot. Discussion close.

Le portable de Shotton sonna et il regarda l'écran. Encore Walter. Il laissa sonner, il n'était pas d'humeur à essuyer une nouvelle engueulade.

Il dit à Selby de rentrer chez lui pour le moment, il n'aurait pas besoin de ses services avant le soir. Il retourna s'asseoir à son bureau où étaient étalés les journaux du samedi. En première page du canard local s'affichait le visage souriant de la jeune femme tuée dans l'accident, suivi à l'intérieur d'une interview de sa sœur. L'émeute était survenue trop tard dans la soirée pour la presse du jour, mais les éditions du dimanche s'en donneraient à cœur joie.

Marshall avait déjà fait une déclaration auprès de plusieurs journalistes, condamnant les violences et apportant tout son soutien à la police. Comme il l'avait fait lui-même auprès des reporters de la BBC régionale quand ils l'avaient abordé en pleine rue dans la matinée.

L'ENL était en train de lui pourrir sa campagne.

Il alluma une cigarette en attendant l'arrivée de Ken Poulter. Il aurait aimé pouvoir appuyer sur un bouton et les faire tous disparaître.

L'émeute était une catastrophe pour son image, mais il essaya de se réconforter en pensant aux quelques passants qui avaient rejoint la mêlée. Ça représentait peut-être quelques dizaines d'électeurs de plus et avec la faiblesse des taux de participation ça pouvait toujours faire une différence en sa faveur.

Il fallait juste qu'il parvienne à créer de la distance entre l'ENL et son parti. Ça avait été un problème depuis le départ, mais il savait aussi que tout mouvement politique qui prenait de l'ampleur avait à gérer ce genre de difficultés avec ses adeptes de la première heure. À un moment donné, il fallait trouver un moyen de se débarrasser des plus enragés et des allumés. Tous les partis étaient confrontés à ce problème et le fait que l'English Patriot Party le soit aussi ne faisait que témoigner de son potentiel.

Quinze minutes plus tard, le taxi de Ken Poulter arrivait. Il sortit de voiture et traversa l'allée avec l'air d'un homme prêt à laisser éclater sa colère.

Marshall le conduisit jusqu'au bureau de Shotton et battit discrètement en retraite.

– Les choses se passent pas comme vous vouliez avec votre chauffeur ? demanda Poulter.

Il avait l'allure d'un singe avec ses longs bras qui pendaient de chaque côté de son corps et son dos légèrement voûté. Résultat de toutes ces années passées en cellule, assis sur sa couchette, songea Shotton.

– Asseyez-vous.

– Je préfère rester debout.

S'il croyait que ça lui donnait un avantage, il se mettait le doigt dans l'œil.

– Vous avez repris vos vieilles habitudes, Kenneth ? dit Shotton en essayant de contenir son exaspération. On en avait pourtant parlé, non ?

– J'y peux rien moi, patron.

– Les dix mille balles que je vous ai filées me disent que si.

Poulter sourit.

– Circonstances exceptionnelles.

– Une émeute, putain de merde !

– C'est indépendant de ma volonté. Je travaillais hier soir. Il faut bien que je gagne ma vie.

Shotton remarquait sa nervosité derrière le ton crâne. Il n'arrivait pas à garder les pieds en place, à contrôler l'agitation qui crispait ses doigts.

– Pas d'étalage en public, on s'était mis d'accord là-dessus.

– Ils m'ont pas demandé mon avis, dit Poulter. (Il enfonça ses mains dans ses poches, faisant disparaître son coup de poing américain et ses tatouages de prison.) Et si j'avais pu les arrêter, je l'aurais fait. On veut la même chose, vous et moi.

– Moi, ce que je veux, c'est que celui qui a tué ces hommes soit arrêté et foutu en prison ! éclata Shotton. Vous êtes autant dans la merde que moi maintenant, vous comprenez ça ?

– Aucun de mes gars n'est responsable de ces meurtres.

Shotton poursuivit comme si Poulter n'avait rien dit.

– Vous voulez que l'ENL devienne un groupe terroriste hors la loi ?

– Non.

Mais l'idée semblait l'amuser.

– Et un autre petit séjour à Littlehey, ça vous dirait ? dit Shotton, faisant disparaître le léger sourire de Poulter. Parce que quand la police arrêtera le gars de chez vous qui a fait ça, ça déteindra aussitôt sur vous et je doute qu'ils avalent vos salades quand vous leur direz que vous n'étiez pas au courant.

– Je sais pas qui est responsable, dit Poulter.

– Débrouillez-vous pour le savoir.

– C'est pas le boulot de Selby, ça ?

– C'est votre boulot, maintenant.

Shotton se leva et fit le tour de son bureau. La télévision était restée allumée en mode silencieux. Une jeune femme blonde faisait face aux journalistes sur les marches du commissariat de Thorpe Wood.

– Je veux que vous trouviez qui a fait le coup et que vous le dénonciez, reprit Shotton.

Poulter lui lança un regard méfiant.

– Et pourquoi je ferais ça ? En partant du principe que je puisse le faire ?

– Parce que vous vous faites vieux, et que ça m'étonnerait que vous ayez de quoi prendre votre retraite, répondit Shotton avec un petit sourire, constatant qu'il avait touché juste. Avec trente mille balles, j'ai entendu dire qu'on pouvait tenir un bon moment en Turquie.

L'expression de Poulter se durcit instantanément.

– Vous croyez que je vais renier la cause pour trente mille pauvres boules ?

La voix de Poulter était montée d'un cran, et Shotton dut prendre sur lui pour rester immobile.

– C'est pour ça que vous arriverez jamais à rien, reprit Poulter. Vous croyez pas en nos valeurs, tout ce qui vous intéresse, c'est d'avoir un boulot bien peinard où on peut se faire rembourser ses petites notes de frais.

– Trente mille, c'est plus que correct.

– Vous êtes qu'un putain de tory qui pète plus haut que son cul ! éructa Poulter. Qu'est-ce que vous croyez que la presse dira quand ils apprendront que vous avez cherché à nous acheter ? Nous, ça nous fera pas de mal si ça se sait, mais votre petite carrière à vous, vous pourrez tirer un trait dessus.

– Quarante mille.

– Je suis pas à vendre.

– C'est pas ce que vous disiez la dernière fois ! hurla Shotton.

Le visage de Poulter s'assombrit.

– Notre arrangement, terminé ! Et si vous essayez de nous le faire payer, je balance tout à la presse.

Il sortit en trombe et Shotton retourna s'asseoir à son bureau, les jambes en coton. Sa stratégie si patiemment mise au point, toutes ces heures de tractations et de ronds de jambe réduites en poussière, piétinées par une vulgaire paire de rangers.

27

– Tu vas finir par avoir des rides si tu restes comme ça, dit Wahlia.

Ferreira leva la tête de son écran où défilaient les images de l'émeute, les cris scandés par la foule s'échappant de l'écouteur enfoncé dans son oreille gauche.

– Comment ça si je reste comme ça ?

Wahlia esquissa une grimace qui ressemblait à celle d'un masque de kabuki en colère.

Elle sourit et sentit son front se détendre, sa mâchoire se desserrer.

– T'es sur quoi ? demanda-t-elle.

– Le rapport de l'équipe scientifique vient juste d'arriver, dit-il. Conclusions préliminaires. C'est à peu près ce à quoi on s'attendait. Le groupe sanguin des échantillons prélevés sur les rangers du mec correspond à celui de Khalid, et ils ont retrouvé sur sa veste des fibres de son pull.

Ferreira se redressa sur son siège, déroula les épaules et entendit un léger craquement dans son cou.

– Ils ont quelque chose sur le deuxième agresseur ?

– Jenkins a retrouvé des cheveux non identifiés mais ils sont blonds, très longs et décolorés.

– La piste d'une femme peut-être.

– Je pense qu'on peut tous les deux imaginer assez facilement comment ces cheveux se sont retrouvés en bas de la chemise de Khalid, dit Wahlia en prenant un chewing-gum.

– Vous les Pakistanais vous avez vraiment un truc avec les blondasses, dit Ferreira en faisant pivoter son siège, tournant la tête vers Grieves.

Celle-ci était en train de tremper un biscuit dans son thé en gardant sa tasse bien en dessous pour ne pas mettre de miettes sur son clavier. Tellement soignée, tellement précautionneuse. Ferreira la revoyait, attendant droite comme un I devant le bureau de son chef, son uniforme comme toujours impeccable malgré le fait qu'elle venait de passer quinze minutes en cellule à essayer de réanimer un homme.

– Grieves, t'as pu regarder les vidéos des caméras de surveillance ? demanda Ferreira.

– J'ai pas vu de femme avec Khalid, dit-elle. J'ai suivi sa trace jusqu'au moment où on le voit quitter le Yates's sur Long Causeway Road.

– Et sur Cromwell Road ?

– J'ai pas encore réussi à avoir la société qui s'occupe de la caméra, répondit-elle en époussetant quelques miettes tombées sur son pantalon gris foncé. Visiblement ils ne prennent pas les appels durant le week-end.

– Alors trouve l'adresse du propriétaire et envoie des agents chez lui, dit Ferreira. On vous apprend bien ce genre de choses à la brigade criminelle, non ?

Grieves marmonna un « Oui, sergent » et décrocha le combiné du téléphone.

Wahlia regarda Ferreira en secouant la tête, l'air plus amusé que réprobateur. Elle avait de la chance que Zigic ne soit pas là, sa réaction à lui n'aurait pas été aussi indulgente et elle le savait.

Elle voyait bien que Zigic avait de l'estime pour Grieves. C'était le type de recrue qui ne pouvait qu'être appréciée par ses supérieurs. Oui chef, non chef, pleine de déférence pour la hiérarchie, incapable de penser par elle-même.

– Et sinon ? demanda-t-elle à Wahlia. Jenkins a comparé les échantillons prélevés sur le suspect à ceux qui venaient du corps de Manouf ?

– Oui, c'est le même groupe sanguin là aussi, les analyses ADN sont en cours. Pour le moment tout a l'air de cadrer.

Ferreira mit la vidéo sur son ordinateur en pause et les visages se figèrent dans d'étranges grimaces.

– J'aime pas ça. Comment se fait-il qu'il n'ait pas de casier ? Il a au moins quarante ans et il n'a jamais été arrêté de sa vie ? Il n'y a pas d'épiphanie tardive chez les psychopathes. Ça n'a pas de sens ce passage sans transition à des meurtres en série.

– Les faits sont pourtant là, Mel.

– Je sais mais je crois juste que pour le moment, il nous manque des éléments, dit-elle en sortant de sa boîte une cigarette roulée à moitié fumée. Et pourquoi est-ce qu'il ne parle pas ? Il fait un salut à la caméra, un salut qui nous est adressé en plus, il ne peut pas être plus clair sur ses motivations. C'est bizarre que tout à coup il ne cherche plus du tout à les faire valoir.

– Je ne sais pas, dit Wahlia.

– Quand on lui a mis les photos de la scène de crime sous les yeux, il avait l'air radieux. Il est fier de ce qu'il a fait et il a face à lui un public captif. Il serait logique qu'il en profite, tu crois pas ?

– Je sais pas, répéta Wahlia, une pointe d'agacement dans la voix. C'est toi qui as un diplôme de psycho, c'est à toi de me le dire.

Ferreira tira longuement sur sa cigarette, les yeux fixés sur son écran d'ordinateur où la rage immobile des émeutiers attendait d'exploser à nouveau.

– Peut-être qu'il a peur de son petit copain. S'il se met à parler, on rentre dans la négociation, on lui offre quelque chose en échange du nom de son complice et peut-être qu'il serait tenté d'accepter.

– Il a tabassé trois hommes à coups de botte, dit Wahlia. Je doute qu'il y ait grand-chose qui l'effraie.

– On sait pas quelle est sa situation, peut-être qu'il a une famille ? Si tu veux empêcher quelqu'un de parler, qu'est-ce que tu dis ? Parle et on tue tes enfants.

Wahlia se passa la main dans les cheveux, l'air concentré.

– S'il s'agissait de drogue ou un truc du genre, peut-être, mais pas avec ce type de crimes.

– Qu'est-ce que ça change ? La peur est la même.

– Ce sont généralement des gens qui participent aux crimes contre leur gré qui sont victimes de ce chantage, dit Wahlia. Les passeurs de drogue, les prostituées. Personne ne s'adonne à un massacre raciste contre son gré. Il savait très bien ce qu'il faisait, personne ne l'a forcé à tuer ces hommes.

Ferreira tira une dernière bouffée de ce qui restait de sa cigarette, se brûla la lèvre et écrasa rageusement le mégot.

– On verra.

Elle remit en marche la vidéo et regarda les dernières minutes de l'enregistrement, sachant exactement ce qui allait se passer. Elle avait regardé la même scène sous une dizaine d'angles, sans rien remarquer de nouveau par rapport à ce qu'elle avait vu sur place. Toutes les vidéos postées sur YouTube provenaient de gens qui avaient observé la scène depuis le parking, pas des membres de l'ENL mais des badauds, plus intéressés par le cadavre et le tueur escorté par la police hors de la maison que par l'émeute elle-même.

Mais une de ces personnes était restée focalisée sur elle et sur Zigic, et ça la mettait mal à l'aise de savoir que quelqu'un avait zoomé sur son visage lorsqu'elle avait soulevé le drap pour voir le corps d'Asif Khalid, avec pour intention, clairement, d'observer ses réactions.

Elle n'avait rien remarqué sur le coup, accaparée par le déchaînement de violence autour d'elle.

Pas la peine de s'attarder là-dessus, se dit-elle en cliquant sur une autre vidéo. La même scène défilait, Zigic s'avançait au-devant du cordon de police, elle à sa suite, il essayait de parler à la foule sans succès puis tombait à terre après avoir été percuté à la tête. Elle le tirait par le bras puis plongeait dans la mêlée, recevait un coup de poing dans le dos qu'elle ne se souvenait pas d'avoir senti sur le moment.

L'objectif pivota ensuite vers la droite et s'arrêta un instant sur les hommes groupés à l'entrée de la rue. Elle appuya sur pause.

Ken Poulter. Commandant en chef de l'ENL. Qui se tenait loin en retrait, comme un simple passant extérieur à la scène, discret dans sa chemise et son pantalon noirs, un bonnet enfoncé sur les oreilles.

Il ne faisait pas partie des hommes qu'ils avaient embarqués au poste.

Et bien sûr, quand la vidéo se remit en marche, elle le vit tourner les talons et disparaître dans Westgate Street comme s'il n'avait rien à voir avec ce qui était en train de se passer.

Elle alla sur Facebook, s'identifia et cliqua sur la page de la branche locale de l'ENL où figurait une croix de Saint-Georges en photo de couverture.

– Mel, tu veux du café ?

– Merci, dit-elle en tendant sa tasse à Wahlia par-dessus son ordinateur. Et trouve-moi un truc au chocolat, tu veux ? Y a de la monnaie dans la poche de ma veste.

Il y avait quelques nouveaux membres depuis sa dernière visite une semaine plus tôt. Sans doute attirés par l'annonce des attaques, se dit-elle. À moins que la campagne de Richard Shotton ait réussi à rallier aux gros bras de la cause de nouvelles brebis. Elle reconnaissait deux des noms, des petites frappes, un voleur de voitures et un petit dealer. Il y avait aussi une femme, ou en tout cas un nom de femme accolé à une photo, un visage aux lèvres rouges, sans doute emprunté à une pub de maquillage.

La photo que Ferreira avait utilisée pour accéder au groupe était tout aussi fausse, dégotée sur un site de porno amateur. Une blonde décolorée, la poitrine plus grosse que la tête. Ça avait pris un bon mois pour crédibiliser le profil de « Tracey Holland », établir le contact avec les bonnes personnes, trouver les mots justes. Travail délicat quand les gens étaient persuadés d'être constamment surveillés par la police et les services secrets, ou par des « rouges » essayant de les infiltrer de tous les côtés. Tracey manifestait son soutien sans être trop insistante, elle flirtait mais était « en couple » et elle niait catégoriquement être raciste. C'était juste qu'elle n'aimait pas ce qui était en train d'arriver à son pays.

Lorsqu'elle avait enfin reçu leur invitation, au beau milieu de chez Top Shop, elle avait levé en l'air un poing victorieux. Les abrutis avaient mordu à l'hameçon.

Et maintenant elle avait accès à tout ce que l'ENL préférait tenir hors de la vue du commun des mortels.

On y trouvait d'autres photos de l'émeute, dont une du cordon de sécurité formé par les hommes de Shahzad à l'entrée de Cromwell Road avec pour légende *patrouille de Paki à Peterborough*, puis une photo prise le matin même, trois membres de l'ENL sur les marches du commissariat de Thorpe Wood, souriant bêtement avec leurs yeux au beurre noir.

Départ du poulailler. English Breakfast de la mort au programme. LOL.

Tracey « aime » ça.

1 muzzi de moins, encore 1 999 999 999.

Vingt messages de soutien, soixante-dix-huit likes, approbation de la quasi-totalité du groupe.

D'autres encore. Ferreira continua à faire défiler la page. Elle s'arrêta sur une image d'Asif Khalid sur le trottoir, déjà mort mais pas encore recouvert du drap. Trois hommes se tenaient à côté du corps, la porte de la maison d'où ils venaient de sortir ouverte sur la rue, les lumières allumées à l'intérieur.

La vidéo avait été filmée depuis le parking, postée par Ken Poulter à 22 h 42.

Ferreira sentit son pouls accélérer. Poulter était sur les lieux avant la police, avant même que Shahzad arrive et dispatche ses hommes.

– Café et chocolat, dit Wahlia en les posant à côté du clavier de Ferreira. C'est quoi ? C'est Khalid ?

– Oui.

– Comment t'as fait pour entrer dans leur groupe ?

– Ça demande juste un peu d'ingéniosité. Regarde, Ken Poulter était sur les lieux quelques minutes à peine après la mort de Khalid.

– Il faut faire une capture d'écran avant qu'ils l'enlèvent, dit Wahlia en attrapant lui-même la souris. J'arrive pas à croire qu'il ait posté ça sur la page s'il est impliqué.

– Il pensait que seuls les fidèles la verraient.

– Il peut pas être aussi débile.

– Tu crois que c'est juste une coïncidence s'il était là ? De tous les endroits où il pouvait être, c'est par pur hasard qu'il se trouvait justement à deux pas du meurtre ?

Wahlia regagna sa chaise.

– C'est vrai qu'il a la tenue adaptée aux circonstances.

– Ça pue l'ENL, depuis le début, dit Ferreira en attrapant son téléphone portable.

Elle composa le numéro de Zigic sans détacher les yeux de la photo, qui venait de recevoir un autre like.

– T'as du nouveau, Mel ?

– Ken Poulter. Il était là au moment où le meurtre a eu lieu.

– J'arrive, je suis en train de me garer, dit-il avant de raccrocher.

Ferreira se leva, fit quelques pas jusqu'à la fenêtre, puis vint se poster devant le tableau blanc et la photo de leur suspect. Pourvu que ça suffise à le faire parler, se dit-elle. C'était la meilleure carte qu'ils avaient à jouer, monter les deux hommes l'un contre l'autre. Poulter était plus susceptible de craquer s'il n'avait joué qu'un rôle d'observateur. Et s'il arrivait à les en convaincre, il pourrait être amené à témoigner contre son complice.

Ce n'était pas l'issue idéale mais ça permettrait sans doute de boucler l'affaire, et c'était ce qui comptait.

Zigic fit son entrée dans le bureau d'un pas lourd. Il semblait vidé par la tâche peu réjouissante qu'il venait d'accomplir chez les Khalid.

– Alors, voyons ça.

– C'est sur mon écran, dit-elle.

Il s'assit à la table de Ferreira et elle observa la surprise apparaître sur son visage, ses yeux s'écarquiller, ses sourcils se froncer.

– OK, vas-y, ramène-le-moi.

28

Ferreira trouva Ken Poulter dans la file d'attente des taxis devant la gare de Peterborough. C'était samedi midi et l'endroit était bondé de supporters qui allaient voir les Posh, l'équipe de foot locale, jouer chez les Wolves à Wolverhampton. Les gens qui revenaient de Londres et de Cambridge chargés de leurs emplettes marchaient vite, les yeux baissés, essayant de contourner le troupeau qui déboulait en sens inverse, bouteilles et cannettes de bière à la main, chantant et braillant en chœur.

Poulter était appuyé au capot de son taxi et feuilletait le *Daily Express* en attendant le client. Il avait bronzé depuis la dernière fois que Ferreira l'avait escorté jusqu'au commissariat quatre semaines plus tôt, juste après le premier meurtre. Sa peau ressemblait à du cuir tanné qui commençait à se relâcher sur son visage décharné. Il était taillé pour la bagarre avec sa silhouette musclée et nerveuse et ses poings tatoués ornés de chevalières dorées qui avaient dû fendre pas mal de lèvres.

Il frisait la cinquantaine maintenant. Un vétéran. Comme le suspect qu'ils avaient déjà arrêté.

Ferreira traversa la rue devant le Great Northern Hotel, suivie de deux agents qui s'écartèrent légèrement sur les côtés au cas où Poulter déciderait de prendre ses jambes à son cou.

– Ça fait longtemps qu'on s'est pas vus. T'es parti en vacances ? lança Ferreira.

Poulter leva les yeux de son journal.

– La Turquie.

– Y a beaucoup de musulmans en Turquie.

– J'ai pas de problème avec eux quand ils sont dans leur pays, répondit-il en fermant son journal et en le roulant. Qu'est-ce que vous voulez ?

– J'ai besoin qu'on parle un peu tous les deux.

– J'écoute.

– Au commissariat, dit Ferreira.

– C'est à propos de la nuit dernière ? dit-il en tapotant le journal contre sa cuisse.

– À moins qu'il y ait autre chose que t'aurais pas dû faire.

Les deux agents s'étaient rapprochés, ne lui laissant aucune échappatoire. Poulter les dévisagea et Ferreira le voyait faire les calculs dans sa tête, ils étaient costauds mais c'était surtout du gras, il pourrait probablement en faire son affaire, mais après ?

– D'accord, dit-il. Je vous suis.

– C'était pas une question, Poulter.

Elle fit un signe aux agents qui l'empoignèrent aussitôt, le plaquèrent contre le capot de son taxi et lui passèrent les menottes tandis que Ferreira lui signifiait sa mise en garde à vue.

– T'as compris ?

– Oui, fit-il les dents serrées. Et mon taxi ? Je peux pas le laisser en plan, on va me coller une amende.

– C'est marrant, t'as jamais eu l'air de beaucoup te soucier des règlements avant.

Il continua à protester pendant que les deux agents lui faisaient traverser la rue jusqu'à la voiture de police, les autres chauffeurs profitant du spectacle.

Ferreira monta dans le taxi, une Skoda beige d'à peine cinq ans. Il était impossible qu'il ait obtenu sa licence avec le casier qu'il avait. Il avait laissé les clefs sur le contact et la radio était restée allumée sur Talksport où on discutait âprement la légalité d'un tacle. Elle l'éteignit, mit dans sa poche le téléphone qu'il avait laissé sur le tableau de bord puis décida finalement de fermer la voiture à clef avant de partir.

Au commissariat, Poulter demanda un avocat et commença à se plaindre des mauvais traitements qu'il avait subis, de la perte de revenus dont il allait souffrir, et menaça de demander des dommages et intérêts pour l'amende qu'il allait recevoir pour avoir bloqué la file des taxis.

Ferreira le fit mettre en cellule et monta à la section des crimes de haine, grimpant les marches à toute allure, volant presque. C'était peut-être la fin de l'ENL. Trois meurtres et un concert d'applaudissements dans les rangs de l'organisation, ça serait suffisant pour qu'ils soient officiellement reconnus comme organisation terroriste. Bien sûr, les membres restants formeraient de nouveaux groupes, mais ils ne pourraient plus se cacher derrière la rhétorique du patriotisme. Toutes leurs prétentions politiques seraient balayées par le sang des innocents que ces hommes avaient tués.

En entrant dans la grande salle, elle trouva tout le monde groupé autour du bureau de Grieves, laquelle parlait avec animation d'une petite voix aiguë.

– … arriver de derrière l'arrêt du bus et continuer vers Cromwell Road par là.

– Les techniciens devraient pouvoir en tirer quelque chose, dit Zigic en se penchant au-dessus de son épaule pour se rapprocher de l'écran, comme si ça allait rendre l'image plus nette. Bon travail, Deb. Envoyez-leur ça et dites-leur de se dépêcher.

– Du nouveau ? demanda Ferreira.

– On a deux hommes qui se dirigent vers la scène de crime, dit-il en se rapprochant de la machine à café.

Mais pour le moment aucune trace du deuxième homme quittant les lieux après le meurtre.

Il agita la cafetière devant elle.

– Merci, j'ai déjà ma dose de caféine. Ça ressemble à Poulter ?

– Pour l'instant, ça ressemble à personne, dit Zigic en haussant les épaules. Mais c'est un début. Tu l'as ramené ?

– Oui, et il veut un avocat.

Ferreira s'assit à son bureau. L'attente risquait d'être longue.

– Il y a eu un appel pour toi pendant que t'étais sortie, dit Wahlia en relevant les yeux de son écran. Un mec.

– Et il a un nom, ce mec ?

Wahlia tendit le bras, un post-it rose au bout des doigts.

– C'est gênant quand y en a un qui te traque jusqu'au bureau, pas vrai ?

Elle prit le post-it, oublia la vanne qu'elle s'apprêtait à sortir en retour en voyant le nom inscrit sur le papier.

– Il avait plutôt la voix d'un mec marié, ajouta Wahlia.

Et il l'est probablement, songea-t-elle. C'était ce qu'il voulait. Même à l'université, il ne se comportait pas comme tout le monde, il était sérieux, raisonnable, pas de coups d'un soir, pas de cuites, le genre de garçon qui ne faisait même pas semblant d'avaler la fumée. La vie d'Alex était déjà toute tracée : il passerait son doctorat puis deviendrait maître de conférences, aurait une femme, des enfants, des chiens, une jolie petite maison dans un joli petit village à moins de quinze kilomètres de Cambridge pour pouvoir s'y rendre à vélo tous les jours.

– Qu'est-ce qu'il voulait ?

– Il n'a pas dit. Il a juste demandé que tu le rappelles.

Wahlia bascula en arrière sur sa chaise, oubliant un moment le travail, entièrement concentré sur elle à présent.

– Alors, c'est qui ce mec ?

– Un vieux pote.

– Un « pote » ?

Elle entendit les guillemets dont il avait affublé le mot. Les deux interprétations étaient valables. Alex était le premier ami qu'elle s'était fait lorsqu'elle avait démarré la fac. Elle était alors douloureusement consciente de sa différence. Elle ne parlait pas et ne s'habillait pas comme les autres filles, ne recevait pas assez d'argent de papa-maman pour prétendre à ce look faussement détaché qu'elles arboraient toutes avec leur jean de marque et leur cashmere à trous de mites hors de prix. Elle pouvait à peine se payer les manuels et en avait finalement acheté la moitié à un type qui les volait à la commande chez Waterstones. Pas le meilleur début pour quelqu'un qui voulait entrer à l'école de police de Hendon après la licence.

Alex sortait avec la fille dont Ferreira partageait la chambre. Il avait quatre ans de plus qu'elles, avait déjà commencé son doctorat et donnait des cours à côté pour se faire un peu d'argent. C'était tellement cliché que Ferreira rougit en repensant à leurs longues conversations ultra-sérieuses sur un ton rigoureusement platonique, aux mois passés à prétendre que l'attirance n'existait pas, avant de réaliser qu'il ne ferait jamais le premier pas et de finir par se jeter littéralement sur lui.

– Tu veux que je te mette une petite musique nostalgique ? demanda Wahlia.

Ferreira releva la tête, lui rendit son sourire.

– Non merci, ça y est, c'est fini.

Elle composa le numéro d'Alex et sortit dans le couloir. Elle fit quelques pas en regardant les affiches au mur, des campagnes contre le port d'armes blanches et l'usurpation d'identité. Pas très logique de les mettre à un endroit où les civils ne s'aventurent jamais, se dit-elle.

– Alex Cator.

Elle s'immobilisa.
– Alex, salut, c'est Mel. Tu m'as appelée…
– Oui, ça fait un bail dis donc !
– C'est clair, dit-elle en regardant ses pieds qui s'étaient remis à arpenter la moquette. Comment ça va ?
– Ça va, merci. Ouais, très bien même.
Est-ce qu'il n'y avait pas quelque chose d'un peu forcé dans sa voix, dans ce côté léger ?
– T'es sergent maintenant, il paraît ? reprit-il. Ça se passe bien ?
– C'est ce que je voulais, répondit-elle d'un ton raide qui la fit aussitôt grimacer.
Ça faisait bien longtemps que cette conversation était close et l'idée qu'Alex puisse toujours désapprouver ne devait plus l'affecter.
– Écoute, Alex, reprit-elle, on est un peu débordés en ce moment…
– Je viens juste de voir les infos, dit-il. C'est pour ça que j'appelle. Je crois qu'il faudrait qu'on parle.
Elle ne répondit pas tout de suite, encaissant le soudain sentiment de déception qui s'emparait d'elle, puis l'étrangeté de sa proposition. Elle discernait de la musique en arrière-fond, une voix de femme qui chantait, le bruit d'une tasse qu'on posait sur une soucoupe. Elle l'imaginait assis au café de King Street où ils allaient souvent prendre le petit déjeuner. Elle essaya de chasser de son esprit le souvenir de son sourire endormi, de leurs doigts entrelacés sur la table en mélaminé.
– Tu as des informations à nous communiquer ?
– On peut dire ça.
Ferreira jeta un coup d'œil à l'intérieur du bureau, vit que Wahlia la regardait et se détourna.
– Il s'agit des meurtres ?
– Peut-être, dit-il, hésitant. C'est compliqué, Mel.

– Alors explique.

– C'est pas vraiment le genre de choses dont on peut parler au téléphone. (Il y eut ce bruit de sonnette caractéristique et elle sut qu'il était au café.) On peut se donner rendez-vous pour boire un verre ?

– Alex, si t'as des infos qui peuvent nous être utiles c'est pas le moment de perdre du temps, il faut que tu me les donnes tout de suite. La situation est déjà assez compliquée comme ça. T'es où ?

– Non, c'est moi qui vais venir.

Wahlia avait raison, il avait l'air marié.

– Ou alors on peut se retrouver à mi-chemin, ajouta-t-il vite. Il y a un endroit sur le bord de l'A1, près de Huntingdon.

– Je vois où c'est.

– 19 heures, ça te va ?

– OK, à tout à l'heure.

Elle raccrocha sans dire au revoir. Elle éprouvait un léger agacement, mais elle n'avait pas envie d'en élucider les causes. En revenant s'asseoir à sa table elle se mit à rouler une cigarette et l'irritation resurgit de plus belle.

Était-ce parce qu'il avait insisté pour qu'ils se retrouvent à mi-chemin, en terrain neutre, ou parce qu'il avait soigneusement évité de désigner l'endroit par son nom, c'est-à-dire un hôtel, faisant mine tous les deux de ne pas saisir les sous-entendus ? Elle aurait dû insister pour qu'il lui donne déjà quelques explications. Mais c'était surtout sa propre réaction qui l'agaçait. Au lieu de couper court, elle l'avait suivi dans son petit jeu parce qu'au fond, elle avait envie de le revoir.

Que pouvait-il bien savoir qui serait susceptible de les aider dans leur enquête ?

Il était prof de psycho. Ce qu'il pouvait offrir de mieux, c'était le profil psychologique nécessaire pour commettre un meurtre à caractère raciste. Rien qu'elle ne sache déjà ou ne puisse deviner par elle-même.

Il ne s'agissait sans doute pas de quelque chose d'important. Il avait dû la voir aux infos, avait été saisi d'un regain de nostalgie et l'avait appelée au commissariat. C'était aussi simple que ça.

– Mel. (Zigic se tenait face à elle, les bras croisés.) Il se passe quelque chose ?

– C'est probablement sans importance.

– Ce qui veut dire que c'est peut-être important.

– C'était un vieil ami de la fac, il dit qu'il a des infos qui pourraient nous intéresser. Je dois le retrouver tout à l'heure.

– Ce n'est pas un journaliste, si ?

– Alex est prof de fac.

– Fais quand même attention à ce que tu dis, d'accord ? Ce genre d'affaires très médiatisées attire des tas de gens bizarres.

– Je ferai gaffe.

Le téléphone sonna sur le bureau de Ferreira et elle s'éloigna pour aller répondre, soulagée de ne pas avoir à rentrer dans les détails.

– L'avocat de Poulter vient d'arriver.

29

Ken Poulter était appuyé contre le dossier de son siège, bras croisés. De vieux tatouages dessinaient des taches sombres sous les poils touffus de ses avant-bras. Leurs contours n'étaient plus aussi nets que ceux qu'il s'était récemment fait faire sur les doigts. L'encre ressortait très noire à côté des bandes pâles que laissaient les grosses bagues qu'il avait dû retirer.

Zigic ne le connaissait que de réputation, et surtout par ce que lui en avait dit Ferreira. Il avait tout de la brute vieillissante, l'air usé, marqué au fer par les bagarres comme en témoignaient les cicatrices au-dessus de ses yeux et sur ses joues et les traces étranges sur le côté gauche de sa mâchoire, des marques d'acné au premier abord mais à y regarder de plus près, des trous laissés par des éclats de verre, souvenirs de l'époque où il était membre d'une bande de hooligans de Luton. Pour chaque coup reçu il avait dû en rendre le triple, imaginait Zigic. Il dégageait une sorte d'agressivité pleine de suffisance, celle du type qui est fier de s'être relevé des pires raclées.

Leur suspect mutique et toujours sans nom donnait la même impression. Une fine équipe. Zigic les imaginait se raconter leurs histoires de bastons et recracher en cœur leur propagande, même s'ils devaient se rendre compte tous les deux que leurs années de combat contre le multiculturalisme et les valeurs libérales n'avaient servi à rien. Des petits hommes dans un monde en pleine mutation, qui voulaient laisser leur marque tant qu'ils en étaient encore capables.

Parce qu'au fond n'était-ce pas ce qui alimentait les terroristes, ce mélange toxique de narcissisme, de peur et d'élan punitif ?

Poulter lança un regard noir à Ferreira tandis qu'elle mettait en marche l'enregistrement. Il épela son nom d'une voix claire et tranchante. On ne pouvait pas en dire autant de son avocat, maître Hall, un jeune homme au visage juvénile qui semblait paniqué et dut répéter son nom deux fois avant que Ferreira le laisse tranquille.

Zigic inspira profondément et posa les mains sur le dossier posé devant lui.

– Monsieur Poulter, pourquoi ne pas commencer par nous dire où vous étiez entre 22 et 23 heures hier au soir ?

– J'étais à Midgate, répondit-il, placide. À vous regarder vous faire botter le cul.

– Et vous y avez pris part ?

Poulter grimaça.

– Je laisse ça aux jeunes, maintenant.

– Comment avez-vous su qu'il se passait quelque chose ? demanda Zigic.

– Le bouche-à-oreille. Ce genre de truc, ça se sait vite.

– Donc quand vous êtes arrivé, ça avait déjà bien démarré ?

– C'était sur le point, je dirais, dit Poulter en souriant, révélant des dents très blanches, une incisive fendue. Ça ne s'est vraiment mis à bouger que quand vous avez essayé de calmer le jeu, hein ? On peut dire que vous avez fait du bon boulot. Moi qui croyais qu'on vous entraînait pour ces situations.

Zigic résista à l'envie de toucher la coupure qu'il avait à la naissance des cheveux.

– Et avant ça, vous étiez où ? demanda-t-il.

– À votre avis ? Je suis taxi, dit Poulter. Je conduisais les gens, à droite à gauche.

– Et puis quelqu'un vous a appelé et vous êtes allé à Midgate jeter un œil ?

– C'est à peu près ça, ouais. C'est pas un crime, que je sache ?

– Non. C'est morbide, c'est dégueulasse, mais ce n'est pas surprenant de la part de quelqu'un qui a votre casier. Donc vous êtes arrivé quand la zone était déjà interdite d'accès ? dit Zigic en tapotant le dossier des doigts.

– Par la bande de djellabas, vous voulez dire ? Ça me semble pas franchement légal de laisser un groupe de civils armés empêcher l'accès à une rue. Et menacer tous ceux qui s'approchent. On n'est pas en Syrie, bordel. Mais c'est vous l'inspecteur, pas moi, dit Poulter en souriant. Je suis sûr que vous aviez vos raisons.

– Vous croyez en l'action collective, dit Zigic. J'ai lu vos écrits. Si un jeune homme avait été tué devant votre porte, vous ne voudriez pas empêcher qu'une bande de types bourrés viennent saccager la scène de crime ?

– Ça arriverait jamais là où j'habite. C'est un quartier bien, dit Poulter en bombant le torse, comme s'il ne vivait pas dans l'une des zones les plus chaudes et les plus mal famées de Peterborough, pleine de dealers et de voleurs, de gamins qui ne pouvaient pas mettre un pied dehors sans que leur bracelet électronique se mette à sonner.

Mais c'était majoritairement blanc, et c'était ça qui comptait le plus aux yeux de Poulter.

Zigic ouvrit le dossier, prit la photo du dessus et le referma.

– Si vous n'êtes arrivé qu'une fois que le périmètre était bouclé, vous allez peut-être pouvoir m'expliquer comment vous avez fait pour filmer ces images ? dit-il en plaçant devant Poulter une capture d'écran de la vidéo qu'il avait publiée sur sa page Facebook. Vous avez filmé ça juste après le meurtre d'Asif Khalid.

Poulter avala sa salive, les yeux rivés sur la photo.

– Alors ? le pressa Zigic.

– Ça prouve rien.

– Ça prouve que vous étiez sur les lieux.

– Je l'ai pas tué, dit Poulter en décroisant les bras et en venant s'appuyer contre la table, cachant la photo des deux mains. Vous avez déjà arrêté celui qui a fait le coup. Vous pouvez pas me mettre ça sur le dos.

– On a arrêté un des hommes responsables, dit Zigic qui s'avança lui aussi, le visage tout près de celui de Poulter, assez près pour voir la peur apparaître dans ses yeux. Et quand on en aura fini avec vous, on le fera venir ici, et c'est lui qui essaiera de vous mettre ça sur le dos pour se blanchir.

Poulter respirait plus vite maintenant, bouche ouverte, essayant de trouver quelque chose à dire, n'importe quoi, mais les preuves étaient là sous son nez. Impossible de nier.

– J'étais là, dit-il. Mais j'ai pas tué ce type.

– C'est juste par hasard que vous êtes passé par là alors, à quelques minutes d'un meurtre ? demanda Zigic d'un ton incrédule. Vous nous prenez vraiment pour des imbéciles ou quoi ?

– Et moi, vous me prenez pas pour un imbécile ? répliqua Poulter. Vous croyez que j'aurais publié ça si j'étais coupable ?

– Vous seriez surpris du nombre d'idiots qui publient sur Facebook les preuves des crimes qu'ils ont commis, dit Zigic. Vous êtes loin d'être un cas à part.

– J'ai rien fait.

– OK, dit Zigic.

Il revint s'appuyer contre le dossier de sa chaise, laissa le silence s'installer quelques secondes.

– Peut-être que vous n'avez pas tué Khalid, peut-être que ce ne sont pas vos bottes qui lui ont fracassé la tête. Mais vous étiez là. Ce qui fait de vous un complice.

– J'ai fait que passer, insista Poulter. Et après coup. Je l'ai même pas vu se faire tuer.

Zigic soupira, se tourna vers Ferreira.

– Ça m'a tout l'air d'un mensonge.

– Ouais, il ment c'est sûr, dit-elle en s'avançant vers la table. Les caméras de surveillance montrent deux hommes qui suivent Asif Khalid dans Cromwell Road, mais après l'attaque, aucun des deux ne repart de là. L'un d'eux a été arrêté sur les lieux et l'autre… il a dû rester dans le coin.

– C'était pas moi.

– La photo montre que t'étais sur le parking, ce qui d'ailleurs montre aussi que tu ne faisais pas que passer, dit-elle en arrachant la photo qu'il cachait de ses mains. Il était où ton taxi ?

Il hésita, baissa les yeux.

– On vérifiera, alors t'amuse pas à mentir.

– Dans la file, dit-il. Derrière chez John Lewis.

– C'est à cent mètres du parking, donc tu ne faisais pas que passer, dit Ferreira en inclinant la tête pour rencontrer son regard. Mais Khalid a croisé ta route. Il arrive dans Westgate Street, passe juste devant toi, et tu te dis « ouais, il est pas bien costaud, on va se le faire facile ».

– C'est pas du tout ce qui s'est passé, dit Poulter le rouge aux joues. Putain de merde ! J'étais en train de me faire sucer, d'accord ? C'est pour ça que j'étais sur le parking. Vous êtes contents, maintenant ?

– Donc t'as laissé ton taxi dans la file, et t'es allé te faire sucer ?

– J'en suis pas fier, c'est bon.

Ferreira leva les deux mains en l'air.

– Non mais attention je te juge pas, Poulter, c'est juste que je comprends pas pourquoi t'as pas fait ça dans ta voiture, comme tout le monde.

– Ma femme nettoie la voiture.

– Il va nous falloir un nom, dit Zigic.

Poulter baissa les épaules, l'air vaincu.

– Heather. Elle fait le bout de Lincoln Road.

– On ira lui parler.

– Je sais pas où elle habite, ajouta-t-il à la hâte.

– Ne vous inquiétez pas, on la trouvera.

– Elle n'a rien vu.

Ferreira lui sourit, inclina la tête.

– Ça t'a pris combien de temps ?

– De quoi ?

– Pour éjaculer.

L'avocat de Poulter se racla la gorge comme s'il était sur le point de protester, mais il se ravisa. C'était une question légitime, décida Zigic qui avait compris où elle voulait en venir.

– Ça vous regarde pas, dit Poulter en se tournant vers Zigic. C'est quoi ces conneries ?

– Répondez à la question, s'il vous plaît.

Poulter secoua la tête sans pouvoir les regarder dans les yeux.

– Je sais pas. Qu'est-ce que ça peut bien faire ?

– Ça fait que cette photo, tu l'as prise après coup, dit Ferreira, pointant le doigt dessus. Ce qui veut dire que toi et Heather vous étiez sur le parking, à quelques mètres du meurtre, au moment même où il a eu lieu.

– On était complètement de l'autre côté, on a rien vu ! s'exclama-t-il en criant presque.

Peut-être qu'il avait peur que tout ça soit dévoilé au tribunal, devant sa femme. Zigic avait déjà rencontré des gens qui préféraient risquer une condamnation plutôt que de voir leurs infidélités révélées au grand jour, mais il ne pensait pas que c'était le cas de Poulter. Il le soupçonnait d'avoir vu bien plus que ce qu'il prétendait, Heather aussi sans doute. Le meurtrier était peut-être quelqu'un que Poulter connaissait personnellement, un de ses petits camarades de l'ENL.

Zigic sortit une autre photo de son dossier, celle de l'homme qu'ils avaient déjà arrêté.

– Dites-nous ce que vous savez de lui.

Poulter regarda la photo, les sourcils froncés.

– Je le connais pas.

– Allez, tu connais tout le monde, dit Ferreira. Je parie que tu connais tous les membres de l'extrême droite à cent kilomètres à la ronde.

– En effet, dit Poulter en relevant le menton, retrouvant un peu d'assurance. Et il en fait pas partie.

– Il a tué Asif Khalid, dit Zigic. Et on le soupçonne d'avoir commis deux autres meurtres à Peterborough.

– Il est pas de chez nous en tout cas.

– Parce que tu nous le dirais si c'était le cas, pas vrai ? dit Ferreira d'un air moqueur. (Poulter se fendit d'un léger sourire en retour.)

– Qu'est-ce que vous croyez qu'il va nous dire quand on lui montrera votre photo ? demanda Zigic. Vous croyez que lui aussi, il la bouclera ?

– Il dira rien, parce qu'il me connaît pas.

Zigic observa le visage de Poulter. Était-ce du mépris, de l'arrogance, ou savait-il déjà que l'homme ne parlerait pas parce qu'ils avaient conclu un pacte si l'un d'eux se faisait prendre ? Entre vieux frères d'armes, ça pouvait se faire.

– Interrogatoire terminé à 14 h 37.

Poulter se leva pour sortir, marmonnant qu'on lui avait fait perdre son temps, et il se cogna presque contre l'agent posté devant la porte.

– Tu connais la maison mieux que ça Poulter, dit Ferreira. Emmenez-le en cellule, dit-elle à l'adresse de l'agent.

Poulter fit quelques pas rapides en arrière.

– Eh attendez, vous n'avez pas le droit de m'empêcher de partir.

– On peut te garder au moins vingt-quatre heures.

– Écoutez, j'ai rien fait. J'ai cinquante balais, bordel ! dit-il en serrant les poings. Allez voir Joe Selby, lâcha-t-il entre ses dents. Vous voulez savoir qui a tué ces types, allez parler à Joe.

Ferreira se rapprocha de Poulter.

– Pourquoi lui ?

– Il nous tourne autour depuis un moment, il pose des questions, demande qui vous avez emmené au poste, ce qu'ils vous ont dit. Je mettrais ma main à couper qu'il se chie dessus.

– Continue.

30

Une fois remonté à la section des crimes de haine, Zigic demanda à Wahlia de regarder si le nom de Heather apparaissait dans la liste des récentes mises en garde à vue pour racolage, en espérant qu'elle utilise son vrai nom. C'était probable : il n'avait pas le côté flashy des noms privilégiés dans le secteur.

Parr était toujours en train de faire du porte-à-porte sur les lieux où avaient été commis les deux premiers meurtres, mais sans résultat pour le moment, et Grieves était partie à la cantine.

En regardant son téléphone, Zigic trouva trois messages de Nicola Gilraye, de plus en plus impatiente d'obtenir de nouveaux éléments pour les journaux télévisés du soir. Il la rappela et lorsqu'elle décrocha il entendit d'abord le brouhaha d'un pub, des rires et le bruit d'une machine à sous en arrière-fond.

– Les journaux du dimanche me bombardent de questions, dit-elle. Le *Times* va sortir une interview de Shotton, très bienveillante d'après ce que j'ai cru comprendre.

– Son équipe de com fait du bon boulot.

– Et c'est pas bon pour nous, ça.

– Mais ça n'a aucun rapport avec nous, dit Zigic.

Il entendait un liquide gazeux qu'on versait dans un verre.

– S'il te plaît, dis-moi au moins que vous avez identifié la victime, implora-t-elle.

– Je t'envoie les infos par mail, répondit-il avant de raccrocher.

Il demanda à Wahlia de ne faire suivre à Gilraye que les informations de base, pas plus, quand bien même elle le supplierait.

Ferreira était en train d'enfiler sa veste.

– Où tu vas ?

– Je vais chercher Selby, dit-elle en fourrant son paquet de tabac et ses clefs dans sa poche. Tu viens ?

Zigic croisa les bras et elle s'immobilisa.

– Quoi ?

– Donc ça y est, t'as réfléchi, t'es sûre d'avoir assez d'éléments pour le faire venir au poste ?

– Il est impliqué, t'as entendu ce qu'a dit Poulter. Pourquoi est-ce que Selby poserait autant de questions s'il n'avait rien à se reprocher ? Il a peur qu'il y en ait un qui le balance à la police.

– Ce qui pour l'instant ne s'est pas produit.

– Si, Poulter l'a balancé.

– Poulter ne nous a rien dit. Il voulait qu'on lui lâche du lest et il nous a donné le premier nom qui lui venait à l'esprit, en espérant qu'on serait assez bêtes pour le croire.

– Selby est impliqué, dit-elle en pointant du doigt les tableaux blancs. Poulter a dit qu'il était avec lui au Red Lion hier au soir, et c'est tout près de Cromwell Road par le centre-ville. Quarante minutes avant le meurtre, il est à moins d'un kilomètre.

– Est-ce que tu l'as vu sur un seul des enregistrements vidéo ?

– Non, et justement c'est louche. Quand ça a commencé à s'agiter il aurait dû venir en renfort avec les autres débiles. Mais non. Tu trouves pas ça bizarre ?

Zigic murmura un vague acquiescement. Il savait que l'absence de Selby était étrange, mais il ne voulait pas encourager Ferreira dans ses conclusions hâtives.

Il était facile de s'égarer. Selby correspondait plutôt bien au profil, mais c'était aussi le cas de tous les membres de l'ENL qu'ils avaient fait venir au poste. Ils ne le sauraient avec certitude que lorsqu'ils auraient les résultats ADN, mais il semblait bien que leur suspect mutique ait aussi laissé des traces de salive derrière lui en crachant sur le visage d'Ali Manouf alors qu'il était déjà mort. Maintenant qu'un deuxième attaquant était recherché, tous les suspects qu'ils avaient éliminés devaient être à nouveau pris en considération. Des dizaines d'hommes qui avaient le même casier et les mêmes préjugés que Joe Selby, la seule chose qui le distinguait des autres pour le moment étant que Poulter l'avait pointé du doigt.

Poulter, qui restait de loin le plus suspect d'entre eux.

– J'ai une adresse, dit Wahlia. Heather Crane, plusieurs fois arrêtée pour racolage, elle habite Midland Road. C'est sûrement elle.

– Selby peut attendre, dit Zigic.

Ferreira mit son sac sur son épaule.

– C'est toi le chef.

C'était rassurant de l'entendre dire ça parce que parfois, il n'était pas sûr qu'elle en soit bien consciente.

Des frictions se produisaient nécessairement au cours d'une enquête. Il fallait s'interroger, remettre en question ses propres certitudes, et c'était souvent à Ferreira que revenait le mérite de le faire, mais il avait beau admirer son flair, elle avait tendance à se lancer dans des hypothèses qui ne reposaient que sur l'animosité qu'elle éprouvait à l'égard de certains individus.

Elle aurait sans doute appelé ça de l'instinct, mais Zigic avait vu trop d'enquêtes dérailler à cause de la confiance inébranlable d'un officier en son instinct pour accepter de se fier à quelque chose d'aussi nébuleux.

Midland Road n'était pas loin du commissariat en voiture. Une rangée de maisons victoriennes construites à l'ombre des ruines de l'ancien hôpital faisait face à la carcasse abandonnée de l'usine Dairycrest et à des hangars en métal rouillé qui avaient autrefois abrité une fabrique de pain. Les rayons du soleil brillaient sur les vitres cassées et les barbelés érigés tout autour pour tenir à l'écart les vandales et les tagueurs qui avaient pourtant réussi à atteindre les endroits les plus inaccessibles des bâtiments. Au-delà des ruines courait un terrain vague traversé par les voies ferrées. Un train passa en trombe alors qu'ils sortaient de voiture.

– C'est celle-là, dit Ferreira en indiquant une petite maison, dentelle synthétique aux fenêtres, porte rouge brillant. Au moins ça ne lui fait pas un long trajet jusqu'à son travail.

Le parking où Heather Crane avait emmené Ken Poulter n'était qu'à quelques minutes à pied en passant par le pont, mais ça semblait plus loin que ça tout à coup. Les oiseaux chantaient et il y avait cette étrange mélodie de boîte à musique qui s'échappait de la camionnette du vendeur de glaces à quelques maisons de là.

Zigic frappa à la porte. On passait l'aspirateur à l'intérieur. Il attendit un instant puis frappa de nouveau, plus fort cette fois.

L'aspirateur s'arrêta net et quelques secondes plus tard Heather Crane entrouvrit la porte, retenue par une chaînette, ne laissant paraître qu'un bout de visage démaquillé, cheveux tirés en arrière.

– Qu'est-ce que vous voulez ?

Zigic sortit son badge.

– On peut vous parler deux minutes, madame Crane ?

– C'est pour quoi ?

– Un meurtre a été commis la nuit dernière. On a quelques questions à vous poser.

Elle referma brusquement et pendant un moment ils n'entendirent plus rien de l'autre côté de la porte. Zigic aurait été étonnée qu'elle soit assez naïve pour croire que le problème allait disparaître aussi facilement, et effectivement, quelques secondes plus tard, la chaîne coulissa et la porte se rouvrit.

– Alors entrez.

L'aspirateur se trouvait au milieu du salon, une petite pièce carrée qui embaumait le spray au citron. Un plumeau était posé sur la première marche des escaliers.

Deux fillettes jouaient au trampoline dans le jardin à l'arrière de la maison, et Heather Crane alla à la fenêtre vérifier qu'elles étaient absorbées dans leur jeu et qu'elles ne risquaient pas d'entendre ce qui allait être dit.

Elle était plus âgée que ce à quoi Zigic s'attendait. Elle approchait les quarante ans, une allure quelconque, un peu boudinée dans son jogging gris, les pieds nus, déformés par toutes ces heures passées à arpenter les rues en escarpins bon marché. Ça ne devait pas être facile de boucler les fins de mois, songea-t-il. Avec ce flot incessant de filles qui arrivaient de l'étranger pour satisfaire les désirs d'hommes qui se foutaient pas mal de savoir si on les forçait ou si on les maltraitait.

Elles étaient toujours plus jeunes, toujours moins chères, condamnant les Heather Crane aux marges, évincées par des alternatives plus exotiques. C'était un secteur particulièrement friand de nouveauté, et même les filles d'Europe de l'Est commençaient à passer de mode, concurrencées par les réseaux de trafic en provenance de Chine ou de Malaisie.

Mais les préférences sexuelles de Ken Poulter restaient visiblement en adéquation avec ses convictions politiques.

– J'ai rien vu, dit-elle, la voix déjà tremblante.

– Mais vous étiez sur le parking quand le meurtre a eu lieu, dit Zigic en essayant de garder le ton le plus neutre possible pour éviter qu'elle se sente jugée. C'est ce que votre client nous a dit.

– J'avais la tête baissée, c'est ça ? dit-elle en souriant d'un air triste.

– Dites-nous seulement comment les choses se sont passées, dit Zigic en se rapprochant de la fenêtre pour mieux voir son visage.

Elle croisa les bras et détourna la tête vers le jardin. Les fillettes s'étaient lassées du trampoline et jouaient maintenant avec des pistolets à eau en criant et en se poursuivant dans leurs salopettes assorties.

– Ken m'a appelée et m'a dit qu'il était à Westgate, et qu'il avait besoin… d'attention. Il veut pas que je monte dans son taxi, donc on est allés sur le parking, comme d'habitude.

– Il y avait des gens autour ? demanda Zigic.

– Un peu, les gens du pub. Mais c'était plutôt calme, dit-elle en rentrant le menton en dedans, visiblement mal à l'aise de parler de ça alors que ses enfants se trouvaient juste de l'autre côté de la fenêtre. On est allés dans le coin, aussi loin que possible de la chaussée. J'ai entendu quelqu'un crier, mais c'est souvent qu'on entend des cris là-bas et Ken met toujours du temps à se mettre en train, donc j'étais surtout concentrée sur lui.

– C'étaient des hommes qui criaient ?

– Ouais.

– Ils criaient quoi ?

– Je sais pas. Ken était en train de me parler, il y avait la musique du pub. J'ai pas vraiment fait attention, j'étais en mode automatique, sinon c'est impossible, dit-elle en se mordant la lèvre. Mais j'entendais quand même un peu, j'ai entendu que ça s'arrêtait, puis y a eu comme un coup, une porte qui claque.

– La porte d'une maison ?

– Oui, répondit-elle en prenant une longue respiration. Environ une minute plus tard, Ken a fini et on a commencé à revenir vers la rue. Et puis là y avait plein de cris, et je me suis dit qu'il valait mieux qu'on décampe de là le plus vite possible.

– Pourquoi ?

– Ils aiment pas qu'il y ait des filles qui travaillent dans le quartier. J'en connais deux qui se sont fait tabasser ces derniers mois, ils leur ont dit que si elles revenaient, ce serait pire.

– Mais vous, vous continuez à travailler là ? dit Ferreira.

– Je fais attention, dit-elle. Les autres, elles ont vraiment l'air de putes.

Zigic jeta un regard à Ferreira qui haussa légèrement les épaules. Il se demandait si elle pensait la même chose que lui. Si ce que Heather racontait était vrai, elle avait peut-être de la sympathie pour les opinions de Poulter.

– Et qu'est-ce que vous avez vu ? demanda Zigic.

Elle ne répondit pas.

– On a déjà parlé à Ken, on sait qu'il a vu le corps. Vous étiez toujours avec lui à ce moment-là ?

– Il voulait prendre une photo, dit-elle en fermant les yeux. Quel malade ! Vous vous rendez compte ? Il m'a obligée à rester là et à regarder pendant qu'il filmait.

– Pourquoi vous obliger à rester ? demanda Ferreira.

– Il y avait des hommes dans la rue, j'imagine que Ken avait peur qu'ils nous remarquent si je m'éloignais.

– Et vous êtes restés là combien de temps tous les deux ?

Elle fronça les sourcils.

– Quelques minutes, pas plus. Il y avait plein de Pakistanais qui sortaient de leurs maisons et Ken a commencé à s'inquiéter, il a dit qu'on ferait mieux de foutre le camp avant qu'ils deviennent méchants.

Zigic sortit la photo de leur suspect mutique.

– Vous reconnaissez cet homme ?

– C'est qui ?

– C'est celui qui a tué Asif Khalid, le jeune homme dont vous avez vu le corps. Il avait vingt ans, il ne faisait que rentrer chez lui après avoir passé la soirée au pub, tranquille, sans embêter personne.

– Aux infos ils ont dit que vous aviez arrêté quelqu'un.

– Cet homme, oui. Mais on a des raisons de penser qu'il n'était pas seul. Il y aurait un deuxième homme, qui s'est enfui. Vous et Ken êtes les deux personnes qui se trouvaient le plus près des lieux du meurtre au moment où ça s'est produit, il est donc extrêmement important que vous essayiez de vous rappeler, est-ce que vous avez entendu ou vu quelque chose, n'importe quoi qui puisse nous aider à identifier cet homme ?

– Non.

C'était tout, lancé comme ça, sans même une seconde de réflexion.

– Vous avez dit avoir entendu des cris. Peut-être un nom…

– Je faisais pas gaffe.

– Et plus tard dans la soirée ? demanda Zigic, reprenant la photo qu'elle lui rendait. Vous travaillez dans le coin, est-ce que vous avez remarqué quelqu'un qui se comportait bizarrement ?

– À Peterborough ? dit-elle en ricanant. Un vendredi soir ? Vous rigolez.

– Est-ce que j'ai l'air de rigoler ? rétorqua Zigic qui avait laissé tomber le ton neutre.

– Peut-être que madame Crane arriverait mieux à se concentrer au commissariat, lança Ferreira en sortant son téléphone portable. Je vais demander aux services sociaux de faire venir quelqu'un pour s'occuper des enfants pendant ce temps-là.

Heather se tourna vers elle, l'air furieux.

– Vous avez pas honte de vous en prendre à mes enfants ?

– Dites-nous ce que vous savez et on vous laisse profiter du reste de votre week-end, dit Ferreira, le téléphone toujours à la main.

Il y eut un court moment de silence pendant lequel elles se toisèrent. Zigic n'aimait pas procéder de cette façon, convaincu qu'en raisonnant les gens on obtenait de meilleurs résultats qu'en les menaçant, mais c'était parfois la seule solution.

– Écoutez, j'ai rien vu. Tout ce que je sais, c'est que j'ai entendu deux types qui criaient, j'ai cru que c'était genre un cambriolage.

– Qu'est-ce qui vous a fait penser ça ? demanda Zigic.

– Un des hommes n'arrêtait pas de répéter « non », et après il y a eu des bruits de bagarre.

– Et l'autre type ?

– Je comprenais pas ce qu'il disait. Il parlait pas anglais mais c'était surtout lui qui criait. (Elle regarda Ferreira.) Voilà, vous êtes contente maintenant ?

– Vous étiez où quand vous avez entendu ça ?

– C'était peu de temps après qu'on est arrivés. J'étais trop loin pour vraiment entendre ce qui se passait, dit Heather. Le seul truc dont je suis sûre c'est qu'il était pas anglais.

– Il avait l'air d'être d'où ?

Elle haussa les épaules.

– Je sais pas, étranger quoi.

La porte du jardin s'ouvrit et les fillettes accoururent dans la cuisine puis dans le salon, toutes les deux trempées, la plus âgée continuant à asperger sa sœur avec son pistolet à eau. Heather leur cria de ne pas mettre de bazar et elles reculèrent jusque dans le couloir en regardant Zigic et Ferreira, dégoulinant sur la moquette beige impeccable.

– C'est tout ce que je peux vous dire.

Ils regagnèrent la voiture. Une alarme s'était déclenchée quelques rues plus loin, insistante. Zigic démarra, retournant dans sa tête ce que leur avait dit Heather Crane, essayant de déceler l'ombre d'un non-dit dans ses propos.

– Tu crois à ses salades ? demanda Ferreira. Elle a pour ainsi dire donné un alibi à Poulter.

– Pourquoi mentirait-elle pour un client ?

– C'est un marché saturé, elle a pas intérêt à perdre ses habitués. Et c'est évident qu'elle est pas neutre. Tout ce qu'elle a dit sur « ces gens » qui veulent pas de filles sur leurs trottoirs. Elle a une dent contre eux.

– Poulter a des alibis pour les deux autres meurtres, dit Zigic. Et ils tiennent bien la route en plus. Peut-être qu'il s'est trouvé au mauvais endroit au mauvais moment.

– Tu trouves pas ça un peu gros ?

– Si, dit Zigic en ralentissant à l'approche des embouteillages sur le pont qui passait au-dessus des voies ferrées. Les coïncidences semblent un peu trop nombreuses mais en y réfléchissant, tu crois que Poulter utiliserait une prostituée comme alibi ? Si c'était lui pour les autres meurtres et qu'il prévoyait déjà d'en commettre un autre quatre semaines plus tard, avec un complice, tu crois vraiment qu'il compterait sur elle pour le couvrir ?

– Tout dépend s'ils se connaissent bien.

– Non, Mel, ça colle pas. Surtout quand on ajoute à ça la photo qu'il a mise sur Facebook. Personne n'est aussi stupide que ça, même Poulter.

Elle laissa échapper un profond soupir. Il ressentait la même frustration qu'elle. Dès le début, dès les premières heures qui avaient suivi le meurtre de Didi, ils avaient commencé à déboucher sur des impasses. Ça arrivait dans toutes les enquêtes, c'était inévitable, ne serait-ce que parce que toutes les personnes qui avaient une dent contre les victimes ne pouvaient pas toutes être coupables. Mais cette fois-ci, c'était différent. Ils avaient beau s'appliquer, rester déterminés, les portes continuaient de se fermer autour d'eux. Ils obtenaient un enregistrement vidéo du meurtrier, il portait une cagoule. Ils avaient son ADN, mais il était inconnu au bataillon. Ils finissaient par l'arrêter pour ainsi dire sur le vif, et il s'avérait qu'il avait un complice.

Un pas en avant. Deux pas en arrière.

– Poulter doit en savoir plus qu'il ne l'admet, dit Zigic. Si elle a entendu des cris, il les a forcément entendus lui aussi.

– Des cris dans une langue étrangère, marmonna Ferreira, comme si elle ne croyait pas non plus à ça.

– C'était peut-être Khalid.

– Ou alors elle mentait. Pour nous détourner des gars de Poulter.

31

Il fait bien trop beau pour une veillée funèbre, se dit Zigic lorsqu'ils pénétrèrent dans l'enceinte de la cathédrale par le portail ouest. Ce n'était pas la bonne heure de la journée non plus : 16 heures, un samedi après-midi. Le soleil de printemps faisait briller la pelouse comme une promesse de croissance et de régénération, narguant presque la foule endeuillée sur le parvis, les flammes des bougies invisibles dans la lumière.

L'endroit ne convenait pas mieux. C'était celui qui avait été choisi pour l'hommage aux victimes de la voiture meurtrière à défaut de pouvoir se rendre directement sur les lieux. Cela aurait nécessité de fermer l'accès à Lincoln Road une deuxième fois en quatre jours et la mairie avait déclaré que ça créerait trop de perturbations.

Sans compter qu'il aurait été difficile de trouver assez de place sur le petit bout de trottoir pour accueillir tous les dignitaires présents.

Ils étaient venus en force, le maire avec toutes ses décorations et quelques membres du conseil municipal, Weir, le directeur régional de la police, et un trio de prêtres que Zigic reconnaissait de l'église St Mary où l'office se faisait maintenant en plusieurs langues. On avait visiblement décidé qu'il en fallait pour tout le monde, même si Jelena et Sofia Krasic ne semblaient pas particulièrement croyantes et que personne ne savait en quoi pouvait bien croire Pyotr Dymek.

Le rassemblement comptait une cinquantaine de personnes, plus de femmes que d'hommes, la plupart jeunes, environ du même âge que les sœurs Krasic. Des camarades de travail peut-être ou des gens du quartier. Ils étaient silencieux face au père Piec qui les invitait de temps à autre à répondre ou à se signer tous en chœur.

Zigic perçut un léger frémissement dans la main de Ferreira, mais elle réussit à la garder le long du corps, résistant aux vieux réflexes catholiques qu'elle niait avoir conservés.

Derrière le groupe principal un flot constant de badauds entrait dans l'enceinte et s'approchait du parvis, certains ralentissaient pour voir ce qui intéressait tellement les journalistes de la presse locale, mais la plupart continuaient sans s'arrêter.

Les chaînes de télévision s'étaient rangées un peu à l'écart, les objectifs braqués sur la petite estrade dressée devant les portes de la cathédrale et sur les visages des hommes et des femmes qui attendaient leur tour pour y monter.

En d'autres circonstances la police aurait elle aussi filmé l'événement, à couvert, au cas où le conducteur de la voiture serait venu jouir du malheur qu'il avait causé. Mais ce n'était pas ce genre de crime.

Un jeune homme vint à leur rencontre avec un plateau de bougies, eut un air déçu lorsqu'ils déclinèrent son offre et repartit au-devant d'un couple âgé, chargé de sacs de courses, qui s'était arrêté un instant avant de repartir vers le parking d'à côté. Ils prirent les bougies, le jeune homme les alluma, et ils restèrent plantés là, l'air gêné, obligés de participer à quelque chose qui ne les concernait pas.

– Je déteste ça, dit Ferreira.

– Tu détestes le deuil ?

– Cette mise en scène. Ça sonne tellement faux.

Ils se rapprochèrent du haut mur de pierre de l'enceinte pour avoir une meilleure vue d'ensemble.

– Combien de ceux qui sont là connaissaient vraiment Jelena ou Dymek ?

– Tu trouves que ça a de l'importance ?

– Bien sûr que oui, dit-elle. S'ils ne les connaissaient pas, c'est juste des touristes qui viennent se repaître de la souffrance des autres.

Zigic passa en revue les visages dans la foule, les larmes, les mains qui se serraient, les yeux baissés.

– Ils n'ont pas l'air de faire semblant, dit-il.

Ferreira leva le menton en direction de l'estrade.

– Et lui ?

Zigic regarda l'homme qui aidait le vieux père Piec à descendre de l'estrade. Il n'était pas rare qu'un élu local s'invite à une cérémonie funèbre (il fallait bien soigner son image), mais il était peu probable qu'une seule des personnes réunies aujourd'hui ait déjà voté ou vote un jour pour Richard Shotton. Malgré sa promesse d'accorder une amnistie à tous les migrants venus des pays de l'Union européenne lorsque son parti aurait fait sortir le Royaume-Uni de l'Europe.

Comment il parviendrait à mettre ce projet à exécution, c'était une autre histoire.

Il n'y avait pas de réactions négatives à sa présence parmi la foule, mais Zigic réalisa que peu de gens savaient qui il était. Beaucoup ne devaient même pas être inscrits sur les listes électorales, et pour ceux qui l'étaient, Shotton et son équipe n'étaient probablement pas allés faire du porte-à-porte dans leur quartier.

– T'as pas envie de lui filer une bonne raclée ? lança Ferreira.

– Si j'étais toi j'attendrais quand même que le directeur ne soit plus dans les parages.

Shotton parlait d'une voix calme, mesurée, qui portait naturellement vers son auditoire, réussissant presque à paraître sincère en exprimant son soutien aux amis et à la famille des victimes. Son discours était bien rodé après tous ces passages sur le plateau de *Question Time*, les petits éléments de langage, la gestuelle, chaque pause parfaitement à sa place. Un spectacle soigneusement orchestré.

Ce qui le rendait d'autant plus dangereux, songeait Zigic, c'est qu'il n'avait pas l'air d'un fanatique d'extrême droite, à la différence de ses nombreux prédécesseurs qui avaient essayé, sans y parvenir, de donner à leur idéologie fasciste un visage plus acceptable auprès du grand public.

En trois ans à la tête de l'English Patriot Party, il avait réussi à séduire les médias avec son irréprochable carrière militaire, son érudition que l'on disait grande mais dont il avait la modestie de ne pas faire étalage, sa capacité à dialoguer avec monsieur et madame Tout-le-Monde. C'était en tout cas la version que retenaient systématiquement les journalistes.

Mais ce qui servait le plus son image, c'étaient ses apparitions publiques. Il était bien physiquement (par rapport à la moyenne des politiciens), mince, la mâchoire carrée, quelque chose d'un peu rude mais de néanmoins élégant. Il avait tout du vieux beau, retraité de la Royal Air Force avec encore de beaux jours devant lui. Quand on savait que les électeurs indécis ou peu intéressés par la politique finissaient par voter pour le candidat dont la mine leur inspirait le plus confiance, l'EPP avait des chances de devenir une vraie force politique aux élections générales du mois de mai.

Toujours sur l'estrade, Shotton était maintenant passé en mode exhortation des foules, le ton grave.

« C'est dans des moments comme celui-ci, lorsqu'une terrible tragédie vient frapper notre communauté en plein cœur, que nous nous rendons compte de ce qui fait notre force collective. »

Le maire remettait en place les chaînes autour de son cou, tandis que Weir, le directeur régional de la police, écoutait attentivement Richard Shotton, le visage empreint d'une expression qui ressemblait, même de loin, à de l'admiration. Ce n'était pas vraiment une surprise, Shotton ne ratait pas une occasion de dire qu'il fallait donner plus de pouvoirs et plus d'argent à la police.

Ferreira jura entre ses dents.

– Il se fout de l'accident. « Cohésion sociale » mon cul. Il se sert de la cérémonie pour faire oublier l'émeute d'hier soir.

– Si c'est le cas il se trompe de public, dit Zigic.

– Il s'adresse aux caméras, c'est le seul public qui l'intéresse.

Shotton descendit de l'estrade et retourna s'asseoir à côté de sa femme. Il prit sa main gantée dans la sienne et leurs doigts restèrent entrelacés pendant la minute de silence qui suivit, strictement observée par le reste de l'assistance. Des bruits leur parvenaient pourtant depuis la grande place de l'autre côté de l'enceinte : des cris aigus d'enfants, un vendeur du *Big Issue* qui apostrophait les passants, à moitié couvert par la musique d'un marchand de sandwichs ambulant.

Le père Piec prononça une dernière bénédiction et alors que la foule commençait à se disperser, Weir fit signe à Zigic de s'approcher.

– Allez viens, Mel, le grand chef nous invite à faire des mondanités.

Il espérait, tandis qu'elle le suivait, qu'elle comprenait ce que ça supposait. Il faudrait être polis avec Shotton, et si elle ne pouvait s'y résoudre, se taire.

Shotton les regardait s'avancer, répondant par petits hochements de tête à ce que Weir lui disait et il se fendit d'un sourire de politicien, à la fois chaleureux et creux.

– Inspecteur Zigic et sergent Ferreira, dit Weir, raide et solennel comme à son habitude.

Ils se serrèrent la main, échangèrent des hochements de tête et Zigic laissa échapper un léger soupir de soulagement en voyant que madame Shotton engageait la conversation avec Ferreira en portugais. Elle était brésilienne, se rappelait-il, ancienne ambassadrice de l'Unicef, parfait complément pour un homme de pouvoir.

– Dommage d'être amenés à nous rencontrer dans des circonstances aussi tragiques, dit Shotton. (Comme s'il y avait d'autres occasions de le faire, pensa Zigic.) Mais c'est bien de voir les gens se rassembler dans des moments comme ça.

– C'est un quartier où on se serre les coudes, dit Zigic.

– Tout à fait entre nous, je dirais même que le reste de Peterborough aurait vraiment des leçons à en tirer, dit Shotton en esquissant un léger sourire. Et comment va la jeune femme, celle qui a survécu ?

Zigic imagina Sofia Krasic de retour à l'hôpital, sous garde rapprochée cette fois-ci.

– Elle se rétablit petit à petit.

– Bon. Et vous aussi, dit Shotton en pointant du doigt le haut du crâne de Zigic, on dirait que vous avez pris un vilain coup, inspecteur ?

Zigic résista à l'envie de toucher sa coupure.

– Tous les rassemblements ne sont pas aussi paisibles, malheureusement.

Weir se racla la gorge, discrète mise en garde.

– J'ai entendu dire que vous aviez arrêté quelqu'un.

– On a arrêté plusieurs personnes, dit Zigic. Mais je doute que ça les calme. La plupart ont déjà derrière eux tout un passé de violences racistes et de troubles à l'ordre public. Ce n'est pas une nuit en cellule qui changera leur façon de penser.

Shotton plongea les mains dans les poches de son manteau gris, l'arrondi de ses poings visible sous le tissu.

– Et l'homme qui a commis les meurtres ?

– Il est en prison, dit Weir d'une voix ferme, les yeux braqués sur Zigic.

– Il vous a dit pourquoi il avait fait ça ?

Zigic ne répondit pas et regarda Weir, espérant qu'il sorte la formule habituelle sur la confidentialité à respecter dans les enquêtes en cours, mais non.

Jusqu'où comptait aller Weir pour s'attirer les bonnes grâces de Shotton ? se demandait Zigic. Jusqu'à lui révéler les pistes sur lesquelles ils travaillaient, les noms ? L'espoir se lisait dans les yeux de Shotton, son besoin de savoir exactement qui avait été arrêté et interrogé, impatient d'évaluer les dégâts potentiels sur son image.

Heureusement, ils n'avaient encore rien que Weir puisse transmettre à Shotton. Seulement un suspect qui refusait de parler et qu'ils n'avaient pas encore réussi à identifier.

– Nous sommes en train de l'interroger, dit Zigic. C'est une situation un peu compliquée, comme vous vous en doutez.

– Bien entendu, dit Shotton, jetant un œil aux dernières personnes qui s'éloignaient. Et vous devez avoir hâte de vous y remettre.

Weir hocha la tête à l'adresse de Zigic, signe qu'il pouvait disposer. Il était visiblement mécontent de la tournure qu'avait prise la conversation. Ferreira et madame Shotton, de leur côté, se disaient au revoir presque chaleureusement, à la surprise de Zigic.

Il attendit qu'ils aient traversé la place de la cathédrale pour demander à Ferreira ce dont elles avaient parlé.

– Elle monte un programme d'aide aux filles de familles immigrées, dit Ferreira d'un ton sarcastique. Pour leur offrir les opportunités que leurs mères n'ont pas eues.

– Ça semble très charitable.

– Ouais, ça va surtout servir à fond la campagne de son mari, dit-elle en ralentissant légèrement à l'approche d'un fast-food ambulant sans pourtant s'arrêter. Elle se demandait si je ne voudrais pas leur apporter mon soutien.

Zigic éclata de rire.

– Je te vois totalement dans le rôle, ta tête en gros plan sur leurs prospectus.

– La ferme, dit-elle en souriant.

– Melinda Ferreira, le nouveau visage du néofascisme britannique.

32

L'endroit qu'Alex avait soigneusement évité de nommer hôtel était un Premier Inn sur le bord de l'autoroute A1, à dix minutes au sud de Peterborough. Il n'y avait pas grand-chose d'autre alentour que des villages endormis et une décharge qui répandait une odeur de pourriture végétale et de plastique fondu. Le parking était vaste, avec beaucoup de places vides, une douzaine de voitures serrées les unes contre les autres devant l'entrée. Une femme en robe moulante bleu vif attendait là en fumant, sans cesser de surveiller sa montre.

Elle attend un homme, se dit Ferreira en verrouillant sa voiture. Sur son trente-et-un, se demandant s'il va venir.

Elle-même n'avait pas fait autant d'efforts. Elle avait hésité deux minutes, debout devant sa garde-robe, les cheveux humides après la douche, puis avait attrapé un jean et un vieux pull noir informe. Si Alex voulait faire comme s'il ne s'agissait que de boulot, elle ferait de même.

Mais elle détestait l'ambiguïté sous-jacente de la situation.

C'était bien son genre. Il hésitait, tergiversait, ne prenait jamais les choses en main. Raison même de leur séparation. Il ne voulait pas qu'elle aille étudier à Hendon, mais il n'avait jamais essayé de l'en dissuader ouvertement, disant respecter son choix même s'il pensait au fond que la police était une institution raciste, sexiste et irrévocablement pourrie de l'intérieur. Peut-être qu'il la connaissait assez pour savoir qu'il ne pourrait pas la faire changer d'avis, mais elle aurait aimé qu'il essaie, qu'il prenne position pour une fois, qu'il soit un homme.

Ferreira balaya des yeux l'espace bar de l'hôtel. Un coup d'œil rapide et précis, qui prenait tout en note : tableaux fadasses, moquette qui donne mal au crâne, un couple dans une alcôve qui se dispute, l'homme à la table d'à côté prétendant être concentré sur son ordinateur et qui tend l'oreille, d'autres hommes seuls, qui mangent sans savourer leur nourriture. Mais pas d'Alex.

Elle commanda un rhum ambré et alla s'asseoir un peu en retrait, face à l'écran télé. Les nouvelles de 19 heures commençaient juste, avec d'abord la Syrie, puis une série de reportages à la gomme spécial week-end. Aucune allusion à l'émeute de la veille, Zigic devait être soulagé, Gilraye cesserait de le harceler pendant un jour ou deux.

Mais c'était inquiétant de voir comme ils se lassaient vite. Trois hommes brutalement assassinés, un déchaînement de violence raciste en pleine ville et c'était l'avant-première d'un film à Londres qui arrivait en troisième position des nouvelles du soir.

Sans motif solide pour garder Poulter, Zigic avait été obligé de le relâcher lorsqu'ils étaient revenus au commissariat. Une demi-heure après, il était déjà sur Facebook, se plaignant auprès de ses amis du traitement dont il avait été victime, accusant la police de le harceler à cause de ses opinions, conforté dans sa conviction qu'en tant qu'homme de la classe ouvrière blanche, il faisait partie d'une minorité opprimée dans son propre pays.

Elle était toujours persuadée qu'il en savait plus qu'il ne voulait l'admettre, mais sans véritable moyen de pression contre lui, il ne lâcherait rien.

L'homme qu'ils avaient arrêté refusait toujours de parler. Ils avaient passé une heure et demie dans l'après-midi à l'asticoter, mais il était resté raide comme un piquet, lèvres closes, les laissant s'égosiller sans même un changement d'expression.

Quasi inhumain. Ferreira n'avait jamais vu quelqu'un d'aussi inexpressif en salle d'interrogatoire. Il y en avait qui commençaient comme ça, pensant être assez solides, mais ils finissaient toujours par craquer, pris d'angoisse ou tout simplement excédés d'entendre les mêmes questions leur être posées. Mais pas celui-là. Il protégerait l'identité de son complice jusqu'au bout, heureux de l'aider ainsi à poursuivre ses crimes.

N'avoir aucune prise sur lui la rendait malade.

Elle but une gorgée de rhum.

Lorsqu'elle reposa son verre, Alex apparut au coin de la pièce, les yeux braqués sur elle avec ce sourire désinvolte qui la fit aussitôt sourire en retour, comme autrefois. Mais c'était bien la seule chose en lui qui n'avait pas changé. L'étudiant dépenaillé était maintenant un homme élégant qui semblait tout droit sorti d'une publicité Gap. La barbe avait disparu et l'afro avait laissé place à une coupe courte. Plus de piercings aux oreilles mais une alliance au doigt.

Elle fit le tour de la table et le serra dans ses bras, juste assez longtemps pour sentir que son corps était aussi ferme que dans son souvenir, puis elle recula, chassant cette idée de sa tête.

– Ça fait plaisir de te voir, Mel.

– Ouais, toi aussi, fit-elle en retournant s'asseoir. T'as changé.

– Tu veux dire que j'ai vieilli ? dit-il en s'asseyant.

Ils avaient toujours le sourire aux lèvres.

– Disons que t'as l'air plus mature.

– Toi tu n'as pas changé.

Elle attrapa son verre.

– Tu sais, nous les Portugaises, jusqu'à quarante ans on bouge pas. Mais après ça se dégrade d'un coup.

– De ce que je me souviens, ta mère était canon.

– Je lui dirai.

Alex s'appuya contre son dossier et croisa les jambes.

– Et comment vont tes parents ? Ils sont restés ici ? Ton père disait qu'il voulait rentrer.

– Ils sont restés. Je ne crois pas qu'ils repartiront avant un bon moment, vu l'état de l'économie là-bas. Même si en matière d'hospitalité Peterborough ces temps-ci, c'est plus trop ça.

– C'est le cas un peu partout, dans toute l'Europe. Ils font aussi bien de rester à Peterborough. Au moins ici on essaye de faire quelque chose pour résoudre le problème.

Son « on » fit presque bondir Ferreira, mais elle se retint. Ils risquaient de retomber dans les mêmes vieux débats, lui convaincu que la meilleure façon de faire évoluer les mentalités était d'éduquer les gens, elle certaine qu'il fallait être plus ferme. Ils en avaient parlé des centaines de fois et les années écoulées depuis n'avaient sans doute pas modifié sa façon de voir les choses.

Ça n'avait en rien changé la sienne en tout cas.

– Alors, t'enseignes à la fac maintenant ? demanda-t-elle.

– Non.

Il avala une gorgée de vin et reposa délicatement le verre sur la table en gardant les doigts autour du pied, le faisant tourner sur lui-même. Il lui adressa un sourire légèrement grimaçant.

– Les choses n'ont pas tout à fait marché comme je le voulais. Je me suis laissé, disons, distraire.

– Par quoi ?

– Par une proposition que je ne pouvais pas refuser.

– T'es dans la mafia ?

– Quelque chose comme ça, dit-il, une étincelle dans les yeux.

– Toujours aussi exaspérément vague…

– Je ne suis pas vague, tu dis ça parce que tu fais partie du club des dures à cuire maintenant, dit-il en se penchant vers elle, les coudes sur les genoux. (Il dégageait une odeur brute et chaude d'aftershave.) Bravo pour l'intervention d'hier soir, impressionnant. À la tête du bataillon, comme un vrai général.

– Le général était à terre, dit Ferreira. Mais tu sais combien j'aime la bagarre.

– Il est comment, ton chef ? demanda Alex, revenant s'appuyer contre le dossier de son siège.

– Pourquoi ?

Il sourit, mais cette fois ça ne faisait vraiment pas naturel.

– Je me demandais juste quel genre d'homme c'était pour arriver à te faire obéir.

– Qu'est-ce qui te fait croire que je suis sous ses ordres ? dit-elle avec un sourire tout aussi figé. Il n'est pas du tout du genre à jouer aux chefs, ce qui est rare dans le métier. D'ailleurs je trouve qu'il est un peu trop gentil pour ce boulot. Il a peur de brusquer les gens, presque comme s'il se sentait mal à l'aise d'avoir du pouvoir.

– Alors pourquoi il est inspecteur ?

Elle remua son verre, regardant tourbillonner le liquide sombre. Elle regrettait déjà ce qu'elle venait de dire, comme si elle avait trahi Zigic. À peine cinq minutes avec Alex et elle lui faisait déjà des confidences, comme autrefois.

Mais non, elle avait changé.

– Zigic est quelqu'un d'intelligent, il n'a pas besoin d'agir comme un macho, contrairement aux autres. J'ai beaucoup appris à son contact, dit-elle en soutenant le regard d'Alex. Comme par exemple repérer quand les gens me mènent en bateau.

Alex détourna les yeux, joua encore un peu avec son verre, faisant tinter son alliance contre le pied. Une fois, deux fois, le bruit se perdant dans le brouhaha des conversations et la musique rythmée qui sortait des haut-parleurs.

– C'est un geste inconscient, ou est-ce que t'attends que je te pose des questions ? Comment vous vous êtes rencontrés, comment elle est, si t'as des photos de vos enfants ?

Il lâcha le verre.

– Les gens normaux ont des nouvelles à échanger quand ils ne se sont pas vus depuis cinq ans.

– Les gens normaux n'appellent pas tout à coup en faisant miroiter qu'ils ont des informations sur un crime grave alors qu'ils n'ont rien, dit-elle en baissant un peu la voix, réalisant que les femmes assises à la table d'à côté étaient soudain devenues silencieuses. Arrêtons de tourner autour du pot, Alex. Soit t'as quelque chose à me donner, soit t'attends quelque chose de moi. Alors ?

– Tu changeras jamais, dit-il en secouant la tête.

– Non. Maintenant réponds à ma question.

– Je voulais te revoir.

Elle pensa à toutes les chambres vides dans les étages juste au-dessus, les grands lits, les draps propres, et est-ce que l'homme qu'il était maintenant baisait différemment de celui qu'elle avait connu ?

– Mais il faut qu'on parle, dit-il en rapprochant son siège. T'enquêtes sur l'ENL, c'est ça ?

– Je peux pas discuter de ça avec toi, Alex, l'enquête est en cours. En quoi ça t'intéresse de toute façon ? Putain, me dis pas que t'es journaliste.

– Pour qui tu me prends ? dit-il en essayant d'avoir l'air léger mais il y avait une certaine crispation dans son attitude qui commençait à la mettre mal à l'aise. J'ai euh… j'ai été recruté, après mon doctorat. Ils étaient impressionnés par ce que j'avais découvert, ils m'ont dit qu'ils mettaient sur pied une opération dans un secteur du même genre et que je pourrais être un atout pour eux.

Ferreira voyait où il voulait en venir, mais elle n'arrivait pas à en croire ses oreilles. La honte. Il avait fait sa thèse sur les groupes d'extrême droite et leur influence croissante dans les centres de détention pour mineurs.

– T'es flic ?

Pas exactement.

– Alors quoi, exactement ?

– Je travaille dans le renseignement sur le terrorisme intérieur.

Elle ne put retenir son rire, moqueur, prenant plaisir maintenant à le voir si mal à l'aise.

– T'es le plus gros hypocrite que je connaisse. Quand je pense comme tu m'as fait chier quand je voulais m'engager dans la police. Tu faisais comme si j'étais une traîtresse, comme si je crachais sur mes valeurs politiques.

– Mais tu avais raison, dit-il. Ça suffit pas de simplement vouloir changer les choses, il faut agir. Ils ont besoin de gens comme nous, différents, pour pointer du doigt les problèmes que personne ne veut regarder en face.

Il avait à nouveau son air de jeune homme, vivant, optimiste, plein de ferveur. Elle essayait de l'imaginer dans un des bureaux anonymes de cet immense et affreux bâtiment des bords de la Tamise, entouré de diplômés d'Oxbridge et de vieux grisonnants, rendus cyniques par tous les secrets qu'ils emmagasinaient, tout ce petit monde bien blanc. Non, elle n'arrivait décidément pas à l'y voir.

– Et donc, qu'est-ce que tu fais ? demanda Ferreira. Le terrorisme intérieur, c'est genre quoi, les islamistes radicaux, les défenseurs des droits des animaux ?

– Et les anticapitalistes, dit Alex. Ils sont à fond là-dessus en ce moment. Mais non, j'ai une petite équipe, toute petite, et on nous a demandé d'avoir le mouvement néonazi à l'œil. L'ENL et leurs équivalents, surveiller l'apparition de nouveaux groupes, s'il y a des alliances, communiquer avec les autres agences de renseignement européennes.

Ferreira prit son verre, se rendit compte qu'il était vide et le reposa.

– T'es sûr que c'est prudent de me raconter tout ça ?

– Aucune importance, je vais tellement te faire boire que tu te rappelleras de rien demain matin.

Il se leva pour aller jusqu'au bar et elle réfléchit à ce qu'il venait de lui révéler, maintenant le choc passé. Il était le candidat idéal pour ce genre de boulot, astucieux, observateur, d'une patience à toute épreuve. Elle repensa aux efforts minutieux qu'il avait déployés pour trouver des informateurs pour sa thèse, d'anciens détenus radicalisés en prison, le genre de brutes peu enclines à s'entretenir avec un garçon noir ultra-cultivé qui haïssait tout ce en quoi elles croyaient. Mais il avait pourtant réussi à s'en rapprocher et à recueillir leurs histoires.

Alex revint deux minutes plus tard avec un ballon de rouge et un verre plein de glaçons avec ce qui ressemblait à une triple dose de rhum.

– J'ai vu que vous aviez arrêté quelqu'un, dit-il.

Ferreira le mit brièvement au courant des grandes lignes.

– Le problème, maintenant, c'est son complice. On pense qu'il est de l'ENL mais personne ne parle pour l'instant.

– Des suspects ?

– Tout un tas, dit-elle. Si t'as un nom en particulier à balancer, je suis tout ouïe.

– Et Joe Selby ?

– On a entendu parler de lui, mais on l'a pas encore interrogé. (Elle but une petite gorgée de rhum, la brûlure de l'alcool atténuée par les glaçons.) Pourquoi, il est sous surveillance ?

– On ne fonctionne pas comme ça, dit Alex, mais disons que Selby retient notre attention depuis quelque temps.

– Pourquoi ?

– Il y a environ six mois, il a commencé à travailler pour Richard Shotton.

– Qu’est-ce que Shotton fait avec quelqu’un comme Selby ?

Alex haussa les épaules.

– Officiellement, c’est son chauffeur.

– Et officieusement ?

– On n’en est pas encore sûrs.

Ferreira avala une autre gorgée de rhum. Que Shotton prenne le risque de nuire à son image en se compromettant avec Selby paraissait bizarre. Ce n’était pas le pire des délinquants de l’ENL dans leurs fichiers mais tout lien avec le groupuscule risquait de faire plus que mauvaise presse.

– Comment vous êtes au courant de ça ? demanda-t-elle.

– On a un mec infiltré chez Shotton.

Ferreira se redressa sur sa chaise.

– Je le savais. Je savais qu’il était impliqué dans cette affaire.

– Shotton n’est pas impliqué, dit Alex d’un ton ferme. Si c’était le cas, on le saurait. Crois-moi, on le surveille très étroitement. Un truc aussi important ne passerait pas inaperçu. Et de toute façon, qu’est-ce qu’il en tirerait ? Ce qui est en train de se passer, c’est un cauchemar pour lui en matière d’image. Il se casse le cul à essayer de réhabiliter l’image de l’extrême droite et d’un coup, en l’espace de quelques semaines, trois meurtres, une émeute, sans parler du délit de fuite.

– Le délit de fuite, c’est une autre affaire, dit Ferreira.

– Mais ça suscite un élan de compassion envers les migrants, même chez les électeurs de Shotton. Ça les montre comme des victimes plutôt que comme des étrangers qui essayent de profiter du système et de piquer le boulot de leurs enfants.

– J'ai pas vu beaucoup de signes de compassion dans la rue ces temps-ci.

– Shotton n'est pas impliqué, Mel. Si je pensais qu'il l'était, je te le dirais.

– Vraiment ? Si vous le surveillez c'est pour une raison précise, et je parie que c'est autrement plus important que la mort de quelques pauvres immigrés.

– Je te l'ai dit, c'est une mission de renseignement.

– Pour surveiller quoi exactement ?

– Je ne peux pas te le dire, tu t'en doutes. Mais…

Alex s'interrompit le temps qu'un homme passe devant leur table pour aller chercher un journal, le suivant des yeux comme s'il avait quelque chose de suspect jusqu'à ce qu'il revienne à sa place.

– Écoute, certains pensent que Shotton risque de devenir une figure politique majeure dans les années qui viennent. (Ferreira leva les yeux au ciel.) Oui, moi non plus je n'y croyais pas, mais les sondages évoluent en ce sens, et il a réussi à s'attirer des soutiens très influents. Les prochaines élections parlementaires ont peu de chances d'aboutir à un gouvernement de majorité et il n'est pas impossible qu'il y ait une alliance entre le parti conservateur et l'English Patriot Party.

Ferreira saisit son verre puis se ravisa.

– Tes patrons ne voient pas ça d'un mauvais œil, si ? Shotton ne fait que dire tout haut ce que beaucoup d'entre eux pensent tout bas.

– Les gouvernements vont et viennent. Les services secrets restent.

– Et ils veulent savoir à qui ils risquent d'avoir affaire ? Combien de cadavres il y a dans le placard ?

Alex fit un très léger hochement de tête.

– Et qu'est-ce qu'ils vont faire, quand tu auras déniché tous les cadavres ?

– Tout dépend à qui ils sont.

– J'arrive pas à y croire, Alex. Est-ce que t'es en train de me dire que tu serais prêt à couvrir cette ordure ? Alors que lui ne rêve que de nous déporter, toi, moi, tous les gens comme nous, lâcha-t-elle en attrapant son sac à main et en sortant son tabac. Tu sais le genre de connards qu'on trouve dans ce parti ? Des anciens du BNP, de Combat 18. C'est ces gens que t'aides à accéder au pouvoir ?

– Je sais parfaitement avec qui fricote Shotton, dit Alex.

Ferreira se mit à rouler sa cigarette d'un air mécontent, faisant tomber des brins de tabac sur la table.

– Moi qui croyais que t'avais des principes.

– C'est pas aussi simple.

Elle colla le bord du papier à rouler, se leva et gagna à la hâte la porte d'entrée du bar. La musique était devenue assourdissante, les gens parlaient fort, riaient. Elle alluma sa cigarette en poussant la porte et tira une longue et furieuse bouffée, gardant la fumée dans ses poumons aussi longtemps que possible. Elle avait besoin de toutes les molécules de nicotine disponibles pour calmer ses nerfs.

Elle savait ce qui allait se passer ensuite. Il n'y avait qu'une explication logique et elle avait envie de fuir en courant, monter dans sa voiture et repartir comme si leur conversation n'avait jamais eu lieu. Elle pourrait facilement éviter les questions de Zigic en lui disant qu'il s'agissait juste d'une histoire de cul, il la laisserait tranquille.

Un flot de musique et d'odeurs de cuisine s'échappa de l'entrée et Alex s'approcha du mur contre lequel elle s'abritait du vent, se plantant face à elle.

– Je ne suis pas en train de couvrir Shotton, dit-il. Si on tombe sur quelque chose qui peut mettre fin à sa carrière, on n'hésitera pas à s'en servir.

– Tu me prends pour une débile ? Si tu tombes sur quelque chose, ça atterrira directement chez ton chef, puis chez le chef de ton chef jusqu'à ce que ça parvienne à quelqu'un qui a vraiment du pouvoir et qui mettra tout ça dans un tiroir pour le jour où il aura besoin de demander une faveur à Shotton. (Elle tira de nouveau fort sur sa cigarette.) C'est de ça qu'il s'agit, non ? Tu veux qu'on évite de remuer la merde autour de lui ?

– Je vous demande de faire attention, c'est tout. Je comprends bien que vous soyez obligés d'enquêter sur Selby si vraiment c'est un suspect, mais j'apprécierais que vous fassiez ça en douceur tant que vous n'êtes pas complètement sûrs.

– Je savais même pas qu'il bossait pour Shotton avant que tu m'en parles.

– T'aurais fini par le découvrir, dit Alex en saisissant la cigarette que Ferreira tenait entre ses doigts, tirant une petite bouffée. J'ai vraiment besoin que Shotton ne se sente pas menacé. Il ne faut pas qu'il commence à se méfier des gens qui travaillent pour lui et si vous foncez sur Selby, il va se poser des questions. Il est parano, Mel, et je dois absolument protéger ma source.

Elle s'appuya contre le mur, sentant les briques à travers son pull.

– C'est Selby, ta source ?

– Non, dit-il en lui rendant sa cigarette. C'est plutôt un problème en fait, on a du mal à le cerner. On ne sait même pas vraiment comment Shotton l'a recruté.

– Par ses contacts de l'ENL, dit Ferreira.

– Oui, mais on ne sait pas par l'intermédiaire de qui. Shotton a conclu des accords un peu partout, avec les leaders d'une bonne dizaine de groupuscules. Il a versé des pots-de-vin, des dizaines de milliers de livres en cash pour les empêcher de faire des choses qui pourraient nuire à son image.

Ferreira se redressa.

– Et Ken Poulter ?

– L'ENL a eu un bonus, dit Alex en hochant la tête.

– On a pourtant trois hommes assassinés, dit Ferreira. Les pots-de-vin de Shotton n'auront servi à rien, ni pour ça ni pour l'émeute.

– Et il est furieux. Allez, reviens à l'intérieur qu'on puisse discuter, dit-il en indiquant la porte d'un signe de tête. T'as mangé ?

Ferreira jeta sa cigarette et le suivit. Leurs verres les attendaient toujours à leur table. Les glaçons avaient fondu, le rhum était devenu insipide. Il se leva pour aller chercher un menu, elle avala d'un trait le reste du liquide. La chaleur de l'alcool commençait à s'installer dans sa poitrine, adoucissant un peu les angles disgracieux de l'endroit.

Quatrième jour

33

Y a-t-il un lieu plus triste au monde qu'une cafétéria d'hôpital un dimanche matin ? songeait Zigic. Il était le seul client, en était déjà à son deuxième café et avait terminé de feuilleter le journal. L'émeute occupait la page 5 de l'*Observer*, avec une brève allusion au meurtre qui semblait presque avoir été rajoutée à la dernière minute. Il regarda sa montre et rappela Ferreira.

Elle décrocha aussitôt. On entendait le vent s'engouffrer par la vitre, de la musique à fond dans les haut-parleurs de sa voiture.

– Je suis à même pas cinq minutes.

– T'as dit la même chose il y a un quart d'heure.

– Je sors juste de l'A1, j'arrive.

Zigic rouvrit le journal à la page art et culture et parcourut les titres : un entretien avec un chanteur dont il n'avait jamais entendu parler, des critiques de livres qu'il n'aurait jamais le temps de lire, de films qu'il n'avait jamais le temps de voir. Anna lui avait acheté un coffret Jean-Pierre Melville pour son anniversaire le mois dernier, mais avec toutes ces journées à rallonge et ces week-ends engloutis par le travail, sans compter la passion actuelle des garçons pour le catch qu'il fallait absolument regarder sur le grand écran du salon, le coffret était toujours dans son emballage.

Les portes automatiques s'ouvrirent et Ferreira déboula dans la cafétéria, glissant ses lunettes de soleil dans son sac. Elle avait l'air épuisée, de petits yeux rouges sous des restes de maquillage, mais il remarqua que ses cheveux tirés en queue de cheval étaient humides et qu'elle dégageait un parfum de savon aux fleurs.

– Comment ça s'est passé, avec ton ami ?

– Pas comme prévu, dit-elle en ramenant ses cheveux vers l'arrière. Je te raconterai plus tard.

Ils montèrent à l'étage et marchèrent jusqu'à l'aile 7. Les couloirs étaient inondés de lumière et il y avait une odeur de toasts brûlés et d'œufs brouillés. Une infirmière en uniforme bleu poussait un chariot entre les compartiments, distribuant les médicaments d'une voix gaie et peu naturelle qui résonnait jusqu'à l'autre bout de la pièce.

Anthony Gilbert était dans une chambre privative gardée par un agent.

Dans une autre aile de l'hôpital, à bonne distance, se trouvait celle de Sofia Krasic. Un autre agent en gardait l'entrée, au cas où elle déciderait de sortir retrouver Gilbert pour terminer ce qu'elle niait avoir tenté de faire vendredi soir.

C'était une mesure de précaution, autant pour lui que pour elle.

L'agent se leva à leur approche et Zigic lui dit d'aller boire quelque chose ou de se dégourdir les jambes pendant qu'ils s'entretenaient avec Gilbert.

Ce dernier était assis dans son lit, aussi pâle que les draps qu'il avait repoussés, sauf la zone sous ses yeux, marquée d'ecchymoses gris-violet. Il semblait déshydraté malgré le goutte-à-goutte, les lèvres gercées, les joues creuses et hirsutes, et Zigic remarqua qu'il n'avait pas touché à son petit déjeuner.

Mais la visite de Sofia ne lui avait visiblement pas laissé de traces.

– Monsieur Gilbert, je suis l'inspecteur Zigic et voici le sergent Ferreira, dit-il en refermant la porte derrière lui. Nous sommes contents de voir que vous vous remettez.

Gilbert s'humidifia les lèvres.

– J'ai pas tué Jelena. Tout ce que Sofia vous a dit, ce sont des mensonges.

Zigic s'assit sur une chaise qu'il rapprocha du lit et Ferreira s'appuya contre le rebord de la fenêtre. Gilbert ne savait plus lequel des deux regarder, passant de l'un à l'autre en se demandant qui était le mieux disposé à son égard.

– Nous savons que la situation était compliquée entre vous, dit Zigic.

– Non, c'était pas compliqué. Jelena voulait venir vivre avec moi et Sofia ne voulait pas la laisser partir.

– Donc vous l'avez tuée, dit Ferreira.

– Non.

– Ou alors peut-être que vous ne vouliez pas renverser Jelena mais Sofia et que vous avez loupé votre coup, dit-elle. C'est pour ça que vous avez essayé de vous tuer ?

Gilbert se tourna vers Zigic, les yeux pleins de larmes.

– C'est quand j'ai entendu ce qui s'était passé que j'ai fait ça. Jelena était au téléphone avec moi quand la voiture l'a percutée. Je l'ai entendue mourir.

Il pleura en silence, secoué de sanglots.

Zigic leva les yeux vers Ferreira qui haussa les épaules en retour.

Gilbert renifla puis reprit d'une voix grave.

– Je ne peux pas vivre sans elle. Quand je sortirai d'ici, je recommencerai, personne ne peut m'en empêcher. J'ai besoin d'elle, je peux pas… je l'aimais tellement.

– Visiblement, elle ne partageait pas vos sentiments. Sinon elle aurait tenu tête à Sofia.

– Vous ne comprenez pas.

– On a vu votre casier, Gilbert. On sait exactement quel genre d'homme vous êtes. Je crois qu'on peut dire que vous le prenez très mal quand vous vous sentez rejeté par les femmes.

– Jelena ne m'a jamais rejeté, rétorqua-t-il. On voulait être ensemble, on attendait juste que Sofia l'accepte.

– Qu'est-ce que ça pouvait faire, ce que Sofia pensait ? demanda Zigic.

– Jelena ne voulait pas la perdre. Sofia était sa seule famille. Elle aurait fini par accepter. Elle n'avait pas le choix, ajouta-t-il d'une voix plus dure.

Le moniteur cardiaque bipait plus vite à côté de lui tandis que la voix trop enjouée de l'infirmière continuait de leur parvenir depuis le couloir. Zigic le vit tirer sur la chaîne qui rattachait son poignet gauche aux barres du lit, comme si une vague de colère contre Sofia montait soudain en lui.

– Si vous n'étiez pas au volant…

– J'étais pas au volant, je vous l'ai déjà dit. J'étais à la maison quand c'est arrivé.

– Si vous n'étiez pas au volant de la voiture, alors pourquoi est-ce que le sang retrouvé sur l'airbag correspond au vôtre ?

Gilbert se tourna sur le côté, comme s'il était prêt à se lever, mais la menotte à son poignet l'en empêchait.

– C'est impossible, ça peut pas être le mien, vous mentez.

Ce n'était pas vraiment un mensonge, mais pas la vérité non plus. Ils n'avaient qu'une correspondance de groupes sanguins, mais Zigic voulait savoir comment il réagirait. Il était encore affaibli par son overdose et c'était sans doute la seule occasion qu'ils auraient d'étudier ses réactions avant de pouvoir enfin l'emmener en salle d'interrogatoire où il bénéficierait de la présence rassurante d'un avocat. Il décida de pousser encore un peu plus loin.

– Et si ce n'était pas votre voiture, comment se fait-il que sur la vidéo de surveillance du revendeur chez qui elle a été achetée, on voit un homme qui sort son argent pour la payer et qui justement vous ressemble comme deux gouttes d'eau ?

Gilbert se prit le crâne dans les mains.

– C'est de la folie, j'ai rien fait.

– Ce n'est pas la première fois que vous essayez d'écraser quelqu'un qui vous met des bâtons dans les roues, dit Ferreira. Le petit ami de cette femme, il y a deux ans de ça, vous vous rappelez ?

– C'était un accident.

– Le juge n'était pas de cet avis.

– Il est arrivé vers moi en courant, j'ai essayé de l'éviter.

– Cette fois-ci vous avez fait encore mieux, dit Ferreira, vous avez tué deux personnes. Vous auriez bien aimé tuer Sofia aussi, mais elle a eu de la chance. Ou est-ce que c'était elle que vous pensiez écraser ?

– C'est fini, je ne réponds plus à vos questions.

– Pourquoi s'en prendre à elle de cette façon ? demanda Ferreira en se redressant. Vous auriez pu la poignarder par exemple, quand elle était seule, vous auriez pu vous introduire dans la maison et donner l'impression que c'était un cambriolage qui avait mal tourné… vous auriez eu plus de chance de vous en tirer.

Gilbert donna un coup de pied dans la table à roulettes, envoyant valser son petit déjeuner par terre, du thé et des haricots à la tomate plein le lino.

– Sortez ! Je refuse de parler sans avocat. Je connais mes droits.

Zigic se leva.

– Reposez-vous, monsieur Gilbert, on reviendra demain.

Ils le laissèrent protester entre ses dents, reprirent les mêmes couloirs déserts et les mêmes escaliers gris et sortirent de l'hôpital alors que les premiers visiteurs de la matinée se présentaient à l'accueil.

– Qu'est-ce que t'en penses ? demanda Ferreira.

– On ne peut rien faire de plus tant qu'on n'a pas les résultats des tests ADN.

– On devrait les avoir d'ici demain, dit-elle en s'arrêtant pour sortir ses lunettes de soleil. Il pensait tuer Sofia, et en fait c'est Jelena qu'il tue : c'est très possible qu'il ait cherché à se suicider parce qu'il se sentait trop coupable.

– On verra.

– Si c'est pas lui, on est dans la merde, dit Ferreira.

Ils traversèrent le parking presque vide, leurs voitures garées côte à côte.

– Et donc, avec ton ami, qu'est-ce qui s'est passé ? demanda Zigic. Il avait des infos à te donner ?

Ferreira ralentit, les sourcils froncés.

– Je sais pas si ça peut nous servir à quelque chose, mais pour faire court, Joe Selby travaille pour Richard Shotton maintenant, et Shotton a versé des pots-de-vin à l'ENL et à un paquet d'autres groupes pour qu'ils se tiennent à carreau jusqu'aux élections.

– Et comment il sait tout ça ?

– Alex travaille avec les services secrets. Ils surveillent Shotton.

– Pourquoi ?

– Il n'a pas voulu entrer dans les détails.

Le téléphone de Zigic bipa et il le sortit de sa poche en se demandant pourquoi l'ami de Ferreira leur donnait cette information et ce qu'il attendait d'eux en retour.

Il ouvrit le message. Grieves. *Je crois que j'ai trouvé notre homme mystère.*

34

– Je croyais que je vous avais dit de prendre votre journée ?

Grieves fit pivoter sa chaise et se leva, l'air légitimement contente d'elle.

– Dan a ses enfants ce matin donc je me suis dit que je ferais aussi bien de venir passer quelques heures sur les vidéos, il y en a tellement.

Zigic entendit Ferreira soupirer doucement dans son dos et sentit une pointe d'agacement monter en lui. Pendant qu'elle faisait la grasse matinée et cuvait son alcool de la veille, Grieves était déjà sur le pied de guerre à s'esquinter les yeux sur les enregistrements des caméras de surveillance de New England. Et ses efforts avaient payé.

– OK, voyons ce que vous avez trouvé.

Elle tapota sur son clavier et une image apparut, extraite d'une vidéo. Elle montrait un café polonais de Lincoln Road, quelques personnes discutant au soleil mais qu'on distinguait mal, à l'exception des deux hommes à la table la plus en retrait, qui regardaient tous les deux vers l'autre côté de la rue, les visages assez immobiles pour qu'on puisse les identifier.

L'un était l'homme qu'ils avaient arrêté pour le meurtre d'Asif Khalid, mais c'est à la vue de l'autre que Zigic laissa échapper un juron.

– Quoi ? demanda Ferreira.

– C'est le petit ami de Sofia. Tomas, dit-il.

– T'es sûr ? demanda Ferreira.

Il se pencha au-dessus de Grieves pour mieux voir. Tomas avait une allure reconnaissable : de larges épaules, une musculature développée, le visage mince et anguleux avec des cheveux blonds longs sur le dessus et rasés sur les côtés. Zigic repensa aux photos trouvées chez Anthony Gilbert et à celles où on les voyait tous ensemble sur la page Facebook de Jelena. C'était bien le même homme.

– C'est lui, pas de doute.

Il regarda la date et l'heure en bas de l'écran. La scène avait été filmée quatre semaines plus tôt, un vendredi après-midi.

– La veille du meurtre de Didi.

– C'est pas à ce moment-là que Gilbert et Jelena parlaient du départ de Tomas ? questionna Ferreira. Tu crois qu'elle pourrait le couvrir ?

– Je sais pas. Gilbert et Jelena semblaient penser qu'il l'avait larguée. C'était une conversation entre eux, donc il y a toutes les chances que ce soit vrai.

Il repensa à l'attitude étrange de Sofia quand il avait été question de Tomas. Il avait mis ça sur le compte de la gêne, une volonté de cacher le fait qu'elle avait été éconduite, mais maintenant il se demandait si ce n'était pas une stratégie pour qu'il arrête de lui poser des questions sur lui.

– Si quelqu'un sait où il se trouve, c'est forcément Sofia.

– C'est peut-être pour ça qu'ils ont rompu, suggéra Ferreira. Imagine qu'elle découvre ce qu'il a fait, elle désapprouve, ils se disputent, elle le met à la porte.

– Pourquoi ne pas prévenir la police ? demanda Grieves.

– Tu plaisantes ? lança Ferreira en riant. Je sais pas si t'as remarqué, mais on est pas hyper populaires dans le coin.

Grieves détourna la tête, les joues rouges.

– Peut-être qu'elle a peur de lui, avança-t-elle.

– Non, dit Zigic. Elle a peur de nous.

– C'est pas l'impression qu'elle donnait quand on l'a embarquée au commissariat après son agression sur Gilbert.

– Elle voulait venger sa sœur, elle ne pensait plus à elle. Mais pour ce qui est de dénoncer Tomas, ça aurait attiré l'attention et elle risque trop gros.

– Pourquoi ?

– Ses papiers sont douteux.

– Tant mieux, ça nous donne un moyen de pression.

Zigic regarda de nouveau les deux hommes à l'écran, tranquillement assis au soleil. De quoi parlaient-ils à ce moment-là ? Boulot, meufs et foot, ou de quelque chose de beaucoup plus sérieux ?

– Vous avez trouvé d'autres images où ils sont ensemble ?

– Pas encore. Ce sont les premières que je trouve, et je me suis dit que vous voudriez être au courant tout de suite. Ils restent au café environ vingt minutes, puis ils reprennent Lincoln Road vers le sud, tournent dans Green Street, mais il n'y pas plus de caméras à cet endroit-là donc je ne sais pas où ils sont allés ensuite.

– La maison de Sofia et Jelena est dans Green Street, dit Zigic.

Il alla jusqu'au tableau blanc en haut duquel était collée la photo de Didi, prit un marqueur et ajouta Tomas dans la colonne des suspects, puis fit la même chose sur les tableaux dédiés aux meurtres d'Asif Khalid et d'Ali Manouf.

– Deb, regardez s'ils vont souvent dans ce café, ça pourrait être une piste. Et concentrez-vous sur les trente-six heures suivantes. Didi a été tué à trois rues de là, vous avez plus de chances de les repérer maintenant que vous savez ce que vous cherchez. Et imprimez une copie de l'image que vous nous avez montrée, OK ?

– Oui chef.

– Mel, crée un dossier, dit-il en se tournant vers elle, tu sais ce qu'il nous faut.

– Du sang ?

– Je suis pas sûr que ça aura beaucoup d'effets sur Sofia, mais on va essayer.

Il trouva sur le bureau de Wahlia le numéro de portable de Tomas, le composa et tomba encore sur le répondeur. Soit Tomas laissait son téléphone éteint, soit il avait détruit la carte SIM. S'il était impliqué dans les meurtres, la deuxième solution était la plus probable. Et plus encore depuis l'arrestation de son complice.

Il fallait garder la tête froide, ce n'était pas parce qu'ils avaient bu un verre ensemble que les deux hommes étaient des frères d'armes. Mais la disparition soudaine de Tomas et la réticence de Sofia à leur parler avaient quelque chose de particulièrement étrange.

Ferreira vint à sa rencontre avec une pochette cartonnée sous le bras.

– On repart à l'hôpital ?

Il y avait maintenant beaucoup plus de voitures sur le parking, chacun venant honorer ses obligations de visite dominicale. En se rendant à la chambre de Sofia ils croisèrent des gens chargés de bouquets de fleurs et de magazines, de gâteaux et de livres.

Sofia n'avait droit à aucun de ces réconforts.

Ils la trouvèrent étendue sur son lit, tournant le dos à la porte, et elle ne bougea pas quand ils entrèrent. Zigic fit le tour du lit et vit qu'elle dormait. Son sommeil était agité, elle avait le visage tendu, les sourcils froncés, les poings serrés comme si elle s'apprêtait à cogner malgré la menotte matelassée qui lui enserrait le poignet.

Zigic lui secoua doucement l'épaule et elle s'éveilla en sursaut, se relevant si brusquement qu'elle hoqueta, portant les mains à ses côtes. Trois jours après l'accident elle était encore fragile, et il se demanda si ses blessures n'étaient pas plus graves que ce qu'elle avait laissé paraître. Les médecins l'avaient apparemment mise sous morphine en goutte-à-goutte, avec un bouton qui lui permettait d'adapter les doses à ses besoins, mais elle ne s'en saisit pas, revenant s'adosser lentement contre les coussins en serrant les dents.

Zigic tendit la main vers Ferreira qui lui passa la pochette. Il en sortit la photo de l'assassin d'Asif Khalid et la montra à Sofia.

– Vous savez qui est cet homme ?

Elle jeta un œil à la photo sans que son visage change d'expression.

– Pourquoi ?

– C'est un ami de Tomas, c'est ça ?

– Qu'est-ce qu'il a fait ?

– Qui est-ce ?

Sofia le considéra d'un air renfrogné.

– Lukas.

– Lukas quoi ?

– Je connais pas son autre nom, dit-elle. Qu'est-ce qu'il a fait ?

Zigic rangea la photo et en prit une autre, celle d'Asif Khalid, mort sur le trottoir de Cromwell Road.

– Ça.

Sofia regarda l'image pendant quelques secondes sans que l'on puisse discerner d'émotion sur son visage. Zigic aurait été surpris que ça la choque. Elle avait grandi en zone de guerre, elle avait vu des gens mourir dans la rue, fusillés par des snipers, des corps déchiquetés par les bombes. La photo était trop éloignée de sa réalité immédiate pour provoquer de réaction particulière chez elle.

– Je l'aimais pas. Tomas il l'a amené à la maison une fois, je lui ai dit que je veux pas qu'il revienne ici.

– Pourquoi ?

– J'ai vu des hommes comme lui avant. Je sais comment ils sont.

– C'est-à-dire ?

– C'est des soldats. Je l'ai vu dans ses yeux qu'il a tué des gens. J'ai demandé à Tomas, il a dit oui, Lukas était dans l'armée, mais c'était pour soigner les gens. Je l'ai pas cru.

– Il faut qu'on parle à Tomas, c'est le seul lien qu'on ait avec Lukas pour le moment et il pourrait avoir des informations très importantes à nous communiquer.

Ces dernières paroles la firent réagir. Elle essaya de croiser les bras mais sa menotte l'en empêchait.

– Où est-il maintenant ?

– Je vous ai dit déjà, il est reparti chez lui.

– Son téléphone est éteint, observa Zigic. Depuis plusieurs jours.

– Je sais. J'ai essayé de l'appeler pour dire ce qui arrive avec Jelena.

– Et nous avons des raisons de penser qu'il n'a pas quitté le pays. Qu'il est même encore à Peterborough, dit Zigic en soutenant son regard. (Il crut y déceler un léger sentiment de peur.) Vous êtes restée en contact avec lui ?

– Non.

– On veut seulement lui poser quelques questions sur son ami, Sofia. On ne lui veut pas de mal.

– Mais qu'est-ce que j'en ai à foutre si vous voulez du mal ou pas ? dit-elle, laissant les mots sortir brusquement de sa bouche. Il est rien pour moi maintenant.

Elle avait à nouveau cet air fier que Zigic avait observé chez elle dès le début, refusant de montrer le moindre signe de faiblesse, le moindre besoin de réconfort. Elle regardait Zigic dans les yeux, le menton baissé, les épaules hautes, le mettant au défi de la contredire.

Zigic savait que cela ne servirait à rien. Mais elle cachait quelque chose et il ne partirait pas avant de lui avoir fait cracher le morceau.

– Pourquoi est-ce que Tomas vous a quittée ?

– Pour l'argent. Il voulait pas payer sa part. J'ai dit que je vais pas payer toutes les factures pour lui. Alors il est parti.

– Vous êtes restés ensemble combien de temps ?

– Trois ans, dit-elle en se mordant la lèvre du bas. Presque trois ans.

– Vous vous étiez rencontrés ici ?

– Bien sûr. Je vis à Peterborough depuis que j'ai vingt ans.

– Et Tomas ? demanda Zigic. Il est arrivé quand ?

– Pourquoi vous me posez ces questions à moi ? Ça va pas vous aider à le trouver. Il est reparti à Poznan. Demandez aux gens là-bas.

– C'est à vous qu'on pose la question, dit Ferreira d'une voix grave et dure, agrippant des deux mains les barreaux du lit. Au cas où vous l'auriez oublié, vous êtes en garde à vue ici, Sofia. Vous avez agressé un officier de police. C'est un acte grave, genre trois ans de prison puis la reconduite aux frontières de… vous êtes d'où, déjà ?

Sofia se tourna vers Zigic et passa au serbo-croate :

– Vous trahissez votre peuple.

Zigic fit comme s'il n'avait pas entendu.

– Nous voudrions vous aider, Sofia, mais il faut que vous aussi vous nous aidiez.

– Et vous me menacez ? Vous êtes pas mieux que la police dans mon pays.

– Je n'ai pas envie que vous soyez reconduite là-bas, dit Zigic. Mais nous soupçonnons Lukas d'avoir tué trois hommes et Tomas est le seul qui semble le connaître. Il faut qu'on lui parle. D'une manière ou d'une autre on finira par le retrouver, mais ce serait mieux pour tout le monde si vous nous disiez où il se trouve.

Elle baissa les yeux. Son bras était couvert de bleus du coude au poignet.

– Si je savais où il est, je vous dirais.

Mais Zigic ne la croyait pas.

– Il vous a menacée ?

Elle rougit.

– Il oserait pas.

– Et Lukas ? Vous savez où il habite ? Où il travaille peut-être ?

– Je l'ai vu qu'une seule fois.

– Bon, Tomas est sans doute reparti à Poznan, dit Zigic. Il nous faut des informations sur sa famille, ses amis là-bas. Quel est son nom de famille ?

– Kaminski. Je sais rien sur sa famille.

– Vous pensez sérieusement qu'on va croire que vous avez vécu avec lui pendant trois ans, sans rien savoir sur sa famille ?

– Il serait pas ici si sa famille elle comptait pour lui, dit Sofia.

– Alors pourquoi il est rentré là-bas ? l'interrogea Ferreira.

– C'est à lui qu'il faut demander, dit Sofia en se pelotonnant dans les couvertures. Je suis fatiguée. Les médecins ils ont dit que je dois me reposer. Vous devez partir maintenant.

Ferreira lança à Zigic un regard interrogateur mais il se leva, lui fit signe qu'ils partaient. Ils quittèrent la chambre sans prononcer un mot de plus.

Que dire ? Zigic avait le sentiment qu'ils auraient pu rester des heures dans cette petite pièce sombre sans réussir à venir à bout des remparts qu'elle avait dressés autour d'elle. Il ne croyait pas une seconde que Tomas était rentré à Poznan et malgré cette histoire de dispute, il était persuadé qu'elle savait où il se trouvait.

– Si on décide que Tomas est un suspect sérieux, il faut qu'on fasse vite, dit Ferreira.

– Appelle Bobby et Parr, demande-leur de venir au bureau, dit Zigic en ouvrant la porte de la cage d'escalier. Il faut qu'on s'assure que Tomas n'a pas quitté le territoire.

S'il avait participé aux meurtres, Tomas avait peut-être fui vers la Pologne juste après avoir tué Didi, mais c'était sur le meurtre d'Asif Khalid qu'il fallait se concentrer maintenant, et s'il était revenu à Peterborough pour prendre part à l'attaque en ignorant qu'il était recherché, il n'y avait qu'un seul endroit où il pouvait se trouver.

35

Green Street était calme en ce début de dimanche après-midi. Certains en étaient à leur deuxième ou troisième boulot de la semaine, les autres profitaient des quelques heures de repos qui leur restaient. Puis ce serait le soir, l'heure de se coucher, et lundi matin tout recommencerait. Un homme lavait sa voiture sur le trottoir en face de la maison de Sofia et Jelena. Il savonnait le capot en éclaboussant par moments sa petite fille qui glapissait et allait se réfugier derrière le coffre.

En voyant les agents en uniforme arriver, il dit à sa fille de rentrer et fit de même quelques secondes plus tard, le seau à la main, avant de réapparaître avec sa femme à la fenêtre.

Zigic demanda à l'agent Hale d'aller se poster à l'arrière de la maison des sœurs Krasic. Celui-ci batailla un moment avec le portail qui finit par s'ouvrir en grinçant. Zigic leva la tête. À l'étage les rideaux étaient tirés, rien ne permettait de dire si Tomas Kaminski était là ou pas.

Il savait que l'homme n'était probablement pas assez bête pour rester dans les parages s'il était coupable, mais son système nerveux refusait d'entendre la voix de la raison et il sentit une montée d'adrénaline en ouvrant la porte.

L'agent Moore grimpa les escaliers, Ferreira se dirigea vers la cuisine, matraque à la main, et quelques secondes plus tard Zigic l'entendit rabrouer Hale qui lui avait foncé dessus en s'introduisant dans la cuisine par la porte du jardin. Moore cria qu'il n'y avait rien à signaler à l'étage et la tension s'évapora pour laisser place à la déception. Ils se trouvaient seuls dans une maison vide et froide où le chagrin de Sofia planait comme une ombre.

Zigic laissa repartir les deux agents, visiblement déconfits d'avoir été appelés pour une bagarre qui tout compte fait n'aurait pas lieu.

– Si c'était trop facile ce serait pas marrant, hein ? dit Ferreira.

– T'aimerais pas avoir un week-end, des fois ? dit Zigic en souriant.

– Bon alors qu'est-ce qu'on fait, on retourne tout ?

– Tu préfères quoi, en haut ou en bas ?

– En bas.

Zigic monta les escaliers. Les marches étaient raides et craquaient sous ses pas, trahissant le piètre état du logement malgré le soin qu'avaient mis Sofia et Jelena à l'arranger. Un petit tapis rayé, de jolis cadres avec des dessins géométriques au mur.

La plus grande chambre était à l'arrière de la maison, et l'ordre s'arrêtait à la porte. Le lit double était défait, des vêtements par terre, des chaussures restées là où on les avait envoyées valser. Il ouvrit la penderie et trouva assez d'affaires d'homme à l'intérieur pour laisser penser que Tomas n'avait jamais quitté Sofia. Il avait pu ne prendre qu'un petit sac pour rentrer chez lui quelques jours, mais ça n'avait en rien l'apparence d'une relation à laquelle on avait mis fin.

À moins que Sofia soit du type sentimental, ce dont elle n'avait montré aucun signe.

C'était plutôt le genre de femme à balancer les vêtements de son ex par la fenêtre, faire un tas dans le jardin et y mettre le feu.

Non, Tomas ne l'avait pas quittée, Zigic en était sûr.

Dans le tiroir de la table de nuit il trouva des sous-vêtements d'homme et des chaussettes, quelques préservatifs et une grosse montre en métal encore dans sa boîte. Elle devait coûter un certain prix, peut-être deux cents livres. Tomas l'aurait laissée comme ça derrière lui ?

Zigic regarda sous le lit mais il n'y avait que de la poussière, puis il ouvrit les tiroirs de la commode, déplia avec soin les pulls et les tee-shirts, un mélange d'affaires de Sofia et Tomas. Il espérait tomber sur un passeport, quelque chose qui pourrait indiquer où il était, mais il ne trouva rien et referma les tiroirs.

Il entendait Ferreira fouiller au rez-de-chaussée.

– T'as trouvé quelque chose ?

– Pas encore, cria-t-elle en retour.

Il entra dans la salle de bains. Là aussi il y avait d'autres affaires de Tomas, une robe de chambre bleu marine pendue à un crochet, des produits de rasage, de l'eau de Cologne et une prescription d'antibiotiques à son nom vieille de quatre mois.

De retour sur le palier il entendit Ferreira ouvrir le placard sous les escaliers. Elle était très forte pour ça, il ne savait pas comment elle faisait mais les choses cachées semblaient l'attirer comme des aimants. Ça devait être lié au fait d'avoir grandi avec trois frères, d'avoir toujours eu à cacher ses affaires les plus précieuses. Quand on savait où cacher les choses, on savait où les trouver.

La chambre plus petite, à l'avant de la maison, ressemblait à celle d'une adolescente, peinture rose vif avec des rideaux imprimés aux fenêtres, des draps à rayures pastel, et des coussins à paillettes. Le décor faisait bien trop jeune pour Jelena, mais c'était peut-être en partie l'œuvre de Sofia, une autre manière d'infantiliser sa sœur pour mieux la garder auprès d'elle, de la convaincre qu'elle n'était pas prête pour une relation sérieuse et qu'Anthony Gilbert était trop vieux pour elle.

Il avait pourtant réussi à se glisser jusque dans sa chambre.

Par terre, à côté d'une corbeille à papier, il trouva des bouts de cartes déchirées, quelques tickets de cinéma pour des comédies romantiques et beaucoup de photos en morceaux qui après quelques minutes de réassemblage minutieux révélèrent les visages de Jelena et Gilbert.

Sur une des photos apparaissaient aussi Sofia et Tomas. Tous les quatre, sourire jusqu'aux oreilles sous les lumières criardes d'un bar, avaient l'air éméchés et tout à fait contents d'être ensemble. Le bras de Sofia autour de la taille de Gilbert, lequel enserrait les épaules de celle-ci d'une main et tenait Jelena tout contre lui de l'autre.

Sofia ne le détestait visiblement pas à ce moment-là. Peut-être se forçait-elle pour faire plaisir à Jelena, mais ce n'était pas l'impression que ça donnait. Ses yeux étaient rouges, son visage détendu, elle avait trop d'alcool dans les veines à cette étape de la soirée pour faire semblant de s'amuser.

Que s'était-il passé pour que le lien se détériore à ce point ? se demanda Zigic en redescendant les escaliers. Sofia avait-elle découvert chez Gilbert quelque chose qui jusque-là lui avait échappé et qui lui déplaisait ? Ou bien était-ce le contraire, s'était-elle un peu trop rapprochée de lui ? Y avait-il rivalité entre les deux sœurs ?

Quelque chose leur échappait.

Zigic descendit dans la cuisine et trouva la porte du jardin ouverte, laissant entrer une brise fraîche et avec elle une odeur de feu de cheminée et d'herbe tondue. Il sortit et s'approcha de Ferreira qui était en train d'inspecter le fond d'un bac poubelle.

– On a du sang, dit-elle en ouvrant un sac en plastique qu'elle tenait dans sa main gantée.

Il était rempli de vêtements roulés en boule. Sur le dessus il y avait un treillis kaki abondamment taché de marques brun-rouge.

– Ça n'a peut-être rien à voir.

– Possible, dit Ferreira en hochant la tête.

– Mais il y a quand même beaucoup de sang.

– C'est ce que j'étais en train de me dire.

Elle tourna délicatement le tissu pour regarder l'étiquette. *H&M Menswear, W34, L36.*

– Sûrement un pantalon de Tomas, dit-elle. C'est pas du tout la taille de Sofia ou de Jelena.

Il y eut un bruissement de feuillages de l'autre côté de la clôture. Zigic et Ferreira tournèrent la tête mais la personne repartait déjà, faisant crisser des graviers sous ses pas.

– Remets-le dans le sac et appelle l'équipe scientifique, dit Zigic. Dis-leur que c'est urgent.

Il retourna à l'intérieur et son téléphone sonna. C'était Grieves.

– Je les ai trouvés, chef. Une demi-heure avant le meurtre de Didi, ils débouchent dans Lincoln Road, au croisement de Green Street, ils rentrent dans le même café que celui où on les a déjà vus, ils boivent un verre puis ils se dirigent vers le lieu de l'attaque et ce sont les dernières images qu'on a d'eux avant le meurtre. (Elle avala sa salive.) Ils n'apparaissent ensuite dans aucune des rues alentour.

– Est-ce qu'on les voit quitter les lieux après le meurtre ? demanda Zigic, une main sur la rampe d'escalier.

– Oui, dix minutes plus tard, Tomas réapparaît…

– Tout seul ?

– Oui. Il reprend le même chemin, sans passer par le café, et disparaît de nouveau dans Green Street.

– C'est du bon boulot. Merci, Deb.

Il sortit dans la rue, imaginant Tomas et Lukas empruntant la même porte le soir où ils avaient tué Didi, laissant Sofia et Jelena seules à la maison à regarder la télé, ou déjà au lit, sans la moindre idée de ce qu'ils s'apprêtaient à faire. Puis Tomas serait revenu ici, tout seul, les vêtements maculés de sang ?

Il se demandait lequel des deux avait réellement tué Didi. La vidéo de surveillance sur laquelle apparaissait le meurtre prouvait que l'acte avait bien été commis par une seule personne. Lequel des deux était resté là à admirer le spectacle, à savourer la brutalité de la tuerie ? Lequel s'était ensuite tourné vers l'objectif, une fois le travail achevé, pour faire un salut nazi ?

L'état des vêtements de Tomas laissait penser que c'était lui l'attaquant, mais tant que l'équipe scientifique n'aurait pas analysé les fibres on ne pouvait être sûr de rien. Ce n'était peut-être même pas ses affaires.

Zigic frappa à la porte de la maison voisine et quelqu'un vint aussitôt ouvrir, une petite femme au visage rond et pâle avec un tablier à fleurs.

– Madame O'Brien ? Inspecteur Zigic. Vous avez rencontré une de mes collègues il y a deux jours…

– Oh, Nicola, oui, une très gentille jeune femme, dit-elle avec un large sourire, dévoilant deux rangées de fausses dents un peu trop grandes pour sa bouche. Mais rentrez donc, inspecteur.

Il la suivit dans le couloir de l'entrée et ils passèrent devant le salon où la télévision était allumée à plein volume sur un match de foot. Un vieux monsieur était assis là, marmonnant face à l'écran. Il tourna la tête au passage de Zigic et leva la main en un geste vague qui pouvait signifier bonjour comme au revoir.

– Il vaut mieux qu'on aille derrière, dit madame O'Brien. Il ne supporte pas qu'on bavarde quand il regarde son match.

Un ragoût était sur le feu, remplissant la cuisine d'une odeur un peu aigre. Il doit y avoir de la bière là-dedans, se dit Zigic, et effectivement il aperçut un petit verre de bière brune sur la table, à la place où madame O'Brien devait être assise avant qu'il arrive, feuilletant les pages du *Sunday Mirror*.

– Vous prendrez bien une tasse de thé ?

– Non, merci, je ne vais pas rester, je voulais juste vous poser quelques questions si vous le permettez.

– Mais bien entendu, répondit-elle en s'asseyant à la table et l'invitant à faire de même. Comment va Sofia ? La pauvre petite, elle est retournée à l'hôpital, n'est-ce pas ?

– Oui, mais elle se rétablit bien, dit Zigic.

– C'est une costaude celle-là. Et dévouée à Jelena, c'était comme une mère pour elle. Une jeune femme si charmante, si jolie, ajouta-t-elle en refermant son journal. Et maintenant, Sofia est toute seule. Ça me brise le cœur de la voir comme ça.

– Tomas n'est pas revenu ?

– Non. Elle lui a téléphoné il y a quelques jours pour lui annoncer la mauvaise nouvelle mais… c'est qu'ils ne sont plus ensemble, vous savez.

– Quand est-ce que vous avez vu Tomas pour la dernière fois ?

Madame O'Brien le regarda avec de grands yeux.

– Pourquoi ? Vous croyez que c'est lui qui leur serait rentré dedans ?

– Non, il s'agit de tout autre chose, dit Zigic. Un ami à lui s'est attiré des ennuis, il faudrait qu'on parle à Tomas mais personne ne semble savoir où il se trouve et Sofia n'est pas en mesure de nous aider pour le moment.

– Je n'ai pas vu le bout de son nez depuis qu'il est parti de la maison.

– Et quand est-il parti ?

Elle tapota la table des doigts.

– Le 2 du mois dernier.

– C'est très précis, dit Zigic. Vous êtes sûre ?

– Ah ça oui je suis sûre, se hérissa-t-elle. Je vieillis mais j'ai pas encore perdu la mémoire. Je m'en souviens parce que c'était l'anniversaire de Willy, mon mari. Et j'étais ici, en train de faire le glaçage de son gâteau, et tout à coup j'ai entendu un raffut de tous les diables à côté. Ils criaient, ils jetaient des choses. Les murs dans ces maisons sont tellement minces…

Zigic repensa à la silhouette rôdant derrière la clôture un peu plus tôt. Ces gens qui avaient tendance à « s'inquiéter » pour leurs voisins facilitaient parfois grandement le travail.

– Et puis ensuite il y a plus rien eu, plus un bruit. (Elle s'arrêta un instant, le regard tourné vers le mur mitoyen.) Et quelques minutes plus tard, la porte d'entrée a claqué tellement fort que je suis surprise qu'elle soit restée sur ses gonds.

– Et vous n'avez pas revu Tomas depuis ?

– Non. Il était censé venir réparer le robinet, fit-elle en montrant l'évier où des gouttes venaient s'écraser à un rythme régulier contre l'inox. J'ai demandé à Sofia si ça ne le dérangerait pas de venir jeter un coup d'œil et elle m'a dit que Tomas était reparti dans son pays pendant quelques jours et qu'elle lui dirait de passer me voir quand il serait revenu mais… s'interrompit-elle en haussant les épaules, il n'est pas revenu.

– Vous lui avez posé des questions sur la dispute ?

Madame O'Brien le regarda comme s'il avait perdu la tête.

– Ce n'est pas une question qu'on peut poser comme ça à une femme. Mais l'autre, là, il était là. Le petit ami de Jelena. Enfin, après ce qu'il a fait, je sais pas s'il peut tellement vous être utile.

– On lui posera la question, dit Zigic en sortant de sa poche la photo de Lukas. Vous avez déjà vu cet homme entrer dans la maison de Sofia et Jelena, madame O'Brien ?

Elle enfila une paire de lunettes et fronça les sourcils.

– Oh ça, je me souviens de cette tête. On n'oublie pas une tête comme ça. Il fait peur non, vous ne trouvez pas ? Il venait quand les filles étaient parties au travail.

– Souvent ?

– Je l'ai vu plusieurs fois, dit-elle en lui rendant la photo. Qu'est-ce qu'il a fait ? Quelque chose de mal, je parie ?

– Vous êtes très perspicace, madame, dit Zigic en se levant, poussant la chaise sous la table. Merci d'avoir bien voulu répondre à mes questions, votre aide est précieuse.

– Oh, mais je vous en prie.

Elle le raccompagna en lui demandant de transmettre ses meilleurs vœux de rétablissement à Sofia quand il la verrait.

De retour à l'hôpital, encore une fois. C'était la troisième en l'espace de quatre heures. Zigic commençait à avoir l'impression qu'il allait passer le restant de ses jours à traverser ces interminables couloirs, à pousser ces innombrables battants de portes, à se désinfecter les mains au gel antibactérien et à respirer ce mélange de javel, de maladie et de fleurs déjà flétries.

Les visites étaient terminées mais le dîner n'était pas encore servi. C'était le moment de la journée où les minutes s'écoulent au ralenti, où il n'y a rien d'autre à faire que de suivre la course du soleil dans le ciel en pensant à ce qui se passe dans son corps meurtri, sans pouvoir rien y faire.

Il avait lui-même traversé ça l'année dernière lorsqu'à l'issue d'un corps-à-corps, un suspect lui avait tiré dans la poitrine à bout portant. Il ne devait sa survie qu'à son gilet pare-balles. La blessure n'était pas grave mais il avait dû rester un moment à l'hôpital, quelques heures qui lui avaient semblé durer des jours entiers avec tous ces examens à passer et ses cachets à avaler. En fin de compte il était sorti en signant lui-même sa décharge.

Sofia, elle aussi, détestait être dans cette situation. L'infirmier expliqua à Zigic qu'on avait dû la mettre sous sédatifs après leur dernière visite. Elle avait commencé à s'agiter et avait demandé à partir, criant, menaçant de frapper le médecin lorsqu'il avait essayé de l'examiner.

Elle avait l'air frêle à présent sous les draps.

Zigic resta quelques instants dans l'embrasure de la porte à la regarder dormir en se demandant quelle quantité d'informations elle pourrait leur avoir cachées. Elle protégeait Tomas, par peur ou par loyauté envers lui.

Sans doute plutôt par peur.

Si Tomas avait tué Didi à coups de pied, qu'était-il capable d'infliger à Sofia ? Ce type d'hommes ne réservaient pas leurs comportements de psychopathe aux étrangers. Un tel degré de rage ne pouvait être contenu indéfiniment.

Zigic ferma la porte de la chambre de Sofia et se rendit dans la partie du bâtiment où se trouvait celle d'Anthony Gilbert.

– Qu'est-ce que vous voulez ? demanda Gilbert d'un ton las. Je vous ai déjà dit que je ne parlerai pas sans un avocat.

– Il ne s'agit pas de vous.

Zigic éteignit la télévision et s'assit sur le siège à côté de la fenêtre. La lumière du soleil inondait la pièce, faisant danser son ombre sur les plis des draps.

– Je veux que vous me parliez de Tomas.

– Qu'est-ce que vous voulez savoir ? Qu'est-ce qu'il a à voir avec tout ça ?

L'information serait tôt ou tard relayée par les médias et Gilbert, attaché à son lit et sous surveillance policière, n'était pas en mesure d'ébruiter ce dont ils allaient parler. Il ne croiserait probablement pas d'autres civils avant plusieurs jours.

– Vous avez regardé les nouvelles aujourd'hui ?

Gilbert hocha la tête d'un air hésitant.

– Le jeune homme qui a été assassiné samedi soir, dit Zigic. Nous avons arrêté un ami de Tomas et nous pensons qu'il est peut-être impliqué lui aussi.

– C'est impossible. Tomas est parti pour la Pologne il y a plusieurs semaines.

– Vraiment ?

– Sofia ne vous l'a pas dit ?

– Peut-être que c'est ce qu'elle croit. Mais pas nous.

– En tout cas, moi, je ne sais pas où il est, si c'est ce que vous voulez savoir, dit-il en passant la main sous les draps pour se gratter la jambe. Tomas et moi, on n'était pas amis. Je faisais un effort pour Jelena, sinon j'aurais préféré ne rien avoir affaire avec lui. Ni avec Sofia d'ailleurs.

– Vous ne vous entendiez pas ? Pour quelle raison ?

– Il n'aimait pas que Jelena sorte avec un Anglais.

– N'importe quel Anglais, ou seulement vous ?

– Peut-être seulement moi. Je ne sais pas, c'est ce que Jelena m'a dit. C'est pas comme s'il était venu me le dire en face, mais il ne se gênait pas pour montrer qu'il trouvait que je n'étais pas assez bien pour elle.

Gilbert ferma les yeux quelques instants.

– Quel genre d'homme est Tomas ? demanda-t-il.

Gilbert se ressaisit, choisissant ses mots pour ne pas risquer de s'incriminer davantage.

– La grosse brute typique d'Europe de l'Est. Pas très malin, qui déteste tous ceux qui le sont. Vous savez, du genre à penser que la seule façon d'être un vrai mâle c'est d'être fort physiquement.

– Il semble être costaud en effet.

– Il prenait Sofia sur ses épaules et il la portait comme ça dans toute la maison. Elle détestait ça. Il a fait la même chose avec Jelena une fois, dit Gilbert, le visage sombre. Sofia a hurlé pour qu'il la repose mais il a juste rigolé.

– Ils se disputaient beaucoup ?

– Non, pas vraiment.

– Mais il l'a quittée, dit Zigic en essayant de croiser le regard de Gilbert qui flottait de nouveau. Ou est-ce que c'est Sofia qui l'a mis dehors ?

– Je sais pas.

– Mais vous étiez là quand ça s'est passé ?

Gilbert tourna la tête vers lui cette fois-ci.

– Quand quoi s'est passé ?

– La dispute. La voisine de Sofia a dit qu'elle avait entendu une dispute le soir où Tomas a quitté la maison. Elle a dit que vous étiez là vous aussi.

– Je ne sais pas à propos de quoi ils se disputaient, j'étais en haut. Le ton est monté, Jelena voulait aller voir ce qui se passait, mais je lui ai dit qu'on ferait mieux de rester en dehors de tout ça. Et tout à coup, Tomas est monté. Sofia criait toujours mais il ne répondait pas. Jelena s'est levée pour aller voir, j'ai essayé de la retenir mais elle se faisait du souci pour Sofia. Tomas avait fait son sac et il était en train de partir.

– Sofia a cherché à l'en empêcher ?

– Non.

Elle n'aurait pas voulu lui faire ce plaisir, se mettre dans la position de celle qui supplie, supposait Zigic.

– Et est-ce qu'elle l'a revu depuis ?

– Non.

– Elle vous l'aurait dit si c'était le cas ?

– Non, mais elle l'aurait dit à Jelena.

Zigic réfléchit un instant, il y avait quelque chose dans cette histoire qui le tracassait mais il n'arrivait pas à mettre le doigt dessus.

– C'est à peu près à ce moment-là que vous et Jelena avez dû prendre un peu de distance ?

Gilbert ne répondit pas. Ses yeux étaient brillants de larmes.

– Sofia ne voulait plus de vous dans la maison ?

– Non, laissa-t-il échapper dans un souffle rauque.

– Pourquoi ? Elle a bien dû donner une raison à Jelena ?

Gilbert secoua la tête et se mit à pleurer.

Zigic ne voyait qu'une raison possible à l'attitude de Sofia. Ce n'était pour l'instant qu'une hypothèse mais quand il examinait la situation dans son ensemble, ça semblait logique. Tomas était rentré à la maison couvert de sang, Sofia lui avait demandé des explications et peut-être avait-elle ensuite fait le lien avec l'homme assassiné à la une des journaux. Ou au moins avait-elle senti qu'il s'agissait de quelque chose qui risquait de leur attirer des ennuis à sa sœur et elle. Quoi qu'il en soit, elle avait dû vouloir qu'il parte au moins quelque temps, jusqu'à ce que tout danger soit écarté.

Tomas avait peut-être transformé la réalité en présentant le meurtre de Didi comme de la légitime défense. Toujours est-il que si elle l'aimait, elle chercherait à le protéger. Et le moment venu, elle voudrait le revoir.

Or c'était risqué, et moins il y avait de personnes au courant de son retour à Peterborough, mieux c'était. Il fallait donc que Jelena rompe avec Gilbert.

Mais peut-être qu'il se trompait sur son compte ? Elle avait fait si peu étalage de ses émotions qu'il était difficile de la cerner. Ressemblait-elle à une femme amoureuse ou à une femme qui avait peur ?

Personne n'avait pu donner de raison logique à leur rupture soudaine. Voilà enfin une explication qui tenait la route et qui permettait aussi de comprendre pourquoi Sofia était restée si vague.

Mais ça ne lui disait toujours pas où se trouvait Tomas.

Seule Sofia pouvait le leur dire.

36

Ferreira sortait d'un taxi lorsque Zigic arriva sur le parking du commissariat. Elle l'attendit sur les marches en briques de l'entrée, les mains dans les poches arrière de son jean.

– Garde bien le ticket pour te faire rembourser, dit Zigic.

– J'ai trop la flemme de remplir les papiers. Surtout pour cinq pauvres livres.

Ils passèrent par l'accueil, désert. Tout le monde avait mieux à faire un dimanche après-midi. En montant les escaliers, Zigic lui fit part de la conversation qu'il avait eue avec Anthony Gilbert et répondit à ses questions, exactement celles qu'il s'était posées lui-même. Il était rassuré de voir que sa théorie semblait encore mieux tenir la route à voix haute.

– Tu penses que Gilbert en sait plus qu'il ne le dit ? demanda Ferreira.

– Il n'a aucune raison de mentir.

– Il est sur le point d'être inculpé de double homicide. Si j'étais à sa place, je ne chercherais pas à aider la police. Pas sans obtenir des garanties en échange, dit-elle en s'arrêtant devant le distributeur, introduisant quelques pièces. Tu veux quelque chose ? demanda-t-elle. (Zigic fit non de la tête.) Parce que pour l'instant on dirait qu'il fait tout pour ne pas incriminer Sofia, dit Ferreira. Elle force Jelena à le quitter, essaie de le tuer et il affirme qu'elle ne sait pas où se trouve Tomas. C'est comme s'il cherchait à la protéger.

– Ou alors il pense vraiment qu'elle ne sait pas.

Ferreira attrapa sa cannette de Coca et sa barre chocolatée dans la trappe du distributeur, puis s'appuya contre la machine.

– J'ai continué à inspecter la maison en attendant l'équipe scientifique, il y a un sac de couchage dans le grenier. Avec des coussins et tout.

– Ça avait l'air d'avoir été utilisé récemment ?

– Difficile à dire, la pièce est propre, presque vide, dit-elle en ouvrant sa cannette. J'ai aussi trouvé la cachette de Sofia et Jelena. Une boîte à chaussures dans une vieille commode. Il y a douze mille balles dedans.

Une somme beaucoup trop importante pour être conservée telle quelle dans une maison, même bien cachée. Mais beaucoup de travailleurs immigrés étaient payés en liquide et ne faisaient pas confiance aux banques. Certains n'avaient pas les papiers qu'il fallait pour ouvrir un compte, d'autres avaient fui leur pays pour échapper à la guerre ou à un nettoyage ethnique et étaient arrivés avec les seules possessions qu'ils avaient pu emporter. Quand on avait vécu ça, on gardait toujours son argent à portée de main.

Pour cette raison on voyait augmenter le nombre des cambriolages, année après année, dans les quartiers à forte proportion d'immigrés. Le vol y était lucratif, pas besoin de trouver de receleur, pas de traces laissées chez un prêteur sur gages, juste du liquide anonyme.

– C'est pas un super endroit pour se cacher, reprit Ferreira. Mais il doit être déjà loin à cette heure-ci. S'il était avec Lukas pour le meurtre de Khalid, il doit savoir qu'il a été arrêté. Il ne prendrait pas le risque de rester dans le coin et que Lukas le dénonce.

– Tout dépend s'ils se sont promis de ne rien dire s'ils étaient arrêtés.

– Mettons qu'ils aient conclu un pacte, genre crachat dans la main, gouttes de sang mélangées, tout ça. T'aurais entièrement confiance, si t'étais Tomas ?

– Je prendrais le large, dit Zigic.

Dans le bureau, Grieves mettait Parr au courant des dernières avancées de l'enquête sur le meurtre d'Asif Khalid. Il hochait la tête mais ne semblait pas très attentif. Lorsqu'elle l'emmena à sa table regarder les vidéos sur son ordinateur, il essaya de retenir un bâillement.

Wahlia, penché sur son bureau, lisait un texte qui se réfléchissait dans les verres de ses lunettes.

– Bon, qu'est-ce qu'on a sur Tomas Kaminski ? demanda Zigic.

– J'ai trouvé trois autres moments où on le voit en présence de notre suspect sans nom, dit fièrement Grieves.

– Il s'appelle Lukas, dit Zigic en se laissant tomber sur une des chaises inoccupées. Pas de nom de famille pour l'instant, mais c'est déjà ça. Continuez, fit-il à l'adresse de Grieves.

– Tomas et Lukas semblent être des habitués du café où je les ai repérés. Les gens qui y travaillent en savent peut-être un peu plus sur eux.

– Vous avez envoyé quelqu'un sur place ?

– Non chef, dit-elle, hésitante. Pas encore.

– Bobby, dit Zigic en se tournant vers Wahlia, ça donne quoi du côté de la police des frontières ?

– J'attends toujours, tu sais comment c'est, on est dimanche, je leur ai expliqué que c'était urgent mais tout le monde leur dit ça. À mon avis on n'aura pas de réponse avant demain matin.

– Malheureusement on ne peut pas se payer le luxe d'attendre, dit Zigic.

Il se releva et alla examiner le tableau consacré au meurtre d'Asif Khalid. Le portrait de Tomas Kaminski était accroché en haut de la colonne des suspects, une photo prise sur Facebook à en juger par son sourire idiot et la bière qu'il avait à la main.

– Tomas est notre seul candidat solide pour ce qui est du deuxième attaquant, et d'après les caméras de surveillance du soir où Didi a été tué, nos soupçons sont fondés, donc on se concentre sur lui, on essaie de retrouver sa trace.

– Sofia sait où il est ? demanda Wahlia.

– Si c'est le cas, pour l'instant elle ne le dit pas, mais on va faire en sorte de lui mettre davantage la pression demain. Pour le moment je veux qu'on passe au peigne fin les petits hôtels et Bed & Breakfast de la ville, en se concentrant d'abord sur ceux de New England. Et ce café où ils avaient leurs habitudes : Parr, c'est pour vous.

Parr n'avait pas l'air tellement enthousiaste.

– Je sais qu'on est dimanche, et je sais que vous préféreriez être à la maison, comme nous tous. (Parr remua sur sa chaise, mal à l'aise.) Plus vous vous y mettrez tôt, plus vite ce sera fini. Emmenez des agents avec vous si vous voulez et allez-y.

Parr se leva péniblement et se traîna vers le couloir.

– Bobby, reprends les messages Facebook de Gilbert et Jelena et essaie de voir quand exactement Tomas est censé avoir quitté Sofia. Et cherche tout ce qui peut avoir trait aux raisons de la rupture et à la façon dont Sofia a réagi. (Wahlia hocha la tête.) Gilbert a parlé d'une dispute mais je crois qu'il cache quelque chose. Il faut qu'on sache si Sofia est vraiment en colère contre Tomas ou si elle cherche à le couvrir. Essaie de trouver quelque chose qui nous permette de la faire parler, s'il te plaît.

– Je m'en occupe.

– Deb…

– Oui chef ?

– Relevés de compte, liste des endroits où il a travaillé, toutes les infos de base sur Kaminski. Il était inscrit en intérim chez Pickman Nye, il faudra attendre demain matin pour ça mais recherchez déjà l'historique de ses appels, Bobby vous donnera son numéro.

Zigic se tourna vers Ferreira qui tapotait sur son téléphone, les pieds posés sur le tiroir du bas de son bureau.

– Mel ?

– Ouais ? répondit-elle. (Le téléphone de son bureau sonna.) Attends.

Elle décrocha, écouta quelques secondes puis leva les yeux au ciel, jura et raccrocha.

– Lukas, dit-elle en se dirigeant vers la porte.

Rita, le sergent de garde aux cellules du sous-sol les attendait, le visage rougi, une main sur la gorge, agrippant le crucifix doré habituellement dissimulé sous sa chemise.

– Je ne sais pas comment ça a pu arriver.

– Personne ne le surveillait ? demanda Zigic qui se dirigeait déjà vers la cellule.

Rita lui emboîta le pas.

– Lee est passé récupérer son plateau-repas il y a une demi-heure et il allait bien.

– Il avait mangé ? demanda Ferreira.

– Non, mais ça ne nous a pas surpris. Il n'a rien avalé depuis deux jours. On pensait que c'était juste à cause de la nourriture. J'ai demandé s'il était végétarien ou quoi mais il n'a pas répondu donc on a continué à lui servir la même chose. Qu'est-ce que j'étais censée faire d'autre ?

Le couloir était long et la lumière vive bien qu'on soit au sous-sol. Les portes des cellules étaient alignées sur le côté gauche, avec, sur chacune d'elles, une ardoise indiquant le nom des occupants. Ceux-ci faisaient un bruit de tous les diables, criant et cognant aux portes, alertés par l'alarme. Il régnait dans l'air des odeurs de corps et de cheveux sales, de transpiration imprégnée d'alcool et d'urine. Le Dr Hopkins les attendait devant la porte ouverte de la dernière cellule, une main gantée sur son crâne dégarni.

Lukas était étendu par terre, nu, les bras en croix, la tête encore renversée en arrière après la tentative infructueuse pour le réanimer. Ses lèvres étaient bleues, ses yeux fermés. La corde qu'il avait réussi à fabriquer avec des morceaux de sa chemise avait été sectionnée, l'autre bout encore accroché à un des tasseaux qui soutenaient sa couchette. Le reste de ses vêtements était soigneusement plié sur le petit coussin de son lit.

– Qu'est-ce qui s'est passé exactement ? demanda Zigic.

– J'ai essayé de le réanimer, dit Rita sur la défensive.

– Avant ou après avoir appelé le Dr Hopkins ?

– J'étais en train de m'occuper de quelqu'un d'autre, dit celui-ci. Il était mort quand je suis arrivé. Je lui ai fait un massage cardiaque mais ça ne servait déjà plus à rien. S'étrangler exige énormément de volonté. Ce n'est pas comme la pendaison, on peut arrêter le processus à tout moment, mais il a continué jusqu'au bout. Ça a dû être très long et douloureux. Il était à l'évidence décidé à en finir.

Zigic regarda le bout de tissu rayé qui était resté accroché à la couchette, à peine plus de cinquante centimètres au-dessus du sol. Lukas avait dû se mettre à genoux et se pencher en avant jusqu'à ce que la corde de fortune qu'il s'était fabriquée commence à lui mordre le cou, qu'il sente la brûlure dans ses poumons, le sang lui monter à la tête, sa vision devenir trouble. Peut-être avait-il relâché la pression une ou deux fois, se ravisant tout à coup ou par instinct de préservation, mais finalement il avait continué à tirer malgré la peur et la douleur jusqu'à l'évanouissement. Le poids de son corps projeté en avant avait dû faire le reste.

Zigic se tourna vers Rita qui essayait de se faire la plus petite possible dans le coin du couloir.

– Qui a coupé la corde ? demanda-t-il.

– C'est Lee. Il l'a trouvé pendant qu'il faisait sa ronde, dit-elle en évitant de regarder le corps de Lukas. On avait fait un bilan complet, il ne présentait aucun des critères d'un risque de suicide.

– Et pourtant voilà où on en est, dit Zigic.

– On n'avait aucun moyen de prévoir qu'il allait se tuer.

Zigic repensa à l'attitude de Lukas durant les séances d'interrogatoire, son refus absolu de croiser leur regard, sa posture raide, son air inflexible. Il avait pris ça pour de la force mais maintenant il se demandait s'il ne s'était pas trompé. L'homme avait-il peur ? S'était-il mis à imaginer, dans sa cellule, à quoi ressembleraient les prochaines trente années de sa vie ? Enfermé avec des types aussi coriaces que lui, qui feraient la queue pour lui planter leur couteau dans les côtes, trop heureux de régler son compte à un tueur en série raciste.

Ferreira ne lâchait pas Rita, essayant de déterminer l'intervalle entre les deux dernières rondes et de calculer le temps qu'il avait fallu à Lukas pour s'étrangler. La gardienne peinait à lui donner une réponse satisfaisante, bredouillant puis devenant de plus en plus agressive.

Le dimanche matin le poste était censé être calme pour les agents préposés aux cellules. C'était considéré comme une sorte de temps de repos rémunéré, et Zigic soupçonnait que les protocoles habituels n'avaient pas été suivis à la lettre pendant quelques heures.

– Qu'est-ce que ça peut vous faire, de toute façon ? lâcha brusquement Rita. Tout le monde sait que vous n'arriviez pas à le faire parler.

Zigic se tourna vers elle.

– Ça nous fait que les hommes qu'il a tués et leurs familles ont le droit de le voir jugé pour ce qu'il a fait. Et à cause de votre négligence, ça n'arrivera jamais.

– On a fait tout ce qu'on devait faire.

– Espérons que l'enquête interne tombera sur les mêmes conclusions que vous.

37

Il était 19 heures passées quand Zigic arriva chez lui. Le soleil était déjà bas dans le ciel, dessinant des ombres allongées dans le jardinet devant la maison. Anna s'occupait du chèvrefeuille qui encadrait la porte, entortillant les fins branchages autour de la treille. Elle devait être là depuis un moment à voir le monticule de mauvaises herbes qu'elle avait arrachées.

– Tu as l'air épuisé, lui dit-elle.

Il baissa la tête pour l'embrasser. Elle sentait la sève fraîche.

– La journée a été rude.

– Je vois ça. (Elle le prit par les épaules et scruta son visage.) Qu'est-ce qui s'est passé ?

– Il faut que je prenne une douche d'abord.

Il entra, posa sa parka sur la rampe de l'escalier, envoya valser ses chaussures sous la console de l'entrée et se traîna en haut des marches. Il regrettait de lui avoir dit ça. Il n'avait pas envie de lui parler du suicide de Lukas. Il s'agissait du boulot et il savait qu'il valait mieux pour leur santé mentale à tous les deux que les univers du travail et de la maison restent bien séparés.

Par la fenêtre de la chambre il aperçut Milan et Stefan qui jouaient dans le jardin derrière la maison. Ils couraient autour du marronnier avec leurs épées laser qui luisaient à l'ombre des branches. Stefan criait, donnait des ordres à son frère, mais Milan n'avait pas vraiment le cœur à jouer, et Zigic se demandait combien de temps encore il continuerait à participer aux jeux de son petit frère et à s'accommoder d'un monde imaginaire.

Il alla dans la salle de bains, enleva ses vêtements et entra dans la douche. Il ferma les yeux et tourna la tête vers le jet d'eau, essayant de vider son esprit. Il y aurait certainement une enquête interne sur le suicide de Lukas. Il n'avait rien à se reprocher, mais Lukas était son suspect, et même s'il ne risquait sans doute pas de sanction officielle, il savait que sa réputation en serait entachée.

C'était un problème de plus à ajouter à une liste déjà bien trop longue.

Il pensa à la jeune veuve d'Asif Khalid, au deuil qu'elle était en train de traverser, et espérait que ses amis et sa famille étaient à ses côtés pour la soutenir.

Que ressentirait-elle quand elle découvrirait que l'homme qui avait tué son mari avait échappé à la justice en se suicidant ? Si elle était dévote elle y verrait peut-être la volonté d'Allah de le punir sans attendre, quand bien même elle aurait aimé le voir pourrir en prison.

Il n'arriverait décidément pas à cesser de ressasser tout ça ce soir.

Il se sécha, enfila son plus vieux jean, un pull et descendit dans la cuisine. Du poulet marinait dans un récipient au réfrigérateur, de la salade dans un autre. Il mangea quelques olives vertes farcies aux citrons confits, piqua un petit bout de feta puis se servit un verre de Zubrowka.

Les journaux du dimanche avaient été lus et repliés sur la table de la cuisine. Il les feuilleta en sirotant sa vodka et tomba sur le visage grave et bronzé de Richard Shotton en couverture d'un des suppléments magazine, la cocarde rouge et blanche de l'English Patriot Party épinglée au revers de son manteau en cachemire.

L'article courait sur six pages à l'intérieur, léger sur les questions politiques et tellement généreux en flatteries qu'il semblait avoir été écrit par l'équipe de com de Shotton lui-même. Sa carrière militaire, ses œuvres de charité et son épouse à ses côtés depuis dix-huit ans abondamment mentionnée. Elle était avocate d'affaires et collectionneuse d'art, brésilienne de naissance et toujours à la pointe de l'élégance. L'insinuation à peine voilée étant qu'avec une femme pareille, non seulement il ne pouvait être raciste mais qu'en plus il devait posséder les qualités nécessaires pour être un grand leader politique, sinon que ferait-elle à ses côtés ?

Zigic referma le magazine, dégoûté, et le fourra dans la poubelle.

Il devait y avoir d'autres articles, des éditoriaux sur l'émeute de l'ENL avec des analyses adaptées aux attentes du lectorat visé, des articles ne s'intéressant qu'aux aspects les plus sinistres des meurtres. Tout à coup, tout le monde en parlait. Et dire que quelques jours plus tôt il essayait de convaincre Riggott qu'il leur fallait davantage de couverture médiatique pour inciter les gens à venir témoigner.

Quand la nouvelle du suicide de Lukas serait officiellement annoncée le lendemain, ça ne ferait qu'empirer. On les accuserait d'incompétence et de négligence, et son nom serait mentionné, parce que personne ne se souciait de savoir qui était le sergent de garde des cellules.

Il posa une poêle en fonte sur la plaque chauffante en la heurtant plus fort qu'il ne l'aurait voulu et commença à faire revenir le poulet, un parfum de tomates et d'origan envahissant bientôt la cuisine.

Anna entra par la porte du jardin en enlevant ses gants.

– C'était justement ce que j'allais faire.

– Tu veux prendre le relais ? demanda-t-il en lui offrant la spatule.

– Non, t'as l'air d'avoir la situation en main, répondit-elle. (Elle lui prit son verre et le remplit.) Il va t'en falloir combien pour que tu me dises enfin ce qui s'est passé ?

– Ça ne sert à rien d'en parler, dit-il. Ça devient frustrant, c'est tout. On a l'impression d'avancer, et puis quelque chose surgit de nulle part et on revient au point de départ.

– Ça concerne l'accident ?

– Non, l'autre truc.

– Mais vous avez arrêté le coupable, non ?

Zigic avala une grande gorgée de vodka et baissa les yeux vers le liquide pâle. Il lui parla du deuxième attaquant et du suicide, des complications et de la pression supplémentaire que tout ça faisait peser sur l'équipe.

– On a identifié un autre suspect, mais on n'a aucune idée de l'endroit où il se trouve. Il a probablement quitté le pays à l'heure qu'il est.

Anna lui massa les épaules, l'air inquiet, mais il sentait bien qu'elle n'avait pas envie d'en entendre davantage et il comprenait sa réaction.

– Essaie d'oublier un peu tout ça ce soir, tu ne peux rien faire de toute façon avant demain matin.

Ils s'installèrent dans la cuisine pour dîner et Anna commença à lui parler du nouveau lotissement qui devait être construit à côté, une centaine de maisons qui, elle en était convaincue, allaient dénaturer l'atmosphère du village. Il savait qu'elle avait raison, l'endroit était une oasis en comparaison de la plupart des banlieues autour de Peterborough, c'était une petite collectivité où tout le monde se connaissait, avec une bonne école primaire, des pubs sympas. Mais si elle mettait le sujet sur le tapis, c'était qu'elle avait une autre idée en tête. Elle pensait déjà à leur prochaine maison, elle voulait un jardin plus grand pour les garçons et une chambre supplémentaire pour quand elle tomberait de nouveau enceinte.

La vie avançait en ligne droite dans la tête d'Anna. On allait toujours de l'avant, on progressait, et Zigic se demandait si elle réalisait la chance qu'ils avaient. Mais elle n'avait jamais vécu autrement et elle n'avait pas envie de penser à ceux qui, à quelques pas de là, connaissaient un sort radicalement différent du leur.

Quatre semaines plus tôt, à cinq minutes en voiture de la maison, un jeune Somalien était sorti de chez lui, un appartement miteux qu'il partageait avec trois autres hommes qu'il ne connaissait pratiquement pas, il était monté dans un bus en direction du centre-ville et là, par le plus terrible des hasards, il avait croisé la route de deux hommes qui l'avaient tabassé à coups de pied pour la couleur de sa peau.

S'il lui en reparlait, elle dirait « raison de plus pour s'éloigner encore du centre-ville ». Et elle n'aurait peut-être pas tort. Le nouveau projet immobilier allait relier le village à la banlieue de Bretton avec ses immeubles et ses zones de non-droit, et petit à petit on commencerait à craindre que le village se transforme lui aussi.

Ses garçons avaient un nom de famille étranger qui les démarquait des autres enfants à l'école, sans compter leurs prénoms slaves. Tant pis si leurs origines immigrées remontaient déjà à la quatrième génération. Ça avait été l'idée d'Anna, mais il s'était laissé convaincre, désireux de maintenir un lien avec le pays de naissance de ses grands-parents, même si tout ça ne signifiait plus grand-chose pour lui maintenant. L'histoire qu'on lui avait racontée s'estompait dans sa mémoire, les villages avaient disparu sous les bombes depuis longtemps déjà.

Pourquoi avoir rattaché ses fils à tout ça ?

Il ne se sentait lui-même aucune ferveur patriotique, c'était même un concept dont il se méfiait, qui copinait trop souvent avec des idées nauséabondes : nationalisme, xénophobie et autres notions de suprématie raciale qui n'auraient pas dû avoir leur place dans le XXIe siècle.

Bientôt la Croatie allait rejoindre l'Europe et l'arrivée des Croates au Royaume-Uni réveillerait de vieilles haines sectaires, de vieux comptes à régler. Il s'agissait d'un racisme invisible, quelque chose que les Anglais avaient du mal à concevoir. Les conflits sanglants d'Europe de l'Est continuaient de couver sous la surface et ils étaient au cœur d'un grand nombre des incidents qu'ils avaient à traiter aux crimes de haine. Les Polonais détestaient les Lituaniens, les Bulgares détestaient les Roumains, et tout le monde méprisait les Roms. Un racisme Blancs contre Blancs qui ne se basait que sur le nom des gens.

Une haine absurde qui ne montrait aucun signe d'essoufflement. Le monde ne cessait de rapetisser et de devenir soi-disant plus homogène, mais les gens ne se rapprochaient pas pour autant et il semblait que plus ils partaient loin de chez eux, plus ils mettaient de hargne à défendre le caractère supposé unique de leur culture.

Cinquième jour

38

La matinée du lundi redémarra là où la soirée du dimanche s'était arrêtée. Après un court briefing, chacun retourna à son bureau et s'attela à la tâche.

Devant le tableau d'enquête, Zigic examinait la liste des petits hôtels et de Bed & Breakfast que Parr avait compilée la veille. La plupart lui étaient familiers sauf quelques-uns qui venaient d'ouvrir. Chaque mois de nouveaux endroits apparaissaient et d'autres fermaient ou changeaient de mains selon une logique incompréhensible. Le personnel et les occupants restaient, l'acte de propriété changeait d'étude de notaire. La mairie effectuait des inspections plus qu'occasionnelles et fermait les yeux sur les extensions sauvages de bâtiment. Les gens n'osaient pas poser trop de questions sur ce qui se passait dans ce genre d'endroits parce que les propriétaires des lieux étaient souvent aussi douteux que leurs occupants. Derrière la pancarte *Chambres à louer* se cachaient toutes sortes d'activités illégales, du bordel à l'atelier clandestin.

Parr avait déjà visité un tiers des endroits de la liste et se dirigeait vers le centre-ville avec deux agents en uniforme pour faire le reste. Pour le moment, personne ne connaissait Tomas Kaminski ni Lukas. Ou personne n'avait voulu l'admettre.

Zigic faisait confiance à Parr pour faire comprendre aux gens les avantages qu'il y avait à coopérer et les risques qu'il y avait à mentir, en particulier si on découvrait ensuite que l'un ou l'autre des deux hommes avaient logé là. La menace d'une mise en cause pour complicité pousserait peut-être certains à témoigner, celle d'un contrôle du fisc ou des services d'hygiène encore plus.

Parr avait été choqué par l'état des logements : des chambres miteuses où les gens s'entassaient, les murs tapissés de moisissures, les fenêtres qui fermaient mal, les plafonds qui s'affaissaient, sans compter les infestations d'insectes. Il avait raconté qu'il était resté sous la douche bouillante pendant près d'une heure en rentrant chez lui la veille au soir pour se débarrasser de toutes ces bactéries invisibles et de cette sensation imaginaire d'être dévoré par les puces et les punaises.

Ça ne lui faisait pas de mal de se réveiller un peu. S'il voulait devenir flic à Peterborough, c'était dans ce quartier qu'il fallait qu'il prenne ses marques.

Au moins il se plaindrait moins de son sort à la brigade criminelle quand il regagnerait son poste d'ici quelques jours.

Ou dans quelques semaines, songea Zigic qui sentait son courage faiblir à cette perspective.

– J'ai le numéro que tu voulais, lança Wahlia.

Zigic alla dans son bureau, puis composa le numéro. Il attendit en contemplant sa table jonchée de papiers, de formulaires à remplir et de notes à taper, regrettant de ne pas avoir de secrétaire pour faire ce travail à sa place.

Une voix bourrue lui répondit.

– Strug, se présenta l'homme

Zigic fit de même puis poursuivit en polonais en espérant que la conversation ne se compliquerait pas trop.

– Inspecteur Strug, je cherche des informations sur un homme, il est de votre ville. On pense qu'il est reparti chez vous.

– Vous parlez le polonais comme un paysan, inspecteur, dit Strug en partant d'un gros rire grave. Mais vous êtes le premier policier anglais à faire un effort et pour ça je vous remercie. (Zigic entendit un briquet s'allumer, le papier à cigarette grésiller sous l'effet de la flamme.) Alors, qui est ce suspect dont vous me parlez, qu'est-ce qu'il a fait de si terrible ?

– Il s'appelle Tomas Kaminski, dit Zigic en épelant le nom. On cherche cet homme pour meurtre.

– Violence domestique ? demanda Strug.

– Non, pourquoi, il a fait ça déjà ?

– Généralement il s'agit d'une affaire de violence domestique quand quelqu'un de chez vous appelle. Ils tapent sur la fille, vous vous en mêlez et ils courent se réfugier chez papa et maman.

– C'est un meurtre à caractère raciste, dit Zigic, et il est peut-être impliqué dans d'autres.

– Je suppose que vous êtes sous pression.

– En effet.

Strug poussa un grand soupir. Zigic l'imaginait dans un bureau exactement comme le sien, les mêmes casiers métalliques, le même tableau en liège, des photos de sa famille sur une table tout aussi en désordre.

– Je vais voir ce que je peux faire, dit Strug. Je vous rappelle.

Il raccrocha avant que Zigic ait pu le remercier.

Par la porte entrouverte il aperçut Kate Jenkins entrer dans la grande salle et se diriger droit vers Ferreira qui était sous son bureau en train de tripoter les câbles de son ordinateur. Lorsqu'elle se releva, Zigic les avait rejointes.

– Tu as quelque chose pour nous, Kate ?

Elle brandit un dossier devant lui.

– Les résultats des tests ADN pour le délit de fuite.

– Tu n'étais pas obligée de descendre pour ça.

– Je me suis dit qu'il valait mieux que je vous annonce la nouvelle en personne, dit-elle en faisant une petite grimace lorsque Zigic lui prit le dossier des mains. Ce n'est pas le sang de Gilbert sur l'airbag.

– C'est forcément son sang, dit Ferreira. Il doit y avoir une erreur quelque part.

– On a déjà vérifié plusieurs fois, Mel.

– Peut-être que les échantillons étaient contaminés ?

Jenkins croisa les bras.

– Je sais que c'est la dernière nouvelle à laquelle vous vous attendiez, mais j'ai bien peur que ce soit sans appel.

– Mais alors c'est qui ? demanda Ferreira.

– Il n'est pas dans nos fichiers en tout cas. Aucun casier, dit Jenkins.

Zigic s'assit au coin du bureau de Ferreira. L'enquête venait de toucher le fond. Sous le nom d'Anthony Gilbert, dans la colonne des suspects, il n'y avait que du vide.

Ils lui avaient sauté dessus trop vite, pressés de classer l'affaire pour pouvoir se consacrer aux meurtres de Didi et d'Ali Manouf.

– On est dans la merde, dit Ferreira en saisissant le dossier, comme si en l'examinant de ses propres yeux les résultats avaient une chance de changer. Pourquoi est-ce qu'il a essayé de se suicider s'il n'était pas coupable ?

– Il a dit qu'il était au téléphone avec Jelena au moment où la voiture l'a renversée. Ça ne te pousserait pas au désespoir toi ?

– C'est pas parce qu'il était au téléphone qu'il n'était pas aussi derrière le volant.

– Les résultats ADN prouvent qu'il n'était pas au volant, dit Zigic d'un ton brusque. Kate, est-ce qu'il y a quelque chose là-dedans qui puisse nous être utile ?

Jenkins fit un geste évasif de la main, l'air de quelqu'un qui ne veut pas s'engager.

– Tout ce que je peux vous dire, c'est que la voiture a été nettoyée très soigneusement avant l'accident. On a retrouvé quelques objets dans le coffre, mais les seules empreintes laissées dessus étaient celles du propriétaire précédent, monsieur Devlin. La pelle était neuve, aucune empreinte là-dessus. L'intérieur de la voiture avait été entièrement passé à l'aspirateur, chaque parcelle. Il a vraiment pris ses précautions.

– Ce qui veut dire que c'était prémédité ?

– C'est l'impression que ça donne. Si jamais j'ai autre chose, je vous bipe, répondit Jenkins avant de repartir.

Zigic savait qu'elle disait ça par gentillesse et qu'ils ne retrouveraient rien de plus dans la voiture. Elle était bien trop perfectionniste pour laisser échapper quoi que ce soit.

Ferreira se laissa tomber sur son siège, attrapa une cigarette à moitié fumée et la porta à sa bouche sans l'allumer.

– Si ça se trouve, on s'est pas trompés tant que ça. On pensait que c'était une affaire personnelle, c'est peut-être toujours le cas, dit-elle.

– Tu penses à Tomas ?

– On sait qu'ils avaient une relation explosive avec Sofia, et on sait qu'elle l'a mis dehors. Et il semble avoir des tendances pour le moins violentes.

– Elle n'était pas toute seule à attendre à l'arrêt de bus, remarqua Zigic.

– Non, mais elle était la seule à s'être disputée récemment avec quelqu'un de dangereux.

– Et Dymek ? demanda-t-il. Quand j'ai parlé à sa femme, elle a dit que « c'était pas un homme bien ».

Ferreira haussa les épaules.

– Ça peut vouloir dire des tas de choses.

– Il n'était pas censé être là, dit Zigic.

Il repensait aux images de la caméra de surveillance qui montraient Dymek, au mauvais endroit et au mauvais moment, en train d'essayer d'allumer sa cigarette.

– Si l'attaque était préméditée, ajouta-t-il, il est peu probable que ce soit la cible.

– Exactement. Comment prévoir qu'il allait être là ? dit Ferreira en se redressant, considérant un instant l'idée. Non, on oublie Dymek, c'est un dommage collatéral. Tout ce qu'on a dit à propos de Gilbert et Jelena est applicable à Sofia et Tomas. C'est même beaucoup plus logique, parce que Jelena et Gilbert n'avaient pas rompu, en réalité, tandis que Sofia et Tomas, si. Il avait une raison de vouloir s'en prendre à elle.

– Mais de cette façon ? Tomas n'est pas du tout le même type d'homme que Gilbert. Il ne passerait pas à l'acte en se cachant derrière une voiture.

– Mais justement, dit Ferreira. Si tu poignardes quelqu'un ou que tu l'étrangles, ça donne l'impression qu'il s'agit d'un truc personnel. Et qui est-ce qu'on arrête en premier dans ces cas-là ? Le petit ami. Un accident de voiture, c'est plus flou, ça peut être involontaire et au lieu d'une victime on en a plusieurs, qui peuvent toutes être considérées comme des cibles potentielles. Ça noie le poisson.

Zigic regarda le schéma de l'accident au tableau : le conducteur avait d'abord percuté Jelena de plein fouet, par le milieu du pare-chocs. Sofia se tenait immédiatement derrière elle. La seule façon de l'atteindre à coup sûr était de renverser Jelena la première. Si Dymek n'avait pas poussé Sofia à la dernière minute, elle aussi y serait passée.

– Si Sofia protège Tomas, ça devrait suffire à la faire parler.

39

Sofia entendait les gens arriver dans le couloir. Leurs voix enjouées, les mots gentils qu'ils avaient pour leurs proches. Elle enfouit sa tête dans l'oreiller, serrant les dents pour ne pas pleurer.

Tout le monde avait quelqu'un, sauf elle.

Elle aurait aimé que la porte s'ouvre et que Jelena entre. Pas de fleurs, pas de cadeaux, seulement elle, assise au pied du lit.

Elle pensa à Tomas, son gros ours, au moment où ils s'étaient rencontrés. C'était son premier jour à la ferme et il faisait tout son possible pour faire bonne impression, abattant deux fois le travail des autres hommes, une caisse sur chaque épaule, les muscles gonflés sous son tee-shirt. Elle l'avait houspillé en lui rappelant les règles de sécurité et ça l'avait fait sourire, il lui avait dit qu'elle était une femme difficile à satisfaire, comme si c'était le plus beau compliment qu'il pouvait lui faire.

Une semaine plus tard, ils couchaient ensemble. Un mois plus tard, il avait emménagé dans la maison. Pour la première fois de son existence, elle entrevoyait un avenir qu'elle avait envie de vivre, pas juste une suite d'épreuves à affronter. Ils travailleraient dur, ils économiseraient, ils monteraient leur propre affaire. Elle et Tomas et Jelena. Peut-être qu'ils auraient des enfants. Ils avaient arrêté de se protéger, laissant faire le destin.

Certaines nuits, éveillée à ses côtés, elle imaginait un bébé qui grandissait dans son ventre et elle paniquait, elle avait peur de ne pas être une bonne mère, de répéter les erreurs commises par la sienne. C'était une mauvaise femme, froide, distante, incapable d'aimer. Et si elle se mettait à faire comme elle, le moment venu ?

Mais le matin, en voyant Jelena, la peur disparaissait. Elle avait élevé sa petite sœur, elle l'avait nourrie, elle l'avait protégée des garçons, puis des hommes qui voulaient abuser d'elle, tous les Anthony Gilbert de la Terre qui la voyaient comme une jolie petite chose dont on pouvait se servir avant de la jeter. Aucun n'était assez bien pour elle, et lui encore moins que les autres.

Mais Jelena ne voulait rien savoir.

Sofia était sûre que si elle avait survécu elle continuerait à lui trouver des excuses.

Jelena était comme une enfant. Incapable de voir Gilbert pour ce qu'il était. Il aimait avoir le contrôle, manipuler. Il avait observé, patiemment, et quand il avait entrevu une opportunité, un moment de faiblesse, il avait tenté de prendre le contrôle de leurs vies à toutes les deux.

Mais il l'avait sous-estimée.

Même diminuée, Sofia était plus forte que lui.

De l'autre côté de la porte de sa chambre elle entendait le garde parler à une infirmière. Celle qu'elle détestait plus que les autres, une garce toute maigre à l'air méchant qui parlait du coin de la bouche en se comportant comme si elle était trop bien pour le travail qu'elle faisait. L'homme riait et Sofia était persuadée que c'était d'elle qu'ils se moquaient.

Elle regarda son poignet enserré dans la sangle matelassée, enchaînée aux barreaux du lit.

Gilbert devait avoir droit au même traitement dans une autre aile de l'hôpital, pendant qu'il se préparait à parler à la police. Il n'avait qu'une issue pour se sortir de là, et il s'en servirait.

La porte s'ouvrit et l'infirmière entra, suivie du policier. Ce n'était pas celui qui l'avait poussée loin du lit de Gilbert alors qu'il ouvrait enfin les yeux, mais il ne devait pas être tellement différent. Il aurait sûrement fait la même chose, l'aurait plaquée au sol, lui aurait décoché des coups de poing dans les côtes pour qu'elle cesse de se débattre, sachant bien que son uniforme lui donnait le droit d'agir comme bon lui semblait.

Quelques secondes de plus et elle aurait été fixée. Ça lui aurait suffi. Une seule question, une seule réponse et peu importe si Gilbert avait menti parce qu'elle pouvait lire en lui comme dans un livre ouvert. Depuis le début.

– C'est le moment de faire sa toilette, dit l'infirmière avec un sourire aigre.

Le policier défit la chaîne du lit et l'accrocha à son propre poignet. Comme si elle allait s'enfuir. Pieds nus, en pyjama, les jambes en coton après être restée si longtemps allongée.

Ils l'escortèrent jusqu'à une pièce carrelée avec des barres aux murs et une poulie sur des rails qui pouvait être déplacée des toilettes à la baignoire. Ça sentait le produit désinfectant et la merde, l'odeur fétide des corps malades. On avait déjà fait couler le bain et la VMC ronronnait en aspirant la vapeur.

Le garde lui retira sa menotte et recula jusqu'à la porte. Il allait rester là ou quoi ? À la regarder se déshabiller et se laver ?

– Vous avez dix minutes, dit l'infirmière. Les serviettes sont là, le savon est dans le distributeur.

Le policier pointa un doigt vers elle.

– Et on sera juste derrière la porte, donc pas d'idées tordues.

Ils sortirent de la pièce mais sans fermer complètement la porte. Elle la claqua de toutes ses forces et ses côtes rugirent de douleur. Elle se retint de hurler en s'agrippant au mur.

Elle n'avait pas envie de se laver mais elle savait qu'elle en avait besoin. Son corps était sale, l'odeur de sueur acide, pas celle de l'effort mais celle de la peur et de la souffrance. Bientôt elle se retrouverait au commissariat et elle ne voulait pas qu'ils la voient si dégoûtante.

C'était pour ça qu'on l'avait emmenée se laver, réalisait-elle, parce que Zigic allait l'interroger à nouveau.

Ce qui signifiait que Gilbert avait parlé.

Dans le miroir elle se retrouva face à un visage à peine reconnaissable. Gris et fatigué, avec une expression féroce, l'air plus hargneuse qu'elle ne se sentait au fond d'elle-même. Il ne fallait pas qu'elle laisse paraître sa peur, ses faiblesses, qu'elle cède à leurs pressions et admette quoi que ce soit concernant Tomas.

Petit à petit elle ôta le haut de son pyjama. Elle avait la chair de poule sans ses vêtements. Elle examina les hématomes qui avaient viré au jaune, hormis la marque en forme de poing laissée par le policier.

Sofia enleva son bas de pyjama et resta un instant à considérer l'eau du bain. Est-ce qu'ils y avaient mis d'autres gens avant elle ? Elle fronça le nez à cette idée mais en y regardant de plus près, l'eau paraissait propre. Elle entra doucement et se mit sur les genoux, incapable de descendre plus bas avec ses côtes cassées.

Elle prit un peu d'eau chaude dans la paume de sa main et se lava le visage. Elle revoyait Tomas dans la cuisine, les chaussures et les vêtements tachés de sang, qui souriait, mais des yeux seulement, en lui expliquant ce qui s'était passé.

Gilbert allait tout dire à la police.

C'était la seule carte qui lui restait.

40

Zigic avait chargé des agents d'aller chercher Sofia à l'hôpital et de la ramener au commissariat pour un nouvel interrogatoire. Il voulait lui faire comprendre qu'elle était en train de jouer son avenir, que sa seule chance de s'en sortir était de les aider à trouver Tomas, et il savait qu'il n'arriverait pas à la faire parler en usant de gentillesse. Ce qui ne laissait qu'une alternative, même s'il détestait ça.

Il l'avait fait conduire en cellule pour une heure, en disant au sergent de garde de la mettre dans celle où Lukas s'était suicidé. Elle avait été nettoyée, mais aucune quantité d'eau de Javel ne pouvait éliminer les traces invisibles de la mort. L'air était plus lourd, la lumière des spots moins vive, c'était une présence intangible et néanmoins tenace.

Zigic ne croyait pas aux fantômes et il était à peu près sûr que Sofia non plus, mais on ne pouvait nier l'atmosphère plombante qui régnait dans une pièce plusieurs jours après la survenue d'une mort violente.

Il était à son bureau en train de relire le fil des conversations Facebook entre Jelena et Gilbert quand l'inspecteur Strug rappela.

– Inspecteur Zigic, j'ai votre homme.

Zigic sentit comme une secousse électrique parcourir son corps.

– Où ça ? Vous l'avez avec vous ?

– Pardon, mon anglais n'est pas très bon, dit Strug. Je l'ai dans nos fichiers.

Les épaules de Zigic s'affaissèrent. Évidemment, ça ne pouvait pas être aussi simple.

– Tomas Kaminski, né en janvier 1983, à Poznan. Il est bien connu de la police, beaucoup de petites condamnations. Il a le sang chaud quand il boit.

– Rien de plus grave que ça ?

– En mars 2002, il a été impliqué dans un incident très sérieux dans le parc de Drweskich. Lui et son frère ont attaqué deux Turcs avec des barres de fer.

– Et il a été arrêté ?

Strug souffla.

– Plus qu'arrêté, inspecteur. Les deux Turcs étaient armés (les couteaux, c'est dans leur culture, vous comprenez), et le frère de Tomas a été tué. La gorge tranchée. Tomas a été gravement blessé mais les médecins l'ont sauvé. Certains ne méritent pas qu'on se donne tant de peine, marmonna Strug en polonais.

Est-ce que c'était ça qui le motivait ? Un désir de venger la mort de son frère ? Trois hommes totalement innocents assassinés parce qu'une nuit, les frères Kaminski avaient décidé de s'en prendre aux mauvaises personnes ?

– Et vous avez arrêté les hommes qui ont tué son frère ? demanda Zigic.

– Bien sûr qu'on les a arrêtés, dit Strug d'un ton offensé. Ils sont toujours en prison, encore un ou deux ans et ils seront reconduits à la frontière. Vous les verrez probablement arriver en Angleterre, ajouta-t-il en ricanant.

Zigic ignora le sarcasme.

– Et Tomas ? Il a été mis en cause ?

– Oui, pour coups et blessures. Il a pris deux ans. Pas assez à mon avis, mais le juge pensait que les coups qu'il avait pris le feraient réfléchir à deux fois avant de refaire les mêmes bêtises.

– Et ?

– Et il n'a pas fait ses deux ans, dit Strug avant de s'interrompre pour crier quelque chose à l'autre bout du fil. Excusez-moi, inspecteur. Tomas Kaminski a tué un prisonnier (un autre Turc) et il a pris quatre ans de plus.

Zigic fit rapidement le calcul dans sa tête. Dès sa sortie de prison ou presque, Tomas était venu en Angleterre, à Peterborough, et avait rencontré Sofia. Était-elle au courant de tout ça ?

– Quatre ans, ce n'est pas beaucoup pour un meurtre, dit Zigic.

– En effet, dit Strug en soupirant. Mais Tomas a plaidé la légitime défense, et plusieurs témoins ont affirmé que le Turc avait un rasoir sur lui.

Zigic détecta du dégoût dans la voix de Strug.

– Quand vous dites des témoins…

– C'étaient pas des gens fiables, dit Strug d'une voix sombre. Je ne sais pas comment c'est en Angleterre, mais ici on a de graves problèmes avec les gangs en prison.

– On a ça aussi, dit Zigic.

– Alors vous allez comprendre ce que je vais vous dire. À cause du crime que Kaminski avait commis et du meurtre de son frère, un puissant groupe néonazi lui a offert sa protection en prison, les Frères blancs. Il n'avait que dix-neuf ans, il avait sans doute peur j'imagine, et il partageait déjà leurs idées avant. Il est devenu un peu comme une mascotte pour eux. Peut-être que le Turc avait un rasoir, dit Strug. Mais il est possible aussi qu'un membre des Frères blancs l'ait mis dans sa main alors qu'il était déjà mort.

– Ces Frères blancs, vous pouvez m'en dire un peu plus ?

– Je n'y connais pas grand-chose. C'est un gang de prison, je n'ai jamais eu affaire à eux directement, mais je sais qu'ils ont des relais à l'extérieur aussi. Je vais vous envoyer le dossier de Kaminski, peut-être que ça pourra vous servir.

Zigic remercia Strug. La logique de l'histoire commençait à prendre tournure dans sa tête. La mort du frère, l'adolescent qui joue les gros durs, la famille qu'il trouve dans le groupe néonazi lorsqu'il a besoin d'aide.

Zigic retourna dans la grande salle, mit les autres au courant et inscrivit les nouvelles informations au tableau. Ça faisait du bien de pouvoir enfin ajouter quelque chose.

– Mel, renseigne-toi sur ces Frères blancs.

Elle était déjà en train d'examiner les résultats de recherche sur son ordinateur.

– Ouais, j'ai cherché sur Google dès que t'as prononcé leur nom. Il y a quelques centaines de réponses, la plupart en polonais. Il va peut-être falloir que ce soit toi qui t'y colles.

Il jeta un œil à l'horloge. Ça faisait quarante-cinq minutes que Sofia était en cellule.

– OK, on fera ça plus tard. Voyons d'abord ce que mademoiselle Krasic a à nous raconter.

Zigic descendit au sous-sol. Un homme attendait en silence sur un des sièges, menottes aux poignets, le teint blême, vêtu de son meilleur costume pour se présenter devant le juge et d'une paire de baskets blanches. Les deux agents de garde bavardaient tranquillement quand il arriva et Rita rougit lorsqu'elle le vit s'approcher.

– Sofia Krasic ?

Zigic acquiesça de la tête.

Il la suivit jusqu'à la lourde porte métallique, elle passa sa carte magnétique dans la fente du boîtier, jura en voyant que ça ne marchait pas, changea la carte de sens. Elle était nerveuse. Il savait que l'enquête sur les circonstances du suicide de Lukas avait déjà été confiée à la commission d'inspection de la police. Le commissariat avait même accéléré le processus pour montrer que le service n'avait rien à se reprocher.

La plus grande partie des cellules était occupée, seules deux ardoises avaient été effacées sur les portes dans l'attente de nouveaux arrivants. Zigic était impatient d'y voir le nom de Tomas Kaminski inscrit en majuscules rouges.

Rita ouvrit la porte de la cellule et fit un pas de côté.

Sofia était assise sur la couchette, l'air pensif, les yeux rivés au sol à l'endroit même où le corps de Lukas avait été retrouvé moins de vingt-quatre heures plus tôt. Elle portait un jean et un sweat à capuche, des tennis rouges auxquelles les lacets avaient été retirés. Hors de son lit d'hôpital, elle avait l'air plus forte. Mais il remarqua la légère grimace qu'elle fit en se levant, portant instinctivement les mains à ses côtes.

– Vous avez pas le droit de faire ça, dit-elle.

– Vous êtes toujours en garde à vue, Sofia. Même à l'hôpital vous l'étiez.

Elle releva le menton.

– Je suis innocente.

Zigic s'appuya contre l'encadrement de la porte.

– Vous savez qui était le précédent occupant de cette cellule ?

– Comment je peux savoir ça ?

– Lukas, dit Zigic. Hier après-midi, il a déchiré sa chemise en lambeaux et il s'est tué en s'étranglant. Il est mort exactement à l'endroit où vous êtes, juste là.

Sofia lui lança un sourire méprisant.

– Qu'est-ce que ça peut me faire ?

– Tout à coup il a eu très peur, Sofia. Il était dans sa cellule et il a réalisé qu'il allait passer le restant de ses jours enfermé dans une petite pièce comme celle-ci, entouré de gens encore plus violents que lui, sans aucune liberté, sans intimité, sans plaisir, plus jamais.

Le sourire s'était évanoui pour laisser place à une ligne droite et figée.

– Et Lukas était solide, plus solide que vous.

– Vous ne savez pas comment je suis, dit-elle en passant au serbo-croate. J'ai vu des amis mourir dans la rue, mangés par des chiens. Lukas était un criminel et un lâche, comme tous les autres. Mais moi vous n'allez pas me faire peur avec votre prison.

– Et l'expulsion du territoire ?

Elle baissa les yeux, secoua la tête.

– Je croyais que vous étiez un homme respectable, Dushan Zigic. Mais en fait vous devez avoir du sang turc dans les veines.

La réplique continua de trotter dans la tête de Zigic pendant qu'ils montaient en salle d'interrogatoire. Il se demandait si c'était seulement un commentaire qu'elle avait lancé comme ça ou quelque chose de plus significatif. Le mot « turc » était une insulte raciste courante chez les Serbes et les Croates, visant les musulmans de toute l'ancienne Yougoslavie. Sans la conversation qu'il avait eue avec Strug juste avant, il n'y aurait pas fait plus attention que ça, mais maintenant le commentaire suscitait en lui une sorte de malaise.

Ferreira les attendait dans la salle d'interrogatoire n° 3, la plus confortable, celle qu'on réservait aux témoins et aux victimes, et Zigic supposait qu'elle en aurait choisi une autre si elles n'avaient pas toutes été occupées. Mais elle avait quand même apporté une bouteille d'eau pour Sofia. Elle devait penser que la manière douce suffirait à obtenir les informations dont ils avaient besoin.

Ils n'avaient pas parlé de la façon dont ils allaient s'y prendre, trop habitués à trouver naturellement le rythme, et il le regrettait à présent. Ferreira pensait que c'était par peur que Sofia gardait le silence, mais Zigic n'en était plus si sûr.

– J'ai besoin d'un avocat ? demanda Sofia, en s'adressant à Ferreira.

– Non, répondit-elle. On va juste vous poser quelques questions. Mais si à un moment donné vous sentez que vous préféreriez avoir un avocat, dites-le-nous et on s'arrêtera pour faire venir quelqu'un.

Zigic se glissa sur la chaise à côté de Ferreira. Sofia était assise face à elle et ne le regardait pas. De là où il était, il voyait plus distinctement la cicatrice sur son cou. Elle semblait remonter à plusieurs années, après son arrivée en Angleterre peut-être. Comme si elle sentait son regard, elle ramena sa queue de cheval sur le côté.

Ferreira se pencha en avant.

– Je dois vous dire d'abord qu'on a reçu les résultats des tests ADN ce matin. Anthony Gilbert n'est plus considéré comme suspect.

Sofia laissa échapper un soupir, profond mais contrôlé. Ça ressemblait à du soulagement, mais Zigic ne voyait pas pourquoi ce serait le cas. Elle détestait Gilbert et si elle ne se montrait plus aussi vindicative à son égard, Zigic était certain qu'elle avait cru en sa culpabilité à un moment ou à un autre.

– Donc maintenant, on a un problème, reprit Ferreira. Si ce n'est pas lui, qui est-ce ?

– Où est Tomas ? demanda Zigic.

– C'est pas Tomas, dit Sofia.

– C'était vous que le conducteur visait, reprit-il. Vous étiez la cible de l'accident.

Elle soutint son regard. Quelque chose était passé dans ses yeux, comme de la peur.

– Nous savons qu'il y a eu une violente dispute entre vous et Tomas et nous savons aussi que vous l'avez mis dehors. Dans ce genre de situation, on considère toujours l'ex-petit ami comme un suspect. Et au vu du passé violent de Tomas, c'est un suspect tout ce qu'il y a de plus crédible.

– Il était pas violent, dit Sofia d'un ton plat, catégorique.

– J'ai parlé à la police de Poznan. Peut-être que Tomas ne vous l'a pas dit, mais avant de venir en Angleterre, il a passé six ans en prison pour homicide et tentative d'homicide. (Sofia baissa la tête sans demander de précisions.) Et on a des raisons de penser que Tomas est retombé dans ses vieux travers. Lukas n'a pas agi seul dans le meurtre du jeune homme dont on vous a parlé. Tomas l'a aidé et il est possible qu'il ait pris part à d'autres meurtres. On sait de quoi il est capable.

– Il ne ferait pas ça à moi et Jelena.

– Pourquoi vous le protégez ? demanda Ferreira. Il a tué Jelena. Il a essayé de vous tuer. Vous ne voulez pas qu'il soit puni pour ce qu'il a fait ?

– Je sais pas où il est, dit Sofia de ce même ton sans appel. Si je savais, je vous le dirais.

– Vous l'avez revu depuis que vous l'avez mis dehors ?

– Je l'ai pas vu.

– Nous avons trouvé chez vous des vêtements tachés de sang, dit Zigic.

Sofia leva la tête, les yeux grands ouverts.

– Ce sont des vêtements de Tomas, reprit-il, et ils étaient dans la poubelle. Je suppose que vous mettez vos poubelles dehors tous les quinze jours comme tout le monde, donc ces vêtements sont là depuis maximum deux semaines.

– Je les ai mis la semaine dernière, dit-elle.

– C'est le sang de qui ?

– Le mois dernier à l'entrepôt, il y a eu un accident, dit-elle en butant sur les mots. Un homme s'est fait mal à la main, Tomas a essayé de l'aider. C'est son sang à cet homme, allez leur demander ils vous diront.

– On va vérifier, dit Zigic. Mais tout ça ne nous aide pas à savoir où est Tomas.

Sofia cligna des paupières, gênée par les mèches de cheveux qui lui rentraient dans les yeux. Elle les rabattit en arrière et se rendit compte que sa main tremblait.

– Le soir où vous avez mis Tomas à la porte, quelle était la raison de votre dispute ?

– Je vous ai déjà dit. L'argent.

– Je ne vous crois pas, dit Zigic. Vous saviez que Tomas était mêlé à quelque chose de grave et ça vous déplaisait.

Sofia ne répondit pas, regardant fixement la bouteille d'eau.

– La veille du soir où vous avez mis Tomas dehors, un jeune homme a été tué à coups de pied à quelques rues de chez vous. Les caméras de surveillance montrent que Tomas et Lukas se trouvaient dans le périmètre de la scène de crime au moment du meurtre. (Zigic essayait de croiser son regard, sans y parvenir.) Vous vous souvenez de cette nuit, Sofia ?

– Non.

– Tomas a dû rentrer à la maison couvert de sang.

– Je me souviens pas, dit-elle. Jelena et moi on devait être au travail.

– On a vérifié vos horaires, vous ne travailliez pas.

– Alors on devait être sorties.

– Peut-être que vous étiez chez Anthony Gilbert ? suggéra Ferreira. Ou vous aviez déjà forcé Jelena à rompre avec lui ?

Sofia la regarda d'un air furieux.

– On était pas avec lui.

– Vous semblez bien certaine de ça, bizarrement, alors qu'il y a dix secondes vous ne vous souveniez de rien. (Ferreira s'était redressée sur sa chaise et Zigic réalisa qu'elle avait une idée en tête.) Peut-être qu'Anthony a meilleure mémoire que vous ? Et qu'il sait pourquoi vous vous disputiez ?

– Il était pas là. Tout ce qu'il dit, c'est des mensonges.

– Il nous a dit que Tomas commençait à se rapprocher un peu trop de Jelena à votre goût, dit Zigic. C'était un mensonge, ça aussi ?

Le visage de Sofia se colora.

– Tomas était comme un frère pour elle, dit-elle, les mâchoires serrées.

Pendant un moment, personne ne dit plus rien et on n'entendit plus que le léger grésillement du plafonnier et le bruit des canalisations derrière les murs. Gilbert avait affirmé qu'il était là le soir où Sofia et Tomas s'étaient disputés, madame O'Brien avait dit la même chose, mais Sofia niait.

Elle continuerait à mentir jusqu'à ce qu'on lui mette des preuves irréfutables sous le nez. Mais maintenant qu'il était hors de cause, Anthony Gilbert serait peut-être plus loquace.

41

– Enlevez-lui le bracelet, dit Ferreira.

Une expression de soulagement passa sur le visage fatigué et hirsute de Gilbert. L'agent qui gardait l'entrée de sa chambre fit le tour du lit et détacha ses menottes. Gilbert se frotta le poignet et scruta son épiderme à la recherche de marques inexistantes. Les seuls dommages visibles sur sa personne, il se les était infligés tout seul, et on ne voyait déjà plus grand-chose.

Les poches sombres sous ses yeux s'étaient estompées, son nez avait désenflé, et lorsqu'il prit la parole pour demander ce qui se passait, sa voix n'était plus aussi rauque qu'après le lavement gastrique qu'on lui avait fait subir.

– Nous avons reçu les résultats des tests ADN. Nous savons à présent que vous ne conduisiez pas la voiture.

– Je vous avais bien dit que ce n'était pas moi.

– C'est marrant, beaucoup de gens disent ça aussi quand ils sont coupables, dit Ferreira en fermant la porte derrière l'agent.

Gilbert s'assit sur le côté du lit, puis se leva lentement. Il n'était pas encore très assuré sur ses jambes, mais il arriva à marcher jusqu'à la fenêtre et jeta un coup d'œil au petit jardin, un carré de gazon et quelques massifs de fleurs garnis de tulipes. Il posa le front contre la vitre et pleura doucement pendant quelques minutes.

Maintenant qu'il était innocenté, son chagrin allait reprendre le dessus, songea Ferreira. Le deuil emplirait de sa présence chacune des heures qu'il passerait ici jusqu'à ce que l'hôpital le déclare apte à rentrer chez lui. Et après ? À nouveau des cachets, en plus grande quantité, suffisamment pour faire taire la douleur une fois pour toutes.

Il avait les yeux encore brillants lorsqu'il se retourna. Il s'essuya la figure du revers de la main gauche, un cathéter toujours planté dans la droite.

– Qui a fait le coup, à votre avis ? demanda-t-il d'une voix grave. Est-ce que finalement c'était accidentel ?

– Non, dit Ferreira, on en est certains. La voiture a été achetée quelques jours plus tôt en liquide pour qu'il n'y ait pas de suivi de la transaction et a été nettoyée entièrement pour ne pas laisser d'empreintes ou de traces ADN.

– Mais vous en avez retrouvé ?

– Le conducteur n'avait sans doute pas prévu que l'airbag le frapperait en plein dans le nez.

– Et vous savez qui c'est ? demanda Gilbert. Il est fiché ? Vous allez l'arrêter ?

– On a quelqu'un en tête.

– Qui ?

– Tomas.

Gilbert s'assit sur le fauteuil à côté de la fenêtre.

– C'est tout ce que vous avez ? Sérieusement ?

– Tomas a un passé violent, dit Ferreira. Plus long que le vôtre. C'est pour dire.

Il la regarda de travers.

– Pourquoi est-ce que vous pensez que c'est forcément en rapport avec Sofia et Jelena ? Elles n'étaient pas les seules à attendre à cet endroit.

– Nous pensons que Sofia et Jelena étaient les cibles de l'attaque, dit Ferreira d'un ton ferme.

– Vous ne pouvez pas en être sûrs, pas avant d'avoir trouvé celui qui a fait ça, dit-il en se tapant la cuisse. Je veux dire, ces gens arrivent à Peterborough de toute l'Europe, du monde entier même. On ne sait pas qui ils sont vraiment, quels ennemis ils peuvent avoir.

– C'est ce qu'on est en train de voir.

– Vous auriez dû le faire dès le début, dit-il d'un air méprisant, mais vous étiez tellement convaincus que c'était moi que vous ne vous êtes même pas donné la peine de chercher d'autres pistes. J'ai lu les journaux. L'autre homme là, c'était qui ? Peut-être qu'il trempait dans quelque chose de louche et que quelqu'un voulait le faire disparaître, vous y avez pensé à ça ?

– On est en train de vérifier, dit Ferreira.

Elle commençait à perdre patience. Entre autres parce qu'il avait raison. Ils avaient trop à faire, pas assez de moyens. Zigic essayait de répartir le travail le mieux possible et ils avaient suivi la piste la plus évidente, celle qui avait toutes les chances d'aboutir. Riggott les y avait encouragés, soucieux de voir l'enquête progresser sans attiser les tensions identitaires qui couvaient dans le quartier.

Tout le monde voulait que Gilbert soit coupable.

Zigic avait-il commis une erreur de calcul ? De l'extérieur c'était l'impression que ça pouvait donner et la conférence de presse de l'après-midi ne ferait qu'aggraver la situation. On lui poserait des questions sur l'efficacité de la section des crimes de haine, surtout après le suicide de Lukas.

Pour le moment, il leur restait encore cinq meurtres irrésolus.

Tomas était au cœur de tout ça, là-dessus, elle était d'accord avec Zigic, mais les informations que Wahlia avait récupérées pendant l'interrogatoire de Sofia offraient peu d'espoir de le localiser. Ils n'avaient rien pu obtenir des compagnies de bus ni des services de contrôle aux frontières. Il y avait des tas de moyens discrets pour s'éclipser et on pouvait facilement se procurer un faux passeport, surtout si Tomas était aussi organisé que le laissait penser le mode opératoire du conducteur de la voiture. Il pouvait très bien avoir rejoint une autre ville sans se faire repérer avec un véhicule volé ou en faisant du stop.

Parr avait terminé son tour des hôtels et chambres à louer à l'heure du déjeuner. Il était allé trop vite et

Ferreira regrettait de n'avoir rien dit lorsque Zigic lui avait confié la tâche. Il ne connaissait pas le quartier ni les gens qui y vivaient et il était accaparé par d'autres préoccupations, à en juger par le temps qu'il passait au téléphone dans le couloir à parler de biberon, sieste et couleur de caca. Est-ce qu'on pouvait vraiment lui faire confiance quand il affirmait que Tomas n'avait été vu dans aucun des endroits qu'il avait visités ?

À la brigade criminelle, l'inefficacité pouvait passer inaperçue. Avec de tels effectifs il y avait toujours quelqu'un pour compenser les manques d'un collègue. Mais à la section des crimes de haine, on n'avait pas ce luxe.

Ferreira contourna le lit de Gilbert et s'assit sur le rebord de la fenêtre, s'intercalant entre lui et la vue qu'il semblait trouver si captivante.

– Réfléchissez, il doit bien y avoir quelque chose que vous pouvez nous dire sur Tomas. N'importe quoi qui puisse nous aider à le retrouver.

– C'est pas Tomas, dit Gilbert, la voix lourde de frustration. C'est comme ça que vous fonctionnez ? Vous restez bloqués sur quelqu'un jusqu'à ce que vous réalisiez que vous vous êtes plantés, et puis vous passez à la personne suivante ?

– On se concentre sur les suspects les plus plausibles, dit Ferreira qui sentait l'énervement la gagner. Après vous, c'est Tomas le prochain sur la liste. Lui et Sofia se sont disputés, elle l'a jeté dehors et juste après quelqu'un essaie de la tuer. Vous ne trouvez pas que ça fait un bon candidat ?

Gilbert baissa les yeux.

– C'est pas Tomas.

– Pourquoi pas ?

– Parce qu'il est reparti dans son pays.

– C’est ce que dit Sofia.
– Pourquoi elle mentirait ?
– Pour le protéger, dit Ferreira. Ce que j’arrive à peu près à comprendre. Elle éprouve à son égard une sorte de loyauté étrange ou alors elle a peur de lui. Peut-être qu’elle ne peut pas accepter l’idée qu’il ait tué sa sœur parce qu’au fond elle l’aime même si c’est un salaud. Mais ce n’est pas votre cas. Vous avez dit vous-même que vous vous détestiez avec Tomas.
Gilbert avala sa salive, les yeux humides. Il semblait toujours à deux doigts de fondre en larmes.
– Il faut que vous trouviez celui qui a tué Jelena, dit-il.
– C’est ce qu’on va faire.
– Mais non, dit-il en gémissant presque. C’est pas Tomas, vous perdez votre temps en le cherchant. Il faut que vous retrouviez celui qui conduisait la voiture avant qu’il ait quitté le pays et qu’il soit trop tard. Vous ne pouvez pas laisser filer le coupable comme ça.
– Oui, on va le retrouver, on va retrouver Tomas, dit Ferreira, la voix grave et tranchante. Où qu’il se cache.
Elle se leva et se dirigea vers la porte. Elle avait fait ce qu’on lui avait demandé de faire, lever la garde à vue de Gilbert, et à l’évidence il n’avait rien d’utile à lui dire. Encore un cul-de-sac.
– Attendez.
Elle soupira, lâcha la poignée de la porte qui se referma toute seule. Gilbert s’était levé, une main agrippée à l’encolure de sa blouse d’hôpital, les traits crispés. Il gémit, ferma les yeux et ouvrit la bouche, murmurant presque.
– Je sais où se trouve Tomas.

42

Ce n'était pas tout à fait au milieu de nulle part mais suffisamment pour qu'ils soient passés devant sans rien voir la première fois. Zigic au volant, Ferreira côté passager, scrutant la campagne à l'affût de l'endroit dont Gilbert leur avait parlé. Les champs du Fenland se déployaient vers l'est, des milliers d'hectares de terre nue et d'herbe verte. La route était encombrée de véhicules agricoles, des tracteurs aux charrues boueuses qui répandaient sur la route des mottes de terre humide, leurs pointes acérées brillant dans le soleil de l'après-midi. Zigic avait dû se ranger plusieurs fois sur le bas-côté pour les laisser passer, imité par les autres voitures derrière lui, rayant leur carrosserie contre les petites haies d'arbustes.

Peterborough rapetissait derrière eux, devenait presque invisible dans le rétroviseur. Ils étaient loin des rues où ils avaient cru pouvoir dénicher Tomas Kaminski.

Ferreira tapota la vitre de sa portière.

– Là, ça doit être ça.

– T'es sûre ?

Il ralentit et regarda du côté de Ferreira. Un bois dense masquait l'horizon. On y accédait par un chemin de terre dépourvu de grilles, ce qui était rare dans le coin. Mais il n'y avait de toute évidence rien à voler dans le petit bâtiment en briques rouges qui se trouvait au pied des arbres.

– Gilbert a dit qu'il y avait des machines abandonnées à l'arrière.

– Je ne vois rien, dit Zigic.

– Si, là.

Il plissa les yeux et discerna un bout de peinture jaune et le miroitement argenté d'une vitre cassée, camouflés derrière des taillis de verdure.

– C'est ça, dit Ferreira en attrapant l'émetteur radio pour faire passer le message.

Zigic s'engagea dans le chemin, suivi par la voiture de police qui les secondait. Les champs tout autour étaient en jachère. Les herbes ondoyaient dans la brise, des pieds de colza faisaient çà et là des petites taches de couleur. Tout était parfaitement calme, idyllique. La voiture soulevait des nuages de poussière en avançant. Zigic klaxonna pour faire fuir un faisan qui se pavanait devant eux. Il traversa le chemin d'un pas nonchalant, attiré par l'appel d'une femelle, comme le cri d'une femme qu'on étrangle.

De près, la petite maison tombait en ruine et le toit s'affaissait en son centre. Plusieurs dizaines de tuiles manquaient, remplacées par les branches d'un vieil arbuste qui avait réussi à percer le toit de l'intérieur. Les vitres avaient été brisées et seuls quelques tessons de verre étaient encore accrochés aux cadres des fenêtres. La porte d'entrée avait depuis longtemps disparu, mais l'ouverture était bloquée par un rosier grimpant dont les boutons commençaient à éclore.

Un ancien tracteur était garé à quelques mètres de la maison. La capote en tissu était déchirée, les lambeaux battant au vent, et la carrosserie était presque entièrement rouillée, mis à part quelques bandes de peinture jaune.

Zigic arrêta le moteur et ils descendirent de voiture.

L'air était chargé en pollen mais la pluie n'était pas loin, charriée par les nuages en provenance de la mer du Nord.

– Comment Gilbert connaissait-il cet endroit ? demanda Zigic.

– Il a dit qu'il venait ici quand il était jeune avec ses copains, ils passaient par un petit chemin à travers les bois et ils s'installaient là pour boire tranquille.

Ce qui expliquait les bouteilles de cidre en plastique vert qui gisaient dans l'herbe. Si Gilbert et ses amis fréquentaient l'endroit quand il était ado, beaucoup d'autres jeunes avaient dû en faire autant depuis.

Mais il semblait que personne ne s'était aventuré là depuis longtemps. Ou si des gens étaient venus, quelque chose les avait fait fuir.

Moore et Hale sortirent de voiture, remontant leurs pantalons, vérifiant leurs radios. Ferreira leur demanda d'apporter une torche.

Zigic se fraya un chemin à travers les broussailles. On discernait encore vaguement les restes d'un jardin, un abreuvoir à oiseaux tombé de son socle, les pourtours en briques d'anciens parterres de fleurs. Ferreira trébucha derrière lui, jura et shoota dans une bouteille en verre qu'elle envoya promener dans le chemin.

– Espérons que ce ne soit pas une pièce à conviction, dit Zigic.

Il jeta un coup d'œil à l'intérieur de la maison, sans trop s'approcher pour éviter les épines acérées du rosier. La lumière du soleil pénétrait à peine par les petites fenêtres et il n'arrivait à voir qu'une partie du sol en terre battue.

– Il y a un autre accès, chef, dit Moore.

C'était sur le côté droit de la maison, et en s'approchant Zigic vit que l'herbe avait été aplatie, formant un large passage qui descendait jusqu'à la route. Il n'y avait pas de traces de pneus ou d'empreintes de pieds clairement identifiables, mais ce n'était pas ce qu'ils étaient venus chercher. Il réussit à ouvrir la porte en poussant d'un coup sec, libérant un nuage d'air froid et de poussière.

En franchissant le seuil, il dit à Ferreira de faire attention où elle mettait les pieds. Le sol de la maison était plus bas de quinze centimètres. Elle balaya la pièce de sa lampe torche, faisant apparaître des bouteilles cassées, des seringues usagées, les yeux jaunes et brillants d'un rat qui disparut aussitôt dans un trou du mur.

On en entendait d'autres déguerpir dans l'ombre.

Une plume se prit dans les cils de Zigic et il la chassa d'un geste de la main. Elles étaient trop nombreuses et trop blanches pour provenir d'un des oiseaux rentrés par les fenêtres cassées.

Puis il l'aperçut. Dans le coin le plus reculé de la pièce, partiellement caché par une vieille table en pin basculée sur le côté à la manière d'une barricade. Une couette à fleurs, d'où s'échappait du duvet blanc. Une tennis sale gisait à côté, vide.

– Passe-moi la torche.

Ferreira la lui tendit et le suivit jusqu'à la table.

Le corps, ou ce qu'il en restait, était allongé sur le dos. La couette dans laquelle il avait été roulé était déchirée, des bouts arrachés par les rats, les renards et les chats sauvages alléchés par l'odeur des chairs en décomposition qui devait s'être répandue à travers champs par les fenêtres. Zigic savait qu'ils s'attaquaient d'abord aux parties les plus tendres, les yeux, la bouche, les entrailles qui se liquéfiaient. Puis ils grignotaient les extrémités des mains et des pieds jusqu'à ce que les petits os se défassent et ils emportaient ce butin vers les tanières et autres cachettes où attendaient leurs petits.

Tout cela dans les deux ou trois premiers jours.

Tomas Kaminski était étendu là depuis quatre semaines. Son corps était resté au frais grâce au sol en terre battue et avait été globalement protégé des éléments, mais ça n'avait pas empêché les rongeurs de faire leur travail.

Restaient ses cheveux, couleur paille à la lumière de la torche et maculés de sang séché, mais son visage n'était plus que d'os, un crâne auquel il manquait la mâchoire et qui reposait à quatre-vingt-dix degrés par rapport à sa position normale.

Sur ses côtes, visibles à travers les déchirures du tee-shirt, il restait des morceaux de chair, des bouts de viande qui continuaient d'attirer les rats. Son jean, plus résistant, avait été moins attaqué, mais les membres à l'intérieur étaient méconnaissables, et Zigic essaya de ne pas penser à la manière dont les rats s'y étaient pris pour s'introduire dans les jambes du pantalon et creuser les chairs.

Ferreira regardait le corps avec des yeux écarquillés, le poing sur la bouche comme pour se protéger de l'odeur. Mais le cadavre n'en était même plus à ce stade.

– On va voir si Sofia nie toujours, dit-elle.

– On n'a que la version de Gilbert sur la manière dont ça s'est passé.

– En tout cas Tomas est hors de cause pour le meurtre d'Asif Khalid. Je ne sais pas qui accompagnait Lukas le soir du meurtre, mais ça ne peut pas être lui.

43

De retour au commissariat, Zigic monta directement au bureau de Riggott. Il appréhendait la discussion mais il savait qu'il ne servait à rien de la remettre à plus tard. Il y avait une conférence de presse à 17 heures et Riggott voudrait certainement le voir avant, donc mieux valait y aller tout de suite.

Riggott contemplait un des tableaux blancs de la brigade criminelle, une cigarette électronique coincée entre les dents, examinant le fouillis d'informations reliées les unes aux autres par des lignes droites qui se croisaient entre elles. Il semblait y avoir tellement de suspects dans cette affaire que Zigic ressentit une sorte de jalousie vis-à-vis de l'inspecteur chargé de l'enquête, un nouveau nom qu'il ne connaissait pas, recruté pour remplacer un collègue en congé maladie.

La complexité de l'enquête expliquait qu'il n'y ait qu'une poignée d'agents à leur bureau, intensément concentrés sur leur travail.

Il suffisait d'un meurtre pour que toute la brigade soit mobilisée. Pendant ce temps, Zigic avait quatre officiers pour résoudre cinq meurtres et même six maintenant.

– De quoi s'agit-il ? demanda-t-il.

– Trafic de drogue, répondit Riggott. Il semblerait qu'on ait droit à une bonne vieille guerre des gangs à Bretton.

Tout le département mis en branle pour mettre la main sur l'assassin d'un dealer. Zigic savait qu'on n'était pas censé porter de jugement moral sur les victimes, qu'il fallait rester neutre, mais était-il juste que cet homme mobilise davantage de moyens que les victimes dont s'occupait la section des crimes de haine ? Trois personnes tabassées à mort pour la couleur de leur peau, deux autres tuées par une voiture et qui semblaient n'avoir jamais rien fait de plus terrible de leur vie que de jeter un papier de chewing-gum dans la rue.

Et l'inspecteur Sawyer, est-ce que la presse venait l'emmerder ? Bien sûr que non.

– J’espère que t’as de bonnes nouvelles pour moi, Ziggy, dit Riggott. Le commissaire divisionnaire s’est rendu à la mosquée ce matin pour rassurer les gens, leur dire qu’on était sur le point d’arrêter une deuxième personne.

– Ils sont au courant pour le suicide ?

– Le communiqué officiel n’est que cet après-midi, dit Riggott en se dirigeant vers son bureau. Vous avez avancé sur le deuxième attaquant ?

– On était en train d’avancer.

– J’aime pas ce « on était ».

– Tomas Kaminski, un ami de l’homme qu’on a arrêté, il avait un passé violent d’agressions contre des musulmans, des liens avec un groupe d’extrême droite, chez lui en Pologne.

– J’aime pas quand tu parles au passé, dit Riggott qui cherchait à boire parmi les cannettes de Sprite déjà ouvertes sur sa table, mais toutes étaient vides. Quel est le problème ? Il s’est fait la malle en rentrant au pays ?

– Il est mort.

– Quand ?

– Il y a environ quatre semaines. Il peut toujours avoir participé au premier meurtre, mais ça voudrait dire qu’ils sont plus de deux à être impliqués.

– Tu veux nous refiler le meurtre de Kaminski ?

– Non, dit Zigic.

Les sourcils de Riggott s’arquèrent.

– Tu crois savoir qui l’a tué, alors ?

– Je commence à soupçonner son ex-petite amie, même si pour le moment je ne sais pas exactement pourquoi.

– C’est qui sa petite amie ?

– Sofia Krasic.

– La victime de l’accident ?

– Oui. On ne l'a pas encore interrogée sur le meurtre de Kaminski, mais on a des raisons solides de la soupçonner.

– D'accord, tu restes aux commandes, dit Riggott. Mais si c'est elle, fais-la tout de suite inculper. Il faut que tu commences à boucler cette enquête, Ziggy. La presse s'impatiente.

– Je me fiche de ce que pense la presse.

– Bien sûr, mais le grand chef, lui, il s'en fiche pas, il nous tient par la peau des couilles et c'est lui qui décide, soit il nous les chatouille, soit il nous les broie de ses grosses mains pleines de sueur.

– Si les gardés à vue étaient surveillés comme il se doit, la presse serait en train de parler du passage de Lukas devant le juge, et les journalistes auraient de quoi faire leurs gros titres. On ne peut pas me tenir responsable des bourdes des autres. On fait de notre mieux, croyez-moi, dit Zigic en baissant la voix.

Riggott le regarda d'un air compréhensif, lui donna une petite tape rassurante sur l'épaule.

– Et le délit de fuite, ça en est où ? Kate me dit que le petit ami n'est plus en cause.

– Ça en est nulle part, dit Zigic qui se sentait s'affaisser sur son siège, comme écrasé par le poids de l'affaire. Retour à la case départ. Il nous faudrait un appel à témoins, quelqu'un qui aurait vu la voiture dans les jours précédant l'attaque.

– Je vais en toucher deux mots à Nicola.

Zigic se frotta les yeux. Ils étaient gonflés et irrités, comme si de la poussière ou du pollen étaient rentrés dedans.

– On était tellement sûrs que c'était Gilbert.

Riggott rangea sa cigarette électronique dans la poche de sa chemise.

– Débrouille-toi pour faire parler la fille Krasic, ce sera toujours ça de gagné.

Zigic monta les escaliers jusqu'aux crimes de haine, songeant déjà à la manière dont il allait s'y prendre avec Sofia Krasic. Elle ne leur faciliterait pas la tâche, c'était certain, mais dans la situation où elle était maintenant, elle serait bien obligée de coopérer, elle y avait tout intérêt.

Wahlia avait tiré un nouveau tableau blanc contre le mur et était en train de le remplir. La photo de Tomas Kaminski au sommet, Sofia et Anthony Gilbert dans la colonne des suspects, et quelques photos de la scène de crime, davantage pour se remettre les choses en tête que pour les informations qu'elles contenaient. L'intérieur et l'extérieur de la maison, les restes du cadavre de Tomas.

Une seconde équipe était de retour dans la maison de Sofia et Jelena, à la recherche des traces de la dispute dont Gilbert avait fini par parler, dispute qui s'était soldée par un bain de sang dans la cuisine. Sofia avait certainement nettoyé à fond mais rien ne résistait aux rayons ultraviolets.

Parr supervisait les recherches et le porte-à-porte auprès du voisinage. Ce n'était pas la meilleure heure de la journée pour trouver les gens chez eux, mais à ce stade Zigic ne voulait plus commettre d'erreurs, tout ce qui pouvait être fait le serait, même ce qui semblait superflu.

Il avait envoyé Grieves à Boxwood Farm interroger la direction et les employés qui avaient pu travailler aux mêmes horaires que Sofia et Jelena, à la recherche de signes de tensions, de jalousies, de menaces prononcées avec assez de force pour suggérer qu'elles seraient mises à exécution.

Ils auraient dû le faire beaucoup plus tôt, ne pas s'accrocher à l'idée qu'Anthony Gilbert était nécessairement coupable. Zigic était maintenant partagé entre l'espoir que Grieves trouve quelque chose qui les mettrait sur la piste du conducteur et la crainte que cela montre à quel point il s'était fourvoyé.

Il s'assit à la table de Ferreira, face à l'écran de son ordinateur qui affichait la première page des résultats de recherche qu'elle avait commencé à consulter dans l'après-midi sur les Frères blancs, tout en polonais. Il cliqua sur la fonction traduction automatique de Google pour l'aider à déchiffrer le premier texte, mais il était incompréhensible. Il revint à la version originale et constata que la langue n'était finalement pas trop difficile à suivre. Il s'agissait d'un article publié dans un journal de Cracovie où l'auteur de plusieurs meurtres était interviewé depuis le parloir d'une prison, le reporter faisant comme s'il pénétrait dans la cage d'un fauve affamé. L'article était pauvre en faits précis et Zigic eut l'impression de déceler chez le journaliste une certaine forme d'admiration pour le criminel de vingt-deux ans qui avait eu le temps d'assassiner à coups de machette quatre immigrés, tous originaires d'Afrique du Nord, avant d'être arrêté par la police.

Plusieurs autres résultats de recherche concernaient le même crime, une dizaine d'autres évoquaient un groupe de death metal polonais qui avait nommé son premier album *Frères blancs* : pure coïncidence ou sympathie envers le groupuscule ? Celui-ci n'avait pas de site, ce qui le surprenait. Internet semblait être l'un des rares instruments de progrès dont l'extrême droite avait su activement s'emparer.

– On a du nouveau sur les causes du décès de Tomas ? demanda Zigic.

Wahlia se détourna du tableau, se tapotant le front avec le marqueur.

– L'équipe scientifique penche pour un coup fatal à la tête, assez violent pour lui enfoncer la boîte crânienne.

– Sofia est beaucoup plus petite que lui.

– Peut-être qu'il était assis quand elle l'a frappé.

Zigic essayait d'imaginer la scène, Sofia arrivant par-derrière alors que Tomas ne s'y attendait pas. Un homme de sa taille, avec une telle propension à la violence, il fallait lui porter un coup mortel qui ne lui laissait aucune chance de se relever et de riposter.

Ferreira entra dans le bureau et lui tendit un dossier.

– C'est la déposition de Gilbert.

Le texte était court et allait droit au but. Zigic le lut deux fois, essayant de se mettre en tête l'enchaînement des faits. Les rôles joués par Gilbert et Sofia n'étaient pas exactement tels qu'il se les était représentés. L'attitude de Sofia prenait tout son sens maintenant. Mais il voulait l'entendre de sa bouche.

44

Sofia jeta sur Zigic un regard dur et accusateur lorsqu'il entra dans la salle d'interrogatoire et elle continua de le fixer pendant qu'il prenait place de l'autre côté de la table et que Ferreira s'acquittait des formalités d'usage.

Elle semblait épuisée par toute cette colère. Elle avait les paupières lourdes, des cernes sombres sous les yeux à force de ne pas dormir. Les épaules affaissées, les bras serrés autour de la poitrine, elle respirait doucement par la bouche.

À côté d'elle se tenait l'avocat commis d'office, maître Kelly, qui sirotait son thé en mouillant sa moustache grise et touffue, les cheveux plaqués en arrière. Son visage était inexpressif, l'air de celui qui a tout vu, tout entendu un millier de fois déjà et que rien ne peut plus surprendre.

– Mademoiselle Krasic est dans un état de grande fragilité, inspecteur, dit-il en essuyant sa moustache entre son pouce et son index. Je vous prie de bien vouloir en tenir compte.

– Ça ne devrait pas prendre beaucoup de temps, dit Zigic sans cesser de regarder Sofia. Pas si elle coopère.

– Je vous ai dit tout ce que je sais, dit Sofia. (Son accent était plus prononcé, sa voix moins assurée que d'habitude.) Je sais pas où est Tomas.

– Nous ne le recherchons plus, dit Zigic. (Le visage de Sofia se détendit légèrement.) Nous l'avons trouvé il y a quelques heures.

Elle eut un instant le souffle coupé. Elle porta la main à ses côtes.

– Il est où ?

– Là où vous l'avez laissé. Dans la maison en ruine à côté de Maxey.

Elle baissa la tête.

– Anthony vous a dit ?

– Ça n'a plus d'importance pour lui maintenant, dit Zigic. Jelena est morte, il n'a plus personne à protéger.

– Il vous a dit que je suis innocente ? demanda-t-elle.

– Vous n'êtes pas innocente, Sofia. Loin de là.

– Mais vous savez que j'ai pas tué Tomas ?

– Vous avez couvert sa mort.

– C'était un accident. Il est tombé, il s'est cogné la tête. On pouvait rien faire. Il était saoul.

– Gilbert a admis l'avoir poussé, dit Zigic. Tomas devenait insistant avec Jelena. Ça faisait même des mois qu'il dépassait les bornes avec elle, n'est-ce pas ?

Sofia hocha la tête.

– Il était pas l'homme que je croyais. Je lui disais de pas la toucher, mais il écoutait pas. Il disait que c'était juste amical.

– Et vous avez laissé faire tout ce temps ? demanda Zigic. Vous détestiez l'idée qu'elle sorte avec Gilbert, mais que Tomas la harcèle pendant des mois, vous le supportiez ?

Sofia détourna les yeux, les joues en feu.

– Il était comme ça juste quand il avait bu trop d'alcool, dit-elle en se recroquevillant encore davantage sur sa chaise.

– Pourquoi ne pas avoir appelé une ambulance ? demanda Zigic.

– C'est ce que Jelena a dit. Mais on lui a expliqué que c'était pas une bonne idée. Personne allait croire que c'était un accident. On avait crié, les voisins ils avaient sûrement entendu, Anthony a dit qu'on va tous aller en prison.

– Les médecins auraient pu le sauver.

– Non. Il était mort.

Sa voix était ferme, mais Zigic n'était pas sûr qu'elle dise la vérité. Un seul coup derrière le crâne, pour un homme de la carrure de Tomas… Il était peut-être encore en vie lorsqu'ils l'avaient abandonné dans la vieille maison en ruine.

– Anthony a dit qu'il connaissait un endroit où on pouvait laisser le corps, ajouta-t-elle.

Gilbert avait raconté la même chose. Comment il avait trouvé Tomas dans la cuisine, plaquant Jelena contre le plan de travail, la main sous son pull, elle essayant en vain de se dégager. Ce n'était pas la première fois qu'il la touchait et plus personne ne faisait comme si c'était une blague. Tomas avait ri, levant les mains en l'air, se moquant des cris de Gilbert. Le bruit avait attiré Sofia, détournant un moment l'attention de Tomas. Gilbert en avait profité pour se précipiter sur lui, le poussant des deux mains. Tomas était beaucoup plus imposant que lui, mais il était saoul et instable sur ses jambes et tout à coup, sans crier gare, il s'était effondré. Une mare de sang était bientôt apparue autour de lui. Il s'était fracturé le crâne contre le coin du plan de travail.

Ils avaient attendu que la nuit tombe pour porter le corps jusqu'à la voiture de Tomas, enveloppé dans la couette du lit qu'il partageait avec Sofia.

– C'est pour ça que vous avez attaqué Gilbert à l'hôpital ? demanda Zigic. Vous vouliez l'empêcher de nous mettre sur la piste ?

– Je l'ai pas attaqué, dit Sofia d'un ton excédé. Combien de fois je dois le répéter ? Je voulais juste lui parler.

– Pour vous assurer qu'il ne nous dirait rien pour Tomas ?

– Pour lui demander si c'est lui qui a tué Jelena.

– Je ne vous crois pas.

Elle frappa la table de la paume de la main.

– Mais pourquoi il vous a parlé ? C'est lui qui a tué Tomas, pas moi !

– Parce qu'il veut qu'on retrouve la personne qui a tué Jelena ! s'exclama Zigic sur le même ton exaspéré. Vous saviez pertinemment que Tomas ne pouvait pas être responsable et vous nous laissez perdre notre temps, tout ça pour sauver votre peau ! Le coupable est peut-être déjà loin maintenant, parce que vous avez été trop égoïste et pas assez courageuse pour dire la vérité.

Sofia se mordit la lèvre.

– Anthony l'aimait assez pour avouer ce qu'il a fait, dit Zigic en laissant sa phrase en suspens, afin que Sofia médite sur ce qu'il sous-entendait.

Cet homme qu'elle détestait, qu'elle avait essayé de séparer de sa sœur et, de toute évidence, de tuer, aimait Jelena davantage qu'elle.

Elle pleura un moment, s'essuyant les yeux avec les manches de son pull.

– Vous avez de la chance qu'Anthony ait reconnu sa responsabilité, dit Zigic. Il aurait très bien pu vous mettre ça sur le dos. Mais vous n'êtes pas tirée d'affaire pour autant. Vous serez inculpée pour complicité d'homicide et pour entrave à la justice. C'est très grave, je suppose que vous le savez.

– J'avais peur.

– J'en suis convaincu, mais ça ne vous disculpe pas, dit Zigic en croisant les doigts. Vous avez besoin de notre aide, et nous avons besoin de la vôtre. Vous savez que la nuit avant la mort de Tomas, un homme a été assassiné à quelques rues de chez vous. On en a déjà parlé.

Elle hocha la tête d'un air hésitant.

– Vous nous avez dit que vous ne vous souveniez pas que Tomas soit rentré à la maison ce soir-là, ni à quel endroit vous aviez passé la soirée avec Jelena. (Il s'arrêta un instant, vérifiant que Sofia le suivait bien.) Mais je crois que vous nous avez menti parce que vous ne vouliez pas qu'on creuse trop dans cette direction.

Le téléphone de Ferreira rompit le silence. Sofia la regarda se lever, s'excuser et sortir de la salle d'interrogatoire, le son de sa voix disparaissant derrière la porte close.

– Vous étiez où cette nuit-là ? demanda Zigic.

Sofia prit une longue inspiration et grimaça de douleur.

– On était à la maison.

– Et Tomas ?

– Il a dit qu'il était au travail, mais je crois que c'était pas vrai. Il avait du sang sur ses vêtements quand il est rentré. Il a dit que c'est à cause d'une bagarre dans la boîte où il travaillait. Deux hommes… on a pas trouvé ça étonnant. C'était arrivé plein de fois avant. Il y a des gens qui attendent que ça, de se battre, dit-elle en fronçant les sourcils.

– Je croyais que Tomas travaillait à Boxwood Farm.

– Il était videur aussi. Seulement certains soirs, le vendredi et le samedi, quand il y a beaucoup de monde.

– Mais là c'était un dimanche.

– Oui. Il travaillait pas le dimanche. Jamais. C'est pour ça que je me suis dit qu'il doit mentir.

– Qu'est-ce qu'il a fait des habits ?

– Il les a jetés à la poubelle.

– C'est les vêtements qu'on a trouvés chez vous ?

Elle secoua la tête.

– Je vous ai dit déjà, il y a eu un accident à la ferme. C'était pas les mêmes vêtements. Les siens il les a mis directement dans la poubelle et elle a été ramassée le lendemain matin.

Ils devaient être dans une décharge ou même déjà incinérés. Aucune chance de les retrouver.

– Comment était-il ce soir-là ? demanda Zigic. Est-ce qu'il était bizarre par rapport à d'habitude ?

Sofia réfléchit un moment, les lèvres serrées, le regard fixé sur la table.

– Quand il rentre du travail d'habitude il est fatigué. En colère. Il aime pas le travail mais ça paye bien. Il était pas comme ça ce soir-là.

– Il était comment ?

– Fier, dit-elle en se redressant sur sa chaise, joignant involontairement le geste à la parole. Je sais pas comment dire, comme s'il a gagné quelque chose.

La porte s'ouvrit brusquement et Ferreira fit signe à Zigic de la rejoindre dans le couloir, un air de surprise mêlé de triomphe sur son visage.

– 14 h 26, l'inspecteur Zigic sort de la salle d'interrogatoire, dit-il pour le compte de l'enregistrement.

Il referma la porte derrière lui.

– On a un nom pour l'ADN retrouvé sur le corps d'Ali Manouf, dit-elle. Pyotr Dymek. Le résultat vient de tomber. C'est le même ADN que sur le corps de Manouf. C'est lui qui l'a tué.

Zigic s'assit sur le radiateur du couloir. Les rainures étaient froides et acérées. Il repensa à Dymek à l'arrêt de bus, parlant à Sofia puis la poussant lorsque la voiture avait foncé sur eux. L'avait-il sauvée parce qu'il la connaissait ? Dymek rentrait chez lui à Lodz, son sac à dos rempli de billets. Est-ce qu'il était en fait sur le point de prendre la fuite ? À cause du crime qu'il venait de commettre ?

– Donc Tomas tue Didi, Dymek tue Manouf…

– Et Lukas tue Asif Khalid, dit Ferreira. Mais il nous manque encore un homme, non ?

Les pièces du puzzle commençaient à s'assembler. Ils avaient affaire à une bande, une bande de tueurs racistes. Pas exactement ce à quoi ils s'attendaient, mais les motivations restaient les mêmes. Trois assassins, tous morts. Une voiture meurtrière, un probable accident dans une cuisine et un suicide. Le destin se charge parfois lui-même de châtier les coupables, pensa Zigic.

Il se leva. Il avait le sentiment que les clefs de l'énigme étaient enfin à portée de main.

– OK, ces hommes forment un groupe, une sorte de cellule. Il faut qu'on trouve comment ils se sont rencontrés.

– Ils sont tous polonais, dit Ferreira. Ça remonte peut-être à l'époque où ils étaient encore là-bas.

– Je vais regarder ça de plus près, dès que j'en aurai fini avec Sofia. Toi et Bobby, vous rassemblez toutes les infos disponibles sur Tomas et Dymek, dit Zigic en posant la main sur la poignée de la porte. Appelle Parr, dis-lui qu'il faut continuer les recherches dans la maison. Si Tomas est rentré couvert de sang, il a dû se laver, il doit rester des traces. Et il faut qu'on retrouve son téléphone.

– Ça marche.

Il ouvrit la porte, plus fort qu'il n'en avait l'intention, l'envoyant cogner contre le mur. Maître Kelly sursauta, Sofia ne réagit pas. Résultat d'une enfance passée en zone de guerre, se dit-il. Ça vous cautérisait les nerfs.

– 14 h 29. L'inspecteur Zigic de retour dans la salle d'interrogatoire.

Il avait envie que ça se termine rapidement. Après des semaines de sur-place et de fausses pistes, les choses bougeaient enfin et il savait d'expérience que ce n'était pas le moment de faiblir.

– Bon, Sofia, j'ai besoin que vous me parliez de Pyotr Dymek. C'était un ami de Tomas, c'est ça ?

– Oui, un ami du travail. Quel rapport ? Pyotr est mort.

– Il le connaissait d'où, de la boîte où il était videur ?

– Oui.

– Vous savez qui était leur patron ? demanda Zigic. Ils travaillaient pour une agence ?

– Oui. Mais je sais pas quelle agence, dit-elle en bougeant sur sa chaise, surprise de la tournure que prenait soudain l'interrogatoire. Pyotr est mort. L'infirmière me l'a dit.

– Vous le connaissiez bien ?

Elle haussa les épaules.

– Il venait voir Tomas parfois quand on était au travail avec Jelena. Quand on allait au bar des fois il s'asseyait pour prendre un verre avec nous.

– Pourquoi vous ne nous avez pas dit plus tôt que vous le connaissiez ?

– On était pas amis. Tomas le connaissait, c'est tout.

– Et qu'est-ce qu'il faisait au point de ramassage ce matin-là, Sofia ? On sait qu'il s'apprêtait à partir pour Lodz, il n'avait pas de raisons d'être là.

Elle ferma les yeux quelques secondes, baissa le menton.

– Il cherchait Tomas. Il a dit qu'il devait lui parler. C'était très important. Il comprenait pas pourquoi Tomas ne répond pas à son téléphone.

– Et il est où, ce téléphone ?

– Je l'ai jeté dans une poubelle au travail.

Une autre pièce à conviction de perdue.

Zigic essaya de contenir son exaspération, revenant à Pyotr.

– Qu'est-ce qu'il avait à dire à Tomas de si urgent ?

– J'ai pas demandé. Je voulais qu'il parte, qu'il arrête de poser des questions. Mais il a continué. « Il est rentré en Pologne, Tomas ? Quand tu l'as vu pour la dernière fois ? Il est malade ? » Il avait l'air désespéré. Il avait même peur je crois.

– Peur de quoi ?

– Je sais pas.

– Qu'est-ce que vous lui avez dit pour Tomas ?

– J'ai dit qu'il est parti voir sa mère. Pyotr me croyait pas, il voulait que je lui donne le numéro de sa mère. (Une grimace lui plissa le menton.) Et après il y a eu la voiture.

La Volvo blanche qui accélérait, Jelena tournant le dos aux phares, la voiture qui montait sur le trottoir et lui rentrait dedans, la propulsant dans les airs comme si son corps ne pesait rien. Dymek poussant Sofia hors de la trajectoire du véhicule. C'était la dernière chose, peut-être la seule chose bien, qu'il ait fait de toute sa vie.

45

Shotton regarda l'emploi du temps posé devant lui. Huit rendez-vous, vingt minutes chacun, les noms des gens qu'il allait rencontrer et un bref résumé de leurs doléances. Il s'agissait des questions habituelles, la collecte des ordures, la circulation, le chantier de rénovation de l'hôpital qui ne se déroulait pas exactement comme prévu. La corvée ordinaire d'un élu dans sa circonscription.

La plupart des députés ne s'embêtaient pas à assurer leurs permanences. Ceux qui occupaient les sièges les moins menacés ne se rendaient en province qu'une fois par mois environ, pour faire acte de présence, accaparés le temps de leur visite par leur compte Twitter et la réservation de leur table au restaurant pour leur retour à Londres le soir.

Mais lui ne pouvait pas se payer le luxe d'être indifférent à ce qui se passait dans sa circonscription.

Ce qui signifiait qu'il devait se rendre trois ou quatre fois par mois dans des écoles et des salles municipales telles que celle-ci pour rappeler à ses électeurs qui il était et les assurer qu'il serait toujours là pour eux. Et qu'importe s'ils venaient se plaindre de problèmes insignifiants ou demander des choses infaisables et même complètement à côté de la plaque. Les plus beaux prospectus du monde et les soutiens les plus haut placés n'étaient jamais aussi efficaces que les rencontres en face à face et le bouche-à-oreille qui s'ensuivait pour convaincre les électeurs encore indécis.

Mais la journée s'annonçait particulièrement difficile.

Talal Raziq, un des conseillers municipaux issus de l'EPP, devait assurer la permanence avec lui mais il n'était pas encore arrivé. Ce n'était pas dans ses habitudes de manquer à ses obligations et il ne faisait pas de doute que ça avait un rapport avec le meurtre et l'émeute de vendredi soir dans Cromwell Road. Il s'agissait du quartier de Talal, il connaissait sans doute la famille de la victime et il avait dû réaliser que se montrer en présence de Shotton risquait de mettre à mal sa réputation.

Shotton ne pouvait pas lui en vouloir. Il était tout à fait logique, d'un point de vue politique, que Talal cherche à se distancier des relations qui pouvaient lui porter préjudice. Mais qu'il refuse de lui parler en privé, c'était autre chose.

Il sortit son téléphone et composa le numéro de Talal.

Pas de réponse.

La porte du bureau s'ouvrit et la personne suivante sur sa liste de rendez-vous entra. Une grosse femme d'aspect banal, qui peinait à faire rentrer la poussette de ses jumeaux dans la petite pièce. Shotton se leva pour lui prêter main-forte et déplaça un siège en plastique.

– Il faudrait vraiment qu'on s'installe dans un endroit plus adapté aux enfants, dit-il en lui adressant un sourire chaleureux. (Elle baissa aussitôt les yeux.) Quel âge ont ces petits messieurs ?

– Ils auront trois ans le mois prochain. Oscar et Madox.

– J’ai un Madox moi aussi. Vous êtes une admiratrice de sa poésie ?

– C’était en référence au peintre, dit-elle en souriant cette fois-ci.

Shotton lui fit signe de s’asseoir et l’écouta décrire les déboires qu’elle avait avec la maison de retraite où logeait sa grand-mère. Il se demandait comment une femme qui avait donné le nom d’un artiste à son fils en était arrivée au point de porter des vêtements aussi moches et usés. L’image même du découragement face à l’adversité. Elle était en larmes à la fin de la conversation et il lui tendit un mouchoir en papier, promettant qu’il allait s’occuper du problème.

Les deux personnes suivantes arrivèrent et repartirent, mais toujours pas de Talal. Inutile de réessayer de lui téléphoner. Il fallait aller lui parler en personne.

Talal était leur « joker », comme Marshall aimait à l’appeler. Un homme d’affaires d’origine pakistanaise, immigré de troisième génération, pieux et très respecté. Tant qu’il faisait campagne sous la bannière de l’EPP, personne ne pouvait dire que leur parti était raciste. Et il représentait un nombre de voix non négligeable. Près de cinq pour cent des électeurs de l’EPP dans la circonscription avaient suivi ses consignes de vote aux dernières élections.

Shotton sortit de l’étroit bureau et rejoignit la salle principale où une longue table pliante avait été installée en prévision des activités périscolaires. Christian y buvait une tasse de thé avec la responsable du centre de loisirs qui lui parlait de l’effraction dont le centre avait été victime dimanche matin. Elle s’arrangeait pour le coincer chaque semaine avec ses problèmes et il l’écoutait avec une endurance que seul un ex-policier pouvait déployer.

Il se leva à l’approche de Shotton.

– Je peux vous dire deux mots, monsieur Shotton ? dit-il en posant sa tasse et sa soucoupe sur la table. Excusez-moi madame.

– Vous voulez dire en privé ? demanda Shotton.

– Oui monsieur.

Ils sortirent sur le parking. La dame du rendez-vous précédent était encore là, dans sa voiture, griffonnant rageusement sur un bloc papier posé sur son volant. C'était une geignarde professionnelle.

– J'ai eu un coup de fil de mon contact, dit Christian, ramenant à lui l'attention de Shotton.

– Bonnes nouvelles ?

– Je crois que oui, monsieur. Ils ont identifié un des tueurs, dit-il, plissant les yeux face au soleil de l'après-midi. Pour le premier meurtre, je crois. On n'a pu parler que deux minutes. Mais ils ont quelqu'un.

Shotton s'était préparé à ce moment. Il s'attendait à ce qu'il s'agisse de Poulter ou d'un de ses hommes.

– Qui est-ce ?

– Un étranger. Mais il est mort maintenant.

Shotton avait envie de rire. Le soulagement était tel qu'il eut du mal à ne pas exploser de joie. Ce n'étaient pas les hommes de Poulter. Ou d'aucun autre. Son argent n'avait pas été dépensé en vain et sa réputation resterait intacte.

– Ils en sont sûrs ?

– Affirmatif, monsieur, dit Christian en hochant la tête. C'est un Polonais je crois. Mais il n'est pas seul. Il y avait un gang. Un groupe néonazi apparemment.

La sensation de soulagement s'estompa légèrement. Ce n'était pas le dénouement idéal, mais c'était quand même beaucoup mieux que ce qu'il craignait.

– Merci pour votre aide, Christian, dit Shotton en prenant son portefeuille dans la poche de son pantalon, sortant deux billets de cinquante livres.

– Ce n'est pas nécessaire, monsieur.

– Ne me vexez pas, dit Shotton. Vous emmènerez vos enfants s'amuser quelque part.

Christian prit l'argent sans le regarder, comme s'il s'agissait d'un pot-de-vin plutôt que d'une prime, mais il s'y habituerait, se dit Shotton. Son contact dans la police aurait d'autres informations utiles à lui transmettre, et Shotton avait le sentiment que Christian saurait faire un intermédiaire discret.

Un fourgon cabossé entra sur le parking alors qu'ils s'apprêtaient à revenir à l'intérieur, et Shotton resta en arrière pour saluer l'homme, un autre habitué des permanences. Un de ceux qui l'avaient aidé à se faire élire, un peintre en bâtiment qui s'était porté volontaire pour placarder ses affiches de campagne et, quand c'était nécessaire, camoufler les graffitis indésirables qui apparaissaient dans la ville.

– Colin, comment ça va ?

Une poignée de main ferme, une tape dans le dos.

– Ma foi j'ai pas à me plaindre, monsieur Shotton. Enfin si, dit-il en souriant, j'ai à me plaindre, sinon je serais pas ici.

Shotton rit.

– Venez donc à l'intérieur. Voyons si madame Lamb n'aurait pas de quoi nous faire une tasse de thé.

Elle leur apporta du thé et des gâteaux dans le bureau tandis que Colin parlait de sa fille, partie à l'université au Pays de Galles étudier le journalisme. Shotton fit en sorte d'avoir l'air intéressé, tout en repensant à ce que Christian avait dit. Il s'agissait maintenant de tourner la situation à son avantage.

Lorsque Talal serait au courant, il reprendrait du service. Ça ferait un problème de réglé. Mais il y avait aussi d'autres bénéfices politiques à tirer de tout ça.

Quand la nouvelle tomberait, il pourrait, avec un peu d'habileté, orienter le débat en sa faveur. S'il y avait quelque chose qui démontrait les dangers d'une absence totale de contrôle de l'immigration entre pays européens, c'était bien ça. Des tueurs néonazis, des crimes à caractère raciste dans une petite ville comme Peterborough. Si ça arrivait ici, ça pouvait arriver n'importe où.

L'occasion était trop belle.

Quand il fut enfin seul, Shotton appela le bureau de Talal. La secrétaire prit son nom et le fit patienter pendant qu'elle transmettait le message. Il craignait que Talal ne prenne pas son appel, mais il finit par répondre.

– Non, Richard. Peu importe ce que tu as à me demander, c'est non.

– Il faut qu'on parle de ce qui s'est passé.

– « Ce qui s'est passé » ? fit Talal d'un ton sec. Tu veux dire ta racaille qui vient assassiner un jeune juste pour le fun ? Asif était un garçon bien, je connais son père depuis très longtemps, c'est une bonne famille.

– Les gars de l'ENL n'ont pas tué Asif.

– J'ai parlé avec les hommes qui étaient sur place. Ils ont dit qu'il y avait des centaines de types de l'ENL, la police était dépassée.

– Écoute-moi, dit Shotton. Je tiens de source sûre que la police est sur le point de dévoiler le nom de l'homme qui a tué Asif, et il n'est même pas anglais. C'est un Polonais.

Seule la respiration sifflante de Talal rompait le silence à l'autre bout du fil. Il considérait l'information qu'il venait de recevoir, pesant le pour et le contre.

– Cette histoire ne te fait pas de tort mon ami, au contraire, reprit Shotton. Réfléchis un instant, ceux qui te soutiennent – ta communauté – ils n'aiment pas non plus cette immigration incontrôlée, n'est-ce pas ?

– On a l'impression qu'on est des étrangers dans notre propre pays, dit Talal. Tout ça parce que les Polonais sont blancs, ils croient qu'ils ont plus le droit de vivre ici que nous. Des familles qui vivent à Peterborough depuis quatre générations.

Shotton le sentait se radoucir, il savait qu'il était tout près de regagner son précieux soutien.

– C'est ça le problème avec l'immigration, dit Shotton. On a une histoire commune avec les gens de ta communauté, vous avez des racines ici, mais les Polonais, non. Tout à l'heure, quand la nouvelle tombera qu'Asif a été tué par l'un d'entre eux, tous tes problèmes disparaîtront.

Il entendit que la dernière personne sur sa liste de rendez-vous était arrivée derrière la porte du bureau, un homme qui faisait déjà part de son mécontentement à voix haute.

– Il faut qu'on se serre les coudes, Talal. On a fait trop de bon boulot ensemble, on va pas laisser une poignée d'extrémistes venir tout gâcher.

– C'était pas une poignée. Ils étaient des centaines.

– Tu exagères.

– C'est ce que les gens pensent, dit Talal. Ils viennent me voir en disant : « Pourquoi tu fricotes avec ces animaux, Talal ? » Ils croient que je suis un traître. Ma propre femme dit que je suis ton toutou.

– Voyons, Talal… dit Shotton en se levant.

Il réalisait qu'il avait fait une erreur de calcul. Il aurait dû aller le voir à son bureau, lui parler directement, d'homme à homme. Il avait sous-estimé ce que l'émeute avait pu coûter à Talal au sein de sa communauté.

– Écoute, reprit-il, ce qui est en train de se passer, c'est bon pour nous, c'est ça qu'il faut voir.

– En quoi c'est bon pour nous ? C'est bien de voir un jeune homme se faire assassiner dans la rue ? De voir tes amis de l'ENL qui veulent faire couler le sang encore plus ? Ils ont même pas de respect pour les morts, dit Talal en se raclant la gorge, un mélange de colère et de tristesse dans la voix. Je ne peux pas continuer à participer à ça. Je vais t'envoyer ma lettre de démission officielle.

Il raccrocha. Shotton resta un moment interdit, le téléphone à la main. Puis il cogna du pied dans la chaise en plastique qui alla s'écraser contre un casier métallique, le fracas couvrant le bruit des injures qui sortaient de sa bouche.

Christian accourut dans le bureau, prêt à intervenir.

– Tout va bien, dit Shotton, passant la main sur sa cravate, se forçant à sourire. Mauvais score au cricket. (Il redressa la chaise et alla se rasseoir derrière le bureau.) Vous voulez bien faire entrer la personne suivante, je vous prie ?

L'homme était petit et chauve et surtout très en colère, mais Shotton n'écoutait pas. Il faisait les calculs dans sa tête, les pertes représentées par la démission de Talal, les points que lui avait fait gagner sa présence accrue dans les médias ces derniers temps.

Ce n'était pas le moment de se laisser ronger par le pessimisme. L'émeute serait tôt ou tard oubliée, mais le meurtre resterait dans la mémoire collective et avec un peu de chance, le procès coïnciderait même avec la semaine des élections. Les tensions raciales faisaient toujours affluer les votes en faveur de l'English Patriot Party, c'était un fait avéré.

La bataille était loin d'être perdue.

46

Grey Shield Security se trouvait dans un bâtiment peu avenant de la zone industrielle d'Orton Southgate. Tout en béton gris, il voisinait avec un fabricant de fenêtres en PVC, des petites start-up qui venaient tout juste de dépasser le stade de la chambre d'amis, un vendeur d'articles de fête et un autre de jacuzzis. Personne n'était très occupé à 15 h 30 un lundi après-midi. Le ciel s'assombrissait déjà, la pluie menaçait. Un doux parfum de pain chaud s'échappait de l'usine de bagels toute proche.

L'endroit ne payait pas de mine à première vue, mais le site Internet de l'agence racontait une tout autre histoire. Chic et épuré, il proposait toute une gamme de services : équipes de vigiles, gardes du corps et une formule « protection totale ».

Ils se targuaient de recruter leur personnel au sein de l'armée et de la police et de ne sélectionner que les individus les plus qualifiés, à l'expérience professionnelle irréprochable. Pas d'allusion à ces hommes qui, comme Tomas (il ne devait pas être le seul à avoir été oublié), avaient fait leurs classes en prison.

Zigic se gara devant l'agence, à côté d'une Range Rover aux vitres teintées qui semblait blindée tellement elle était massive. La porte du bâtiment s'ouvrit en vibrant légèrement sur un hall d'aspect impersonnel. Le comptoir en verre et métal de la réception était vide. Sur le rebord de la fenêtre, une orchidée blanche emplissait la pièce d'une odeur de chair en décomposition.

Un homme d'une cinquantaine d'années, vêtu d'un costume à la mode, vint à sa rencontre en lui tendant la main.

– Inspecteur Zigic, c'est comme ça qu'on t'appelle maintenant ? dit-il avec un sourire qui dévoilait un trop grand nombre de dents.

– Inspecteur-chef Broad, le salua Zigic en lui serrant la main.

– Ça fait bien longtemps qu'on ne m'a plus appelé comme ça, dit Broad.

Cinq ans, songea Zigic en se ravisant aussitôt. Non, il y avait bien dix ans que Broad était parti en retraite anticipée. À quarante-cinq ans à peine, personne n'avait vraiment compris pourquoi. Aucune ombre ne semblait planer sur sa carrière et il avait même de fortes chances de progresser jusqu'au grade de commissaire. Il avait dit que c'était pour sa santé et en le voyant, Zigic se dit que le changement avait dû lui profiter. Il avait la minceur d'un coureur de fond, le teint bronzé, une chevelure abondante.

– Eh bien suis-moi, on va voir si je peux t'être utile.

Zigic le suivit et ils pénétrèrent dans un grand open space au sol en béton ciré, des lampadaires en aluminium au plafond, le logo de l'agence en lettres métalliques solidement vissées au mur gris fumé. Il y avait quatre postes, bien espacés et séparés par des cloisons en verre, de façon à donner aux clients un sentiment de confidentialité. Seul un bureau était occupé, sans doute la femme que Ferreira avait eue au téléphone un peu plus tôt.

Mais Broad tenait visiblement à recevoir Zigic en personne.

Son bureau était situé au fond de la salle, entouré de cloisons en verre dépoli, le même style chrome et cuir que le reste mais un cran au-dessus en termes de standing. Ils s'assirent de part et d'autre de la table où des piles de brochures et de dossiers étaient alignées avec une rigueur militaire.

– Donc, Tomas Kaminski. Qu'est-ce que tu veux savoir ?

– Il me faut son dossier complet, dit Zigic.

– Pas de problème, dit Broad en attrapant son clavier. Il est de quel côté ? Victime ou suspect ?

– Les deux, dit Zigic. Tu as déjà eu des ennuis avec lui ?

– Pas d'après ce que je vois, dit Broad en faisant défiler le fichier sur son écran, l'air un peu trop concentré pour la simplicité de la tâche. Il était employé comme videur. Mais ce n'est pas moi qui m'occupe de ce secteur.

– Il vaudrait peut-être mieux que je parle à la personne qui s'en occupe alors.

– Michael est en vacances. En lune de miel en fait. Il sera de retour la semaine prochaine, mais je suppose que tu as des contraintes de temps. (Une imprimante se mit en marche sous son bureau.) Est-ce en rapport avec le délit de fuite de Lincoln Road ? J'ai vu ta conférence de presse, Ziggy. Ce truc a beaucoup choqué les gens.

Était-ce juste sa curiosité naturelle de flic qui s'exprimait ? se demanda Zigic. Broad avait beau avoir quitté la police, il raisonnait toujours comme un enquêteur. Ou bien était-ce autre chose ?

– On n'est pas encore sûrs du rôle qu'a joué Kaminski. Il y a deux autres hommes qui travaillent pour toi, Pyotr Dymek et…

Zigic sortit de sa poche la photo de Lukas prise au commissariat quelques heures avant qu'il se suicide.

– Cet homme, reprit-il, on n'est pas sûrs de son nom de famille, il s'agirait d'un certain Lukas.

Broad prit la photo et l'étudia un moment avant de secouer la tête.

– Il a une sale gueule.

– Il est en garde à vue, dit Zigic. Mais il ne parle pas.

– Les morts parlent rarement. (Broad sourit, le regard perçant au-dessus de ses lunettes à monture invisible.) J'ai toujours des amis à Thorpe Wood, Ziggy. Et ils sont aussi bavards qu'autrefois.

– Donc tu sais qu'on est pressés par le temps.

– C'est ce que Bob a dit.

Ça alors. Il ne se souvenait pas que Broad et Riggott aient été si copains quand ils travaillaient ensemble à la brigade criminelle. En revanche, il se souvenait de deux inspecteurs cherchant à tout prix à grimper les échelons et qui, pour y parvenir, ne cessaient de se tirer dans les pattes. Avec Riggott, les piques restaient strictement professionnelles, mais Broad prenait un malin plaisir à blesser ses rivaux sur un plan beaucoup plus personnel.

– Tu comprends pourquoi on a besoin d'un maximum d'informations sur lui, dit Zigic.

– Mieux vaut faire oublier ses cafouillages le plus vite possible, dit Broad en pianotant sur son clavier. Et voilà… Lukas Wrabowski. Videur lui aussi. Je t'imprime son dossier ?

– Merci. Et celui de Pyotr Dymek.

Broad hocha la tête, recentra de nouveau son attention sur l'écran, une pointe d'agacement dans les yeux, les commissures des lèvres arquées vers le bas.

– Il s'agit d'une autre affaire que le délit de fuite, n'est-ce pas ?

– Tu sais que je ne peux pas parler des enquêtes en cours.

– Écoute, Ziggy, je ne fais peut-être plus partie de la maison mais j'ai passé vingt ans au même poste que toi et je sais tenir ma langue.

Il s'appuya contre le dossier de son fauteuil, un bras sur l'accoudoir, son poing serré laissant deviner la colère qu'il essayait de contrôler dans sa voix.

– Il s'agit des meurtres, c'est ça ? Trois, maintenant ? Tu crois qu'un de mes employés pourrait être impliqué là-dedans ?

– C'est une possibilité. Pour le moment on essaie de déterminer exactement qui a fait quoi.

Broad soupira, ouvrit le poing puis le resserra.

– J'ai passé dix ans à monter cette boîte. On a une réputation impeccable, on a travaillé dur pour en arriver là, et tout va être réduit en poussière à la seconde où les médias vont commencer à l'ouvrir.

Peu importe les trois victimes assassinées à coups de botte dans la rue. Tuées par des hommes qui les avaient laissées sur le trottoir, puis étaient rentrés tranquillement chez eux prendre une douche pour se débarrasser de tout ce sang avant de rejoindre leur lit douillet. Et qui, le lendemain matin, s'étaient levés et avaient enfilé leurs uniformes Grey Shield, des uniformes qu'ils n'auraient jamais dû avoir le droit de porter. Si Broad avait fait correctement son travail, s'il avait mis à profit son flair d'enquêteur pour vérifier quel genre de personnes il employait, sa réputation n'aurait pas été en danger.

Les dix ans qui s'étaient écoulés depuis qu'il avait quitté les rangs de la police avaient apparemment suffi à assouplir ses exigences morales, et s'il gardait son air de flic, Broad était maintenant un businessman avant tout pour qui rien ne comptait plus que de protéger l'image de sa boîte.

C'était à cet instinct d'autopréservation que Zigic devait faire appel.

– Je ferai de mon mieux pour que ton agence ne soit pas mentionnée, mais trois de nos suspects travaillaient pour toi et il est très probable que ce soit aussi le cas du quatrième.

– Quoi, un quatrième ? fit Broad, l'air nauséeux, levant les yeux au plafond comme s'il s'attendait à ce qu'il s'effondre sur lui. Comment t'as pu merder à ce point-là, Ziggy ?

Voilà bien le Broad qu'il connaissait et détestait.

– Moi, j'ai merdé ? Et toi ? T'as pris le temps de vérifier si Tomas Kaminski avait un casier avant de l'employer ? Six ans de prison pour homicide. En lien avec un gang néonazi. Il ne s'agit pas de petites erreurs de jeunesse, Alan. On est en train de parler d'un vrai criminel, là.

Le rouge commençait à pointer sous le bronzage hivernal de Broad.

– Mais peut-être que je suis injuste, reprit Zigic. Si je me souviens bien, tu étais très consciencieux comme enquêteur, et je suppose que tu l'es resté. Je ne serais donc pas surpris qu'en fait, tu aies enquêté sur Kaminski mais que tu te sois lavé les mains de ce qu'il avait pu faire.

– Écoute…

– Un mec comme ça, un dur, c'est parfait pour la sécurité. Et qu'est-ce qu'on en a à faire s'il a poignardé un ou deux Turcs chez lui, hein ? Personne ne le saura. (Zigic se pencha en avant, renversant du coude un cadre métallique.) Sauf que j'ai une conférence de presse dans un peu plus d'une heure et vu que j'ai vachement merdé comme tu dis, j'ai pas grand-chose de nouveau à leur raconter. Qu'est-ce que je pourrais bien leur dire, à ton avis, pour détourner leur attention de mon incapacité à arrêter les coupables ?

Broad empoigna les accoudoirs de son fauteuil.

– Peut-être qu'ils ne seraient pas mécontents de nous accompagner quand on reviendra ici avec un mandat de perquisition pour fouiller dans tes dossiers, qu'est-ce que tu en penses ?

– T'es qu'un petit connard d'ingrat, lança Broad d'une voix rauque. Voilà ce que j'en pense.

Zigic leva les paumes en l'air, sourit.

– J'ai été formé par les meilleurs.

47

– On était tellement près du but, dit Ferreira en se garant devant la maison d'Oxford Road.

Ils étaient déjà venus à l'adresse donnée par Broad pour Lukas Wrabowski. Ils avaient contourné la maison en briques et traversé le jardin jusqu'au petit hangar reconverti où logeait Pyotr Dymek. C'était trois jours plus tôt, quelques heures avant le meurtre d'Asif Khalid. Le tueur était à portée de main et ils ne savaient même pas qu'il existait.

Zigic leva les yeux vers les fenêtres du premier, les rideaux fermés, aucun signe de vie.

– Il était sans doute là-haut à nous regarder.

– Ce qui ne l'a visiblement pas inquiété plus que ça, dit Ferreira. Son pote est mort, on vient jusque chez lui et il sort quand même ce soir-là tabasser quelqu'un.

– Celui qui tire les ficelles a une confiance en lui démesurée.

Ils sortirent de la voiture, rejoints par deux agents en uniforme. À cette heure de l'après-midi, la maison serait sans doute vide, le reste des locataires probablement au travail, mais Zigic ne voulait pas perdre de temps. Il y avait un lien entre Dymek et Wrabowski et il n'était pas impossible que le quatrième homme recherché vive là lui aussi.

Zigic tenait le trousseau de clefs qu'ils avaient confisqué à Wrabowski avant de le mettre en cellule, la seule chose qu'il ait eue sur lui.

Il attendit que les agents aient gagné l'arrière de la maison puis frappa à la porte, compta plusieurs dizaines de secondes, les clefs serrées dans la main, les dents de métal lui mordant les doigts. Derrière lui Ferreira s'impatientait, piétinant le gravier.

– Y a personne, dit-elle. On n'a qu'à entrer.

Il ouvrit la porte et ils pénétrèrent dans un couloir sombre qui sentait un peu l'humidité et la fumée de cigarette. Rien ne traînait, la maison était en colocation et on gardait un œil sur ses affaires dans ces cas-là, en particulier quand on connaissait mal ses colocataires ou qu'on ne leur faisait pas confiance.

Tout au bout du couloir, une porte était ouverte, donnant sur la cuisine. Une autre, sur la droite, ouvrait sur un salon commun meublé d'un vieux canapé, de fauteuils en velours et d'une table basse couverte de cannettes de bière et de boîtes à pizza vides. Un exemplaire du journal polonais local était posé au milieu, la toute dernière édition à en juger par la photo d'Asif Khalid en première page.

La troisième porte du couloir était fermée. Une chambre sans doute, mais la clef de Wrabowski ne rentrait pas dans la serrure.

Ferreira resta un instant immobile, l'oreille collée au contreplaqué pour s'assurer que la pièce était réellement vide.

Ils montèrent à l'étage et essayèrent en vain les portes jusqu'à ce que la clef finisse par en ouvrir une qui donnait sur l'arrière de la maison.

– Je m'attendais à trouver un peu plus de falbalas, dit Ferreira.

Zigic ne savait pas exactement si elle plaisantait ou non, mais il partageait ce sentiment.

Rien de particulier ne distinguait la chambre de toutes celles qu'il avait pu voir dans ce genre de logements. Un lit simple en pin, une armoire branlante, un fauteuil trop massif pour la pièce et une télé portative sur un bureau. La seule chose inhabituelle était la manière rectiligne avec laquelle le lit était fait, comme dans une caserne militaire.

Ferreira enfila une paire de gants en latex et ouvrit l'armoire. Elle ne contenait que des vêtements soigneusement pliés et l'uniforme Grey Shield de Wrabowski, avec en dessous une paire de bottes noires impeccablement cirées. Du même type que celles qu'il portait lorsqu'il avait tué Asif Khalid.

– On dirait qu'il se prenait pour un militaire, dit-elle.

– Tomas avait dit à Sofia qu'il était médecin dans l'armée.

– Je te parie que c'est des conneries.

Zigic ouvrit les tiroirs du bureau, souleva les coussins du fauteuil, mais ne trouva rien que de la poussière et quelques miettes de biscuit. Finalement Wrabowski n'était peut-être pas aussi méticuleux que ça dans son ménage.

– Il devait bien avoir un téléphone.

– Le matelas, dit Ferreira.

Ils en attrapèrent chacun un côté et le retournèrent contre le mur, dévoilant une enfilade de lattes étroites et au milieu, la forme noire et rectangulaire d'un ordinateur portable.

– Encore mieux.

Zigic alla regarder par la fenêtre pendant que Ferreira emballait l'ordinateur. Les agents attendaient sur les dalles grises de la terrasse, attentifs au jardin de la maison voisine où l'amie de Dymek ramassait son linge vêtue d'un minishort et d'un simple débardeur malgré le froid ambiant.

– On devrait aller lui parler, dit Zigic.

Ferreira s'approcha de la fenêtre.

– Les hommes se confient aux putes, c'est ça ? dit-elle.

– C'est ce que j'ai entendu dire.

Ferreira sourit.

– Ç'aurait été n'importe qui d'autre, j'aurais pas laissé pisser si facilement, lança-t-elle.

Ils chargèrent les agents de faire le guet dans la rue, en gardant un œil sur la porte d'entrée de la maison mais pas trop près pour ne pas alarmer les colocataires de Wrabowski quand ils rentreraient du travail. On les emmènerait au commissariat pour faire une déposition et leurs alibis seraient vérifiés avant de les relâcher.

Zigic repensa à l'homme auquel ils avaient parlé lors de leur première visite. Grand et mince, un physique plutôt athlétique et assez léger pour s'enfuir rapidement d'une scène de crime.

Mais pour le moment, ils n'avaient aucune idée de ce à quoi ressemblait le quatrième homme qu'ils recherchaient.

Ferreira se chargea d'interroger la voisine, Marinka.

Elle se tenait en équilibre sur un pied, la main agrippée à la rampe d'escalier de l'entrée, des petits ongles rouges et une bague autour du pouce. La maison sentait le désodorisant et les draps sales, une vague odeur d'aftershave laissée par son dernier client.

– C'est pour Pyotr ? demanda-t-elle avec un accent prononcé, la voix plus grave que ne laissait présager sa silhouette menue.

– Quand est-ce que vous l'avez vu pour la dernière fois ? demanda Ferreira.

– Le jour avant sa mort. Il est venu ici, il a dit qu'il repartait en Pologne pour quelques jours.

– Est-ce que vos clients vous disent généralement quand ils partent quelque part ?

Marinka ne sembla pas vexée par la question.

– Pyotr, il était aussi mon ami.

– Et il vous a semblé comment ?

Elle réfléchit un moment, concentrée sur la boule en bois de la rampe d'escalier, passant l'ongle de son pouce le long des stries.

– Il était pas comme d'habitude. D'habitude il était joyeux, il faisait toujours des blagues.

– Peut-être qu'il ne voulait pas repartir en Pologne ? suggéra Ferreira.

– Non. Il avait peur. (Elle ferma les yeux, fronça les sourcils.) Il a dit que si un homme venait ici le chercher, je devais dire que je savais pas où il était.

– Quel homme ? demanda Zigic.

– J'ai pas demandé. J'ai pensé qu'il partait pour pas payer ses dettes ou quelque chose comme ça.

– Et cet homme, il est venu ?

Elle hocha la tête.

– Le jour où Pyotr est mort. C'était très tôt. J'ai entendu quelqu'un frapper et je me suis levée. Il y avait un homme devant ma porte.

– Vous avez ouvert ? demanda Zigic, priant pour qu'elle l'ait fait.

– Non. Il faisait encore nuit dehors. Je voulais pas lui ouvrir mais je suis descendue et il a dû me voir. Il a crié quelque chose par la boîte aux lettres, ajouta-t-elle en faisant un signe de tête vers l'ouverture grillagée où attendait un petit tas de prospectus. Il a dit qu'il voulait parler à Pyotr, que c'était urgent, que sa femme était très malade.

– Mais vous ne l'avez pas cru ?

– Je sens quand on me ment, dit-elle. Je lui ai dit que je savais pas où était Pyotr et que s'il partait pas j'appelais la police.

– Comment est-ce qu'il a eu l'idée de venir vous trouver ?

Marinka haussa les épaules.

– Les hommes aiment parler des femmes avec qui ils couchent.

– Qu'est-ce que vous pouvez nous dire d'autre sur cet homme ? demanda Zigic, sentant le désespoir affleurer dans sa voix. S'il vous plaît, Marinka, c'est très important.

Elle recula légèrement, s'appuya contre la rampe et baissa la tête.

– J'ai pas vu son visage.

– Il était polonais ?

– Oui.

Zigic sortit une photo de Lukas Wrabowski.

– Est-ce que ça pourrait être cet homme ?

– C'est mon voisin, dit-elle d'un air perplexe. Pourquoi vous avez sa photo ?

– Est-ce que ça pourrait être l'homme qui est venu ici ? demanda Zigic.

– Non. Je connais la voix de Lukas. C'était pas lui.

Ils passèrent quelques minutes de plus à essayer de la faire parler mais elle s'était refermée sur elle-même, peut-être effrayée par l'idée que l'assassin de Dymek soit toujours dans les parages et s'en prenne à elle. Zigic lui tendit sa carte et elle la glissa dans la poche arrière de son short en jean, promettant sans conviction d'appeler si elle se souvenait de quelque chose.

Elle ferma la porte derrière eux, et Zigic sentit de fines gouttelettes de pluie sur son visage. Moore et Hale étaient garés de l'autre côté de la rue, moteur allumé, les essuie-glaces balayant paresseusement les quelques gouttes tombées sur le pare-brise.

– Qu'est-ce que t'en penses ? demanda Ferreira.

– Quelqu'un fait le ménage, dit Zigic en s'immobilisant un instant devant le portail. (Il revoyait la pelle dans le coffre de la Volvo, le seul objet neuf à l'intérieur, acheté dans un but bien précis.) Dymek a craché sur le corps de Manouf, ajouta-t-il. Il a laissé derrière lui des preuves qui peuvent les faire tous arrêter.

– Donc il faut le tuer ?

– Ça expliquerait pourquoi il s'apprêtait à repartir en Pologne.

– La Volvo a été achetée le matin suivant le meurtre de Manouf, dit Ferreira. Il aurait pu s'en prendre à Dymek tout de suite.

– Peut-être qu'il n'arrivait pas à le trouver. Il vient d'abord ici…

– Et pas de traces de Dymek. Il reprend le volant, débouche dans Lincoln Road et là, il le voit qui attend à l'arrêt de bus, en train de parler à Sofia. Il pète un plomb, accélère et le renverse. Mais Lukas aurait pu lui dire s'il était à la maison ou pas, pourquoi ne pas lui poser la question tout simplement ?

– Il ne voulait peut-être pas que les autres membres du groupe commencent à s'inquiéter de ce qui pourrait leur arriver s'ils commettaient des erreurs. Pas très bon pour le moral des troupes.

– C'est quand même une façon très risquée de se débarrasser de Dymek.

– Tu te figures qu'il agissait rationnellement à ce moment-là ?

Alors qu'ils repartaient vers la voiture, Zigic leva les yeux et s'arrêta net. Un des colocataires de Lukas arrivait dans l'autre sens, l'homme auquel ils avaient parlé quelques jours plus tôt, Adrian Mazur. Il s'arrêta lui aussi, regardant droit vers Zigic.

Puis il laissa tomber le sac de courses qu'il avait à la main et se mit à courir.

Zigic s'élança à sa poursuite, Ferreira héla Moore et Hale qui firent démarrer la voiture.

Mazur courait vite, son sac à dos rouge rebondissant contre son dos. Une portière de voiture s'ouvrit sur son passage et lui cogna la cuisse. Zigic se rapprochait, il n'y avait pas plus de dix mètres entre eux. Mazur était blessé, sa démarche déséquilibrée. Il jeta un coup d'œil par-dessus son épaule, le visage rouge.

Mauvais réflexe.

Zigic accéléra encore. Plus que huit mètres.

Six.

Mazur déboucha au coin de Lincoln Road, obligeant un groupe de femmes à s'écarter, Zigic toujours à ses trousses.

Il y avait un passage piéton au bout du trottoir, les véhicules arrêtés au feu rouge. Tout à coup la voiture de police surgit d'une petite rue en sens interdit, sirène à fond. Mazur tendit le bras, s'accrocha au panneau de signalisation du passage piéton et sauta sur la chaussée.

Un klaxon retentit, le feu passait déjà au vert. Mazur était arrêté devant le pare-chocs d'une voiture. Dans l'autre file, un pick-up passa la première et accéléra bruyamment. Mazur laissa glisser de ses épaules les bretelles de son sac et Zigic cria en le voyant le lancer sur la plateforme arrière du pickup. Le conducteur s'éloignait sans avoir rien remarqué, impatient de regagner son chantier.

Mazur tourna sur lui-même, le souffle court, l'air soulagé face à Zigic.

Hale arriva sur le côté, le plaqua au sol, lui tira les mains derrière le dos et lui passa les menottes sans rencontrer de résistance. Ce que Mazur craignait que la police trouve dans son sac s'était envolé et il se laissa conduire vers la voiture de police sans broncher.

48

Mazur n'avait plus sur lui que son portefeuille qui contenait trente livres, une carte bancaire bientôt arrivée à expiration et une carte d'employé de chez Grey Shield Security.

Décidément, tout convergeait vers cet endroit.

Wahlia et Grieves étaient justement en train de passer au crible les fichiers que l'ex-inspecteur Broad avait rechigné à leur confier, recoupant les plannings et les feuilles de présence à la recherche d'autres employés polonais qui auraient pu travailler avec les membres du gang.

Pour le moment, ils avaient pu établir que Tomas Kaminski et Pyotr Dymek avaient débuté leur travail à l'agence à une semaine d'intervalle l'un de l'autre. Ce n'était peut-être pas important, mais il était courant que les gens recommandent leurs amis pour les faire embaucher. Lukas Wrabowski y était depuis moins longtemps, environ six mois, et on ne trouvait aucune trace de lui en Angleterre avant cette date. Zigic avait rappelé l'inspecteur Strug mais celui-ci n'avait pas pu le renseigner, lui donnant la nette impression que ces interruptions dans sa journée de travail commençaient à lui peser.

Ça n'avait plus tellement d'importance maintenant. En mettant fin à ses jours, Lukas Wrabowski s'était soustrait aux questions et à la justice. Mais son ordinateur portable était entre les mains des techniciens et le disque dur allait peut-être enfin révéler les secrets qu'il avait voulu protéger en se suicidant.

– OK, dit Wahlia en se redressant, Mazur a travaillé comme videur avec Tomas il y a six semaines, juste deux nuits, alors que d'habitude il est vigile dans un centre commercial.

– De jour ou de nuit ? demanda Zigic.

– De jour. Donc il a le temps d'aller tuer quelqu'un le soir.

– Pourquoi est-ce qu'il n'était pas au boulot aujourd'hui ?

– Grey Shield est une agence de placement comme les autres. Ils appellent leurs employés quand ils ont besoin d'eux. Sans les laisser trop prendre leurs habitudes au même endroit apparemment, ajouta Wahlia en enlevant ses lunettes pour se frotter les yeux. C'est souvent le cas dans la sécurité des centres commerciaux. Ça empêche que les vigiles se mettent à copiner avec les voleurs.

– Et ça rend compliqué de savoir qui travaillait le jour du meurtre, devina Zigic.

Wahlia hocha la tête.

– Ça irait plus vite si on avait une autre paire d'yeux à disposition.

– Parr devrait être de retour dans une heure à peu près, dit Zigic en regardant sa montre.

Il l'avait chargé d'emmener quelques agents fouiller la maison d'Oxford Road. Ils ne trouveraient peut-être rien mais il y avait toujours une petite chance que Mazur ait laissé derrière lui quelque chose qui pourrait l'incriminer.

– En tout cas, reprit Wahlia en réajustant ses lunettes, on sait déjà que si Mazur n'a pas continué à faire le videur, c'est parce qu'il a du mal à se contrôler. Il a fracturé la mâchoire d'un type en le mettant à la porte d'une boîte.

– Il y a eu des répercussions ?

– D'après son dossier, il a eu droit à une lettre d'avertissement mais ça s'est arrêté là.

Encore un vilain accroc dans la surface impeccablement lisse de chez Grey Shield Security, songea Zigic. Il pivota sur le fauteuil de Ferreira pour regarder les tableaux blancs alignés le long du mur, les trois meurtres et le délit de fuite, le décès peut-être accidentel de Tomas. Pas de tableau pour le suicide de Lukas. Sept décès, un terrible écheveau de haines et de souffrances qu'ils s'efforçaient de dénouer depuis des semaines sans savoir que les crimes étaient liés. Maintenant, le fil ténu qui les réunissait commençait à apparaître.

Un homme, sans visage, portant un uniforme Grey Shield.

Ferreira arriva et le délogea d'un petit coup de pied dans le fauteuil. Elle enfonça une clef USB dans la tour de son ordinateur et s'assit.

– Le contenu du téléphone portable de Dymek, dit-elle. Rien de spectaculaire, beaucoup de messages échangés avec Tomas, quelques-uns avec Lukas. On a aussi un autre numéro, qui pourrait être celui de l'homme qu'on recherche.

– Balance, dit Wahlia, et elle lui donna le numéro.

– Les messages sont en polonais, dit-elle.

Zigic jeta un œil au dossier qui s'était affiché sur son écran.

– Ça peut attendre, dit-il. Allons parler à monsieur Mazur d'abord.

Adrian Mazur avait demandé un avocat dès la seconde où il avait mis les pieds dans le commissariat, comme quelqu'un qui a déjà une certaine habitude de la procédure malgré son absence de casier judiciaire. Sur le moment, la demande avait fait surgir en Zigic une lueur d'espoir. Quand on voulait un avocat, c'est qu'on s'apprêtait à parler. Et si c'était le cas, il suffirait peut-être de bien savoir doser le mélange d'encouragements et de menaces pour aboutir à la vérité.

Mais ce n'était pas ce qui était en train de se passer dans la salle d'interrogatoire n° 2.

Mazur ne formulait que de vagues réponses et il restait en retrait, les yeux baissés, les mains enfoncées dans les poches de son sweat à capuche satiné. Cinq minutes s'étaient déjà écoulées et il n'avait prononcé qu'une dizaine de mots, le plus souvent un simple « oui » ou « non », quand il n'omettait pas tout bonnement de répondre.

Zigic reformula la question qu'il venait de lui poser sans succès.

– Pourquoi avoir pris la fuite, monsieur Mazur ?

Le jeune homme se racla la gorge et tourna la tête vers son avocat qui ne faisait pas attention à lui.

– Je sais pas.

– Vous n'êtes pas parti en courant la première fois qu'on vous a rencontré, dit Zigic. Vous vous étiez même montré plutôt serviable. Alors pourquoi cette réaction aujourd'hui ?

Mazur gardait le silence.

– Quelque chose à voir avec le contenu de votre sac à dos peut-être ?

Mazur remua sur sa chaise et Zigic remarqua ses jambes qui bougeaient sous la table comme s'il était à nouveau sur le point de prendre la fuite.

– Qu'est-ce qu'il y avait là-dedans que vous ne vouliez surtout pas nous montrer ?

– Rien.

Zigic soupira et ouvrit le dossier qu'il avait apporté, déposant devant Mazur les photos déjà maintes fois sorties ces derniers jours. Didi, Ali Manouf, Asif Khalid. Des photos d'eux vivants au-dessus des photos de leurs cadavres, macabres images sur papier brillant, couleurs saturées. Peaux sombres, os blancs, flots de sang.

Mazur refusait de les regarder, les yeux fixés sur Zigic.

– Pourquoi vous me montrez ça ?

– Votre ami Pyotr a tué cet homme, dit Zigic en pointant du doigt la photo d'Ali Manouf, mais les yeux de Mazur ne suivirent pas son geste. Et votre ami Lukas a tué celui-ci. Regardez-le.

Mazur jeta un rapide coup d'œil à la photo.

– Ils sont pas mes amis, dit-il d'une voix calme. On est des voisins. C'est tout.

– Vous partagez une maison.

– Parce qu'on travaille pour les mêmes gens. Ils nous trouvent un logement quand on travaille pour eux. C'est pas mes amis, répéta-t-il en fixant Zigic droit dans les yeux.

– Pouvez-vous nous dire où vous étiez jeudi matin entre 5 h 30 et 6 heures ? demanda Ferreira.

– À la maison, je suis toujours à la maison à cette heure-là.

– Et samedi, le 1er février, entre 23 h 30 et minuit ?

Mazur secoua la tête.

– Je sais pas, comment je peux me rappeler ça ?

– Entre minuit et demi et 1 heure du matin, lundi 24 mars ?

– Je me rappelle pas, dit-il d'une voix faible.

– Vendredi soir, entre 22 h 30 et 23 heures ?

– Non ! cria Mazur, claquant des mains sur la table. Pourquoi vous me demandez ça ?

– Parce que trois hommes ont été assassinés, dit Zigic. Et vos amis sont responsables. Mais ils n'ont pas fait ça tout seuls.

– Je vous ai dit déjà, ils sont pas mes amis.

– Non, ce sont vos petits soldats. (Le visage de Mazur se figea, yeux écarquillés, bouche ouverte.) Mais pas de bons soldats, ajouta Zigic, la voix plus grave. En tout cas, pas Pyotr Dymek. Il a été imprudent, et il fallait l'éliminer avant qu'on ne remonte jusqu'à vous. Alors vous l'avez tué.

– Non !

– Trois tueurs qui travaillaient pour vous, deux qui vivaient avec vous.

Mazur secouait la tête.

– Non, c'est dingue ce que vous dites. Vous êtes fou.

– Quand on est innocent, on ne s'enfuit pas.

Mazur respirait plus fort, son visage décharné s'était coloré. Ses jambes tremblaient sous la table et la nervosité menaçait de gagner l'ensemble de son corps. Zigic percevait la peur dans ses yeux, une réaction surprenante comparée à l'attitude froide et inébranlable de Lukas Wrabowski, les défiant de sa morgue d'un bout à l'autre des interrogatoires.

Mazur ne ressemblait pas à un homme qui avait l'habitude de donner des ordres. Quinze minutes d'interrogatoire et il était déjà prêt à craquer.

Zigic sortit une dernière photo du dossier et la posa au-dessus des autres. Jelena Krasic, jeune, jolie, le sourire de quelqu'un qui se croit immortel.

– Vous êtes un vrai dur, Adrian. Lui foncer dessus avec cette grosse voiture sans vous démonter. Vous avez dû voir son visage, peut-être même croiser son regard.

Mazur fit voler les photos des deux mains. Elles retombèrent lentement, face sur le dessus, l'une d'elles flottant jusqu'au sol.

– Elle avait vingt-quatre ans, dit Zigic. Elle allait se fiancer. Une gentille fille. Et vous lui êtes rentré dedans sans hésiter une seconde. Vous vouliez vous débarrasser de Pyotr et vous vous fichiez de tuer quelqu'un d'autre au passage.

– Je peux pas conduire ! lança Mazur, excédé. Regardez si j'ai un permis de conduire.

Ils savaient déjà qu'il n'en avait pas.

– Ça ne veut rien dire.

Mazur se tourna vers Ferreira, commettant la même erreur que beaucoup d'autres en pensant qu'une femme se montrerait plus clémente.

– S'il vous plaît, j'ai tué personne.

– Alors aidez-nous, dit-elle. Vous habitiez avec ces hommes, qui est le quatrième membre de la bande si ce n'est pas vous ?

– Je sais pas.

Ses épaules s'affaissèrent, il baissa la tête, la lumière des spots se réfléchissant sur son crâne rasé. Il ferma les yeux et Zigic l'imagina en train de chercher désespérément un nom à leur donner, quelqu'un du travail, un autre Polonais avec un air méchant qui ferait un suspect plus prometteur.

– La semaine dernière, dit Mazur d'une voix hésitante, un homme est venu à la maison, il cherchait Pyotr. Il faisait encore nuit et il m'a réveillé en cognant à la porte. J'ai pensé que c'était un voleur.

– C'était quel jour ? demanda Ferreira.

– Le jour où Pyotr est mort.

– Pourquoi vous ne l'avez pas dit quand on vous a interrogé la première fois ?

– Je croyais que c'était un accident pour la voiture. Qu'est-ce que ça pouvait vous faire si un homme cherchait Pyotr ?

Mazur les regarda l'un après l'autre, attendant leur réaction, et visiblement il voyait qu'ils ne le croyaient pas, parce qu'il reprit la parole en parlant plus vite, d'un ton plus animé.

– Je suis descendu dans la cuisine, je le voyais par la fenêtre. Il était très en colère, il tapait à la porte de Pyotr. Mais Pyotr il était pas là. Il était dans la maison d'à côté, chez sa *kurwa*.

– Vous l'avez reconnu ? demanda Ferreira.

– Non. Il faisait noir. Je voyais pas son visage. Mais quand je suis remonté dans ma chambre, j'ai vu une grosse voiture blanche garée devant la maison. C'est lui l'homme qui a tué ces pauvres gens.

49

– Il croit vraiment qu'on va avaler ses salades ? dit Ferreira.

Elle ouvrit une cannette de Pepsi et grommela lorsque le liquide lui éclaboussa la main.

– Ça colle avec ce que la voisine nous a dit, remarqua Zigic.

– Bien sûr que ça colle, il est allé la voir d'abord.

Zigic repensa à l'expression de Mazur lorsqu'il avait posé les photos des cadavres devant lui. Aucune trace de plaisir dans ses yeux, seulement de la stupeur et de la répulsion. Des émotions difficiles à feindre. Mais il était parti en courant lorsqu'il les avait vus, geste qui restait inexplicable tant qu'on n'avait pas retrouvé le fameux sac à dos.

– On en est où avec le sac ? demanda-t-il.

– J'ai appelé l'entreprise, dit Grieves. Ils l'ont trouvé à l'arrière de leur camion et j'ai envoyé une voiture le récupérer, mais ça va leur prendre au moins deux heures pour faire l'aller-retour. C'est à Grantham et on est juste à l'heure de pointe.

La nuit n'allait pas tarder à tomber, le ciel était sombre, une lumière rose s'étirant au-dessus de la rocade. Les gens rentraient déjà à la maison. Tout le monde sauf nous, se dit Zigic.

Il y avait des piles de documents à éplucher et il en arrivait encore. Wahlia travaillait à isoler des suspects potentiels à partir des fichiers de Grey Shield Security, retenant les employés qui avaient travaillé directement avec les meurtriers, ceux qui avaient un casier et quelques autres dont le casier était vierge mais qui étaient libres les trois soirs des meurtres et le matin du délit de fuite.

Pour le moment ils concentraient leur attention sur le troisième groupe, et Adrian Mazur en faisait partie. Son nom était écrit en majuscules au sommet de la colonne des suspects, suivi de trois autres noms polonais dont un était déjà barré (un homme qui avait passé la nuit de mercredi dans une cellule du commissariat à cuver sa beuverie de la veille). Un dernier nom, anglais, figurait en bas de la liste et Zigic réalisa qu'il lui était vaguement familier.

– Christian Palmer, dit-il tout haut. Qu'est-ce qu'on a sur lui ?

Grieves pivota sur son fauteuil.

– Il n'est pas polonais.

– Mais il a un sale caractère, n'est-ce pas ? dit Ferreira.

Grieves se retourna aussitôt vers son bureau, les joues roses. Elle bredouilla quelque chose que Zigic ne saisit pas, mais il aperçut l'air de dégoût avec lequel Ferreira la regardait, une grimace moqueuse au coin des lèvres.

– C'est le même mec, non, Bobby ? L'ex-agent de police Chris Palmer ?

– Ouais.

– L'homme qu'on recherche n'est peut-être pas polonais tout compte fait, dit Ferreira, les yeux rivés sur Grieves qui continuait de lui tourner le dos. Ces groupes néonazis peuvent être très accueillants, pourvu qu'on soit pas trop foncé, dit-elle en tapotant la table du bout des doigts. Qu'est-ce que t'en penses, Deb ? T'es celle qui le connaît le mieux de nous tous. Tu crois que ça pourrait être son truc ?

Zigic se leva pour aller dans son bureau.

– Je peux te parler deux minutes, Mel ?

Elle le suivit et ferma la porte derrière eux.

– Je suppose que tu veux me parler en privé, dit-elle.

Zigic fit quelques pas dans la petite pièce obscure. La lampe dessinait un cône de lumière sur la table jonchée de papiers.

– Qu'est-ce que c'est que ce bordel ?

Ferreira croisa les bras.

– Tu devrais peut-être poser la question à Grieves.

– C'est à toi que je la pose.

Ferreira laissa échapper un soupir excédé et se rapprocha du bureau.

– Est-ce que tu sais pourquoi Palmer n'est plus flic ?

– Je sais à peine qui c'est, dit Zigic.

– Palmer et Grieves étaient coéquipiers il y a quelques années. À l'époque où je débutais à la brigade criminelle. Quelqu'un est mort dans sa cellule, un jeune, il avait été embarqué pour possession de cannabis, pas grand-chose. Il était paniqué, il a commencé à gueuler qu'il fallait qu'il sorte, Palmer y est allé et lui est rentré dedans, avec ses cent kilos, ajouta-t-elle. Le garçon était épileptique. En deux minutes il était mort.

Zigic ne se souvenait que vaguement des rumeurs qui avaient couru à l'époque, et même maintenant qu'elle lui avait rafraîchi la mémoire, il n'arrivait toujours pas à se rappeler Palmer. Il y en avait tellement chez les officiers en uniforme, des types tout en muscle et en gueule. Le bout de la chaîne en quelque sorte, alors ils exerçaient le peu de pouvoir qu'ils avaient dès que l'occasion se présentait et souvent ils en abusaient. Mais les gens qu'ils prenaient pour cible étaient rarement en position de se plaindre.

– Quel rapport avec Grieves ?

– Elle l'a couvert, dit Ferreira. Et c'est marrant mais avec moi, ce genre de saloperies ça passe pas.

Zigic s'assit, s'appuya contre le dossier de son fauteuil.

– Tu comptais m'en parler à un moment donné ?

– Qu'est-ce que ça change maintenant, de toute façon ?

Zigic entendait Wahlia parler au téléphone et il aperçut Grieves passer devant lui, tête baissée.

– Riggott est au courant ?

– Probablement pas, répondit Ferreira en s'asseyant au bord de la chaise en face de lui. Je peux rien prouver. Si je suis au courant c'est parce qu'elle savait pas quoi faire et qu'elle est venue me demander conseil. Mais elle en a pas tenu compte. C'était il y a des années, dit-elle en secouant la tête. Y a rien de plus à ajouter.

– Tu crois qu'on peut pas avoir confiance en elle ?

– Ça si, tu peux compter sur elle. Elle fera tout ce que tu lui demandes de faire.

– C'est pas ce que je voulais dire, et tu le sais très bien.

Ferreira posa les mains sur le bureau, se rapprochant de la lumière. Son visage était grave maintenant, toute trace d'émotion s'était dissipée.

– On commence à voir le bout de l'enquête. Mais on a encore besoin d'elle pour décortiquer toute cette paperasse qui nous arrive.

Elle s'efforçait d'agir de façon rationnelle, et il sentait qu'elle regrettait déjà de lui avoir parlé de cette histoire. Elle avait enfin décoché sa flèche à Grieves, comme elle rêvait de le faire depuis une semaine, mais ce n'était pas le moment de jubilation attendu.

– Ça reste entre nous pour l'instant, dit-il en cherchant le téléphone qui sonnait sur son bureau. Vous avez quelque chose pour moi ? demanda-t-il à son interlocuteur.

– On est sur l'ordinateur portable, chef. Il y a un truc qu'il faut que vous voyiez.

Ils montèrent au service technique, une série de petits bureaux bourrés d'un nombre incalculable d'ordinateurs, de disques durs et de téléphones portables qui contenaient toutes les horreurs possibles et imaginables et attendaient de pouvoir livrer leurs secrets. L'équipe technique avait un retard monstrueux et souffrait d'un manque chronique de personnel. À qualification égale, la police offrait des salaires de misère en comparaison d'autres secteurs.

Ethan les attendait dans le couloir, une main derrière la nuque, le visage fatigué. Il était à peine sorti de l'université, en poste depuis moins d'un an, mais le travail commençait déjà à l'user. Avec chaque meurtre, chaque agression à traiter, c'était un peu de son innocence juvénile qui s'envolait, sans compter toutes ces heures à travailler dans des pièces sans fenêtres en se gorgeant de caféine et de sucre pour rester dans l'état de constante attention que la tâche exigeait.

– Ça a été vite, dit Ferreira.

– La protection était vraiment basique, dit-il. L'ordi avait genre au moins cinq ans, totalement archaïque le truc.

Ils le suivirent dans son bureau, un espace minuscule qui sentait le plastique et les câbles électriques surchauffés. L'ordinateur portable de Lukas Wrabowski était ouvert face à un vieux siège en cuir rapiécé par endroits avec du gros scotch. Ethan le poussa et inclina l'écran de l'ordinateur pour qu'ils puissent bien voir.

Un fichier vidéo était en pause, avec à l'image un homme en noir, le visage masqué par une cagoule, de la gaze au niveau des yeux, devant un mur blanc auquel était accroché un drapeau avec une croix gammée. Le drapeau était visible en entier, l'homme coupé à la taille.

Ethan appuya sur lecture et l'homme se mit à parler en polonais, d'une voix grave et sonore.

– Qu'est-ce qu'il dit ? demanda Ferreira.

Zigic lui fit signe d'attendre. Il essayait de comprendre mais son vocabulaire semblait étrange, tarabiscoté, et une fois passé l'introduction, ses paroles devinrent difficiles à suivre. Puis la voix se fit plus passionnée, monta en volume et Zigic commença à discerner le thème général du discours à partir des quelques mots qu'il parvenait à comprendre. Sang, feu, nation, fierté.

– Remets au début, s'il te plaît.

Ethan appuya sur une touche et une fois de plus l'homme se mit en position face à la caméra, les mains derrière le dos, et commença à parler.

– Mes frères, le temps du dialogue est révolu, traduit Zigic avec un léger décalage. Un mal a envahi nos terres, il est dans le sang de nos voisins et de nos collègues, ils vous diront qu'ils n'ont pas cette maladie mais elle transparaît dans leurs actions, dans…

Zigic s'interrompit et la voix de l'homme reprit de l'ampleur, rageuse et incompréhensible. Tout son corps semblait devenir plus massif. Il approchait de la fin de son discours maintenant, une longue tirade prononcée d'une voix tonitruante, en reprenant à peine son souffle, puis, d'un coup sec, il leva le bras droit et fit un salut nazi.

– C'est Wrabowski ? demanda Ferreira. Il n'avait pas l'air aussi grand.

– Je ne pense pas que ce soit lui, dit Zigic. Cet homme veut se faire entendre, il veut convertir, endoctriner. Wrabowski nous aurait parlé s'il avait été dans cet état d'esprit. (Il se tourna vers Ethan.) Elle vient d'où, cette vidéo ?

– Je l'ai trouvée dans l'historique de navigation de Lukas. Il était membre d'un forum de discussion privé, *Biale Braterstwo*.

– Les Frères blancs, dit Zigic. C'est le groupuscule avec lequel Tomas Kaminski est entré en contact quand il était en prison. Quand est-ce que cette vidéo a été publiée ?

– Il y a trois jours.

– Juste avant le meurtre d'Asif Khalid, rajouta Ferreira.

– Où est basé le forum de discussion ?

– C'est en polonais, mais ça ne veut rien dire, dit Ethan en passant une main dans ses cheveux. Je peux creuser la question, mais je vais avoir besoin d'aide et ça va prendre du temps.

– Prends qui tu veux, dit Zigic. Et fais vite.

– OK, dit Ethan en hochant la tête. Il y a d'autres vidéos de ce type, enfin je crois que c'est le même, c'est le même drapeau, la même silhouette.

– Montre.

Ethan se pencha en avant et tapota sur le clavier, ouvrant une autre page qui montrait les murs blancs, le drapeau accroché un peu plus bas, le tissu un peu plus étiré, l'homme visible jusqu'aux cuisses. Le discours était légèrement différent, mais le message était globalement le même.

Zigic l'arrêta au bout de quelques secondes.

– Fais une copie des vidéos, qu'on puisse les regarder en bas. J'appelle l'interprète.

– D'accord.

– Il faut aussi qu'on sache quand elles ont été publiées et quand elles ont été filmées, si possible. Toutes.

– Bien sûr.

Ferreira avait sorti son smartphone.

– Quelle est l'adresse du forum ?

– Attendez, dit Ethan en écrivant la longue adresse sur un bloc de papier, avec quelques numéros en dessous. Ça, c'est son numéro d'utilisateur et son mot de passe, vous en aurez besoin pour accéder au groupe.

Zigic le remercia, tournant déjà les talons.

– Vous ne voulez pas voir le reste ? demanda Ethan.

– Le reste de quoi ?

– Les meurtres.

50

Zigic conduisait sans réfléchir, de façon automatique, traversant la rocade obscure le pied sur l'accélérateur. La surface irrégulière de la route faisait vibrer le châssis et le volant qu'il serrait des deux mains, les bras raides, les épaules tendues.

Il se força à respirer profondément. C'était pourtant une scène qu'il avait déjà vue une bonne demi-douzaine de fois, un pauvre jeune tué à coups de pied dans une rue calme pendant que les gens dormaient dans les maisons alentour. Ou faisaient semblant de dormir, trop apeurés pour sortir voir ce qui se passait.

Mais cette fois-ci, c'était différent.

Les images du meurtre de Didi filmées par la caméra de surveillance étaient de mauvaise qualité, l'appareil placé en hauteur à une dizaine de mètres de la scène. Il se rendait compte maintenant que ça avait pu créer une certaine distance, atténuer le choc des images.

Mais la version que renfermait l'ordinateur de Lukas Wrabowski provenait d'un smartphone avec un objectif capable de filmer dans le noir en haute résolution, comme le leur avait expliqué Ethan.

L'individu qui avait tenu l'appareil sans ciller pendant tout le temps de l'attaque n'était qu'à quelques pas de la scène. Suffisamment près pour distinguer clairement l'effroyable changement d'expression sur le visage de Didi, puis les dégâts infligés par chacun des coups de botte jusqu'à ce qu'il devienne méconnaissable.

Et il y avait d'autres vidéos. Pas seulement celles des meurtres d'Ali Manouf et d'Asif Khalid.

Le site contenait une dizaine de films supplémentaires d'hommes tués à coups de couteau ou de barres de fer, leurs corps gisant sur les pavés. Les ruelles étaient impossibles à identifier. Ça ne se situait pas en Angleterre mais il y avait quelque chose de nettement européen. Et en regardant les images défiler, tandis qu'Ethan tournait la tête et que Ferreira continuait à poser des questions auxquelles personne ne pouvait encore répondre, Zigic réalisait que tous ces crimes étaient sans doute restés impunis.

Le problème dépassait maintenant le cadre du commissariat.

Il sortit de la rocade et ralentit en approchant du rond-point qui menait à la banlieue d'Old Fletton. Les maisons semblaient si paisibles ici. Comment cette ville avait-elle pu abriter un gang violent et raciste qui avait vu le jour dans une cellule de prison polonaise ?

Était-ce Tomas Kaminski qui en était à l'origine ?

Impossible de lui poser la question désormais. Ni à lui ni aux deux autres de la bande qui étaient déjà morts. S'ils n'arrivaient pas à mettre la main sur le quatrième homme, la tuerie risquait de se poursuivre. Une haine aussi profonde ne pouvait disparaître purement et simplement. Elle continuerait à croître, à suppurer, et les heureux élus qui avaient accès au site des Frères blancs continueraient à rire devant les images et à les admirer, incités à commettre à leur tour d'autres actes sanglants.

Il fallait que le quatrième homme soit Adrian Mazur, lui qui était déjà en cellule, occupé à se chercher des alibis crédibles. Parce que si ce n'était pas lui, ils n'avaient rien, et le coupable pouvait être n'importe où. Quelque part en Europe s'il était prudent. Ou bien, s'il était sûr de lui au point d'être arrogant (et Zigic espérait que ce soit son cas), patrouillant dans des couloirs de bureaux déserts, dans son uniforme Grey Shield.

Il ralentit à l'entrée de Church Street, bloqué par une camionnette Tesco dont le conducteur cherchait une adresse. Il finit par la trouver et se rangea sur le trottoir pour laisser passer Zigic.

Le club des anciens combattants polonais était au bout de la rue, un beau bâtiment victorien qu'on avait affublé de plusieurs extensions nettement moins gracieuses. Au fil des années, le club s'était agrandi, accueillant d'abord les réfugiés politiques des années 1950, puis les nouveaux arrivants de la fin des années 1990 qui venaient y chercher une atmosphère leur rappelant le pays et des contacts utiles pour s'installer en Angleterre.

Le club n'était plus aussi fréquenté à présent. Il y avait maintenant assez de Polonais dans la ville pour que les plus jeunes cessent de voir l'utilité d'un tel endroit. Le quartier de New England disposait de quantité de bars et de cafés où ils pouvaient aller et Zigic put constater que le club n'avait pas grand-chose pour les attirer.

Ça ressemblait à n'importe quel bar de province en Pologne. Des murs d'un blanc crasseux couverts jusqu'à mi-hauteur de lambris portant la trace de plusieurs décennies de fumée de cigarette, des drapeaux et des bannières de clubs de foot, des tables bancales et des chaises en vinyle, d'épais rideaux en velours qu'on avait tirés pour protéger des courants d'air les quelques habitués : des hommes âgés, le dos voûté, qui avaient passé leur vie à porter de lourdes charges à la briqueterie de la ville à présent fermée.

Il n'y avait pas de télévision, pas de musique, et les clients parlaient à voix basse malgré la passion qui semblait animer leurs conversations, agrémentées de moult gestes.

La serveuse derrière le bar posa son magazine lorsqu'elle le vit s'approcher.

– Qu'est-ce que je vous sers ?

– Un Coca, merci. (Il jeta un coup d'œil aux visages tournés vers lui, sans voir celui qu'il cherchait.) Jurek est là aujourd'hui ?

Elle indiqua d'un signe de tête une table au coin de la pièce sur laquelle étaient posés un journal et une pinte de bière à moitié vide.

– Il est aux toilettes.

– Je ferais mieux de prendre aussi un whisky alors.

Zigic la paya, porta les verres jusqu'à la table du coin et s'assit, toujours au centre des regards. Les visages inconnus étaient rares ici et quelqu'un qui cherchait Jurek avait de quoi susciter l'intérêt. Rédacteur en chef du journal polonais local, il était connu au sein de la communauté et connaissait lui-même tous ceux qui avaient de l'influence et les secrets qu'ils redoutaient de voir exposés. Lorsqu'il vivait à Varsovie, il était journaliste d'investigation, mais c'était vingt ans plus tôt et il avait payé le prix fort pour son intégrité.

– Je me demandais quand je vous verrais, dit Jurek en donnant une tape sur l'épaule de Zigic.

Il fléchit péniblement les genoux et s'assit en grimaçant. De vieilles blessures, mal guéries.

– Alors vous venez me voir pour quoi, l'accident de voiture ou les meurtres ?

– Vous perdez pas de temps.

– Les gens veulent venger leurs morts, inspecteur. (Zigic hésita un peu trop longtemps à répondre au goût de Jurek, et son visage s'assombrit.) Vous pouvez compter sur ma discrétion si c'est ce qui vous tracasse, ajouta-t-il.

– Ce n'est pas vous qui me tracassez.

Jurek acquiesça d'un grognement et indiqua de la tête la porte de derrière.

– J'ai besoin de fumer une cigarette, dit-il.

Zigic le suivit, ils passèrent devant les toilettes et la porte close d'une ancienne salle de réception, et Zigic remarqua combien le vieil homme avait du mal à marcher maintenant, forçant pour ouvrir la porte-incendie qui donnait sur le parking.

Il y avait du givre dans l'air et le vent commençait à se lever, créant un petit tourbillon de détritus sur le goudron fissuré. Le pont autoroutier passait non loin, mais l'église et le cimetière qui jouxtaient le parking semblaient exhaler un silence profond et éternel.

Jurek alluma une cigarette, tournant le dos au vent.

– J'ai entendu à la radio que vous aviez arrêté un Polonais pour le meurtre de ce jeune. Il s'est suicidé dans sa cellule ils ont dit, ce Wrabowski.

Zigic ne s'était même pas rendu compte que les médias avaient déjà annoncé la nouvelle. Il ne maîtrisait décidément plus rien.

– Il s'est pendu, oui.

– Et si c'était pas lui qui avait commis le meurtre ?

– On avait largement assez de preuves pour l'inculper, dit Zigic en enfonçant les mains dans ses poches. Il était membre d'un groupuscule néonazi, les Frères blancs, vous avez entendu parler d'eux ?

Jurek recracha sa fumée loin de Zigic.

– Ils étaient très actifs dans les grandes villes de Pologne pendant les années 80-90. Des attaques antisémites surtout, ils profanaient des tombes, des monuments aux morts. Il ne restait pas grand-chose d'autre à profaner, dit-il en fronçant les sourcils. À la fin des années 90, ils ont commencé à se disperser, beaucoup ont quitté le pays, pour trouver du boulot je suppose. Ceux qui sont restés en Pologne ont commencé à s'en prendre aux immigrés venus d'Afrique et du Moyen-Orient. Il y a eu des meurtres, mais la police s'en fichait.

– Je croyais que c'était surtout un gang de prison, dit Zigic.

– Plus tard, oui. Mais c'est le trafic de drogue qui les a conduits en prison, pas les meurtres, dit Jurek en tirant longuement sur sa cigarette. Avec la drogue, ils marchaient sur des plates-bandes qui étaient protégées, c'est pour ça que la police les a arrêtés. Bien sûr, maintenant je ne suis plus au fait, mais aux dernières nouvelles le groupe n'était plus en activité.

Zigic repensa aux vidéos qu'il venait de voir, le sang sur les pavés, les lampadaires ornementés.

– Ils sont toujours actifs Jurek, croyez-moi.

Une moto rugit dans le silence, remonta lentement la petite rue résidentielle puis bifurqua en direction du lotissement qui se prolongeait jusqu'à la rivière Nene.

– Le groupe opère ici maintenant, reprit Zigic. Wrabowski et deux de ses amis. Ils sont tous morts, mais le chef de la bande court toujours et il faut absolument qu'on le retrouve. Vous avez entendu parler de l'affaire ? Des rumeurs, des allusions, n'importe quoi.

Jurek jeta son mégot par terre.

– Je sais qu'il y a des tensions.

– Avec qui ?

– Les Polonais sont farouchement patriotiques, il faut bien comprendre ça.

– Mais ils sont en Angleterre maintenant.

– Oui, et ils ont leurs propres rues ici, et ils ont l'impression d'être chez eux.

Jurek grimaça, comme s'il avait du mal à trouver les bons mots, ce qui était plutôt étonnant pour un homme de sa profession, pensa Zigic.

– Ça m'emmerde vraiment de devoir dire ça…

Zigic attendit, puis les mots sortirent d'un coup de la bouche de Jurek.

– Les Polonais détestent les Indo-Pakistanais qui détestent les Polonais. C'est un choc des cultures. L'islam, le catholicisme. Si on est croyant, impossible de faire la paix. Pas quand on vit aussi près les uns des autres. Les musulmans désapprouvent le fait que des bars polonais ouvrent dans leurs rues, ils nous louent très cher des endroits en mauvais état et après ils détestent qu'on soit leurs voisins. En particulier les jeunes. Il y a tout le temps des bagarres, et personne n'appelle la police.

– Mais Wrabowski n'était pas un petit jeune, dit Zigic d'une voix où commençait à poindre la colère. Vous voulez que ça tourne à la bataille rangée ou quoi ?

– On ne peut pas tenir toute la communauté polonaise responsable des actions de ces extrémistes.

– Si vous les protégez, si.

– Qui les protège ? demanda Jurek d'un air incrédule. Vous devriez le savoir, inspecteur. Ce genre de groupe opère clandestinement. Ils n'agitent pas les scalps qu'ils ont découpés à la ronde. C'est une cellule terroriste.

Il avait raison. Le forum privé, l'orateur masqué proférant ses discours de haine. Ils agissaient sur le même mode que les djihadistes.

Au loin le moteur de la moto vrombissait de nouveau, de plus en plus fort, revenant du dédale de petites rues et de culs-de-sac dans lequel elle s'était engouffrée un peu plus tôt.

– Je suis désolé de ne pas pouvoir vous aider davantage, dit Jurek en tendant la main à Zigic. (C'était le signal, la discussion était close.) J'espère que vous allez le retrouver.

La moto déboucha au coin de la rue, ralentit et s'arrêta devant le club. Le passager à l'arrière sauta et traversa la rue en courant. Quelque chose s'enflamma dans sa main, qu'il lança aussitôt. La bouteille monta dans les airs en étincelant à la lumière des réverbères, la flamme à peine visible.

Zigic se mit à courir mais il n'était pas assez rapide pour rattraper l'assaillant qui reprenait place sur la moto tandis que la fenêtre du club explosait.

– Appelez les pompiers ! cria Zigic en mettant la capuche de son manteau sur sa tête avant de s'élancer à l'intérieur du bâtiment.

L'entrée était déjà envahie de fumée et il se cogna à la serveuse qui arrivait par la porte du personnel en tirant un vieil homme par la main. Il avait le visage couvert de sang, un morceau de verre planté dans la joue.

– Mais putain dégagez du passage ! cria-t-elle en poussant Zigic.

– Il y a encore combien de personnes à l'intérieur ?

– Ils sont tous sortis, je leur ai dit de prendre la porte de derrière, dit-elle, les mains et le pull maculés de sang. Toute la pièce est en feu.

Il y eut un craquement et le bâtiment trembla, comme s'il allait s'ouvrir en deux. Elle attrapa Zigic par le bras et le poussa avec une force surprenante, traînant derrière elle le vieil homme qui tomba à genoux à la seconde où ils se retrouvèrent à l'air libre.

Des nuages de fumée sortaient du carreau cassé, tandis que les flammes éclairaient la fenêtre du premier étage, lui aussi gagné par l'incendie.

Zigic se précipita à l'arrière du bâtiment, trouva le reste des hommes sur le parking, l'un d'entre eux à terre, hurlant, deux autres se servant de leurs vestes pour éteindre les flammes qui lui couvraient le dos. Il se tordait, se frottait contre le bitume, jurait et priait en même temps.

Un autre homme regardait la scène, un verre vide à la main, une touffe de cheveux roussis hérissée d'un côté, le visage livide, tétanisé. Zigic lui effleura le bras et il tressaillit, laissant tomber son verre.

– Il y a encore du monde à l'intérieur ?

– Quoi ?

– Il reste quelqu'un à l'intérieur ?

– Non, dit-il, regardant son ami à terre. Il est mort ?

De l'autre côté de la rue, les gens sortaient de chez eux, téléphones à la main, filmant la fumée qui s'élevait dans les airs et les arbustes qui prenaient feu devant la fenêtre cassée. Personne ne venait apporter son aide, les gens restaient à distance, en sécurité, silencieux face à la scène, observant le bâtiment se consumer à travers l'écran de leur smartphone.

Sixième jour

51

Le lendemain matin, Zigic regarda les images amateur de l'incendie sur la chaîne d'infos de la BBC, debout dans la cuisine en attendant que le grille-pain recrache ses toasts. Ça semblait bénin à l'écran, on ne voyait presque rien, un rideau gagné par les flammes à l'endroit où la fenêtre avait été brisée et à l'étage une lumière dorée, presque chaleureuse. Rien de vraiment grave, qui aurait pu mettre des vies en danger.

Mais l'homme qu'il avait vu hurler sur le parking avait été emmené par une ambulance, presque mourant. Ses amis l'avaient regardé s'éloigner, ramassant les vestes dont ils s'étaient servis pour éteindre les flammes, le tissu imprégné d'odeurs de fumée et de chairs brûlées.

Zigic savait qu'il avait eu beaucoup de chance de ne pas se trouver à l'intérieur à ce moment-là.

La voix du reporter reprit, avec en fond sonore les sirènes des premières voitures de police qui arrivaient sur les lieux.

La police et les élus locaux ont une nouvelle fois appelé au calme à Peterborough après l'attaque au cocktail Molotov du club des anciens combattants polonais hier au soir. L'incendie aurait été provoqué en représailles au meurtre d'un habitant de la ville, Asif Khalid. L'assassin de monsieur Khalid, Lukas Wrabowski, membre de la communauté polonaise, s'est donné la mort alors qu'il était en garde à vue dimanche.

Plus la peine de chercher à contrôler la diffusion des informations maintenant.

Ironiquement, c'était Riggott qui avait pris en main l'enquête sur l'incendie. C'était exactement le genre d'incidents pour lesquels la section des crimes de haine avait été créée, mais avec tout ce qu'ils avaient déjà à faire, Riggott avait décidé qu'il valait mieux que ce soit la brigade criminelle qui s'en occupe.

C'était en tout cas ce qu'il avait dit.

Mais Zigic savait que ça n'avait rien à voir avec le fait de les soulager. Riggott avait dû subir des pressions de sa hiérarchie. Le directeur régional de la police, le maire et leur petite clique se devaient de montrer qu'ils faisaient tout leur possible pour dissiper les tensions qui menaçaient la ville. Ce qui signifiait resserrer les rangs et redéployer les troupes : des patrouilles en uniforme plus visibles dans la rue, une présence policière accrue dans les médias.

Stefan et Milan accoururent dans la cuisine et Zigic changea aussitôt de chaîne, trouva des dessins animés, mais les garçons étaient trop occupés à se chamailler pour s'y intéresser. Il les servit en jus de fruits et céréales tout en répondant aux questions sans fin qu'ils lui posaient, la plupart concernant les chiens. Les voisins venaient d'adopter un chien abandonné, un bâtard à l'air triste qui avait la peau sur les os et auquel il manquait la moitié des poils. Mais les garçons ne voyaient que ses grands yeux marron et ce besoin d'affection qui le poussait à se faufiler par un trou dans la clôture lorsqu'ils jouaient dans le jardin.

Zigic finirait par céder, ils le savaient déjà. Ce n'était qu'une question de temps.

– Demandez à maman, dit-il en voyant Anna arriver, puis il s'échappa pour aller s'habiller à l'étage.

Ils continuaient à harceler leur mère lorsqu'il redescendit quinze minutes plus tard, douché et prêt à partir au travail. Il attrapa sa veste et ses clefs et elle lui lança un regard mauvais, lui dit que ce serait lui qui nettoierait derrière le chien quand il vint l'embrasser.

Quand il démarra, la radio se mit automatiquement en marche mais il l'éteignit. Il n'avait pas envie d'entendre encore les nouvelles. Quoi qu'ils disent maintenant, ça ne faisait aucune différence, la tâche qui l'attendait restait la même malgré l'incendie du club polonais : trouver le chef de la bande de tueurs.

Ferreira arriva juste après lui sur le parking du commissariat et se gara à côté de sa voiture. Ils avaient terminé tard la veille au soir, il était déjà 22 heures passées quand il avait dit à Wahlia et Ferreira de rentrer chez eux. Inutile de rester devant leur ordinateur en étant épuisés, mieux valait une bonne nuit de sommeil.

– Ça a chauffé hier soir dans Lincoln Road, dit Ferreira en montant les marches devant lui. Trois magasins polonais ont été vandalisés, les fenêtres cassées.

– On n'aurait jamais dû communiquer aux médias le nom de Wrabowski. Pas avant d'avoir arrêté quelqu'un d'autre.

– Ça n'aurait fait que retarder l'inévitable, c'est tout.

– C'était pas inévitable, dit-il.

– Peut-être, en tout cas c'est pas surprenant.

Ils passèrent devant l'accueil, empruntèrent la cage d'escalier en verre et dépassèrent l'étage de la brigade criminelle, déjà débordante d'activité avec toutes les attaques de bâtiments qui avaient eu lieu dans la nuit. La situation était en train de dégénérer et il allait falloir agir vite et sans ménagements. Mais ça ne serait peut-être pas suffisant pour calmer le jeu, songea Zigic.

Ferreira laissa tomber son sac à côté de son bureau, alluma son ordinateur et alla mettre la cafetière en marche pendant que Zigic consultait ses messages. Il y en avait un d'Ethan à 4 h 36 du matin qui faisait le point sur ses recherches.

Le site des Frères blancs était efficacement protégé, comme ils le craignaient. Sa véritable localisation était brouillée par l'utilisation d'un serveur proxy et il faudrait du temps pour remonter jusqu'à elle, sans que cela fasse nécessairement beaucoup progresser l'enquête. Ethan fournissait d'autres informations sur les vidéos des meurtres filmées sur smartphone, mais la plupart n'apportaient rien de nouveau, les dates et heures étaient déjà connues et la marque du téléphone importait peu.

Les tirades haineuses devant le drapeau nazi avaient été filmées à l'aide d'une caméra vidéo, il y en avait eu huit dans les quatre derniers mois et les plus récentes publiées sur le forum la veille de chaque meurtre. Mais puisqu'on ne pouvait pas dire d'où les images provenaient, l'information n'était pas non plus d'une grande utilité. Si l'orateur avait pris part aux meurtres, ça pouvait avoir de l'importance, sinon il s'agissait seulement d'incitation à la violence.

Zigic avait un autre message, signalé comme urgent par Kate Jenkins avec en objet Adrian Mazur. Zigic prit une grande inspiration avant de l'ouvrir.

Il laissa échapper un juron.

– Quoi ? lança Ferreira depuis son bureau.

– Le groupe sanguin de Mazur ne correspond pas aux traces sur l'airbag.

Ferreira lui retourna son juron.

Encore un suspect éliminé. Encore une impasse.

Zigic ressortit de son bureau. Il fallait absolument que les choses se dénouent dans la journée.

Ferreira regarda l'écran de son téléphone.

– Alex vient de m'envoyer un message, dit-elle. Apparemment on s'est fait remarquer en se connectant au site des Frères blancs.

– Je suppose qu'il ne nous propose pas de nous aider ?

– Il dit qu'il va passer nous voir dans la journée. Ils ont peur que les médias s'intéressent d'un peu trop près à cette histoire. Ou alors leur taupe s'est grillée et c'est nous qui allons prendre à leur place.

Zigic versa du café dans une tasse.

– Peut-être qu'il veut reprendre les rênes de l'enquête ?

– Ça t'embêterait si c'était le cas ?

– Tout ce que je veux, c'est qu'on coince cette ordure, dit-il en lui tendant sa tasse de café et en s'en versant une autre. Si Alex sait quelque chose, il faut qu'on lui parle.

– Je ne crois pas qu'on ait le choix. À moins qu'on coffre le tueur d'ici la fin de la matinée, dit-elle en souriant.

Zigic s'approcha des tableaux blancs. Deux noms étaient soulignés, et le travail de la journée consisterait à localiser les individus, les conduire au commissariat, prélever des échantillons ADN, recueillir leurs alibis et les vérifier.

– Ils en sont où pour le sac à dos d'Adrian Mazur ?

– Je vais aller voir.

Il but une gorgée de café et repensa à l'expression de Mazur lorsqu'il les avait vus devant sa maison, son air paniqué puis soulagé quand on lui avait passé les menottes, une fois débarrassé de son sac à dos.

La fouille du logement n'avait rien donné, mais ils y retourneraient aujourd'hui pour vérifier si la pièce que l'on voyait dans la vidéo ne correspondait pas à l'une des chambres. Même si c'était peu probable, Zigic voulait essayer.

Il parcourut la liste des suspects. Christian Palmer était tout en bas, ce n'était pas un suspect solide mais il connaissait ce genre d'hommes, il avait travaillé à leurs côtés. Il n'était plus dans le métier mais son instinct de flic devait toujours fonctionner et il était possible qu'il ait remarqué quelque chose qui pourrait leur être utile.

– Je l'ai, dit Ferreira, tenant un sac à dos rouge et crasseux par une de ses bretelles.

Elle renversa le contenu sur une table. Une bouteille d'eau minérale à moitié vide, un tee-shirt froissé qui sentait la lessive et tout au fond, tassé dans un coin, enfin ce qu'ils cherchaient.

– Pas étonnant qu'il se soit mis à courir, dit Ferreira en soupesant le sachet dans la paume de sa main, des petits cachets rose vif estampillés d'une étoile. Il doit y en avoir, quoi, deux cents ?

– Assez pour se faire coffrer en tout cas.

Ils envoyèrent quelqu'un chercher Adrian Mazur et l'amener en salle d'interrogatoire. Il avait l'air de ne pas avoir dormi, les yeux lourds, les lèvres gercées, une barbe qui commençait à poindre.

– Où est mon avocat ? demanda-t-il, planté au milieu de la salle.

– On peut l'appeler si vous voulez, dit Ferreira. Mais il faudra que vous redescendiez en cellule jusqu'à ce qu'il arrive, et ça risque de prendre encore trois ou quatre heures.

Il se frotta le bras, jeta un coup d'œil à la porte, bloquée par un agent.

– Je devrais pas vous parler sans avocat normalement.

– On sait pourquoi vous avez couru, Adrian, dit Ferreira en lui montrant le sachet. Et honnêtement, je comprends. Elles vont vous causer beaucoup de problèmes ces pilules.

– C'est pas à moi.

– Elles étaient dans votre sac.

– Je n'avais pas de sac.

– Il y a des caméras de surveillance au-dessus des feux, dit Zigic. On n'aura aucun mal à prouver que vous avez essayé de vous débarrasser de votre sac à dos et des pilules pendant qu'on vous poursuivait.

Ferreira s'approcha de Mazur à pas de velours, s'adressant à lui d'une voix douce.

– Vous avez besoin de notre aide. Et nous on veut bien vous aider, mais seulement si vous nous aidez aussi.

Mazur les regarda, attendant un signe de confirmation de la part de Zigic. Celui-ci hocha la tête et fit signe à Mazur de s'asseoir.

Il s'exécuta d'un pas traînant, les épaules basses.

Ferreira mit en marche l'enregistrement, laissant le sachet de pilules sur la table, histoire de rappeler à Mazur ce qui était en jeu.

– Alors, Adrian…

– J'ai tué personne, dit-il brusquement. Je jure devant Dieu, j'ai rien fait.

– On le sait.

Mazur laissa échapper un long soupir tremblant.

– Ce dont on a besoin, c'est que vous nous donniez des informations, dit Zigic. Trois hommes ont été assassinés. Des hommes innocents, Adrian. Et deux des tueurs vivaient dans la même maison que vous. L'homme qui est venu à la recherche de Pyotr Dymek jeudi matin est impliqué. Est-ce que vous comprenez ce que je vous dis ?

Adrian hocha la tête.

– Pyotr et Lukas étaient amis avec lui. Donc il est très probable qu'il soit déjà venu chez vous. (Mazur hocha de nouveau la tête d'un air hésitant.) Vous savez de qui je veux parler, n'est-ce pas ?

– Je l'ai vu qu'une fois, dit Mazur. Il est arrivé à la maison avec Lukas et ils sont montés dans sa chambre. Ils sont restés à peu près une heure là-haut. Je les entendais parler, ils riaient beaucoup. Je crois qu'ils étaient saouls. Lukas l'était souvent.

– C'était quand ?

– Il y a quelques semaines.

– Vous avez bien vu son visage ? demanda Ferreira.

– Je leur ai ouvert la porte. Lukas avait pas sa clef.

– Vous pouvez nous le décrire ?

Mazur fronça les sourcils.

– Il fait la même taille que moi, les cheveux blonds. Courts et blonds. Comme ça, fit-il en mimant des pointes au sommet de sa tête. Il avait l'air normal.

– Est-ce qu'il travaille pour Grey Shield ?

– Oui, monsieur. Ils arrivaient du travail, il portait notre uniforme.

– Donc vous le connaissez, dit Ferreira.

– Non, je l'avais jamais vu avant.

Ferreira s'avança sur son siège.

– Il nous faut un nom.

– Je vous dirais si je savais. Mais je travaille là que depuis un mois, je connais pas son nom.

Zigic pianota des doigts sur la table.

– OK, bon, c'est un début. Ce qu'on va faire maintenant, Adrian, c'est qu'on va vous montrer des photos pour voir si vous le reconnaissez.

– Je vais essayer, dit Mazur d'un ton grave. Je veux vous aider.

52

Ferreira marchait de long en large dans l'étroite salle d'interrogatoire en attendant que Mazur termine d'examiner les photographies qu'elle lui avait apportées : les portraits d'identité de tous les employés polonais inscrits chez Grey Shield Security. Ce qui faisait quarante-deux personnes, bien plus que ce à quoi ils s'attendaient.

Il posa une autre photo sur le côté, puis passa à la suivante, mais elle ne retint pas plus son attention. Pardessus l'épaule de Mazur, Ferreira apercevait le portrait d'un homme aux sourcils broussailleux, les cheveux noirs et drus virant au gris. Ça ne ressemblait en rien à la description qu'il leur avait fournie mais le nom de l'homme était bien dans la colonne des suspects à interroger dans la journée et elle se demanda une nouvelle fois si Mazur ne les avait pas menés en bateau.

L'aiguille des minutes dépassait la demi-heure à l'horloge. Ferreira s'étira de tout son long. Elle avait envie de sortir, d'aller dépenser son énergie, courir aux quatre coins de la ville pour arrêter les deux suspects qu'ils avaient identifiés, des hommes qui avaient côtoyé les meurtriers au travail et dont les horaires montraient qu'ils étaient de repos jeudi matin lorsque les sœurs Krasic, en plus de Pyotr Dymek, avaient été renversées.

Mais Zigic avait déjà envoyé Grieves et Parr les chercher. Zigic et Ferreira avaient reçu pour ordre de se préparer à un conseil de guerre à l'arrivée d'Alex dans les deux prochaines heures. Ils devaient lui faire un rapport qui serait ensuite examiné par l'unité antiterroriste.

Elle se demandait ce qu'Alex avait exactement en tête.

Si son équipe surveillait le site des Frères blancs, cela signifiait que le groupe était connu de leurs services et on pouvait se demander pourquoi ils n'avaient rien fait pour les arrêter. Discours haineux, multiples vidéos de meurtres, dont trois à Peterborough qui faisaient l'objet d'une enquête. Qu'attendaient-ils de plus pour intervenir ?

Est-ce qu'il s'agissait d'une autre de leurs missions de surveillance, comme celle qu'Alex avait mentionnée concernant Richard Shotton ? Attendre et laisser la situation évoluer sans rien faire paraissait immoral et au lieu de sécurité intérieure tout ça sentait surtout le calcul politique.

Mais Alex ne travaillait pas pour la police, se rappela-t-elle. Son seul objectif lorsqu'il l'avait contactée durant le week-end était d'éviter à tout prix la fuite d'informations. Ils avaient bu quelques verres, s'étaient envoyés en l'air en souvenir du bon vieux temps, mais il lui avait fait clairement passer son message : ne pas marcher sur leurs plates-bandes, ne pas griller leur taupe.

Est-ce qu'ils en avaient seulement quelque chose à faire que ce tueur soit arrêté ?

Mazur s'arrêta un instant pour boire une gorgée de Coca. Le bruit des bulles dans la cannette semblait ridiculement fort pour la petite pièce grise.

Ferreira jeta un nouveau coup d'œil à l'horloge, deux interminables minutes de plus étaient passées.

L'interprète était arrivée à 9 heures, une jeune femme avec un nom polonais et un accent britannique plutôt chic que Ferreira n'arrivait pas à rattacher à une ville en particulier. Wahlia l'avait accompagnée jusqu'aux bureaux de l'équipe technique et était redescendu en souriant, comme s'il avait sa chance.

– Non, dit enfin Mazur. Il est pas là.

Ferreira fit le tour de la table.

– Vérifiez encore une fois.

– J'ai déjà regardé deux fois. Il est pas dans les photos.

– Ce sont tous les Polonais qui travaillent chez Grey Shield. Il est forcément là-dedans, dit-elle en posant le doigt sur la pile de photos.

Mazur secoua la tête.

– Peut-être qu'il est pas polonais.

Ferreira leva les yeux au ciel.

– Vous avez dit qu'il l'était.

– Non. Il parlait polonais, mais beaucoup de gens parlent polonais. Je parle un peu russe, mais je suis pas russe. On apprend la langue à l'école.

– OK, essayons autre chose, dit-elle en rassemblant les feuilles.

Elle trouva Wahlia seul, aux crimes de haine, comme hypnotisé par les tableaux blancs, une tasse de café brûlant à la main.

– Super, t'es pas occupé, dit Ferreira. J'ai besoin des photos de tous les hommes d'Europe de l'Est employés chez Grey Shield.

– Ça n'a rien donné ?

– Non. Mazur a décidé que le type n'était peut-être pas polonais tout compte fait.

Wahlia s'arracha aux tableaux et retourna s'asseoir à sa table, dégageant un petit espace pour pouvoir poser sa tasse.

– Des nouvelles de Grieves et Parr ?

– Ils sont sur le chemin du retour avec le premier suspect, dit Wahlia. Ils repartent ensuite chercher le deuxième.

Ferreira sortit son paquet de tabac pendant que Wahlia rassemblait les informations dont elle avait besoin.

– Grieves et Parr perdent leur temps, dit-elle. Si l'un des types qu'ils doivent ramener était celui qu'on recherchait, Mazur l'aurait reconnu dans la pile de photos.

– En partant du principe qu'il veuille bien le reconnaître.

– Ouais, j'ai pensé à ça aussi. Si ça se trouve, lui aussi fait partie du groupe.

– Il vivait avec eux.

– Difficile de ne rien remarquer quand tes colocataires rentrent à la maison couverts de sang et de bouts de cervelle.

– Les gens voient ce qu'ils ont envie de voir.

Il avait raison. C'était d'ailleurs bien l'erreur qu'ils avaient eux-mêmes commise. Ils avaient vu en Gilbert un amoureux éconduit au passé de harceleur et cela avait suffi à les convaincre de sa culpabilité pour le délit de fuite. Trois musulmans avaient été tués à coups de pied et ils avaient aussitôt soupçonné les membres de l'ENL d'avoir mis en pratique leur rhétorique abjecte. Et dans les deux cas, ils s'étaient trompés.

Le téléphone du poste de Zigic se mit à sonner et Ferreira se leva pour aller répondre. Son bureau était jonché de rapports de police en polonais et l'écran de son ordinateur affichait une page sur les Frères blancs, en préparation de la réunion avec Alex.

– Bureau de l'inspecteur Zigic, dit Ferreira.

– Bonjour, qui est-ce ? demanda l'interprète d'une voix froide et distinguée.

– Sergent Ferreira. Il y a un problème ?

– Oh. Il y a quelque chose d'assez étrange dans ces vidéos. Je crois qu'il vaudrait mieux que vous voyiez ça tous les deux.

Ferreira sortit du bureau, appela le portable de Zigic et tomba sur lui dans la cage d'escalier, remontant de la brigade criminelle.

– Tu viens de chez Riggott ? demanda-t-elle.

– Ils ont arrêté les jeunes qui ont mis le feu au club polonais.

– Ça a été rapide.

– Celui qui conduisait la moto a été escorté manu militari par sa famille au commissariat ce matin. Ils ont dit qu'il s'était laissé influencer par son copain. Il a donné le nom de son ami, et Riggott a envoyé des agents le chercher. Ils ont tout juste dix-sept ans tous les deux.

– Assez grands pour savoir ce qu'ils font, dit Ferreira.

– Ils iront dans un centre pour jeunes délinquants pendant un an ou deux, puis ils retourneront à leur petite vie misérable, et je préfère même pas penser au genre de merdes qu'ils seront capables de faire quand ils seront adultes.

Ce n'était pas dans les habitudes de Zigic d'être aussi acerbe, mais il était là quand le bâtiment avait été incendié et Ferreira savait qu'il n'oublierait pas de si tôt.

Ils arrivèrent au bureau où l'interprète s'était installée pour travailler au fond du couloir. Sa veste de tailleur était pendue au dossier de sa chaise, une tasse de thé et un paquet de biscuits posés sur la table. Elle avait amené son ordinateur portable sur lequel elle retranscrivait les discours diffusés sur le moniteur du bureau.

Elle mit la vidéo en pause en les entendant arriver et se leva, le poing fermé devant la bouche.

– Joanna, vous avez quelque chose à nous montrer ?

– Je n'ai pas encore fini de traduire, dit-elle. Mais j'ai pensé que c'était trop important pour attendre.

– Qu'est-ce que c'est ?

– Cet homme, je ne pense pas qu'il soit polonais.

Elle les regarda comme si elle s'attendait à ce qu'on la fusille.

– Ça concorde avec ce que Mazur vient de me dire, dit Ferreira. L'homme qu'il a vu avec Lukas ne fait pas partie de la liste des employés polonais et maintenant il dit que ça pourrait être quelqu'un de bilingue.

Zigic paraissait peu convaincu.

– Au début, je me suis dit qu'il devait être là depuis plusieurs années et qu'il avait pris un léger accent d'ici, de la région du Fenland, dit Joanna en attrapant la souris du moniteur. C'est assez fréquent. Mais ensuite j'ai remarqué qu'il utilisait des mots issus d'un dialecte. De la région de Zakopane. Et l'accent de cette région est… particulier, on pourrait dire. L'équivalent ici serait l'accent de Liverpool, un accent fort et très reconnaissable, dont il n'est pas facile de se défaire.

– OK, donc on sait de quelle région il est, dit Ferreira qui se demandait pourquoi l'interprète trouvait ça tellement important.

– Non, justement. Il n'a pas une once de cet accent.

Joanna mit en marche la vidéo et Ferreira entendit une voix polonaise qui ressemblait à toutes celles qu'elle avait entendues auparavant. Elle essaya d'y discerner une trace d'accent anglais mais n'y parvint pas. À côté d'elle, Zigic s'appuya au dossier de la chaise, le visage tendu, pleinement concentré, puis finit par secouer la tête.

– Qu'est-ce que vous voulez dire ?

Elle appuya sur stop.

– D'après moi, le polonais n'est pas sa langue maternelle. Il l'a apprise auprès de quelqu'un qui vient de la région de Zakopane, d'où la présence de mots de dialecte dans son vocabulaire, et si on ajoute à ça la présence caractéristique de l'accent du Fenland, je pense qu'il est anglais.

53

– Comment on a pu passer à côté de ça ? dit Ferreira.

Elle appuya sur l'accélérateur et Zigic s'accrocha à la poignée de la portière. Elle passa en trombe devant une file de voitures et klaxonna une camionnette qui s'apprêtait à se faufiler devant eux. Le conducteur leur adressa des gestes furieux par sa fenêtre ouverte mais ils étaient déjà loin.

– On aurait dû mieux se renseigner sur lui, dit-elle. Putain, je savais que Palmer était un salaud, mais à ce point ?

Zigic avait mis du temps à se faire à cette idée. Quand Ferreira avait émis l'hypothèse dans le bureau de l'interprète, il n'y avait pas cru. Et quand elle lui avait montré le dossier d'ancien officier de police de Palmer – nom de jeune fille de la mère : Huruk –, il n'était toujours pas convaincu. Même avec la réputation sulfureuse de Palmer, il n'arrivait pas à imaginer un ex-policier, immigré polonais de la troisième génération, dans le rôle de leader d'un groupuscule néonazi coupable de meurtres d'une extrême sauvagerie.

Ils avaient montré à Mazur la photo de Palmer, mélangée aux photos de dix autres employés de Grey Shield et il l'avait aussitôt reconnu.

Palmer était bien l'ami de Lukas Wrabowski venu passer la soirée à boire dans sa chambre et c'était lui qui avait presque démonté la porte du studio de Pyotr Dymek le matin du délit de fuite.

Et maintenant ils savaient, d'après les fichiers de Grey Shield, qu'il travaillait comme garde du corps de Richard

Shotton. Ce dont Ferreira n'arrêtait pas de parler depuis qu'ils avaient quitté le commissariat.

– Shotton est forcément au courant.

– Ça m'étonnerait beaucoup, Mel.

– Tu ne crois pas que tout ça est lié ?

– D'après ton ami de l'unité antiterroriste, Shotton a payé l'ENL pour qu'ils se tiennent tranquilles. Pas très logique si à côté il soutient un groupe qui commet des meurtres, tu crois pas ?

Elle acquiesça vaguement d'un murmure.

– C'est un homme politique quand même.

– Plus pour très longtemps, dit-elle en souriant froidement. Quand la nouvelle sera rendue publique, il pourra dire adieu à sa carrière.

– Pour nous c'est pas franchement flatteur non plus.

– Palmer ne fait plus partie de la police depuis des années.

– Ça reste un ancien flic.

Elle ralentit en arrivant à un rond-point puis accéléra brusquement, faisant rugir le moteur de sa Golf GTI. Elle avait décidé de passer avant l'ambulance qui arrivait à toute allure sur leur droite, sirène à fond, les séparant momentanément de la voiture de police qui les suivait depuis le commissariat.

Elle freina à l'entrée du village de Thornhaugh. La voiture de police en profita pour les rattraper.

– Tu crois qu'il y en a d'autres ? demanda Ferreira.

– Dans le gang ?

– Non, chez nous.

– J'espère que non, dit Zigic en pensant à la mauvaise image que cela allait donner de la police.

Il était déjà presque impossible de gagner la confiance des gens au sein de la population immigrée et ça ne rendrait leur tâche que plus difficile.

– Espérons que Palmer ne soit qu'une brebis galeuse.

– On voit que ça fait longtemps que t'as laissé l'uniforme au vestiaire, dit Ferreira.

– Je sais comment ils sont. C'est des grandes gueules, ils détestent tout le monde, mais là ça va bien au-delà du préjugé raciste, dit Zigic.

– C'est pas ça qui a dû lui ouvrir l'esprit en tout cas.

Ils traversèrent le centre du village, un joli cadre par rapport aux endroits où ils allaient habituellement cueillir leurs suspects. De belles petites chaumières, des écuries toutes neuves, quelques dames qui partaient faire une promenade à cheval. C'était un autre monde, à mille lieues des ruelles miteuses où les victimes de Palmer avaient été sauvagement attaquées.

Manor Farm était à un kilomètre environ du village, dans un paysage légèrement vallonné avec des prés de chaque côté de la maison et un petit bois à l'arrière. Quelques voitures étaient garées à l'entrée du bois, leurs propriétaires occupés à fendre l'air à coups de fusil de chasse. La façade de la propriété était impressionnante, celle d'une grande bâtisse néoclassique. Mais quand on voyait le bâtiment de côté, dans le tournant de la route, on se rendait compte qu'il faisait moins de dix mètres de profondeur, le revêtement en fausse pierre de taille laissant place à de la brique rouge.

Ferreira s'engagea dans l'allée cahoteuse dont les trous avaient été comblés avec des gravats.

– Il n'est pas si inquiet que ça pour sa sécurité on dirait, dit Ferreira en s'approchant du haut portail métallique dont les grilles ouvertes les laissèrent s'avancer jusqu'à l'entrée de la maison.

Visiblement, cela faisait longtemps que la propriété n'abritait plus d'activités agricoles. Il n'y avait pas de machines ni de hangar, seulement une ancienne étable reconvertie en bureau avec des Velux et une grande baie vitrée qui donnait sur l'allée couverte de graviers.

Un jeune homme en bras de chemise et épaisses lunettes en sortit précipitamment pour venir à leur rencontre, regardant d'un air inquiet la voiture de police qui bloquait le passage devant le portail.

– Est-ce qu'il y a un problème ?

– Nous cherchons Christian Palmer, dit Ferreira.

– Il n'est pas là.

Zigic inclina la tête vers la Range Rover garée dans l'allée.

– Mais monsieur Shotton est là ?

– Je m'en occupe, Marshall, dit Shotton en sortant à son tour du bureau.

– Ils cherchent Christian, dit Marshall. Je leur ai dit qu'il n'était pas là.

– Non ? fit Shotton.

– Non, il a appelé tôt ce matin pour dire qu'il était malade.

Shotton se tourna vers Zigic.

– De quoi s'agit-il ?

– Nous devons parler à Christian Palmer, c'est urgent. Nous avons des raisons de penser qu'il détient des informations cruciales pour notre enquête.

– Et de quelle enquête s'agit-il ?

– Christian fait partie d'un groupe paramilitaire néonazi, dit Ferreira. Mais peut-être que vous le saviez déjà.

Shotton sourit bêtement. Il avait l'air sincèrement étonné, pensa Zigic, même si, en bon politicien, il savait parfaitement cacher ses véritables pensées. Shotton regarda Ferreira dans les yeux encore quelques secondes, comme s'il espérait qu'elle finisse par dire que ce n'était qu'une blague, puis il porta une main tremblante contre sa tempe et se lissa les cheveux pour cacher le tremblement.

– Je ne sais pas de quoi vous parlez, dit-il en regardant Zigic. Vous devez faire erreur. Christian est un ancien officier de police. Ses références étaient irréprochables. Je ne peux pas croire qu'il soit impliqué dans ce genre de choses. Des néonazis ? Ce n'est pas du tout son genre.

– Les Frères blancs, dit Ferreira qui prenait un plaisir un peu trop évident à le torturer. C'est un groupe terroriste paneuropéen et Christian Palmer, votre garde du corps en qui vous avez tellement confiance, en est un membre très actif. Plus qu'un membre, c'est un de leurs leaders spirituels. (Le rouge était en train de monter aux joues de Shotton.) Après, si vous voulez prendre sa défense, ne vous gênez surtout pas.

– Mais je n'ai aucune intention de le défendre ! s'exclama Shotton, gagné par la colère. Et franchement je n'apprécie pas votre ton, sergent.

Zigic étendit le bras en signe d'apaisement.

– Nous devons fouiller les lieux, monsieur Shotton. Nous apprécierions votre coopération.

Marshall se racla la gorge.

– Ça ne pourrait pas…

– Allez-y, aboya Shotton, fouillez tout ce que vous voulez, mais Christian n'est pas là. Et l'idée que je chercherais à le couvrir est complètement absurde. Si, où que ce soit, je vois la moindre allusion à l'implication de mon parti là-dedans, dit-il en pointant un doigt vers Zigic d'un air menaçant, vous aurez affaire à mes avocats et à votre direction.

Il tourna les talons et regagna le bureau d'un pas raide, les épaules hautes, puis il réapparut quelques secondes plus tard derrière l'une des longues fenêtres, le téléphone à l'oreille, observant d'un air lugubre Ferreira s'approcher du bâtiment, flanquée des deux agents.

Zigic s'avança vers la maison en faisant crisser le gravier sous ses pieds. Il avait déjà le sentiment que ce serait une perte de temps. La voiture de Palmer n'était pas là et il doutait que Shotton ou son assistant cherchent à le protéger. Il fit le tour en regardant par les grandes fenêtres à guillotine. Les pièces étaient bourrées de meubles anciens, quelques pots de plantes aromatiques à moitié desséchées sur l'appui de la fenêtre de la cuisine, un chat assoupi près du fourneau.

Son téléphone sonna alors qu'il revenait à son point de départ. Wahlia.

– Grieves vient d'appeler de chez Palmer…

– Il est chez lui ?

– Non. Sa femme dit qu'il est parti au travail ce matin comme d'habitude. Elle n'avait aucune idée de ce qu'il faisait apparemment. Elle s'est décomposée, complètement effondrée.

– Il faut qu'on sache quels sont les endroits où Palmer pourrait être allé, dit Zigic. Famille, amis, n'importe quoi.

– Sa mère est morte, il n'a pas d'autre famille et d'après sa femme les seuls amis qu'il a sont deux Polonais rencontrés au travail. Mais d'après elle ils ne seraient pas proches non plus.

Zigic soupira.

– Ils ne risquent pas de lui être d'une grande utilité maintenant.

– Grieves a trouvé la pièce où il filmait ses discours, dit Wahlia. C'est plein d'objets de la Seconde Guerre mondiale, des uniformes, des drapeaux, tout ça.

– Et madame Palmer, elle en pense quoi ?

– Que c'est un passionné d'Histoire.

Zigic se demandait comment elle pouvait ignorer à ce point ce qui animait son mari. Sa « passion pour l'Histoire » n'avait rien d'inhabituel, mais rien de normal non plus.

– OK, si jamais t'as autre chose…

– J'appelle.

Zigic rangea son téléphone. Il imaginait Palmer sortir de chez lui après avoir embrassé sa femme, monter dans sa voiture sans lui avoir rien dit de l'endroit où il allait. Qu'est-ce qui l'avait décidé à ne pas se rendre au travail ? C'était planifié puisqu'il avait téléphoné tôt le matin pour dire qu'il était malade.

Mais pourquoi attendre aujourd'hui ?

Depuis des mois, peut-être des années, il menait une double vie. Il avait deux meurtres sur la conscience, s'il en avait une, plus trois autres qu'il avait orchestrés. Et il n'avait visiblement pas peur de la police. Sinon il se serait tenu tranquille après avoir éliminé Dymek, et avec lui les risques de fuite. Mais il ne s'était pas arrêté là. Le lendemain, il avait accompagné Lukas Wrabowski jusqu'à Cromwell Road et l'avait regardé tabasser à mort un autre homme.

Puis il était rentré chez lui, comme d'habitude, et le lundi matin il était allé au travail. Qu'est-ce qui avait changé depuis hier pour qu'il décide soudainement de prendre la fuite ?

Il n'y avait qu'une explication.

Zigic passa le bras par la fenêtre ouverte de la voiture de Ferreira et appuya sur le klaxon. Elle sortit du bureau au bout de quelques secondes.

– Viens, dit-il, en passant du côté passager. Je crois que je sais où se trouve Palmer.

54

La fenêtre brisée du club des anciens combattants polonais avait été remplacée par un panneau de bois, mais le bâtiment conservait les traces de l'incendie de la veille. Les murs de briques étaient couverts de traînées de fumée et des lambeaux d'étoffe roussie restaient accrochés aux arbustes plantés tout autour. La porte d'entrée était fermée, scellée par des morceaux de ruban adhésif de la police.

Ils s'étaient garés un peu plus haut dans la rue pour éviter d'alerter Palmer de leur arrivée. Zigic et Ferreira en tête, suivis de quatre agents, tous vêtus de gilets pare-balles au cas où il serait armé. S'il se cachait, ce n'était pas sans raison, et Zigic ne pensait pas qu'il se laisserait arrêter sans opposer de résistance.

La cour à l'arrière du bâtiment était encore tout inondée. Des détritus tombés d'une poubelle retournée flottaient à la surface de l'eau, des paquets de chips, des mégots, des tickets de caisse. Ils se frayèrent un chemin dans l'eau jusqu'à une porte de service légèrement entrouverte, moins discrets tous les six que Zigic ne l'aurait souhaité.

Il la poussa et ils entrèrent dans un étroit couloir. Le sol était moins inondé ici mais il y avait encore une forte odeur de fumée dans l'air. Il avança vers la porte donnant sur le bar, la peinture couverte de cloques, la poignée noircie.

Les murs et les planchers craquaient et grinçaient au-dessus de leurs têtes, mais ce n'était plus le moment de se préoccuper de la solidité du bâtiment.

Zigic envoya deux hommes au premier étage, deux autres au second, et grimaça en entendant le bruit que faisaient leurs bottes contre les marches.

– On reste ensemble, dit-il à Ferreira.

Elle hocha la tête, les yeux grands ouverts dans l'obscurité, tenant fermement sa matraque le long de sa cuisse.

Ils traversèrent rapidement les pièces du rez-de-chaussée en commençant par le bar. Les meubles semblaient calcinés, sur le point de tomber en morceaux. Le salon, lui, était intact, les rideaux tirés, des tabourets retournés sur les tables et deux machines à sous dans le coin de la pièce.

On entendait les agents à l'étage ouvrir et fermer les portes, malmener le plancher.

Ils vérifièrent la cuisine, les placards du couloir, les toilettes et la grande pièce de réception presque vide à l'arrière du bâtiment où le bruit de leurs pas était amplifié par le parquet flottant. Une épaisse couche de poussière recouvrait les piles de chaises en plastique comme si la salle n'avait pas servi depuis des années.

– Il n'est pas là, dit Ferreira en chuchotant presque.

Zigic crut percevoir une vague odeur de transpiration dans l'air, mais il tourna les talons derrière Ferreira et ils sortirent de la pièce. Ils s'arrêtèrent devant une porte à laquelle était accroché un panneau *réservé au personnel*.

– Ça doit être la cave, dit Zigic.

Il poussa dessus et une odeur d'humidité, de bière et de produits ménagers monta des ténèbres.

– Donne-moi ta torche, dit-il.

Il l'alluma, orienta le faisceau vers le bas de l'escalier en pierre usé, éclairant des caisses de bouteilles et des barils de bière.

Il écouta, immobile, retenant sa respiration pour mieux percevoir les sons qui provenaient de la cave en essayant de faire abstraction des battements de son cœur. Il sentait Ferreira derrière lui, le souffle rapide.

– Il n'y a plus nulle part où aller, Palmer.

La voix de Zigic résonna légèrement dans le silence. Puis ils entendirent un bruit, quelque chose de léger que l'on traînait dans le noir, lentement, suivi d'un étrange tintement, comme du verre se brisant sur le carrelage.

– La seule solution c'est de sortir de là dans le calme.

Zigic balaya l'obscurité de sa torche. Les marches étaient étroites et la cave se poursuivait sur plusieurs mètres de chaque côté, laissant suffisamment d'espace à Palmer pour se cacher en attendant qu'ils descendent et parviennent dans sa ligne de mire.

– On veut seulement vous parler.

– Vous me prenez pour un débile ? dit Palmer.

Sa voix était grave et froide. Il semblait calme, d'un calme anormal.

– Vous savez très bien ce que j'ai fait.

– Alors montez, qu'on puisse en discuter face à face.

Pas de réponse. Seulement des bruits de pas, un murmure.

Ferreira interrogea Zigic du regard en pointant l'escalier du doigt, l'impatience la faisant se rapprocher de la première marche, les doigts crispés autour de sa matraque.

– Soit vous montez, soit c'est nous qui descendons, dit Zigic. Mais dans tous les cas, on vous embarque.

– Je suis armé.

– Il bluffe, chuchota Ferreira. On va le coincer.

Zigic secoua la tête.

– Fais venir une équipe d'intervention et rappelle les autres, lui dit-il à voix basse. Dis-leur d'aller à l'arrière au cas où il essaierait de sortir par la trappe de service.

Elle s'éloigna à contrecœur et héla les agents qui continuaient en vain à chercher Palmer à l'étage.

– Pourquoi vous êtes venu ici, Christian ?

– Demandez aux connards qui ont foutu le feu.

– On les a arrêtés, dit Zigic, et ils vont payer pour ce qu'ils ont fait.

– Ah oui ? Et qu'est-ce qui va leur arriver ? Ils vont faire un an ou deux derrière les barreaux ? Et Marek ? Un homme qui a travaillé comme un chien pendant quarante ans, qui prend enfin sa retraite et qui se fait presque réduire en fumée par un bâtard de Paki ?

La porte à l'arrière du club s'ouvrit et se referma. Les agents allaient se mettre en position. Il fallait gagner du temps, continuer à faire parler Palmer.

– D'où vous connaissez Marek ?

– D'ici.

– C'est votre mère qui vous amenait ici ? demanda Zigic. Elle était polonaise, c'est ça ?

Palmer ricana, plein de mépris.

– C'est vraiment une tactique minable. Inutile de chercher à négocier avec moi. Les soldats n'ont pas à obéir aux ordres de la police. On fait pas partie du même monde que vous, on est au-dessus.

C'était la voix des discours enregistrés qui faisait surface, le même rythme, la même ferveur.

– Vous n'êtes pas un soldat, dit Zigic. Et il n'y a pas de guerre.

– Si, il y en a une, vous avez juste choisi de l'ignorer. Vous refusez de voir ce qui se passe dans ce pays, mais c'est ce qui nous pend au nez. Ils veulent prendre le pouvoir. Et si en face il n'y a que des gens comme vous, ils n'auront aucun mal à le faire. On retournera au Moyen Âge, on sera forcés de vivre comme des esclaves sous le joug de la charia !

– C'est pour ça que vous vous battez ?

– Il faut bien qu'il y en ait qui agissent, dit Palmer d'une voix tonitruante. Vous devriez le savoir mieux que personne. Regardez ce qu'ils ont fait à votre peuple.

– Je suis anglais.

– Vous êtes peut-être né ici, mais vous n'êtes pas anglais. Vous êtes serbe, alors n'essayez pas de me faire croire que vous ne comprenez pas de quoi je parle. C'est exactement ce qu'ils ont fait dans votre pays, et c'est ce qu'ils vont faire ici si on les laisse faire. Des femmes et des enfants brûlés vifs dans des églises, des vieillards tués en pleine rue.

Zigic s'appuya contre l'encadrement de la porte, essayant de résister à l'envie de descendre et de ramener Palmer par la peau du cou.

– Et qui c'est qui a gagné ? reprit Palmer. Pas les Serbes. C'est les islamistes qui ont commencé, et c'est votre peuple qui a été bombardé.

– On parle d'une guerre, là. Vous vous n'êtes qu'un assassin. Rien de plus.

– On est du même côté vous et moi.

Zigic l'entendait marcher sur le carrelage, mais il n'apparaissait toujours pas à la lumière.

– Mais ça, vous refusez de l'admettre ! vociféra Palmer. On vous a lavé le cerveau, vous et les autres, vous avez avalé les mensonges des politiciens et des médias qui veulent nous faire croire qu'on est tous les mêmes et que la culture ça ne veut plus rien dire. Ils veulent nous priver de notre fierté nationale, mais ils n'y arriveront pas. Elle coule dans nos veines. On est différents des autres. On est supérieurs.

– Ce qui vous donne le droit de tuer tous ceux dont la tête ne vous revient pas ? C'étaient des innocents que vous avez tués, dit Zigic dont la voix montait elle aussi. Vous n'avez pas tué des extrémistes, vous avez tué des gens ordinaires, des gens qui n'avaient rien fait. Vous n'êtes pas un soldat, vous êtes un terroriste.

– Un terroriste, pour vous peut-être, mais pour d'autres je suis un guerrier qui se bat pour libérer son peuple.

Ferreira déboucha dans le couloir étroit d'un pas précipité, sans sa matraque.

– L'équipe d'intervention est en route, chuchota-t-elle à l'oreille de Zigic. Ils sont là dans à peu près cinq minutes.

Il fallait continuer à faire parler Palmer pour qu'il reste en bas jusqu'à ce que les renforts arrivent. Mais le son de sa voix commençait à l'insupporter et à chaque seconde il se sentait plus attiré par les marches, prêt à descendre pour extraire Palmer de son trou à rat.

Il n'était pas impossible qu'il soit armé, mais c'était à coups de poing et de pied qu'il avait perpétré ses attaques et ses menaces ressemblaient surtout à une tactique pour gagner du temps.

– Pour la fille à l'arrêt de bus je regrette, dit Palmer d'une voix moins ardente. J'aurais préféré que ça se passe autrement mais dans toutes les guerres il y a des dommages collatéraux.

– Ne cherchez pas à vous dédouaner, rétorqua Ferreira. Si vous aviez voulu, vous auriez très bien pu abattre Dymek à un moment où il était seul.

– Il allait prendre la fuite, il nous aurait tous compromis.

Elle était sur le point de répondre mais Zigic l'arrêta. Il sentait que quelque chose était en train de changer dans l'humeur de Palmer. Le laisser se perdre dans ses réflexions et repenser aux erreurs qu'il avait commises permettrait de gagner un peu de temps.

Ferreira regarda sa montre et lui fit signe qu'il restait trois minutes.

– Dymek n'était pas un soldat, finit par reprendre Palmer. C'était juste un voyou. Il ne croyait pas à notre action.

– Pas comme Lukas ?

– Non, Lukas c'était un vrai guerrier. Vous avez essayé de le faire parler, hein ? Mais vous avez eu beau le menacer, il n'a rien dit.

– Comment vous savez ça ? demanda Ferreira en se redressant.

– J'ai encore des amis au commissariat.

– Grieves ?

– J'ai plein d'amis, dit-il d'une voix sourde, marchant d'un pas délibérément lent, quelque chose crissant sous ses pieds.

Il s'arrêta.

– Je suis content que tu sois là, Mel, reprit-il.

– Moi aussi, dit-elle. Je regrette juste qu'on t'ait pas enfermé il y a des années quand t'as tabassé ce jeune dans sa cellule.

– C'était un accident… un accident heureux. Ça a fait un dealer de moins dans les rues.

Ferreira lança un regard noir vers la cave obscure.

– Et comment tu crois que ça va se passer pour toi en prison, Christian ? Tous ces musulmans, tous ces Noirs. Tu crois qu'ils vont être gentils avec toi ?

– J'irai pas en prison.

Les sirènes des véhicules de la police se rapprochaient, hurlant de plus en plus fort.

– Si tu crois que tu vas pouvoir te débiner lâchement comme Lukas, tu te mets le doigt dans l'œil, lança Ferreira en se rapprochant un peu plus de l'escalier. Tu seras mis sous surveillance et on viendra vérifier que t'es bien vivant tous les quarts d'heure. On te mettra à poil pour que tu puisses pas te pendre. Rien ne pourra t'empêcher de moisir en prison.

Palmer partit d'un rire plein de rage, presque maniaque.

– Vous me ferez même pas mettre le pied dans une cellule de garde à vue !

– L'équipe d'intervention va arriver. Ils vont peut-être devoir te tirer une balle dans la jambe, mais ils t'attraperont vivant. Prépare-toi à souffrir, Christian. Pendant de longues années. Tu vas passer le reste de ta vie à faire la pute d'un gangster musulman.

Zigic savait qu'il y avait peu de chances que ça se passe ainsi. Les autorités carcérales le mettraient sous protection, il constituait une cible trop évidente. On l'enfermerait avec les délinquants sexuels et tous les autres flics qui avaient franchi la ligne. Il ne souffrirait pas autant qu'il le méritait.

Les sirènes s'arrêtèrent et des voix parvinrent de l'extérieur.

– Vous ne me ferez pas sortir de cette cave, dit Palmer en entrant tout à coup dans le faisceau aveuglant de la torche, au pied de l'escalier.

Il tenait quelque chose à la main, mais ce n'était pas une arme à feu. Un petit cylindre noir d'où sortaient des fils.

– Pas en un seul morceau en tout cas, ajouta-t-il en souriant.

Ferreira se jeta contre Zigic qui lâcha la torche. Il sentit la chaleur de l'explosion avant même d'entendre la détonation, puis le bâtiment tout entier se mit à trembler et tout à coup il n'entendit plus rien. Il s'écrasa au sol et Ferreira s'écroula de tout son long sur lui en lui cognant la tête avec son bras. La douleur l'assaillait de partout, encore supportable dans le haut du corps mais aiguë dans une jambe et ses tympans. Sa vue était brouillée, il n'arrivait plus à se concentrer.

Il voyait Ferreira hurler mais ne l'entendait pas.

Elle se mit à ramper sur le sol détrempé, laissant derrière elle des traînées de sang qui viraient au rose.

Zigic se mit avec peine sur ses pieds, sentit sa jambe gauche céder et retomba sur les genoux. Il se releva, mettant tout son poids sur l'autre jambe, se retenant au mur criblé d'éclats de métal.

– Mel, essaya-t-il de dire, une sonnerie stridente dans les oreilles.

Elle avait cessé de bouger, étendue par terre, le visage dans l'eau.

Zigic s'approcha d'un pas. Son jean était imprégné de sang, le tissu déchiré. Elle avait les mollets criblés de trous, la chair perforée de clous noircis par l'explosion. Une odeur chimique semblait s'échapper de son corps. Il plia les jambes pour se rapprocher d'elle et s'écroula de nouveau. Il examina sa propre jambe et découvrit un clou profondément enfoncé dans sa cuisse.

Il tendit le bras, tourna la tête de Ferreira hors de l'eau. Ses yeux étaient fermés, et pendant un long et terrible moment il crut qu'elle était morte. Puis il sentit son souffle contre le dos de sa main et se laissa retomber en arrière, les épaules de travers contre le mur, criant à l'aide de toutes ses forces.

55

Au commissariat, un médecin retira le clou de la cuisse de Zigic. Il désinfecta la plaie et l'entoura d'un bandage en lui disant quelque chose sans doute destiné à le rassurer, mais les sifflements dans ses oreilles étaient encore trop forts pour qu'il puisse comprendre. Le Dr Harrow sourit d'un air triste et tendit un doigt devant son visage pour qu'il le suive des yeux. Il examina ses oreilles et écrivit « tympans perforés » sur un bloc-notes. Comme si Zigic n'avait pas déjà compris ce qui lui arrivait. Il lui donna une boîte d'antalgiques et lui dit de rentrer chez lui en articulant pour se faire comprendre.

Il ne pouvait rien faire de plus à présent et rentra donc chez lui en roulant lentement, en s'efforçant de rester bien au milieu des lignes.

La maison était vide quand il arriva, et il n'était pas mécontent de trouver un peu de calme. Il se sentait incapable de faire face à l'inquiétude d'Anna, de répondre à des questions qu'il ne l'entendrait même pas poser. La veille avait déjà été suffisamment éprouvante, il était rentré tard, les vêtements imprégnés d'un mélange d'essence et de fumée. Il lui avait dit qu'il était arrivé après coup sur les lieux mais il avait bien vu qu'elle ne le croyait pas, qu'elle faisait semblant parce que c'était plus simple.

Si elle apprenait ce qui s'était passé aujourd'hui... Il ne pourrait pas lui cacher son bandage ni éviter que la nouvelle fasse la une des journaux du soir. Avec sans doute une photo de Ferreira, parce que les médias raffolaient des histoires où des policiers étaient blessés dans l'exercice de leur fonction, surtout quand il s'agissait de femmes. Quand Anna serait au courant, donc, il n'aurait plus de répit.

C'était ce qu'elle avait dit l'année précédente, quand il avait pris une balle : « Les inspecteurs de police ne sont pas censés aller au front. » Sur un ton accusateur, comme s'il s'était volontairement mis en danger, comme s'il était une tête brûlée, accro à l'adrénaline, ou suicidaire.

Il se déshabilla dans la cuisine et fourra ses vêtements dans un sac-poubelle qu'il alla déposer dehors devant la porte du jardin. Puis il monta et se fit couler un bain. Il percevait vaguement le bruit de l'eau dans la baignoire. Il ne pouvait pas se laver la tête à cause de ses tympans et se mit devant le lavabo avec un peigne pour retirer tous les horribles bouts de peau et de chair qui étaient restés collés à ses cheveux. Il rinça les dents du peigne sous le robinet, regardant disparaître par la bonde du lavabo les dernières traces de l'existence de Christian Palmer.

Allongé dans la baignoire, il songea à l'équipe scientifique qui devait être au club en train de ratisser les lieux. Il n'avait pas regardé dans la cave avant de partir, soucieux par-dessus tout de voir Ferreira prise en charge par l'ambulance, mais il savait qu'il trouverait les photos dans son bureau dès son retour au commissariat. Des images froides et précises, qui ne diraient rien de la chaleur, de l'odeur et de cette sensation de vertige qui s'était brusquement emparée de lui quand il avait compris ce que Palmer était sur le point de faire.

Riggott était arrivé au club quelques minutes après le départ de l'ambulance et avait aussitôt pris les choses en main, renvoyant l'équipe d'intervention arrivée trop tard puis appelant l'unité de déminage pour vérifier qu'il n'y avait pas d'autres explosifs avant que les enquêteurs commencent leur travail.

Il ne restait plus grand-chose à faire maintenant. Des rapports à écrire, des formulaires à remplir, à classer dans les dossiers, et l'enquête serait officiellement close.

Aucune justice là-dedans pour les victimes et leurs familles.

Zigic ferma les yeux et repassa le fil des événements dans sa tête depuis le début, repensant à la manière dont il avait dirigé l'enquête, aux chemins qu'ils avaient suivis, aux erreurs commises et à la façon dont ils auraient pu les éviter.

Quand il rouvrit les yeux, l'eau était froide et le soleil s'était déplacé de l'autre côté de la maison, plongeant la salle de bains dans l'obscurité. Il regarda sa montre posée entre les robinets de la baignoire. Il était presque 16 heures.

Il alla s'habiller dans la chambre, s'assit sur le lit pour enfiler son jean, encore instable sur ses jambes, puis descendit chercher son téléphone. Il avait des nouveaux messages. Trois appels de Riggott suivis d'un SMS lui demandant de revenir au commissariat et le prévenant qu'une voiture de police venait le chercher.

Il attendit devant la maison, la capuche sur la tête pour se protéger de la bise qui lui transperçait les tympans. Les sifflements étaient moins intenses à présent et il se rendit compte qu'il entendait les voitures passer dans la rue adjacente et le chien des voisins qui gémissait pour qu'on le fasse rentrer.

La voiture arriva une minute plus tard et il monta à l'arrière. L'agent au volant n'était pas bavard et il se demanda si c'était par respect pour ses tympans ou à cause de la mort de Palmer. Il avait encore des amis parmi ses anciens collègues après tout.

Un comité d'accueil les attendait devant le commissariat, des équipes de télévision qui sortaient leur matériel, des journalistes qui fumaient une cigarette en attendant le début de la conférence de presse. Certains se retournèrent sur son passage et lui posèrent des questions auxquelles il ne répondit pas. Il espérait que ce n'était pas pour ça que Riggott l'avait fait venir.

Dans l'entrée il tomba nez à nez sur Grieves qui s'apprêtait à sortir et ils s'immobilisèrent tous les deux. Elle était incapable de croiser son regard et fit un écart pour le contourner sans lever la tête.

– Pardon, chef.

Zigic se mit en travers de sa route.

– Vous transmettiez des informations à Palmer.

– Je ne savais pas qu'il était derrière tout ça.

– Pourquoi pensiez-vous qu'il s'intéressait autant à l'enquête ?

– On était amis, il me demandait souvent sur quoi je travaillais.

Zigic se rapprocha d'elle, il avait du mal à entendre distinctement ce qu'elle disait et elle recula, touchant presque le comptoir de l'accueil.

– Je ne lui en aurais jamais parlé si j'avais su ce qu'il avait en tête, balbutia-t-elle.

Le sergent de garde à l'accueil les observait derrière son journal. Grieves le regarda d'un air implorant mais elle n'obtint qu'un haussement d'épaules en retour. Elle était toxique à présent, entachée par Palmer, et elle allait se rendre compte comme les gens vous tournaient vite le dos dans ces cas-là.

– Vous pensez vraiment que je l'aidais ?

– Vous l'avez déjà aidé par le passé, rétorqua Zigic. Si vous aviez eu assez de droiture pour dire la vérité quand il a tué ce jeune dans sa cellule, ça l'aurait peut-être empêché de continuer, insista-t-il en pointant le doigt vers son visage, la faisant encore reculer. Et ça, vous en portez toute la responsabilité et je vais faire en sorte que Riggott le sache.

– C'est pas juste.

– Ah, c'est pas juste ? Allez à l'hôpital voir Mel, et demandez-lui ce qui est juste.

Grieves l'écarta d'un coup d'épaule et se précipita au-dehors, dévala les marches et s'élança sur le parking. S'il y avait une justice, songea-t-il, elle ne remettrait plus jamais les pieds au commissariat, pas en tant qu'officier de police en tout cas.

Mais il savait déjà que l'issue ne serait pas aussi radicale. Elle serait réprimandée par la hiérarchie, vertement engueulée dans le bureau de Riggott et aurait à endurer quelques mois pénibles avant d'être transférée dans un autre commissariat.

Des tas de flics qui avaient commis des actes bien plus graves s'en étaient très bien remis.

Wahlia arriva à sa rencontre et l'accompagna jusqu'à l'ascenseur.

– L'hôpital a appelé, dit-il en haussant la voix. Mel est sortie du bloc.

– Comment va-t-elle ?

– Elle est encore sous l'effet de l'anesthésie.

Un sergent de la brigade criminelle leur passa devant à la hâte puis s'arrêta pour serrer la main de Zigic. Il lui dit quelque chose d'inaudible, bougeant à peine les lèvres et sans expression particulière sur le visage.

Zigic avait un sentiment d'échec. Ils n'avaient pas réussi à arrêter Palmer à temps, à le maîtriser, et maintenant c'était Ferreira qui était inconsciente dans un lit d'hôpital avec peut-être des séquelles.

Bien sûr, ça aurait pu être encore pire. Si Palmer était allé au centre-ville avec sa grenade à clous, les dégâts auraient pu être gravissimes, des dizaines de personnes blessées ou tuées. Mais c'était une bien maigre consolation.

– Qu'est-ce que veut Riggott ? demanda-t-il en ayant l'impression de hurler.

– Le mec de l'unité antiterroriste est là, dit Wahlia. Pour un débriefing.

Ils montèrent les escaliers pour se rendre dans une salle de réunion qui était rarement utilisée. On y avait disposé un plateau avec des sachets de thé et de café, des bouteilles d'eau minérale et des biscuits, mais l'endroit n'était pas accueillant pour autant malgré le soleil qui illuminait la pièce en cette fin d'après-midi.

Riggott était déjà là, dos aux fenêtres, Nicola Gilraye à ses côtés. L'homme assis en bout de table se leva à l'arrivée de Zigic.

– Vous devez être Dushan. J'ai beaucoup entendu parler de vous, dit-il en lui tendant la main. Alex, se présenta-t-il.

Il avait à peu près le même âge que Ferreira mais semblait beaucoup plus vieux qu'elle. Il avait un air sérieux, compétent dans son costume gris et dégageait même une certaine aura.

– Désolé de vous avoir fait venir, dit-il. Mais j'ai besoin de m'assurer que nous sommes tous sur la même longueur d'onde, et bien sûr il s'agit de votre enquête.

Zigic s'assit face à Riggott et remarqua ses traits tirés, sa posture inhabituellement voûtée.

– Alors, on en est où ? demanda Alex.

Zigic le mit au courant des derniers événements de la matinée tout en sachant que le bilan n'était pas reluisant pour eux.

Quand il eut terminé, Alex resta un instant songeur. Zigic s'attendait à ce qu'il prenne des nouvelles de Ferreira, mais il n'en fit rien.

– Est-ce qu'on sait ce qui a poussé Palmer à passer à l'acte ? demanda-t-il.

– Pour ce qui est de l'explosion d'aujourd'hui, on pense que c'est l'attaque du club polonais, dit Zigic, mais on ne peut pas avoir de certitudes. Dans tous les cas il faut chercher du côté des Frères blancs. Quelqu'un du mouvement a dû lui donner des directives et même l'aider à fabriquer la bombe.

Alex fronça les sourcils.

– Ne nous emballons pas. Il s'agit d'un petit gang, rien ne suggère qu'on ait affaire à une organisation terroriste.

– Alors pourquoi l'organisation est-elle sous la surveillance de votre unité antiterroriste ?

Riggott se rapprocha de la table, le dos raide.

– Vous saviez qu'ils étaient actifs ici et vous ne nous avez rien dit ?

– On ne pensait pas qu'ils présentaient une réelle menace.

– Ah oui ? Parce que de là où je vous parle, la menace saute aux yeux ! Combien d'autres cellules existent ? Vous savez ça, au moins ? lança Riggott en revenant s'appuyer contre le dossier de sa chaise.

– Ça ne change pas grand-chose.

– S'il faisait partie d'une organisation plus vaste qui s'étend sur tout le territoire, on doit être au courant. Qu'est-ce que vous allez faire si les attaques se répandent ailleurs ? dit Riggott en levant les mains en l'air.

– Ça n'arrivera pas.

– Vous êtes prêt à parier votre carrière là-dessus ?

– On s'égare, là, dit Alex en tendant la main pour attraper une bouteille d'eau gazeuse. D'après nos informations, le gang opère ici indépendamment de l'organisation centrale en Pologne et rien ne laisse penser qu'il s'agisse d'autre chose que d'actions isolées, inspirées par ce qui peut se faire là-bas mais sans liens tangibles avec les responsables de l'organisation.

C'était une suite de paroles creuses, une réponse de politicien.

– Palmer a publié sur le site des Frères blancs, souligna Zigic. C'est un lien tangible.

Alex but une gorgée d'eau, posa son verre soigneusement en face de lui.

– Effectivement, il semble qu'il y ait peut-être eu un certain degré de communication avec l'organisation et peut-être même un certain degré d'encouragement de sa part, mais ça ne signifie en rien qu'on ait affaire à des actions concertées.

– Mais c'est bien ce qui fait l'intérêt de ces petites cellules, indépendantes les unes des autres mais idéologiquement connectées, non ? dit Zigic. Si l'une d'entre elles est démantelée, les autres restent indemnes. Quel que soit leur nombre.

– L'existence d'autres cellules, ce n'est pas votre problème. Pour ce qui vous concerne, vous avez affaire à une bande de criminels sympathisants d'extrême droite.

Il y eut un moment de silence, chacun considérant ce qui venait d'être dit. Alex n'était pas en mesure de leur donner directement des ordres, mais il occupait une position hiérarchique supérieure en tant que membre de l'unité antiterroriste, et Zigic ne doutait pas qu'il saurait faire usage de ce pouvoir si nécessaire.

– Donc on est bien d'accord, dit lentement Riggott, en posant le doigt sur la table. Vous êtes venus nous « conseiller » de ne pas présenter les crimes en question comme des actes terroristes.

– Il ne s'agit pas d'actes de terrorisme.

– Ne croyez pas que vous allez m'apprendre ce que c'est que le terrorisme, mon petit ! gronda Riggott d'une voix rocailleuse, faisant profiter Alex de toute la hargne de son accent irlandais, version Belfast Ouest. Un homme qui fait exploser des bombes dans la cave d'un pub, c'est pas du terrorisme ça ? On fera ce que vous nous demandez, on a pas le choix, mais venez pas nous enfumer avec vos conneries !

Alex serra le poing, comme s'il avait envie de frapper Riggott au visage.

– Et qu'est-ce que vous vous figurez qu'il arrivera si on présente ça comme une affaire de terrorisme intérieur ? Vous voyez bien ce qui se passe quand les tensions montent entre la communauté polonaise et les musulmans.

Zigic repensa aux magasins de Lincoln Road vandalisés la veille au soir. Un café polonais et l'épicerie adjacente qui appartenaient à la même famille, des gens respectables, qui travaillaient dur, sans aucun lien avec les criminels. À quelques pas de là, c'était la vitrine d'un coiffeur qui avait été brisée, les miroirs cassés, les sièges jetés sur le trottoir. Le propriétaire venait de Lituanie, mais la distinction n'avait visiblement pas d'importance aux yeux des agresseurs.

– Vous voulez que ces règlements de comptes se multiplient ? demanda Alex. Ce qui a commencé ici pourrait se propager dans tout le pays. Chaque individu d'origine polonaise va bientôt être suspecté d'être un sympathisant néonazi. Vous savez comme ce genre de choses peut être pernicieux, les voisins se montent les uns contre les autres, les gens n'osent plus sortir de chez eux. Et puis on voit débarquer des milices avec leurs battes de base-ball…

Riggott ne disait rien, la mine crispée face à la véracité des propos d'Alex.

– Ça pourrait facilement dégénérer en émeutes raciales à grande échelle, ajouta Alex.

Riggott se leva, boutonna sa veste de costume et lissa sa cravate. Il fit un geste vers Gilraye qui n'avait toujours pas ouvert la bouche depuis le début de la réunion.

– Parlez donc à Nicola, c'est elle qui est chargée de mentir à la presse ici.

– Justement, dit Alex en sortant un papier de la poche intérieure de sa veste. J'ai préparé quelque chose.

Il fit passer la feuille à Zigic en lui adressant un regard appuyé.

– Hors de question, dit Zigic en se levant.

Il sortit de la pièce sans laisser aux autres le temps de dire ouf, et même si quelqu'un avait protesté, il n'aurait pas pu l'entendre. Il se fichait de la mauvaise impression que risquait de donner son absence auprès des journalistes et tant pis si l'unité antiterroriste gardait une dent contre lui. Alex et son équipe avaient du sang sur les mains et il refusait de se rendre complice de leurs mensonges auprès des médias.

Il emprunta les clefs d'une voiture de service et descendit les marches du commissariat redevenues désertes maintenant que les journalistes étaient en salle de presse. Bientôt on leur servirait l'histoire de l'ex-flic, sympathisant d'extrême droite, dont la mère était polonaise et qui s'était fait exploser ce matin. Quel que soit l'angle qu'Alex avait choisi de privilégier, l'histoire se tiendrait parfaitement.

Il allait falloir qu'il retourne voir Sofia, qu'il lui explique pourquoi sa sœur était morte et que contrairement à ce qu'ils pensaient au début, l'attaque n'était pas dirigée contre elle. Son passage devant le juge pour sa demande de liberté sous caution avait dû avoir lieu dans la matinée et il réalisa qu'il n'avait aucune idée de l'endroit où elle se trouvait maintenant : en cellule pour l'empêcher de prendre la fuite ou de retour chez elle, dans ce lieu où elle avait contribué à couvrir la mort de son petit ami ?

Mais c'était une tâche à laquelle il ne pouvait faire face pour le moment.

Il s'arrêta à la station-service à côté de l'hôpital, acheta du tabac à rouler, des feuilles et un briquet en plastique. Ferreira serait en manque de nicotine quand elle se réveillerait.

Une infirmière du service des urgences l'escorta jusqu'au quatrième étage où se trouvait sa chambre. Les rideaux étaient tirés. Elle était allongée sur le ventre, partiellement couverte d'un drap, les jambes nues, le visage tourné à l'opposé du spot allumé à côté du lit.

– Ne la réveillez pas, dit l'infirmière, elle a besoin de se reposer.

Zigic ferma la porte derrière lui, fit le tour du lit et posa le tabac sur la table de nuit.

Il essaya de ne pas regarder les jambes de Ferreira, mais au bout de quelques minutes sur le siège à côté du lit, il se rendit compte qu'il ne cessait d'y revenir. Des dizaines de bleus parsemaient sa peau des talons jusqu'aux cuisses, et au centre de chaque bleu une blessure, recousue et brillante de produit antiseptique sous un pansement transparent. Certaines des plaies étaient petites, mais Zigic savaient que c'étaient les plus douloureuses, là où les clous étaient rentrés tout droit dans la peau, s'enfonçant loin dans les muscles, les tendons et le cartilage. Les autres étaient plus superficielles, mais c'étaient celles qui l'embêteraient le plus sur le long terme, parce qu'elles laisseraient les cicatrices les plus visibles. La longue et large balafre sur son mollet gauche, une autre juste derrière le genou.

Les points de suture étaient serrés et soignés, mais il resterait des cicatrices.

Son visage semblait crispé malgré les sédatifs. Il s'en voulait de l'avoir laissée s'approcher autant de la porte de la cave, de ne pas avoir compris plus vite ce que Palmer s'apprêtait à faire, d'avoir été trop pris de court pour pousser Ferreira loin de la porte avant que ce soit elle qui le pousse.

Rien de tout cela n'aurait dû arriver.

Il tira sur le drap pour couvrir les jambes de Ferreira.

Elle ne bougea pas.

Il resta un moment assis à rejouer les derniers instants dans sa tête, le quart de seconde avant l'explosion. Et s'il avait pris les menaces de Palmer plus au sérieux ? S'il avait fermé la porte de la cave, s'ils s'étaient mis en retrait en attendant l'arrivée de l'équipe d'intervention plutôt que d'essayer de le raisonner ?

Une infirmière entra et examina Ferreira puis lui demanda s'il voulait quelque chose à boire.

Il répondit que non.

Elle alluma la télé fixée dans un coin de la pièce puis ressortit. Le son était trop bas pour qu'il puisse entendre, même si les sifflements dans ses oreilles avaient diminué. C'était une de ces émissions de recherche de maison. Anna était sans doute en train de la regarder dans la cuisine, rêvant de hauts plafonds et de déco originale, de la chambre supplémentaire qui leur manquait.

Zigic attrapa la télécommande et mit les infos de la BBC. Déjà la fin de la conférence de presse. C'était Riggott qui parlait, droit comme un piquet. Il termina son discours d'un bref hochement de tête, se leva et quitta la salle de presse sans répondre aux questions.

Une bannière de flash info apparut à l'écran et la table vide de la salle de presse du commissariat laissa place à des images préenregistrées de Richard Shotton lors d'un événement local, souriant et charmeur à son habitude. *Le leader de l'English Patriot Party démissionne suite aux révélations concernant les liens de son garde du corps avec la mouvance néonazie.*

Zigic éclata de rire et se tourna instinctivement vers Ferreira, oubliant qu'elle ne pouvait lui répondre. Ses yeux étaient toujours fermés, les trous noirs de ses iris apparaissant et disparaissant derrière ses paupières qui palpitaient. Elle rêvait ou ressassait les événements, un mélange des deux sans doute.

Il ne pouvait rien faire pour elle et il ne servait à rien de rester là, mais il ne pouvait pas se résoudre à partir.

Pas encore.

RÉALISATION : NORD COMPO À VILLENEUVE-D'ASCQ
IMPRESSION : CPI FRANCE
DÉPÔT LÉGAL : FÉVRIER 2020. N° 139896 (3036345)
IMPRIMÉ EN FRANCE

Éditions Points

Collection Points Policier

P4757. Mörk, *Ragnar Jónasson*
P4758. Kabukicho, *Dominique Sylvain*
P4759. L'Affaire Isobel Vine, *Tony Cavanaugh*
P4760. La Daronne, *Hannelore Cayre*
P4761. À vol d'oiseau, *Craig Johnson*
P4762. Abattez les grands arbres, *Christophe Guillaumot*
P4763. Kaboul Express, *Cédric Bannel*
P4771. La Maison des brouillards, *Eric Berg*
P4772. La Pension de la via Saffi, *Valerio Varesi*
P4781. Les Sœurs ennemies, *Jonathan Kellerman*
P4782. Des enfants tuent un enfant. L'affaire James Bulger
Gitta Sereny
P4783. La Fin de l'histoire, *Luis Sepúlveda*
P4801. Les Pièges de l'exil, *Philip Kerr*
P4807. Karst, *David Humbert*
P4808. Mise à jour, *Julien Capron*
P4817. La Femme à droite sur la photo, *Valentin Musso*
P4827. Le Polar de l'été, *Luc Chomarat*
P4830. Banditsky ! Chroniques du crime organisé
à Saint-Pétersbourg, *Andreï Constantinov*
P4848. L'Étoile jaune de l'inspecteur Sadorski
Romain Slocombe
P4851. Si belle, mais si morte, *Rosa Mogliasso*
P4853. Danser dans la poussière, *Thomas H. Cook*
P4859. Missing : New York, *Don Winslow*
P4861. Minuit sur le canal San Boldo, *Donna Leon*
P4868. Justice soit-elle, *Marie Vindy*
P4881. Vulnérables, *Richard Krawiec*
P4882. La Femme de l'ombre, *Arnaldur Indridason*
P4883. L'Année du lion, *Deon Meyer*
P4884. La Chance du perdant, *Christophe Guillaumot*
P4885. Demain c'est loin, *Jacky Schwartzmann*
P4886. Les Géants, *Benoît Minville*
P4887. L'Homme de Kaboul, *Cédric Bannel*
P4907. Le Dernier des yakuzas, *Jake Adelstein*
P4918. Les Chemins de la haine, *Eva Dolan*
P4924. La Dent du serpent, *Craig Johnson*
P4925. Quelque part entre le bien et le mal, *Christophe Molmy*
P4937. Nátt, *Ragnar Jónasson*

P4942. Offshore, *Petros Markaris*
P4958. La Griffe du chat, *Sophie Chabanel*
P4959. Les Ombres de Montelupo, *Valerio Varesi*
P4960. Le Collectionneur d'herbe, *Francisco José Viegas*
P4961. La Sirène qui fume, *Benjamin Dierstein*
P4962. La Promesse, *Tony Cavanaugh*
P4963. Tuez-les tous... mais pas ici, *Pierre Pouchairet*
P4964. Judas, *Astrid Holleeder*
P4965. Bleu de Prusse, *Philip Kerr*
P4966. Les Planificateurs, *Kim Un-Su*
P4978. Qaanaaq, *Mo Malø*
P4982. Meurtres à Pooklyn, *Mod Dunn*
P4983. Iboga, *Christian Blanchard*
P4995. Moi, serial killer. Les terrifiantes confessions de 12 tueurs en série, *Stéphane Bourgoin*
P5023. Passage des ombres, *Arnaldur Indridason*
P5024. Les Saisons inversées, *Renaud S. Lyautey*
P5025. Dernier Été pour Lisa, *Valentin Musso*
P5026. Le Jeu de la défense, *André Buffard*
P5027. Esclaves de la haute couture, *Thomas H. Cook*
P5028. Crimes de sang-froid, *Collectif*
P5029. Missing : Germany, *Don Winslow*
P5030. Killeuse, *Jonathan Kellerman*
P5031. #HELP, *Sinéad Crowley*
P5054. Sótt, *Ragnar Jónasson*
P5055. Sadorski et l'ange du péché, *Romain Slocombe*
P5067. Dégradation, *Benjamin Myers*
P5068. Les Disparus de la lagune, *Donna Leon*
P5093. Les Fils de la poussière, *Arnaldur Indridason*
P5094. Treize Jours, *Arni Thorarinsson*
P5095. Tuer Jupiter, *François Médéline*
P5096. Pension complète, *Jacky Schwartzmann*
P5097. Jacqui, *Peter Loughran*
P5098. Jours de crimes, *Stéphane Durand-Souffland et Pascale Robert-Diard*
P5099. Esclaves de la haute couture, *Thomas H. Cook*
P5100. Chine, retiens ton souffle, *Qiu Xiaolong*
P5101. Exhumation, *Jesse et Jonathan Kellerman*
P5102. Lola, *Melissa Scrivner Love*
P5123. Tout autre nom, *Craig Johnson*
P5124. Requiem, *Tony Cavanaugh*
P5125. Ce que savait la nuit, *Arnaldur Indridason*
P5126. Scalp, *Cyril Herry*
P5127. Haine pour haine, *Eva Dolan*
P5128. Trois Jours, *Petros Markaris*